OSCAR
ABSOLUTE

Di Alessandro D'Avenia negli Oscar

Bianca come il latte, rossa come il sangue
Cose che nessuno sa
Ciò che inferno non è
Ogni storia è una storia d'amore

ALESSANDRO D'AVENIA

OGNI STORIA
È UNA STORIA D'AMORE

I edizione Scrittori italiani e stranieri ottobre 2017
I edizione Oscar Absolute ottobre 2019

ISBN 978-88-04-72262-5

Questo volume è stato stampato
presso ELCOGRAF S.p.A.
Stabilimento - Cles (TN)
Stampato in Italia. Printed in Italy

oscarmondadori.it

Anno 2020 - Ristampa 1 2 3 4 5 6 7

librimondadori.it

OGNI STORIA È UNA STORIA D'AMORE

A mia madre,
grazie per avermi mostrato
che ogni donna è una storia d'amore,
grazie per avermi insegnato
l'intelligenza del cuore.

Nemo est qui non amet, sed quaeritur quid amet.
Non c'è nessuno che non ami; quel che si domanda è che cosa ami.

AGOSTINO, *Discorsi*, XXXIV

Ciò che sai amare rimane
il resto è scoria
Ciò che tu sai amare non sarà strappato da te
Ciò che tu sai amare è il tuo vero retaggio.

EZRA POUND, *Cantos*, LXXXI

Se il sogno di un amore fosse vero,
diletto, noi saremmo in Paradiso,
questa è solo la terra, caro mio,
dove l'amore vero non è dato.

ELIZABETH SIDDAL, *L'amore morto*

L'amore è crudele ma è la sola cosa che c'è.

ZELDA FITZGERALD, Lettera a Scott

Prologo

L'amore salva?

Ho viaggiato, per trovare la risposta, in ogni angolo dell'aldiquà.

Ho indagato il grande e il piccolo, la stella e la pietra, la luna e la formica, la nuvola e la foglia, ho visto dove ciascuna s'aggrappa per resistere: nessuna aveva la risposta totale, ma ognuna era un filo del racconto, perché tutte le cose, di atomi e di cellule, se le ascolti bene sono un'unica storia.

Ho percorso le città e indagato i pensieri di chi le abita. Ho interrogato gli uomini, voci – intonate non sempre – di questa polifonia del mondo.

L'amore salva?

Anche loro hanno balbettato risposte incomplete, erano troppo impegnati a fermare il tempo con i ragionamenti piuttosto che ad accettare la sua inafferrabile natura, indaffarati a costruire dimore spaziose e incrollabili, fuori di sé invece che dentro, illusi che il tempo abbia meno signoria su di loro se abitano case di pietra anziché d'argilla.

Allora ho ascoltato le donne, innamorate o disamorate che fossero, di tutto lo spazio e di ogni tempo, la cui carne conosce il fuoco e il gelo, il cui spirito sa l'amore e il suo disincanto. Loro, con l'intelligenza del cuore che le chiama a farsi carico di ogni promessa di bellezza, a indirizzare lo sguardo verso tutto ciò che è vivo, tutte mi hanno risposto, generose o stanche, felici o frantumate, sempre hanno risposto, anche loro malgrado, perché sono condannate all'amore in ogni cellula, non possono farne a meno. Le don-

ne sentono il tempo dal di dentro, quando spingono forte per dare alla luce: sanno, non per sentito dire come gli uomini, che la luce è una spinta di sangue e dolore, che per vivere bisogna far spazio, che amare è dare la vita a un altro, non prenderla. Della vita le donne non cercano la dimora, della vita si fanno dimora. La loro carne è il gomitolo che srotola con cura il fragile filo di ogni cosa vivente e ne tesse con pazienza l'intreccio mostrando, tra grovigli di dolore e di gioia, che la trama di ogni storia è nascere, non certo morire. E se la trama si sfilaccia sanno che l'amore ricuce lo strappo tra la felicità e la vita, perché solo l'amore permette alla vita di rinascere una e una volta ancora.

La donna – si racconta in storie antiche – è stata fatta per ultima non per ripensamento tardivo, toppa al tessuto lacero delle cose, scarto di ciò che era già perfetto, ma perché solo alla fine di un'opera si giunge al suo compimento, perché solo alla fine l'artista scopre ciò che stava cercando, la vita che stava creando, proprio come accade a una madre quando guarda per la prima volta il suo bimbo appena spinto nella luce cruenta.

Per questo mi sono rivolto alle donne, e a tutte quelle che ho incontrato ho chiesto il fatto più nudo di tutti: la verità sull'amore. E loro, da ogni parte della Storia e del tempo, mi hanno confidato la risposta con labbra sorridenti. O ancora sanguinanti.

La trascrivo, la risposta, per me e per te, lettore, perché non cada ancora una volta nell'oblio l'unica cosa che abbiamo bisogno di sapere, anche se forse all'oblio siamo costretti per imparare a camminare. Eppure c'è sempre qualcosa di ignoto che cerca di uscire dal silenzio, come un pugno dato sul muro di una prigione, come sangue di una ferita che mai si rimargina.

Ora che il vento della notte entra dalla finestra in questo insonne labirinto d'ombre che è la solitudine, mi ricordo di ciò che mi ha raccontato una di loro. Col suo amato, a fine giornata, quando la luce allenta la sua morsa sul mondo e sulla carne, faceva sempre un gioco: raccontarsi a vicenda la cosa più bella di quel quotidiano trascorrere, perché era l'unico modo di salvarla per sempre, non di sconfiggere il tempo ma di scommettergli contro. La luce rifratta dalle foglie bagnate d'autunno, l'incanto di un racconto d'amore e di morte, il bagliore di un fuoco in una casa strappata a una notte di ghiaccio, il rumore costante di un torrente che canta proprio quando incontra un ostacolo... Quella cosa bella non salvava solo se stessa, ma tutta la giornata, come ne fosse il centro, il punto di leva e di espansione, la benedizione. Era l'istante affrancato dal tempo, pur essendo nel tempo generato.

Da quella donna ho compreso che salvo è tutto ciò che si sottrae alla seduzione della polvere: ciò che senza rinunciare al tempo viene dal tempo liberato e se ne fa misura, e dello spazio che gli è concesso fa la sua dimora.

Ma come possiamo noi, fatti di tempo e spazio, salvarci dal conto dei giorni e dalla scatola del mondo?, ho insistito.

Noi, ha risposto lei, "facciamo l'amore", l'espressione più semplice e inspiegabile della sintassi umana, perché "fare un mistero" è un paradosso, è come provare a scavalcare la propria ombra. Ma è proprio cercando di fare il mistero che i nostri corpi rivelano la ferita che portiamo nella carne e che mai si rimargina, la paura di essere venuti alla luce così nudi e il desiderio di voler rinascere nuovi.

E del mistero di questa ferita si può ascoltare l'eco nelle storie che genera, perché solo le parole ci sono state date per accostarlo: un tempo gli uomini, dopo una giornata di duro lavoro, sedevano insieme in cerchio attorno a un fuoco che ardeva, immersi nel buio dell'esistenza, nel silenzio dei giorni, finché qualcuno, minacciato come gli altri dagli ululati dei lupi, dal fruscio di alberi antichi, da tutto il vuoto che si sente sotto i nodi di stelle, prendeva la parola e pronunciava la formula che lenisce la stanchezza e, allo stesso modo di un "ti amo", ferma il tempo: "c'era una volta". E tutti scoprivano che stava dando vita a un'altra storia d'amore, perché non esiste avventura che non sia ricerca di qualcuno e qualcosa per cui rischiare la via e la vita, non esiste protagonista se non alla luce di un desiderio del quale non si è ancora all'altezza.

Riscaldati anche tu a questo fuoco, nella notte fredda del mondo che indurisce il cuore di paura, e ascolta il mistero di ogni nascere.

Partenza: la mappa del viaggio

Nacque l'uomo, o fatto con divina semenza da quel grande artefice, principio di un mondo migliore, o plasmato dal figlio di Giàpeto, a immagine degli dèi che tutto regolano, impastando con acqua piovana la terra ancora recente, la quale, da poco separata dall'alto ètere, ancora conservava qualche germe del cielo insieme a cui era nata; mentre gli altri animali stanno curvi e guardano il suolo, all'uomo egli dette un viso rivolto verso l'alto, e ordinò che vedesse il cielo e che fissasse, eretto, il firmamento.

Ovidio, *Metamorfosi*, I

Natus homo est, sive hunc divino semine fecit
ille opifex rerum, mundi melioris origo,
sive recens tellus seductaque nuper ab alto
aethere cognati retinebat semina caeli,
quam satus Iapeto mixtam pluvialibus undis
finxit in effigiem moderantum cuncta deorum.
Pronaque cum spectent animalia cetera terram,
os homini sublime dedit caelumque videre
iussit et erectos ad sidera tollere vultus.

Devo avvertirti, lettore, il mio lungo viaggio a tu per tu con le donne prevede alcuni momenti di sosta, nei quali ripercorro la storia d'amore che tutte le contiene. La storia di tutte le storie d'amore è quella di Orfeo ed Euridice raccontata nelle *Metamorfosi* di Ovidio, perché non c'è trasformazione più radicale di quella generata dall'amore.

In *Il mio cuore messo a nudo* Baudelaire scriveva: "Che cosa è l'amore? Il bisogno di uscire da se stessi", l'estasi che tutti cerchiamo per redimerci dalla nostra fragilità. Il nostro desiderio di infinito è soddisfatto dalla consistenza dei nostri amori, non da emozioni di superficie ma dalla spinta con cui, dal ripiegamento su noi stessi, ci apriamo al rischio del tu, all'avventura della vita. Solo le relazioni, con il loro movimento ora faticoso ora gioioso, conducono alla definizione profonda di sé e alla fioritura dell'io.

Perciò, lettore, ogni tanto sosta con me: anche fermarsi a riposare è parte di un viaggio. Eccoci qui dunque, pronti a incamminarci insieme; sempre, all'inizio di una spedizione si considerano sulla mappa la meta, gli snodi del percorso, e si verifica di avere l'entusiasmo necessario a superare la fatica.

Ho sempre amato il mito di Orfeo ed Euridice perché contiene tutti i movimenti di una storia d'amore. Il mito, d'altronde, è la clessidra capace di custodire i granelli di sabbia di tutte le storie nel tempo e nello spazio. Il mito è la storia di tutte le storie. E l'amore è il motore di tutte le storie.

La forza narrativa di un mito non sta nel descriverci come effettivamente siano andate le cose, ma nel testimoniarci come sono state ricordate. Il mito rivela la nostra urgenza di dare un fondamento al mondo, un senso allo scorrere del tempo, il mito non è una fase precedente al pensiero, ma è pensiero esso stesso, di carattere narrativo: gli uomini pensano raccontando e raccontando pensano. Narrare storie, lo mostra una messe di studi, è necessario alla sopravvivenza umana tanto quanto l'aver scheggiato la pietra per trarne strumenti e armi: l'immaginazione ci fa abitare il mondo. E se una narrazione sopravvive nel tempo è perché offre uno strumento di cui l'uomo non può più fare a meno proprio come la ruota, il fuoco, la sepoltura... Noi siamo e diventiamo le storie che sappiamo ricordare e raccontare a noi stessi.

Mi innamorai di queste pagine di Ovidio all'università, negli anni finali dello scorso millennio. Frequentavo un corso di letteratura latina alla Sapienza di Roma, ed era strano immergersi nella sospensione del tempo della poesia, quando fuori dall'aula impazzava il caos di una sede universitaria simile a un mercato. Ma in quelle ore le *Metamorfosi* di Ovidio prendevano il sopravvento, e mi rivelavano che in ogni cosa, in ogni pianta o animale, si nasconde una storia.

La scintilla dell'innamoramento scoccò quando, all'inizio del primo libro, Ovidio racconta del momento in cui il Dio, che plasmò le cose dell'universo, pose le stelle nel cielo e "*sidera coeperunt toto effervescere caelo*", le stelle cominciarono a scintillare nel cielo.

Il verbo *effervescere* risvegliò in me la nostalgia di non riuscire più a vedere il cielo stellato come lo vedevano gli antichi. Mi piacque immaginarlo come un calice di champagne nella sua esplosione di luci. Ma il colpo di grazia giunse quando, nel descrivere la creazione dell'uomo da parte di quel divino artefice, il poeta dice che lo fece a immagine degli dèi, dandogli un "viso", perché potesse entrare in relazione con il "firmamento", vincendo quel sentimento di vergogna del vivere che più comunemente chiamiamo paura.

L'intuizione mi parve straordinaria. L'uomo è tale perché ha il viso volto verso il firmamento, il suo è appunto un "volto" (ri-volto all'orizzonte o al cielo), non un muso. L'uomo è diverso dagli animali perché, potendo fissare il cielo e le stelle, è capace di destino e di destinazione. Il volto è la causa di ogni nostra ricerca: "A che tante facelle?", "Ed io che sono?", "Ove tende questo vagar mio breve?" si chiede il pastore errante di Leopardi interrogando il firmamento.

Tutto dipende dallo sguardo e da ciò che lo attrae: noi diventiamo ciò che guardiamo, noi diventiamo ciò che ci ri-guarda. I nostri telefoni spesso ci costringono al basso, a inarcare la schiena, ci fanno scordare di intercettare in orizzontale il volto altrui, in verticale la volta celeste. E chi non guarda i volti e la volta del cielo rimane imprigionato in una condizione pre-umana, perché solo nel volto dell'altro si scopre la propria essenza umana, solo nella volta del cielo si scopre la propria essenza divina. Senza uno dei due sguardi l'uomo zoppica, senza entrambi è paralitico. Lo ha detto in due versi un altro poeta: "Stelle, / non discende da voi all'amante la voglia del viso / di quell'amata? E l'intima vista del puro volto di lei / a lui non discende dalla costellazione pura?" (Rainer Maria Rilke, *Terza elegia duinese*).

I poeti, in poche esatte parole, ci svelano che l'uomo è essenzialmente "aperto", un essere in dialogo con qualcosa che lo interpella, a cui risponde con la meraviglia, lasciandosi ferire dalla bellezza che invita all'esplorazione della realtà, al rischio dell'oltre.

Questa è l'essenza di ogni storia: un protagonista (dal greco: colui che combatte per primo, colui che rischia in prima fila) è immerso in un'avventura (dal latino: le cose che stanno per accadere, che possono accadere in questa ricerca) che gli svelerà il senso del mondo e di sé, perché lui si è aperto verso un oggetto d'amore, che vuole raggiungere. Più questa apertura è generosa, più l'avventura si fa appassionante e ricca, e il protagonista matura una vita piena, proprio perché ha abbandonato le comode certezze della posizione fetale e si è aperto a relazioni profonde con il mondo e gli altri. Una storia noiosa è sempre una storia in cui il protagonista rinuncia alla chiamata, all'avventura, all'apertura, e sceglie la sicurezza. Invece c'è storia quando sceglie la salvezza, cioè l'apertura rischiosa, anche se dovesse costargli la vita o la felicità. Noi vogliamo avere un destino e una destinazione, una storia, per questo abbiamo un volto: per questo trovo affascinante che la parola "persona", originariamente la maschera teatrale (dal latino *per-sonare*: "suonare attraverso", perché serviva come amplificatore della voce), sia poi passata a indicare l'uomo nella sua interezza. Anche in greco antico *prosopon* era sia la maschera sia il volto: il personaggio e la persona hanno una storia perché hanno un volto, la loro relazione con il mondo e gli altri, attraverso la parola e la presenza. Oggi invece ci siamo abituati a indicare la persona col termine "individuo", ovvero qualcosa che "non si può dividere" ulteriormente, traduzione del termine greco "atomo", ciò che non può essere tagliato. La persona, fatta per l'apertura della relazione, è ridotta a ciò che non può essere tagliato, quando invece proprio l'esistenza dell'uomo e della donna ci dice che siamo esseri tagliati: "sesso" viene dal latino *secare* ("tagliare"), e il sesso è la forma più radicale della relazione intima con l'altro, proprio per via del taglio che ci caratterizza. Il taglio non è quello dell'essere sferico immaginato da Platone, spaccato in due da Zeus per punizione e quindi disperatamente in cerca della sua metà erotica per essere completo. Quando trova la metà mancante, egli placa la sua sete erotica e ha compiuto la sua ricerca, mito alla base di tante illusioni sull'essere destinati a qualcuno (*la dolce metà*) che estinguerà il nostro bisogno di essere amati. L'amore non c'entra nulla con la sicurezza, che ne è la condanna, c'entra invece con la salvezza: quella che nelle storie si trova solo a costo di uscire di casa, perché, come diceva qualcuno, la porta della felicità si apre sempre sull'esterno. Non è quello dell'eros platonico il taglio che separa l'uomo e la donna, ma quello di una ferita costitutiva, un taglio che rimane sempre aperto, anche quando abbiamo trovato l'amato/a, perché niente di finito può suturare un desiderio infinito. Si tratta di una ferita che paradossalmente ci guarisce se rimane aperta, perché non ci fa accomodare nella noia del nostro egocentrismo e nelle spire della paura, una ferita che rimane aperta anche quando siamo innamorati e impariamo a riconoscerla nell'altro e a condividerla, senza vergognarcene, anzi, impegnandoci nella reciproca cura. Il sesso è il dono di esseri aperti, fatti per amarsi e che godono nella misura in cui si amano, non viceversa.

Nessuno di noi può diventare protagonista se non in rapporto a un tu che lo stana. Il tu capace di stanare sempre e comunque l'uomo è la bellezza, l'avamposto di cui si serve l'amore per chiamarci, la seduzione all'avventura, la promessa di una pienezza di cui lo stupore iniziale è solo l'idea rispetto all'opera compiuta, il ponte levatoio che ci immette nelle mura del castello interiore pieno di nemici, che non sono altro che gli ostacoli della nostra piena maturazione e felicità: la nostra salvezza. Nessuno si innamora se non attraverso la bellezza.

Nelle *Metamorfosi* eroi ed eroine sono tutte le bellezze

dell'universo. Il narciso dal cuore giallo e i petali bianchi non è semplicemente un fiore che cresce lungo i corsi d'acqua, ma un ragazzo prosciugato dall'amore per se stesso, prigioniero della propria immagine riflessa. Eco non è un fenomeno di rifrazione delle onde sonore, ma una donna consunta d'amore per un uomo incapace di corrisponderle, proprio Narciso. Di lei rimane solo il desiderio d'amore incompiuto, un corpo senza più consistenza se non un fiato di voce. Animali come il lupo, l'orsa, il cervo, il delfino, il pipistrello, la rana, la donnola, la scimmia, il pavone, il cigno, la rondine, il picchio, l'alcione, il corallo... piante come il gelso, il pioppo, il girasole, il cipresso, la quercia, il tiglio... cose come gli scogli, le fonti, le statue... sono uomini e donne incastrati in quella forma in seguito a una storia con gli dèi, quasi sempre drammatica e violenta, come sa essere il mito.

Tra i libri che dovevo studiare in modo approfondito c'erano il decimo e l'undicesimo, in cui domina la storia d'amore più bella, quella di Orfeo ed Euridice, che Ovidio comincia a raccontare a partire dalla festa di nozze.

Si fa festa perché l'amore è una promessa, non una garanzia: l'idea romantica dell'amore ci ha illuso che sia una garanzia. L'amore vero invece festeggia la trasformazione della vita, passo dopo passo, in un cammino di scoperta di se stessi attraverso l'altro e insieme all'altro, e non a causa dell'altro. L'amore vero è una storia, l'amore romantico il sogno di una storia.

Alla tentazione romantica si oppone quella cinica, che porta ad amare l'altro non per quello che è, ma per quello che ha, qualità fisiche o spirituali riscontrabili con il passare del tempo in altre persone, con conseguente durata a scadenza. L'amore vero è una storia, quello cinico una barzelletta che non fa neanche ridere.

L'amore romantico si confonde con gli stati emotivi e fa dell'altro un dio del proprio benessere, caricandolo di aspettative impossibili da soddisfare. L'amore cinico si confonde con l'attrazione temporanea per le qualità dell'altro, e fa di lui un servo del nostro ego, uno strumento della nostra soddisfazione e sicurezza. Ogni volta che decidiamo di amare così, in realtà stiamo praticando il disamore, condanniamo l'amore a morire sovvertendolo nel suo fondamento: anziché guardare l'altro in volto, lo costringiamo narcisisticamente a reggere uno specchio che ci rimanda la nostra immagine. Nei racconti che compongono questo libro saranno le donne a incarnare il ventaglio di possibilità che va dall'amore al disamore. Saranno i mille volti di Euridice. Le storie d'amore tra gli artisti e le loro donne sono infatti tormentate, seducenti, tenere, folli, feconde, distruttive, devote, ancillari, cruente, giocose, eterne... e tutta la tavola periodica di possibilità che l'amore e il disamore offrono, soprattutto perché si tratta di un triangolo, nel quale la donna, in carne e ossa, vuole conquistare un territorio già occupato dalla Musa.

L'amore di Orfeo ed Euridice è invece l'amore che voglio esplorare nelle soste, da *filomito*, cioè colui che ama il mito, perché, come dice Aristotele, "chi prova un senso di dubbio e di meraviglia riconosce di non sapere; ed è per questo che anche colui che ama il mito è, in certo modo, filosofo: il mito, infatti, è costituito da un insieme di cose che destano meraviglia". Inoltre, volendo giocare con le parole, questo racconto mitico sarà anche il "filo" che ci guiderà nel labirinto della storia, per cercare di non smarrirsi strada facendo.

Apri bene gli occhi e partiamo.

Tess

L'amore, per il più grande scrittore di racconti della seconda metà del Novecento, Raymond Carver, era stato una condanna a incombenze, bollette, case, bambini e in fin dei conti alla stanchezza del tempo. L'aveva fatta scontare soprattutto alla sua prima moglie, con il suo disamore. Poi conobbe una donna capace di redimerlo da ogni suo fallimento, e dell'amore scoprì anche la misericordia e la vittoria sul tempo.

Tess, Tess, Tess, Tess... Lo scrisse quattro volte come dedica della sua ultima opera. Una specie di litania, di àncora e di ancòra, per la vita in balia del cancro, un martellare simile all'attacco della Quinta di Beethoven, per opporsi al destino di morte con il nome che diede alla vita nei suoi ultimi dieci anni: il tuo, Tess Gallagher. Aveva il cancro, la terza delle sue dipendenze dopo l'alcol e la scrittura. Se lo portò via a cinquant'anni nel 1988, in dieci mesi. L'ultima estate della vostra vita fu proprio per questo la più feconda. Tra te e la Musa non c'era più alcuna differenza, tanto che quello che lui non ha scritto lo hai continuato tu sia in prosa che in poesia, quello che lui aveva scritto lo hai riscritto tu, mostrando il convesso laddove lui aveva visto il concavo, come accadde per il suo racconto più bello, *Cattedrale*, che scaturì dalla stessa ispirazione del tuo *La pioggia ti spegne il fuoco dell'accampamento*. Avete scritto anche insieme, a quattro mani, come in un virtuosismo da pianoforte in cui la Musa muoveva le mani di entrambi, e ne è uscita una sceneggiatura teatrale sulla vita di Dostoevskij.

Hai detto che il conto alla rovescia della sua malattia fu una benedizione di trascendenza, che diede vigore e importanza anche al dettaglio più piccolo. Tess, la morte chiama le cose alla vita e squaderna l'evidenza dell'essenziale, e mai foste così vivi come in quegli ultimi mesi. In fondo l'attenzione alla vita nascosta delle cose era il coronamento di quello a cui Raymond si preparava da sempre definendosi un "precisionista", cioè una persona capace di trasformare in estasi qualcosa che è alla portata di tutti, come accade con le bottiglie di Morandi, cattedrali da vassoio, e con le mele di Cézanne, mondi in miniatura. Lui stesso ti confidò in una mattina di luce in mezzo al bosco che "in una poesia o in un racconto si possono descrivere delle cose, degli oggetti comuni usando un linguaggio comune ma preciso e dotare questi oggetti – una sedia, le tendine di una finestra, una forchetta, un sasso, un orecchino – di un potere immenso, addirittura sbalorditivo". Nei tuoi capelli neri aveva visto un eden a portata di mano e quando ti aveva abbracciato per la prima volta si era aggrappato a te come un naufrago alla terra, scampando ai flutti dell'alcol e della disperazione, causata da un matrimonio andato in frantumi e dai figli vissuti come un ostacolo al fuoco della sua Musa. La dimora del vostro amore, che lui ribattezzò "Sky House", era tutta di vetro come una clessidra, perché lui potesse sentire il peso della luce che si posava sulle cose lungo tutta la giornata, cogliere il movimento inesorabile e lento delle stagioni, l'indomito ritmo della vita che rende chiunque attento e quindi scrittore o poeta. Ora che il tempo finiva bisognava rallentarlo sino al suo corso naturale e non riempirlo d'altro che di se stesso, scomponendolo in istanti di luce che cresce e decresce, salvandolo così dal suo stesso trascorrere. Somiglia alla luce l'amore quando accoglie l'istante nella sua giusta misura e pienezza.

Una volta ho incontrato un uomo che si era ritirato dal frastuono del mondo per dedicarsi alla sua passione: i misuratori di tempo. Aveva visto una meridiana e deciso di lasciare tutto per costruire da sé, come faceva da bambino con i suoi giocattoli, qualcosa per fermare il tempo. Così era diventato un artigiano del tempo, un costruttore di meridiane e orologi solari, finché non gli bastò più, perché la luce non si può toccare. E allora decise di dedicarsi alle clessidre, di ogni tipo: di sabbia, di gocce di cera d'api, di polveri dai colori diversi, ad ampolle semplici o multiple... Le poteva girare tutte insieme, sentirsi immerso in una cascata di polvere e vedere il tempo cadere e, avendolo reso tangibile, persino goderne. Il suo segreto era raccogliere, setacciare e lavare materiali che potessero scivolare senza intoppo, senza grumi causati dall'umidità, senza attrito fra un granello e l'altro. La clessidra offriva l'impressione di possedere il tempo e di poterlo controllare. Tra quelle che aveva costruito ce n'era una di sabbia scura, tutta piena, in cui i granelli non si muovevano. Accanto ve n'era un'altra, con un solo granello bianco, la clessidra per misurare l'istante. Perché?, gli ho chiesto. Mi ha risposto che la prima rappresentava la morte, e aveva scelto i granelli di una densa sabbia vulcanica, precipitata dall'alto dopo un'eruzione. La seconda conteneva un granello brillante come un diamante in miniatura, che proveniva dal fondale di un'isola raggiungibile solo a nuoto. Lo aveva portato in superficie come si fa con un tesoro nascosto. Rappresentava l'amore. Perché?, gli ho chiesto. Perché amare è sempre un unico istante che si dilata e prende tutto il tempo vuoto, impedendogli di cadere.

Questo hai fatto tu per Raymond e con Raymond in quei dieci mesi di cancro, Tess, quello che devono fare gli amanti: curare l'uno all'altro la vergogna di dover morire. Avevi una bellezza selvaggia, retaggio dei tuoi avi, e capelli neri che brillavano come il mare in una notte di luna quasi piena. Anche nel suo ultimo giorno gli avevi lasciato sulla scrivania un mazzetto di fiori di campo, odorosi, raccolti poco prima. Lo facevi ogni mattina, era come una preghiera per aiutarlo a cominciare a scrivere, un modo di donargli il mondo in una delle sue manifestazioni di punta, una liturgia amorosa che mostrava che tutto, quando si sente la morte vicina, diventa essenziale: le viole, il sentiero per la cascata, la corteccia dell'acero, un paio d'occhiali, un mazzo di carte, un bacio, la fossa dei ragni... Solo la poesia condivide con la morte la ricerca dell'essenziale. Il mondo non è altro che un grande congegno analogico quando si sta per morire, ogni cosa diventa una bottiglia con un messaggio dentro. Quando ti chiesero che cosa ti aveva affascinato di lui, tanto da portarti a diventare sua moglie, hai risposto che, undici anni prima di quell'ultima estate, lo avevi ascoltato durante una lettura e poi, quando ti eri trovata a cena con lui, ti aveva colpito il cibo che aveva scelto, per quantità, per tipo e per come lo mangiava. Allora ho capito, Tess, che lo amavi veramente. I suoi libri li hai letti solo dopo quella cena. Tu amavi Ray nello stesso modo in cui lui descriveva i dettagli imprescindibili della vita: guardandolo mangiare e accettando quello che aveva scelto e come lo portava alla bocca, come deglutiva e si puliva le labbra e come beveva dopo aver masticato. Per questo la Musa ti accolse benevolmente. Capì che poteva fidarsi di te, e continuare con te quello che con lui non sarebbe riuscita a finire. Al suo funerale avevi i capelli neri come le viole e negli occhi il suo cuore, che continuava a battere nelle tue dita quando scrivevi. E l'ultimo suo frammento letto dalla tua voce, scolpito sulla pietra della sua tomba, mi sembra contenga la trama nascosta in ogni vita umana:

E hai ottenuto quello che
volevi da questa vita, nonostante tutto?
Sì.
E cos'è che volevi?
Potermi dire amato, sentirmi
amato sulla terra.

Tess, per sentirsi amati il segreto è che qualcuno ami il modo in cui mangi e il rumore che fai quando mastichi, e tu lo hai fatto con Raymond. Allora sì che qualsiasi cosa, una forchetta, un orecchino, una finestra, ha un potere sbalorditivo. Divino.

Fanny

Una sarta, vicina di casa di John Keats, ebbe il merito di farlo innamorare. Come lei sia riuscita a guarire dall'illusione che lui le aveva cucito addosso con le proprie parole, lo racconta il suo successivo marito.

Qualcuno ha paragonato il poeta all'occhio del ciclone, lo spazio di una irreale e immobile quiete avvolto dal turbinoso vorticare che tutto rapisce e inghiotte. Così era John, Fanny, un uomo che amava la sublime solitudine dalla quale guardava il vorticare di tutte le cose del mondo. Ne faceva incetta per le sue poesie e per il suo tempo breve a causa dei polmoni che si sgretolavano sotto i colpi della tisi. Solo chi conosce l'incombere costante della morte vede la vita per quello che è: una scialuppa a cui aggrapparsi durante un naufragio. Diceva di non aver scritto nulla degno di immortale memoria, ma di aver amato il principio della bellezza in ogni cosa. Mi dispiace dirlo, Fanny, ma tra le cose che contemplò per rapirne il principio segreto c'eri tu e ti rese sufficientemente irreale da poterti amare. Non che non ti amasse, anzi ti amò più di tutto, proprio perché gli rendesti visibile il principio della bellezza e gli apparisti come scorciatoia, come un quadro straordinario in una sala di museo inaspettatamente dimenticata dalla folla. Ma non credo che abbia mai davvero aspirato a passare più di tre giorni con te, come scrive nella più bella e terribile lettera d'amore mai dedicata a una donna. Paragona il suo sogno d'amore con te alle farfalle, sue sorelle, creature effimere e per questo di assoluta bellezza, prive della pesantezza del quotidiano, degli inceppamenti delle consuetudini borghesi, dei pasti, degli odori, della vecchiaia, della noia. L'amore per lui era solo un mezzo per trovare parole perfette come tessitura di ali leggerissime; per questo amava le tue dita di sarta abituata a cucire ricami come fiocchi di neve. La sua era invenzione d'amore più che realtà: a John interessava la tela di Penelope, l'ebbrezza dell'attesa e della devozione, più che Penelope stessa; più che te cercava ciò che in te era fonte di poesia, ciò che in te lo costringeva a uscire per un attimo dalla sua solitudine per trovare un punto di appoggio su cui costruire i suoi versi, un vortice sentimentale che rendesse tutto mobile e sempre a rischio di essere travolto e perso: "Non ho mai conosciuto una felicità che fosse pura e che durasse per tanti giorni uno dietro l'altro: la morte o la malattia di qualcuno hanno sempre guastato le mie giornate, e ora che nessun problema del genere mi opprime, è duro, devi ammettere, che un altro genere di dolore mi perseguiti. Chiediti amore mio se non sei troppo crudele ad avermi irretito così, ad aver distrutto così la mia libertà. Confessalo nella lettera che devi immediatamente scrivermi, appena ricevi la mia; inventa tutto quello che puoi per consolarmi; fa' che la tua lettera sia inebriante come un filtro di papaveri e mi ubriachi; scrivi le parole più tenere e baciale perché io possa almeno posare le labbra dove si sono posate le tue. Per quanto mi riguarda non so come esprimere la mia devozione a una creatura tanto bella: ci vorrebbe una parola più luminosa di luminosa, una parola più bella di bella. Vorrei quasi che fossimo farfalle e vivessimo solo tre giorni d'estate, tre giorni così con te li riempirei di tali delizie che cinquant'anni di vita normale non varrebbero a contenere" (luglio 1819).

Cinquant'anni di vita normale sono da scongiurare. Hanno troppo peso, troppa forza di gravità, l'amore avrebbe il tempo di darsi una forma e il ciclone cesserebbe. Fissare l'attimo nella misura di tre giorni perfetti e poi contemplarlo all'infinito, evitando il sentore eccessivo della realtà. Io invece ho sempre ritenuto la prosa superiore alla poesia nella capacità di accettare il tempo e tutto ciò che comporta.

Mi ricordo quando mi facesti leggere queste righe, Fanny. Eravamo già sposati da tempo e tu portavi ancora l'anello di fidanzamento che lui ti aveva regalato, un castone d'oro con al centro una pietra purpurea dal nome esotico, "almandino" o "piropo", che sembrava l'essenza di un fiore racchiusa in un'ampolla. Pietra rosso violacea dalle molte facce, mobile e inquieta. Non te ne separasti mai e lo guardavi con un sospiro, come un amore intagliato alla perfezione e sempre sognato perché mai vissuto se non per ipotesi. Le nostre fedi nuziali, più ordinarie, resistevano ai colpi della quotidianità e rari erano i sussulti rispetto a quel granato, rispetto a quella promessa mai mantenuta, bella, bellissima, proprio perché impossibile da mantenere.

Ero geloso del fatto che avessi conservato le sue lettere, ma d'altronde era un poeta e quindi le sentiva come un'estensione del suo corpo. Anche io inoltre avevo imparato a provare misericordia per un uomo morto a meno di trent'anni di tubercolosi. Il sogno di un amore, un amore da sogno. Lo sai benissimo anche tu, Fanny, che l'amore non è quello dei poeti, che nelle parole possono fare quello che fa quel granato sul tuo dito: essere perfetti. L'amore, più che a quella gemma, somiglia a un minerale ancora incastrato nella malga della roccia, tra pressioni, profondità, polvere, durezze. Lo dimostra quell'altra lettera che ho letto di nascosto, col segreto proposito di imparare anche io ad amarti così, ma che era ancora più terribile: "Devi essere mia e pronta a farti torturare per me. [...] La mia guarigione non mi sarà di nessun vantaggio se non sarai completamente mia quando starò meglio. Per grazia di Dio salvami, o dimmi che la mia passione è troppo spaventosa per te" (maggio 1820). Gli servivi per estrarre ogni diamante dalle cavità dell'amore e per sapere che niente era divino come il suo sentimento, e il divino si mostra come meraviglioso e come spaventoso. Lui doveva essere il tuo dio e tu la sua serva. E sapeva bene che quell'assoluta simmetria di sentimento era impossibile, ti usava come specchio per sentirsi amare come nessuno, per vedere il suo stesso sentimento proiettato su di te, mentre i suoi polmoni sputavano sangue, troppo reale: "Tu non ti senti come mi sento io – tu non sai cosa significa amare. Forse un giorno lo saprai – non è ancora giunto il tempo. Chiediti quante ore infelici e in solitudine ti ha causato Keats" (luglio 1820).

Ti chiamò "Stella luminosa" e ti scrisse versi che io mai sarò capace di forgiare, ma, Fanny, amore mio, amore mio vero, non vedi come le stelle stanno in alto nel cielo e servono solo a bearsi della loro luce distante e irraggiungibile? Ancora una volta ti aveva posto alla distanza perfetta, da oggetto d'amore ti aveva reso oggetto d'arte, come nell'ultima lettera che ti scrisse, alcuni mesi prima di morire, con il preciso intento – scusa la mia franchezza – che fosse l'ultima e con la richiesta che fossi tu a modificare le tue righe per rendere la pietra amorosa ancor più scintillante, perché il suo cuore potesse battere ancora, proprio quando il suo pompare era più affannoso: "Mia carissima fanciulla, vorrei che tu trovassi un qualche modo per farmi felice senza di te. Ogni ora che passa sono sempre più assorbito da te; tutto il resto mi lascia in bocca un sapore di stoppia. [...] Se non potrò vivere con te, vivrò da solo. Non credo che la mia salute migliorerà se sto lontano da te. E malgrado questo sono contrario a vederti, non sopporto uno sprazzo di luce per poi tornare nelle tenebre. [...] Ti accludo il brano di una tua lettera, vorrei che lo modificassi un poco, vorrei (se non ti dispiace) che ti esprimessi con meno freddezza. Se la salute me lo consente, potrei scrivere una poesia che ho in testa, che sarebbe un conforto per uno nella mia situazione. Sarebbe una poesia su uno come me innamorato di una persona che vive con la tua stessa libertà. Shakespeare sintetizza sempre in maniera sovrana. Il cuore di Amleto era colmo come il mio di strazio quando disse a Ofelia: 'Va' in Convento, va', va'!'. Mi piacerebbe lasciar perdere tutto e subito, mi piacerebbe morire. J.K." (agosto 1820).

Il mondo è troppo volgare: non è per i poeti. Noi, Fanny, apparteniamo al mondo. Lui ti trasformava nell'immagine riflessa in uno specchio magico, come Narciso irretito dalla propria immagine. E se non mi credi ancora, ti rivelerò una cosa: non aprì mai le lettere che gli scrivesti quando andò in Italia per curarsi. Non aveva bisogno di te come eri, ma di te come saresti potuta essere, oggetto d'arte più che d'amore, da sognare e prosciugare per la sua ispirazione. Ti ricordava come una statua in un museo, sottratta alla sua condizione storica e al suo presente. Sulla sua lapide volle queste parole: "Qui giace colui il cui nome fu scritto nell'acqua". Non si può amare un uomo che fugge ogni forma di solidificazione e gravità, per lui l'amore era solo la sua sete d'amore: "Spero di non sposarmi mai. Se anche la creatura più bella stesse lì ad aspettarmi alla fine di un viaggio o di una passeggiata [...] la mia felicità non sarebbe ugualmente bella: la mia solitudine è sublime. [...] Il ruggito del vento è la mia sposa e le stelle attraverso i vetri della finestra sono i miei figli. La potente idea astratta che ho della Bellezza in tutte le cose soffoca la felicità domestica, più minuziosa e frammentata".

Accettava solo un amore della durata di tre giorni, leggero come le ali delle farfalle, mobile come l'acqua in cui specchiare il proprio volto, nella sublime e inavvicinabile solitudine dell'occhio del ciclone che aveva al posto del cuore: "Sabato abbiamo cenato a casa di Mrs Brawne; non è accaduto nulla di particolare. D'ora in poi ho deciso di non sprecare più il mio tempo con le donne, a meno che non siano belle; altrimenti è perderlo inutilmente".

Sempre e solo la bellezza guida il cuore dei poeti, amore mio. Non essere più malinconica, lui non voleva te così come sei, ma così come ti costringeva a essere: un incompiuto, che solo i suoi versi avrebbero portato a compimento. Noi invece avremo i giorni per compierci, tutti quelli che serviranno, e solo così saranno perfetti come i suoi tre.

Sylvia

Furono i figli, ancora bambini, a trovare la madre per terra, vicino al forno, la colazione apparecchiata, come se il tempo e i suoi gesti ordinari dovessero continuare senza un sussulto. Sylvia Plath, la più grande poetessa del Novecento, del poeta Ted Hughes assaggiò il sangue e lo sposò. Poi il sangue ebbe il sopravvento, come racconta la loro figlia.

Mi dicevi sempre che fare le torte è come fare le poesie. Non basta unire gli ingredienti nelle quantità che la tradizione tramanda, ci vuole il tocco che permette alla tradizione di diventare qualcosa di nuovo. Io, bambina, non capivo perché quel mattino tu dormissi per terra e mi lacrimavano gli occhi per l'odore acre del gas. Non c'erano torte in forno. Avevi la faccia grigia e il cuore silenzioso.

Qualche tempo fa ho letto il tuo diario, Sylvia – non riesco più a chiamarti mamma, il dolore mi paralizza, mi invade la paura che il suicidio sia un destino che si tramanda. Neanche Ted lo chiamo più papà, perché ci ha abbandonate, e l'abbandono senz'ombra di dubbio si tramanda.

Vi incontraste un giorno del 1956 e a quella festa vi riconosceste subito nel ritmo dionisiaco della vostra circolazione sanguigna, resa più superba dall'alcol. E vi baciaste. Lui, cominciando il suo rito sacrificale, ti strappò la fascia rossa a cui eri tanto affezionata, ti tolse gli orecchini dicendo che voleva tenerli. Tu, per tutta risposta, gli mordesti la guancia fino a farlo sanguinare. Non poteva che essere tutto violento per voi due che sapevate far sanguinare le parole, come si fa con le prede di caccia perché la carne resti morbida. Eravate già parte di un rito dionisiaco, urlava l'anima nella carne e la carne nell'anima. Ma mentre tu decidesti di dedicare la vita a lui, lui aveva già deciso di dedicare la vita alla poesia, dietro la quale tu ti nascondevi, perché la poesia era il ponte capace di unire i vostri due mondi. Avreste trasformato tutto in poesia, pur di potervi toccare l'anima e la carne. O era la poesia che si serviva di voi? Avevi capito che solo lui poteva comprendere e amare il tuo demone violento. Per questo ti gettasti tra le sue braccia. E lui, senza saperlo, accolse quel demone per alimentare il suo, anche se lo rivestì di una patina d'amore sincero: quella di cui spesso gli artisti vestono le loro donne per nascondersi il fatto di amare solo se stessi e la loro ispirazione. Ma che fine avrebbe fatto la tua luce, così intensa da far esplodere il bulbo di vetro in cui cercavi di contenerla, sotto forma di parole, di poesia? In fondo tu volevi fare lo stesso con Ted, nutrirti del suo demone, accoglierlo per accogliere te stessa: possono forse amarsi due specchi? O se li metti uno di fronte all'altro producono un gioco infinito e vertiginoso di falsi rimandi?

Vi siete sposati di nascosto, tu con un vestito rosa regalato dalla nonna, un fiocco rosa nei capelli e una rosa rosa donata da Ted. Sei così bella, Sylvia, in quelle foto. E lui non era da meno. Non avevate soldi, ma vi fidavate del vostro evidente talento e del vostro evidente tumulto, come tutti gli amanti all'alba. Era un giorno di pioggia, ma tu sembravi un fiore appena sbocciato e lui un albero giovane ma forte e ben piantato. Era il 16 giugno, il Bloomsday di Joyce: la poesia dettava ogni elemento del rito. Ted ricorda così quel giorno, nella sua raccolta più bella, quella dedicata a te: "Levitato al tuo fianco, io ero soggetto / a uno strano tempo grammaticale: il futuro incantato" (*Un vestito di jersey rosa*). Le migliori invenzioni grammaticali sono sempre il frutto dell'amore che ci meriteremmo, se non ci fosse poi la vita ad affaticare i nostri cuori e appiattire il tempo.

Scrivevate tutti i giorni: il mondo poteva restare fuori. Vi bastava una macchina da scrivere portatile, mezza scassata. Ma tutta quella felicità non faceva bene ai tuoi nervi fragili, che non potevano contenerla e finivano con l'attorcigliarsi in un labirinto senza uscita. La danza di Bacco svelava il suo centro di ridda violenta e disperata. E cominciasti a capire che neanche Ted avrebbe potuto raggiungerti nella tua solitudine, nella notte amara che ti portavi dentro e che non si lasciava trasformare in poesia.

Somigliavi a un ragno che tesse senza saperlo la sua perfetta opera d'arte, di cui solo chi la guarda da fuori coglie il disegno geometrico. Ma la preda eri tu stessa. Ted era un tentativo di salvezza, l'approdo per un'anima naufragante, ma in realtà insieme costruivate una tela più grande e intricata.

Un matrimonio d'impulso può durare un lustro o poco più. Si fa in tempo a tessere due figli, me e Nicholas, e, come ha fatto lui, a intrecciare una relazione con un'altra donna, pur avendo accanto te, la più talentuosa e bella del secolo. Ci trasferimmo lontano, lasciandoci l'America alle spalle. Io avevo quasi tre anni e Nicholas neanche uno. Londra era quello che era: un imbuto di malinconia, un mal di testa senza rimedio. Ted diceva a un suo amico poeta che "il matrimonio, dopo essere stato meravigliosamente creativo per sei o sette anni, era diventato in qualche modo distruttivo". Perciò aveva cominciato a cercare un'altra donna per rendere creativo il periodo successivo.

I miei ricordi di quella mattina sono nitidi e freddi.

Poco prima dell'alba, quando le cose si preparano a essere, proprio quando noi avevamo bisogno di te, tu concludesti la tua grande tela, all'età di trent'anni. Pochi giorni prima avevi scritto i versi di *Limite*:

La donna ora è perfetta.
Il suo corpo
morto ha il sorriso della compiutezza,
l'illusione di una necessità greca
fluisce nei volumi della sua toga,

i suoi piedi
nudi sembrano dire:
Siamo arrivati fin qui, è finita.

Dopo averci lasciato sul tavolo pane e burro e due tazze di latte, come se tutto dovesse procedere, sigillasti le fessure perché il gas non fuoruscisse e infilasti la testa dentro il forno appoggiandola su un fazzoletto ripiegato. La domestica ci vide dalla strada che urlavamo muti dietro i vetri di una finestra. Il freddo di quel mattino aumentò e penetrò oltre le nostre ossa, intaccando il midollo e l'anima. Non avevi lasciato testamento, perciò Ted fu erede unico del tuo suicidio e dell'incompiuta febbrile raccolta che porta il nome di *Ariel*. Eravate ancora marito e moglie, perciò Ted non solo fu il tuo unico erede, ma fu anche costretto a riconoscere il tuo corpo di donna incompiuta e a sentirne la colpa. E fu lui a occuparsi della pubblicazione della ragnatela dei tuoi versi. Ne dovette ripercorrere tutti gli intrecci, gli snodi e i bivi, come una preda. Solo così sareste stati alla pari. Forse per questo distrusse le pagine del tuo diario che riguardavano gli anni della vostra relazione: non doveva rimanere traccia della distruzione che un uomo può procurare a una donna. In una sua poesia, *Rosso*, seppe però creare una delle descrizioni più belle mai dedicate a una donna bipolare: eri fatta di rosso, il demone violento, e azzurro, lo spirito benevolo, un custode attento, che lui cercò di proteggere e che la maternità rese più evidente. Poi però precipitasti "nell'abisso del rosso" e "la gemma che perdesti era azzurra". Ora, Sylvia, te ne stai sdraiata, la posizione per te più naturale, in aperto colloquio col cielo, toccata dalle radici degli alberi: ora i fiori finalmente hanno tempo per te.

E Ted, dopo venticinque anni di lettere con le quali cercava di viverti e ricrearti nell'assenza e che, dichiarava, non avrebbe mai pubblicato, nel 1998 cambia idea e ne fa il suo libro di maggior successo: *Lettere di compleanno*, una raccolta di poesie che vende come un bestseller in prosa. Ma il merito è suo o tuo? Il sangue sicuramente è tuo. Però ancora una volta la Musa ha vinto, forse per questo mio padre muore quello stesso anno. L'ultimo atto di questo dialogo con te, madre, non può essere che la tua autobiografia in tre versi: "Dalla cenere / sorgo con i miei capelli rossi / e divoro gli uomini come aria" (*Lady Lazarus*).

Prima sosta: la festa

Di lì, avvolto nel suo manto color zafferano, Imenèo se ne riandò per il cielo immenso e si diresse verso la terra dei Cìconi, dove vanamente lo invocava la voce di Orfeo. Vanamente, perché Imenèo venne, sì, ma senza le parole rituali, senza letizia in volto, senza segni di buon augurio. Perfino la fiaccola, nella sua mano, stridette fino all'ultimo mandando fumo che faceva piangere, e per quanto agitata non riuscì mai a fiammeggiare.

Grave l'auspicio; gravissimo quello che accadde. E infatti la sposa novella, mentre vagava per i prati in compagnia di una schiera di Nàiadi, morì, morsa al tallone da un serpente.

Ovidio, *Metamorfosi*, X

Inde per immensum croceo velatus amictu
aethera digreditur Ciconumque Hymenaeus ad oras
tendit et Orphea nequiquam voce vocatur.
Adfuit ille quidem, sed nec sollemnia verba
nec laetos vultus nec felix attulit omen;
fax quoque, quam tenuit, lacrimoso stridula fumo
usque fuit, nullosque invenit motibus ignes.
Exitus auspicio gravior. Nam nupta per herbas
dum nova Naiadum turba comitata vagatur,
occidit in talum serpentis dente recepto.

Amo questo mito perché comincia da dove le altre storie finiscono: vissero felici e contenti. Ovidio non ci racconta tutto ciò che precede il matrimonio, ma parte proprio da quel giorno. Poiché gli dèi sono invidiosi delle feste degli uomini, almeno così accade nei miti greci, quel giorno è il più nefasto. Si sgombra il campo da qualsiasi illusione romantica per i due protagonisti. Quando il dio che dovrebbe consacrarle con la sua presenza arriva alle nozze, la festa si trasforma in un funerale.

Gli dèi invidiano il gioco delle anime e dei corpi degli uomini, perché il loro corpo è senza carne e la loro anima senza paura della morte, e chi non conosce la morte non sa che farsene dell'amore, che è la sospensione della morte, come pensava un fantasioso inventore di etimologie quando interpretò la parola amore come *a-mors*, senza la morte. Ma in fondo aveva ragione, perché dire "ti amo" a qualcuno è dire: "tu non devi morire e io mi impegnerò perché non accada".

In questo mito le nozze non sono un porto sicuro, ma l'inizio di una drammatica avventura, in cui le tre cose che "accadono" nella nostra vita senza chiederci il permesso si presentano intrecciate: nascita, amore e morte.

Orfeo, figlio di Apollo e della Musa Calliope, è il poeta capostipite di tutti i poeti, al tempo in cui musica e versi erano un'unica cosa. La Musa è donna, la più antica e meticolosa in materia di possesso, perché gli uomini non sanno cosa sia avere un grembo per tessere la vita.

Di Euridice non si racconta quasi nulla, e per questo l'ho sempre immaginata come la mia donna ideale: occhi verdi o azzurri, capelli lunghi, biondi o rossi, pelle chiara, dita affusolate e membra slanciate ed eleganti, una creatura simile alla Venere di Botticelli arricchita dalla femminilità di una donna di Modigliani.

Negli stessi mesi in cui studiavo le *Metamorfosi*, iniziai a leggere uno dei miei romanzi preferiti: *I fratelli Karamazov*. Dopo la prigionia e i lavori forzati in Siberia, dove l'unico libro che aveva con sé era il Nuovo Testamento, Dostoevskij costruisce i suoi romanzi attorno a un passo del Vangelo, considerato come la storia di tutte le storie umane. La scena portante dei *Karamazov* è quella delle nozze di Cana, un matrimonio a cui partecipa Cristo in persona, ed è la sua prima uscita pubblica dopo trent'anni di perfetto anonimato come falegname in un paesino sconosciuto. Anche in questo caso un dio arriva alle nozze. Anche in questa festa qualcosa va storto: finisce il vino. Allora la madre di Cristo dice al figlio: «Non hanno più vino». Senza vino la festa finisce, finisce la gioia. Le cose umane sempre prima o poi finiscono. Ma il dio non è invidioso della festa, si prende anzi cura della caducità delle cose umane e trasforma l'acqua in vino, in un vino buonissimo, che consente alla festa di andare avanti. Centinaia di litri (chi ha fatto i calcoli parla di seicento in totale), non due bottiglie. Dostoevskij fa commentare a uno dei personaggi principali del romanzo che Cristo è venuto sulla Terra perché la festa degli uomini non finisca. Quel vino che gli uomini non hanno, un giorno sarà il suo stesso sangue. In questo modo il primo atto pubblico di Cristo preannuncia l'ultimo, la morte in croce, con il testamento del vino eucaristico. Leggendo scorgevo il contrasto fra le due storie: quella di Ovidio finisce il giorno della festa perché l'arrivo del dio ne determina la fine, quella di Dostoevskij inizia il giorno della festa perché l'arrivo del dio ne garantisce la continuazione. Nell'uno e nell'altro caso ci viene raccontato che l'amore non deve finire, perché è questo che ci meritiamo in una vita che è una festa troppo breve: l'amore è l'unica cosa che valga il nostro essere qui.

Quando, nella storia di Ovidio, arriva il dio Imeneo, i colori svaniscono dalla festa, come se si passasse al bianco e nero. Così Euridice, accompagnata da un gioioso corteo di Naiadi, dee dei boschi, viene morsa al tallone da un serpente e muore. A Orfeo non resta che il dolore come regalo di nozze.

Euridice esce di scena senza dire neanche una parola, come pura ipotesi di felicità, esaurita nel tempo di una corsa a piedi nudi durante la festa. La voce strozzata è quel che resta a Orfeo, che grida tutto il suo dolore e ne invoca la cessazione. La felicità è una festa breve, una promessa crudele. Resta solo il tempo dell'invocazione, la voce levata agli dèi che spezzata dal dolore chiede: perché perché perché. Nessuno risponde.

La parola è nata con il dolore per ciò che perdiamo o ci

manca. La parola è nata con l'amore per ciò che non vogliamo perdere e non vogliamo ci manchi.

La storia di Orfeo ed Euridice, allora come oggi, dopo vent'anni, mi accora allo stesso modo, perché racconta il paradosso della vita, così assetata di felicità e così incerta nei mezzi che ha per raggiungerla, un paradosso che avevo già imparato dai versi di Giacomo Leopardi e che ho provato a raccontare nel libro che precede questo e che lo ha generato: *L'arte di essere fragili*. I due insieme sono una sorta di dittico sull'uomo e il suo destino. La nostra costitutiva fragilità non è una condanna, ma, attraverso l'amore, una possibilità di salvezza. Solo se si è amati e si ama si dà alla propria fragilità una destinazione. Per questo ogni storia è una storia d'amore: esistere è coesistere.

In quegli stessi corsi universitari apprendevo anche la terribile verità celata nel mito dall'elegantissima poesia di Ovidio: quella purezza nascondeva molto sangue. Ed è proprio Euridice a farne le spese.

Nella versione di Ovidio la causa indiretta e innocente dell'evento è lo stesso Orfeo, mentre in un'altra, raccontata da Virgilio, è il pastore Aristeo, che, colto da passione incontrollata per Euridice, cerca di farla sua prima delle nozze con Orfeo, ma lei in fuga dalla sua violenza viene morsa al tallone da un serpente.

Penso che la cultura serva a rendere più trasparente il mondo, a vincere l'opacità delle cose e dei volti. Quando all'università lessi i versi di Ovidio, confrontandoli con quelli di Virgilio, vidi in modo più trasparente l'amore e il disamore, e da allora non riesco a immaginarmeli in una trama più vivida di come appaiono in quel racconto, ricco di seduzione e terrore. Leggendo Ovidio ho sempre sperimentato quel potere di sospensione del tempo che la lettura ha in comune con il vero amore, una sorta di codice per disinnescare la morte e il suo alleato principale, il fluire del tempo.

E anche il libro che ora tieni tra le mani deve a Ovidio una delle sue ispirazioni remote, perché il poeta latino compose una raccolta di dolorose elegie d'amore in forma di lettere scritte dalle donne del mito agli uomini che le hanno abbandonate o tradite: *Heroides*, si intitola, o *Lettere di eroine*. Un uomo è eroe quando affronta la paura, per Ovidio una donna è eroica quando accetta il rischio di innamorarsi. La prima lettera del libro è indirizzata a Ulisse da Penelope, che nel chiedergli di tornare si affretta ad affermare: *Res est solliciti plena timoris amor*. L'amore è una cosa piena di angosciosa paura.

Il prezzo da pagare per la nostra salvezza è il rischio, perché niente ci fa correre il pericolo di smarrirci come l'amore: da giovani perché temiamo di non trovarlo o di perderlo, da adulti perché temiamo di stancarci, di perderlo strada facendo come un'illusione di gioventù. Ma l'uomo è eroe, la donna eroina, quando accetta tutto il rischio della vita, e questo rischio si chiama amare.

Ed è questo paradosso che il mito di Orfeo ed Euridice trasforma nella trama di tutte le trame: in amore ci si deve perdere per potersi ritrovare.

Zelda

Negli anni Venti Scott Fitzgerald e sua moglie, Zelda, volavano sulle ali del loro talento e della loro eleganza. Come due falene, si bruciarono nella luce amara di quegli stessi anni. A raccontare è l'agente di lui.

Tu eri la più bella e corteggiata di tutte. Ti muovevi come Artemide quando Atteone la vide al bagno e pagò con la vita. Lui era il più brillante di tutti. Parlava e scriveva come uno a cui riesce naturale ciò che gli altri imparano dopo un lungo apprendistato. Erano anni scintillanti: a luce si sommava luce. Tutto sembrava una promessa invincibile come il *Titanic* al varo.

Al ballo del Country Club c'erano tanti militari come Scott, in attesa di partire per il fronte europeo, ma lui ne sapeva più di tutti: la letteratura era il suo piedistallo. Tu non eri da meno quanto a uso delle parole, ma ai nostri sguardi brillavi per quegli occhi allungati e trasparenti, per la grazia dei tuoi movimenti, per la tua pelle di amazzone dell'Alabama. Era una sera del 1918 e il mondo era un ballo frenetico. Scott diceva che si era innamorato di un turbine e che doveva tessere una rete assai grande per poterlo acchiappare. Vi trovaste perché avevate intuito l'uno nell'altro lo stesso destino rovinoso da cui salvarsi. Ma non andò così, anzi, la vostra vicinanza e perfezione rese la caduta più rapida e inesorabile. Come quella del *Titanic*.

Avevate entrambi il biglietto d'ingresso per la prima fila dei ruggenti anni Venti; anzi, a dirla tutta, gli anni Venti avrebbero somigliato a voi e non viceversa. Il sogno era perfetto: bellissimi e artisti. Zelda, era il mondo a essere vostro, non viceversa. A vostra portata era persino il paradiso, bastava allungare la mano per prenderselo.

Riconobbi subito il talento di Scott, il talento di chi sa dire solo la verità quando scrive, e mentre ti seduce con il ritmo e le immagini, fruga nell'anima e sa, con penna precisa come un bisturi, dove trovare il punto d'incontro fra il desiderio dell'infinito e la malinconia di non poterlo raggiungere. Così mi misi al servizio di quella verità che troppo spesso alberga in anime che non possono poi contenerla.

E Scott, a ventitré anni, pubblicò a fine marzo del 1920 *Di qua dal paradiso.* La prima tiratura andò subito esaurita. Una settimana dopo, era il 3 aprile, ti infilò un anello al dito ed eravate Adamo ed Eva nell'eden, prima dell'albero della conoscenza del bene e del male, proprio come recitava il titolo del suo esordio. Tu avevi solo diciannove anni, ma erano più che sufficienti per una bella come te, e brava come te, tanto che c'è da chiedersi come Dio distribuisca i talenti in questo mondo.

New York era ai vostri piedi. E New York vi volle, Zelda, come predicatori del suo vangelo: amore e denaro. Il primo lo avevate. Il secondo arrivò tutto insieme e bastava alimentarlo con il duro lavoro che entrambi sapevate fare con la scrittura: a vent'anni si può tutto. La cornice era quella scintillante delle feste, dell'alcol, dei balli. E tutto si sarebbe svolto in un crescendo che nascondeva l'abisso, come le musiche di quegli anni. Allegro con fuoco. Come il *Titanic.* Come la guerra. Come la borsa. Come la Musa. Entrambi le appartenevate, Zelda, ma tu dovevi aspettare il tuo momento. Le donne raramente studiavano e tu eri già un'eccezione, figuriamoci scrivere e avere successo. Per il momento quello di Scott avrebbe nutrito entrambi e mentre lui creava tu procreavi – o si fanno libri o figli per essere immortali. Così nell'ottobre del 1921 nasceva Scottie e qualche mese dopo Scott pubblicava, profeticamente, *Belli e dannati.*

Eppure, Zelda, tu sapevi di avere tanto talento quanto lui, e lo sapevo anche io, e la tua ironica recensione del libro di tuo marito per il "New York Tribune" contiene qualcosa che mi ha fatto riflettere. Ti auguravi che il libro vendesse molto per poterti permettere un abito da sogno, e poi aggiungevi: "Mi è parso di riconoscere in una pagina un passaggio di un mio vecchio diario misteriosamente scomparso poco dopo che mi ero sposata, e anche brani di lettere che, sebbene molto rimaneggiati, mi suonano vagamente familiari. In effetti il signor Fitzgerald – non sono sicura che il cognome si scriva così – sembra convinto che il plagio cominci in casa propria".

Zelda, la Musa era già al lavoro. Orfeo inseguiva Euridice, che però era capace di nascondersi e di inseguirlo a sua volta. Anche tu eri un'artista e questo confonde i ruoli di chi insegue e di chi è inseguito, di chi ispira e di chi è ispirato, di chi muore e di chi resta. Andaste in Europa nel tentativo di raffreddare il fuoco che vi divorava, ma la malinconia da museo dell'Italia e della Francia vi rese ancora più incandescenti. *Il grande Gatsby*, pubblicato nel 1925, faceva brillare solo e definitivamente Scott, obbligato dalla sua epoca a scrivere ogni volta un romanzo più perfetto, nonostante quello fosse già il culmine della sua ispirazione. Raccontava della caduta delle illusioni che avevano alimentato ogni vostro gesto e a cui avevate continuato a credere anche quando le prime crepe avevano mostrato il vuoto profondo nascosto nelle vostre anime.

Così cominciaste a distruggervi a vicenda, come chi trova nell'altro il capro espiatorio del peccato originale. La luce che vi aveva abbagliato, scemando, rese evidenti tutte le vostre ombre. L'amore, se non cresce, diventa presto disamore: un paziente lavoro di erosione dell'altro, di cui posacenere volanti alle feste o tentativi di suicidio erano solo i sintomi più evidenti. Mi ricordo quella volta in cui tu, Zelda, hai dato fuoco ai tuoi vestiti ammassandoli tutti dentro una vasca da bagno. Il fuoco si avvicinava alla tua pelle e la colpa era di Scott, che aveva scritto un capolavoro. E nella lunga lista di torti che ogni disamore sa ricordare dettagliatamente, al primo posto c'era la sua firma aggiunta a ciò che avevi scritto tu.

Al secondo posto credo ci fosse la perfezione del romanzo di Scott. Ma, si sa, la perfezione è sempre a un gradino dalla perfezione e gli uomini dovrebbero evitare di pretenderla, come insegnano gli indiani, che annodano appositamente male alcuni fili nei loro tappeti per non far innervosire gli dèi con una maestria eccessiva per gli uomini. Così decidesti di abbandonare un palcoscenico troppo piccolo per due, e di dimostrare a te stessa e al mondo quel che valevi, ma non nella scrittura. Perciò scegliesti la ribalta migliore per quegli anni: Parigi, dove vi trasferiste illudendovi che siano i luoghi a rifare l'anima alle persone, mentre l'anima ce la si porta uguale anche oltreoceano.

Cominciasti a dedicarti al balletto. Avevi ventisette anni e costringesti il tuo corpo a diventare un'opera d'arte, quando ormai era tardi. Riuscisti, ma al prezzo dei tuoi nervi. La Musa vuole tutto, prende tutto, brucia la sostanza umana per trasformarla in carta, pietra, colori, coreografie. Il sogno cominciò a creparsi e penetrarono il malessere psichico per te, l'alcolismo per Scott, la rivalità artistica, qualche flirt extraconiugale. Insomma, tutti quei surrogati di infinito in cui un amore si rifugia quando è diventato disamore. Per essere di qua dal paradiso ci vogliono muscoli e nervi, per essere belli e dannati ci vuole resistenza. E il tempo non è tenero con gli uomini e le donne che sognano: si incarica lui, maledetto iconoclasta, di rompere le immagini e gli specchi, e ogni imitazione a buon mercato della verità.

Si spensero gli anni Venti e il crollo della borsa fu, più che un sintomo, un simbolo. Un giorno del 1930, a dieci anni dal vostro matrimonio, gridasti, in preda a chissà quale demone: «Devo morire, e tuttavia devo lavorare. Non guarirò mai, lasciatemi andar via». Nessuno capì di che stavi parlando, ma certo è che ti ricoverarono per esaurimento. Poi tutto sembrò acquietarsi, come in quell'istante di calma apparente che precede gli eventi violenti della natura.

Era il 1932 quando ricevetti il manoscritto di *Lasciami l'ultimo valzer,* ancora una volta un titolo da canto prima del naufragio. Scott non mi aveva detto nulla, e lui a me diceva tutto. Non mi aveva detto nulla perché non era un suo romanzo, ma il tuo. Da mesi lui provava a scrivere *Tenera è la notte* e te ne leggeva dei passi, ma non funzionava e l'alcol leniva la frustrazione crescente. Invece tu, Zelda, in pochi mesi, avevi deciso di riprendere in mano la penna e avevi scritto un romanzo che si serviva della stessa sostanza biografica del libro di Scott: i mesi burrascosi della malinconica Parigi, ricettacolo di ogni genio in quegli anni. Modigliani passeggiava di notte condannandosi a morire di tisi, mentre Picasso trionfava e si ubriacava. Hemingway mostrava i suoi muscoli letterari e Rodolfo Valentino strappava alle donne il loro primato di leggiadria naturale. La Costa Azzurra brillava di quella luce che solo i sogni hanno. Ce n'era abbastanza per scrivere un romanzo, ma lui non ci riusciva. Tu lo bruciasti, allegro con fuoco, in velocità. La Musa se ne frega di chi la serve: lei offre la materia grezza, poi ha bisogno di qualcuno che la trasformi in diamante e butti via la ganga. Scott andò su tutte le furie, geloso del successo, non certo di te. Ma tu, per non precipitare definitivamente nella depressione, avevi più urgenza di lui di raccontare. Ne sapevi di più dell'arte di far naufragio. In fondo avevate creato la vostra dannazione proprio per poterla raccontare. Entrambi eravate entrati nelle tenebre e ora cercavate di uscirne, come presagendo che il dio dei morti avrebbe concesso salvezza solo a chi sarebbe arrivato prima alla luce del sole.

Ma l'amore fece uno sforzo e prevalse, sotto forma di perdono. Scott ti aiutò a limare il romanzo e tu eliminasti le parti direttamente ispirate al suo, che uscì qualche tempo dopo, nel 1934, l'anno in cui lui ti chiedeva di tornare: "Dimentica il passato – quella parte di esso che puoi dimenticare, e voltati e torna a nuoto da me, al tuo porto nei secoli dei secoli – anche se può sembrare un antro oscuro a volte, illuminato da torce di furore; è il rifugio migliore per te – vira dolcemente nelle acque dove navighi e fai rotta verso casa". Gli servivi, Zelda, o era sincero? Eri la scialuppa di salvataggio nel grande naufragio di tutti i *Titanic* degli uomini?

Il pubblico rimase freddo al suo romanzo e la notte calò più fitta sulla vostra sbronza di luce. Lui si rifugiò a Hollywood per riuscire a stare a galla come sceneggiatore. Le crepe si allargavano, Zelda. Continuavate a scornarvi con un destino che voi stessi avevate creato per troppa obbedienza alla Musa. Ogni tanto l'amore si riprendeva i suoi privilegi, ma erano momenti nostalgici, non guardavano più al futuro. Allora decidesti di tornare dalla tua famiglia, che ti avrebbe potuto accudire meglio di un alcolizzato. Lui se ne andò con una donna che non aveva un briciolo del tuo talento, e infatti trovò pace e ricominciò a scrivere di più e a bere di meno, ma durò solo due anni.

Una mattina di dicembre del 1940 stramazzò a terra fulminato da un infarto mentre cercava di ravvivare il fuoco del camino. Il fuoco continuò a bruciare. A te, Zelda, toccò qualche anno dopo: ormai priva di lucidità, in una clinica, moristi in un incendio insieme ad altre sette pazienti. Solo un'elegante pantofola permise di riconoscere il tuo corpo. Il fuoco che aveva acceso i vostri sogni e le vostre vite nella scintillante età dell'oro finì col bruciarvi l'anima e il corpo. Non avete mai smesso di scrivervi e nonostante tutto c'è chi dice che l'amore non venne mai meno fra voi, e che se non ci fosse stata di mezzo la Musa la vostra sarebbe stata una coppia resistente a qualsiasi temperatura, come quelle spade d'acciaio che vengono ritemprate nel continuo passaggio dal caldo al freddo.

Siete stati simili a falene incantate dalla luce, che, pur di averla, ci lasciano le ali, come gli scrivesti tu, Zelda, un anno prima della sua morte: "Niente avrebbe potuto sopravvivere a una vita come la nostra".

Anna Magdalena

Johann Sebastian Bach comunicava solo con la musica, per questo Anna Magdalena si intendeva benissimo con lui. E non ci sarebbe stato margine per nessun altro tipo di sentimento se non per un amore di ordine musicale.

Era un uomo di poche parole. Per lui dialogare con te era questione di musica e di letto. Aveste tredici figli negli anni in cui lo accompagnasti, tra il 1721 e il 1750. Quando vi sposaste tu avevi vent'anni, lui trentasei e un amore assoluto per la musica, che abitava in lui e traboccava attorno a lui.

Tutto era iniziato ad Amburgo, dove ascoltasti per la prima volta Dio parlare agli uomini e alle donne e dare loro del tu. Cantante di talento, ti trovavi in quella città per ascoltare un organista tra i migliori. Eri entrata per caso in una chiesa dedicata a santa Caterina, dove qualcuno stava seduto all'organo e suonava senza pubblico, perché il suo unico pubblico era Dio: sì, c'è stato un tempo in cui si facevano cose belle solo per Dio, proprio come i fiori di montagne inaccessibili o i pesci di abissi sconosciuti. Fu la musica a dominarti, lui rimase invisibile, facendoti perdere la cognizione del tempo; mettesti radici nel marmo del pavimento e ti trasformasti in orecchio assoluto, per ascoltare quel linguaggio dell'assoluto. Poi il silenzio e i suoi passi sulla scala. I vostri sguardi si incontrarono per un istante, per te fu come un'apparizione sacra, una ierofania. Rimanesti paralizzata, perché ti aspettavi di vedere un angelo o qualcosa di almeno prossimo al divino, e vedesti lui. Cominciasti a tremare e fuggisti, terrorizzata. Il sacro si mostra così, affascinante e tremendo, paralizza e terrorizza, non gli si può stare vicino se non per il tempo in cui si rimane ipnotizzati; tornati in sé si può solo fuggire, perché la terra che si calpesta non è fatta per piedi umani. Ma lui non dimenticò il tuo volto e il tuo gesto di raccogliere il mantello che ti era caduto dalle spalle mentre lo ascoltavi, incantata.

Qualche tempo dopo, infatti, era seduto nel salotto dei tuoi genitori perché voleva sentirti cantare. Tu non alzasti lo sguardo temendo di vedere di nuovo il volto terribile di Dio, il roveto ardente della musica, e cantasti per lui. Il canto riuscì a placare il tuo turbamento e non appena terminasti lui disse: «La tua voce è pura e sai cantare». Era la sua proposta di matrimonio, non servivano altre parole. Un anno dopo, infatti, accettasti, ringraziando Dio, che aveva scelto le dita di lui per parlare agli uomini, e prorompesti in lacrime di gioia. Dicembre 1721 fu il mese in cui ti dicesti la donna più felice.

Rinunciando alla carriera di cantante dedicasti tutto il tuo tempo alla sua musica, ai vostri figli e ai quattro della sua precedente moglie, morta improvvisamente più di un anno prima. Sapevi che quella era la tua carriera: la sua musica. Non c'era altro Dio all'infuori della musica di Dio.

Nella tua autobiografia scrivesti: "Dopo il mio matrimonio io vissi solo in lui e per lui. Mi sentivo come un rigagnoletto d'acqua assorbito dall'oceano: avvolta, racchiusa, sorretta da una vita più vasta e più profonda della mia. [...] Così incominciò la mia vera vita, poiché quella che la precedette non era che una preparazione ed un'attesa". Anna Magdalena, queste sono parole che suoneranno stonate ai lettori del mio tempo, ma sei tu ad averle scritte, confidando il segreto di chi non si sente sminuito, bensì ampliato, mettendosi al servizio del talento dell'altro. Era il miracolo della musica. Tu che eri musicista nelle sue note trovasti una casa, la realizzazione di ogni aspirazione. Ti aveva regalato un quaderno sul quale trascriveva brani suoi o di altri, che tu avresti potuto suonare per esercitarti e per accompagnarlo con la tua voce da soprano. Lo chiamò il *Piccolo libro* (tutto è piccolo per chi si ama davvero), scrisse il tuo nome sul frontespizio e aggiunse la didascalia: "Anti-melanconico, o mezzo per scacciare la malinconia". Così poteva conversare con te, Anna Magdalena, e mescolare la tua anima alla sua, in modo del tutto musicale. Amore e musica sono la lingua primordiale di Dio, quella che ogni uomo comprende e con cui gli uomini possono comunicare tra loro, senza l'ambiguità delle parole.

Conoscerlo non era facile, ma imparasti a farlo amando la sua musica e il luogo da cui scaturiva, e vi trovasti un uomo incapace di parole, ma capace di dare una voce a Dio: un profeta capace di interpretarne l'apparente silenzio.

Per questo la vostra casa diventò un laboratorio musicale, sempre aperta a chi volesse ascoltare i vostri canti familiari; anzi, eri proprio tu a organizzare vere e proprie feste di musica e canto. Nel frattempo lui insegnava ai ragazzi della città a suonare, invitandoli a non sprecare i talenti che Dio dona, a costo di molta pazienza ed esercizio: imparerete a suonare come me, ripeteva loro.

I suoi occhi, dedicati a scrivere musica anche la notte, con il tempo peggiorarono e quando una cataratta lo rese quasi cieco tu iniziasti a trascrivere le sue partiture. Qualche giorno prima di morire recuperò la vista e ti poté vedere ancora; ti ripeté quello che ti aveva detto il giorno delle vostre nozze: «Ringrazio Dio di averti data a me», ti prese il viso come allora e tu dentro di te ripetesti la tua preghiera a Dio di quel giorno: "Oh! Dio, fammi degna di lui, fammi degna di lui!". Poi si spense, a sessantacinque anni, dopo aver dato la possibilità a Dio di venire sulla Terra sotto forma di musica, rivelando ancora una volta agli uomini che sono tutti suoi figli.

Nei giorni successivi la malinconia ti portava a sfogliare quel libro curativo che aveva cominciato a compilare per te. E sembrava, suonando quella musica composta appositamente per te, che lui fosse ancora lì, che non potesse mai morire, perché la polvere non è la fine degli uomini se gli uomini sperano così tanto nella bellezza e nella sua durata. Il tuo nome era scritto sulla carta verde di quel quaderno in oro e china, e dentro si alternavano partiture scritte da lui e altre trascritte da te, come un dialogo che adesso si rendeva finalmente visibile e consegnabile al futuro, ripulito da tutte le incrostazioni contingenti di una vita insieme. La musica aveva strappato il vostro amore dai suoi inciampi e lo aveva reso nuovo e sempre giovane. Come quando vi trasferiste a Lipsia e ti portò in braccio dentro la nuova casa, aggiungendo, nell'aria di maggio, fresca e piena di promesse e di un bacio: «Sarai sempre la mia sposina». Poche parole, ma tutte quelle necessarie.

Avevi dovuto difenderlo dalla vita ordinaria, perché la musica sgorgasse piena e senza ostacoli, e tu invece di recriminare ne fosti ancella felice. Non ti sentivi espropriata di nulla, ma consentivi a lui di fare quello che doveva, obbedire alla missione che Dio gli aveva affidato, lavorando senza posa, anche di notte, al lume della candela, fino a perdere la vista. Succede sempre così a chi vede Dio: resta cieco. Tu spesso lo aiutavi a trascrivere, ma solo lui poteva interpretare il vangelo musicale che gli veniva dettato da voci che era il solo ad ascoltare.

Eppure quando lui morì non ti rimase quasi nulla. I vostri figli andarono via di casa, tranne le due minori e una del suo precedente matrimonio. Ti rimanevano soltanto le sue partiture, ma preferisti mendicare e vivere in povertà piuttosto che vendere anche solo uno di quei fogli. Era non solo la sua musica, ma il vostro stesso dialogo amoroso: non avresti mai potuto vendere l'anima.

Così te ne andasti in povertà dieci anni dopo tuo marito, nel 1760, e fosti sotterrata in una fossa comune. La stessa fine aveva fatto la musica di lui, dimenticata, non riconosciuta.

Fu necessario aspettare che un giovane di genio, pupillo di Goethe, Felix Mendelssohn, riscoprisse gli spartiti di tuo marito, perché la musica di Dio tornasse a penetrare nella storia sorda degli uomini. Come hanno potuto i suoi contemporanei dimenticare Johann Sebastian Bach? Aveva scritto per un tempo non ancora maturo, il tempo in cui gli uomini avrebbero dimenticato che la musica è la lingua di Dio. Tu sola lo avevi riconosciuto, perché tu sola lo avevi amato.

Per questo non posso accettare, Magdalena, il contrasto fra la sua immortalità e la tua fossa comune, la sua musica e il tuo silenzio, la sua regalità e la tua servitù. Mi sembra ci sia qualcosa di incompiuto. Ma la risposta l'hai scritta tu, nel rievocare il ricordo più bello della vostra vita insieme: "Quella sera in cui suonò la Fuga circondandomi col suo braccio", e aggiungevi: "Povera come sono e dimenticata, non vorrei essere altro da ciò che sono adesso, se dovessi comprare la più bella e onorevole vecchiaia al prezzo di non essere stata sua moglie".

Basta ascoltare il primo preludio del *Clavicembalo ben temperato*, in do maggiore, che Sebastian ricopiò in quel quaderno per te, per essere certi che un uomo e una donna possono dialogare per sempre, anche senza parole. Nei secoli dei secoli della bellezza.

(Qualcuno ha detto che quel preludio lo hai scritto tu, come tante altre delle composizioni attribuite a lui. Certo è che quello è il vostro dialogo. E che cosa importa chi ne sia l'autore, avresti detto tu, eravate entrambi al servizio di Dio, al servizio del vostro amore. Si tratta sempre e comunque di un'unica storia, in cui l'amore distribuisce le parti all'orchestra degli uomini, perché il grande concerto del mondo venga interpretato.)

Joy

Nel lessico ebraico la misericordia di Dio è indicata con la parola rahamim*: grembo. Dio protegge gli uomini come il grembo di una madre, ma troppo spesso dimentichiamo che il grembo deve espellere il frutto, con violenza, per salvarlo. Il grembo che partorì C.S. Lewis, autore di favole perfette, fu il dolore.*

Senza te, Joy Davidman, sarebbe rimasto un formidabile teorico, come tutti gli uomini convinti che la verità sia astratta, mentre la verità è sempre una relazione. Infatti grazie a te Lewis scrisse i suoi libri più belli: *Diario di un dolore, I quattro amori, A viso scoperto*. Prima la vita era soltanto un teorema assoluto e perfetto, un "uno più uno fa due", frutto di un ragionamento pulito e asettico. Poi diventò tutto più sporco e vero, perché la vita vera è sporca e in amore uno più uno fa tre, porta oltre.

Amore e dolore mai furono tanto intrecciati in due vite come nelle vostre. Dieci anni in cui bellezza e tragedia si mescolarono come di rado accade agli uomini, tanto più se la loro vita è già avanzata, se non nell'età quanto meno nei fallimenti. Nel 1950 vi scriveste la prima lettera: tu, poetessa americana con una patria diversa nel cuore, avevi trentacinque anni, un matrimonio alle spalle e due figli da crescere, e ammiravi i suoi scritti. Lui ne aveva cinquantadue, una carriera sfolgorante come professore, conferenziere e scrittore, e una grande amicizia con Tolkien, grazie al quale aveva scoperto la gioia della fede in Dio e aveva fondato una combriccola di letterati, gli Inklings, che tra una birra e l'altra si erano inventati mondi e opere come *Il Signore degli Anelli* e, nel suo caso, *Le cronache di Narnia*.

Eppure egli non aveva ancora capito che Dio è anarchico: ti ama quando e come meno te lo aspetti e tutto al fine di spazzare via le maschere con cui credi di essere qualcuno e dominare la vita.

A cinquantadue anni il suo cervello e la sua penna avevano tutto sotto controllo e nulla sarebbe cambiato se tu non gli avessi scritto una lettera sui suoi libri. Quanta strada avrebbero fatto quelle parole: il loro miracolo non fu varcare l'oceano Atlantico e approdare a Oxford, ma penetrare nella scorza di quell'uomo sicuro di sé e dal cuore corazzato. Eppure, poiché tu eri intelligente e dotata di humor, esse fecero solo quello che devono fare le parole: preparare il cuore ai fatti, in modo che non li ignoriamo quando ci accadono e possiamo dare loro il nome che si meritano. E il nome qui era amore.

Passano due anni, durante i quali le parole lavorano e scavano, ispirano l'uno e l'altra, in uno scambio in cui non è ben chiaro chi sia Orfeo e chi Euridice. Poi, nel 1952, il vostro primo incontro. Gli occhi devono solo ratificare quello che il cuore ha già intuito.

L'Inghilterra si dimostra la tua vera patria, Joy, un'Itaca persa chissà quando nel futuro. Così ti ci trasferisci con i tuoi figli e nel 1956 vi sposate, diversamente saresti dovuta tornare in America perché il visto stava per scadere. Agli occhi di molti un modo per scavalcare la burocrazia, agli occhi vostri un matrimonio in piena regola. Lui, uomo compassato e non incline agli slanci – che proprio per affrancarsi da questa calma eccessiva scrive meravigliosi libri d'avventura –, se ne frega dello scandalo: una donna divorziata, dal passato comunista, ebrea, con due figli... Un anno dopo decidete di mettere il vostro matrimonio sotto la protezione di Dio, con una cerimonia anglicana. E sembra che proprio Dio sia geloso della vostra felicità. In tuo onore, Gioia, nel 1955 intitola la sua autobiografia *Sorpreso dalla gioia*, quasi che tutta la prima parte della sua vita non sia stata che l'anticamera dell'incontro con te. Per questo anche se il tuo primo nome è Helen, preferisce chiamarti Joy: solo chi ama conosce il vero nome dell'amato.

Ma la gioia, Joy, ha le ossa fragili e le tue sono intaccate da un tumore che ti porterà via in tre anni. Fate appena in tempo a concedervi due lune di miele, sì, due. Una subito, in Galles e in Irlanda, e una seconda, perché tu lo desideri da sempre, in Grecia. Al ritorno da quel viaggio, però, le tue ossa tornano alla polvere di cui sono fatte tutte le ossa e nella quale lui ti seguirà, col cuore spezzato, tre anni dopo. Ma le ossa le salva dalla polvere solo l'amore, e il dolore.

Comincia a cercarti come un disperato, scrivendo righe essenziali. Prima la sua penna volava sui fogli e le pagine sembravano comporsi da sole, l'immaginazione era libera, il pensiero limpido. Ora ogni frase gli costa una fenditura nella carne e una crepa nel cervello e, se ne viene fuori un paragrafo, è scritto con tutto il peso della vita addosso, come si scrivono le poesie, che fanno coincidere la carne e la carta. Lewis inizia il suo braccio di ferro, come Orfeo, con il Signore della Morte, che ti ha rapita anzitempo, e ti cerca nella pietra del suo cuore con lo scalpello della penna: "E intanto, dov'è Dio? Di tutti i sintomi, questo è uno dei più inquietanti. Quando sei felice, così felice che non avverti il bisogno di Lui, così felice che sei tentato di sentire le Sue richieste come un'interruzione, se ti riprendi e ti volgi a Lui per ringraziarlo e lodarlo, vieni accolto (questo almeno è ciò che si prova) a braccia aperte. Ma vai da Lui quando il tuo bisogno è disperato, quando ogni altro aiuto è vano, e che cosa trovi? Una porta sbattuta in faccia, e il rumore di un doppio chiavistello all'interno. Poi, il silenzio. Tanto vale andarsene. Più aspetti, più il silenzio ingigantisce. Non ci sono luci alle finestre. Potrebbe essere una casa vuota. È mai stata abitata? Un tempo, lo sembrava. Ed era una impressione altrettanto forte di quella di adesso. Che cosa significa? Perché il Suo imperio è così presente nella prosperità, e il Suo soccorso così totalmente assente nella tribolazione?" (*Diario di un dolore*).

Non c'è in gioco la sua fede, Joy, come molti potrebbero

credere, ma qualcosa di ben più importante: chi è Dio veramente? "Non che io sia in pericolo (mi sembra) di smettere di credere in Dio. Il vero pericolo è di arrivare a credere di Lui queste cose orribili. La conclusione che pavento non è: 'Dio, dunque, non esiste', ma: 'È questa, dunque, al di là di ogni illusione, la vera realtà di Dio'."

Il dolore lo scava e lo rende un vivo che vaga nel regno dei morti per recuperare la sua Euridice. Percorrendo l'aldilà, la sua fede viene finalmente messa alla prova dalla vita e la sua preghiera diventa un braccio di ferro con Dio: "Non si può mai sapere con quanta convinzione si crede a qualcosa, fino a quando la verità o la falsità di questo qualcosa non diventano una questione di vita o di morte. Prendiamo una corda: è facile dire che la credi sana e robusta finché la usi per legare un baule. Ma immagina di doverci restare appeso sopra un precipizio. Non vorresti prima scoprire fino a che punto te ne fidi? [...] Solo un rischio vero mette alla prova la realtà di una convinzione. A quanto pare, la fede (ciò che io credevo fosse fede) che mi permette di pregare per gli altri morti mi è sembrata forte solo perché non mi è mai importato gran che, non mi è mai importato disperatamente, che quei morti esistessero o no. Eppure ero convinto del contrario".

Solo un rischio vero ci rivela di che tempra sono fatti i nostri legami, e quindi di che tempra è la nostra vita.

Il cancro gli ha portato via suo padre, sua madre e ora te, Joy, e gli viene il sospetto che l'essenza di Dio non sia l'amore ma il cancro: "Dio è forse un pagliaccio che ti strappa di mano la scodella di minestra e un attimo dopo te ne dà un'altra colma della stessa minestra? Neanche la natura arriva a questi punti. Nulla viene mai ripetuto tale e quale".

Ogni riga ha il peso del cuore spaccato e il terrore di tornare nella vita insipida dei ragionamenti perfetti, delle regole certe, della felicità pulita, asettica e controllata: "Il dono più prezioso che ho avuto dal matrimonio è stato questo continuo impatto con qualcosa di molto vicino e intimo e tuttavia sempre e inconfondibilmente altro, resistente – in una parola, reale. Tutta quest'opera dovrà andare distrutta? Ciò che io continuerò a chiamare H. è destinato a ricadere orribilmente nella fumosità delle mie vecchie fantasticherie di scapolo? Oh mia cara, mia cara, torna per un momento solo a scacciare questo meschino fantasma. Oh Dio, Dio, perché ti sei tanto adoperato a tirar fuori questa creatura dal suo guscio, se ora è condannata a strisciarvi dentro nuovamente, a essere risucchiata in esso?".

Il terrore dell'aldiquà lo attanaglia, la realtà non sembra altro che il laboratorio di un Dio che viviseziona tutto, invece di dare la vita. Non è altro che un "Sadico Cosmico": "*Lui*, fare un universo? Ma se non saprebbe nemmeno fare una battuta, fare un inchino, fare penitenza, fare amicizia".

Inizialmente pubblica queste cose sotto pseudonimo. Scandalizzerebbe tutti quelli che lo seguono per il suo pensiero limpido, fiducioso, preciso, luminoso. Non accetterebbero simili considerazioni su Dio e il matrimonio: "'Era troppo perfetto per durare': questo sono tentato di dire del nostro matrimonio. Ma lo si può intendere in due modi. Può essere un'espressione di cupo pessimismo: come se Dio, accortosi che due delle Sue creature erano felici, le avesse subito interrotte ('Basta! Finitela!'). Dio come la padrona di casa che durante un cocktail separa due ospiti che danno segno di aver cominciato una conversazione troppo seria. Ma potrebbe anche voler dire: 'Aveva raggiunto la sua perfezione. Aveva realizzato ciò che era implicito in esso, e quindi non c'era motivo di prolungarlo'. Come se Dio avesse detto: 'Bravi, questo esercizio l'avete imparato proprio bene. Sono molto contento. Ora siete pronti per affrontare il prossimo'. Una volta che sappiamo risolvere le equazioni di secondo grado e ci proviamo gusto, l'insegnante non insiste e passa ad altro".

Ed ecco che per un attimo il dolore si placa e il pensiero cerca di riprendersi i privilegi perduti e costruire barricate attorno all'ignoto per renderlo meno misterioso, meno doloroso: "E poi uno dei due muore. E noi lo vediamo come un amore interrotto; come una danza arrestata a metà giravolta, o un fiore con la corolla miseramente strappata: qualcosa di troncato, e quindi privo della sua giusta forma. Ma è così? Se, come non posso fare a meno di sospettare, anche i morti sentono i tormenti della separazione (e questa potrebbe essere una delle loro pene purgatoriali), allora per entrambi gli amanti, e per tutte le coppie di amanti, senza eccezioni, la perdita dell'altro è una parte universale e integrante dell'esperienza d'amore. Essa segue il matrimonio con la stessa normalità con cui il matrimonio segue il corteggiamento o l'autunno l'estate. Non è un troncamento del processo, ma una delle sue fasi; non è l'interruzione della danza, ma la figura successiva. Noi siamo 'tratti fuori di noi' dall'amata fintanto che essa è qui. Poi viene la figura tragica della danza, nella quale dobbiamo imparare a essere ugualmente tratti fuori di noi, anche se la presenza corporea è stata tolta, dobbiamo imparare ad amare Lei, e a non ripiegare sull'amore del nostro passato, o del nostro ricordo, o del nostro dolore, o del nostro sollievo dal dolore, o sull'amore del nostro stesso amore".

Pare che Dio giochi a tirarci fuori dalle nostre certezze per permetterci di vedere chi siamo veramente: "Lui l'ha sempre saputo che il mio tempio era un castello di carte. L'unico modo per far sì che lo capissi anch'io era di buttarlo giù".

A poco a poco, Joy, lui si ricorda del tuo secondo nome, il tuo vero nome: Gioia. E gli sembra di fare un passo avanti nella ricerca di te: "Il mio programma, comunque, è chiaro: mi volgerò a lei quanto più spesso potrò in letizia. Magari salutandola con una risata. Meno la piango, mi sembra, più le sono vicino". Non sarà, Joy, che tu sei viva e che Dio è il Dio dei vivi e non dei morti? E che la morte è un fatto di cui dobbiamo solo accettare l'evidenza e il conseguente dolore, come fece Dio stesso, nella sua forma umana, di Crocifisso?

La ricerca di te si rivela per quello che è, lo sprofondare nell'abisso del dolore, come Orfeo in cerca di Euridice: "Avevo pensato di poter descrivere uno *stato*, di fare una mappa dell'afflizione. Invece ho scoperto che l'afflizione non è uno stato, bensì un processo. Non le serve una mappa ma una storia, e se non smetto di scrivere questa storia in un punto del tutto arbitrario, non vedo per quale motivo dovrei mai smettere. Ogni giorno c'è qualche novità da registrare. Il dolore di un lutto è come una lunga valle, una valle tortuosa dove qualsiasi curva può rivelare un paesaggio affatto nuovo".

Vorremmo eliminare il dolore con un pensiero, con un colpevole, ma non funziona mai: si tratta di lasciarlo entrare nella nostra carne, perché il dolore è già l'inizio della soluzione, perché solo quando il freddo si insinua sentiamo il bisogno di coprirci. E potente, inesorabile, con tutto il peso della vita lui esprime il suo desiderio ultimo e profondo: "Io ho bisogno di Cristo, e non di qualcosa che Gli somigli. Voglio H., e non qualcosa che sia simile a lei. Una fotografia veramente bella potrebbe alla fine diventare una trappola, un orrore, e un ostacolo".

La sua idea di Dio va in frantumi e si rende conto di come fosse tanto perfetta quanto distante, tanto assoluta quanto fredda: "Nella sua mano c'è sempre una carta di cui non sapevamo nulla". Si era dimenticato di Cristo: l'unica possibilità che la verità sia avvicinabile e affidabile. E scopre che Dio è il primo iconoclasta: distrugge l'idea tascabile che ci creiamo di lui, per farsi vedere in volto: Cristo. Non succede forse così anche in amore, Joy? La figura ideale dell'altro che ci siamo costruiti nel nostro innamoramento egoistico e narcisistico va in frantumi e a poco a poco vediamo e impariamo ad amare il vero volto dell'altro, non quello che abbiamo costruito noi, ma quello umano, quello vero: "Non la mia idea di Dio, ma Dio. Non la mia idea di H., ma H. Sì, e anche non la mia idea del mio prossimo, ma il mio prossimo. Forse che non facciamo spesso questo errore con chi è ancora vivo, con chi è accanto a noi nella stessa stanza? Rivolgendo le nostre parole e le nostre azioni non all'uomo vero ma al ritratto, al riassunto, quasi, che ne abbiamo fatto nella nostra mente?".

Dio è più vicino adesso, Joy, ma Lewis non ha smesso di usare la sua ragione come un chirurgo usa il bisturi e gli fa una domanda precisa: "Signore, sono dunque queste le tue condizioni? Potrò ritrovare H. solo se imparerò ad amarti al punto che non mi importerà più se la ritrovo o no? Considera, Signore, come questo appare a noi. Che impressione darei se dicessi ai ragazzi: 'Niente dolci, ora. Però, quando sarete grandi e i dolci non vi interesseranno più, potrete averne quanti ne vorrete'?".

E se come accade a noi tutti, Joy, Dio sembra tacere? E se fossero le domande a portarci fuori strada? "Quando pongo queste domande davanti a Dio, non ricevo nessuna risposta. Ma è un 'nessuna risposta' di tipo speciale. Non è la porta sprangata. Assomiglia piuttosto a un lungo sguardo silenzioso, e tutt'altro che indifferente. Come se Lui scuotesse il capo non in segno di rifiuto, ma per accantonare la domanda. Come a dire: 'Zitto, bimbo; tu non capisci'. Può un mortale fare domande che Dio trova senza risposta? Facilissimo, direi. Ogni domanda senza senso non ha risposta. Quante ore ci sono in un metro? Giallo è quadrato o rotondo? È probabile che buona parte dei nostri interrogativi – buona parte delle nostre grandi questioni teologiche e metafisiche – siano domande di questo genere."

E scopriva così, Joy, che come lo guardavi tu, ancor di più lo guardava Dio. E allora accade quello che nessuno si aspetta, ovvero che Euridice resta, ma in un modo nuovo e inatteso, e tu diventi la porta per la confidenza con Dio, perché attraverso il tuo amore gli hai svelato il suo Amore: "E tuttavia c'era un'intimità fortissima e allegra. Un'intimità che non era passata attraverso i sensi o le emozioni. [...] Non c'era bisogno di emozione. L'intimità era già completa, e insieme corroborante e ristoratrice. È possibile che questa intimità sia puro amore, quell'amore che è sempre accompagnato, in questa vita, dall'emozione non perché sia un'emozione o abbia bisogno della presenza di un'emozione, ma perché questo è l'unico modo in cui possono reagire la nostra anima animale, il nostro sistema nervoso, la nostra immaginazione? Se è così, quanti preconcetti devo eliminare! Una comunione di pura intelligenza non sarebbe fredda, uggiosa, squallida. Ma nemmeno sarebbe ciò che di solito si ha in mente quando si usano parole come 'spirituale', 'mistico', 'santo'. Sarebbe, se davvero ne ho intravisto un barlume... ho quasi paura degli aggettivi che dovrei usare. Energica? allegra? penetrante? attenta? intensa? vigile? Ma soprattutto, solida. Assolutamente affidabile. Costante. I morti sono gente quadrata".

In quel contatto intimo c'è qualcosa di unico e nuovo, qualcosa che ci aspetta, qualcosa che i teologi chiamano "resurrezione della carne", un modo nuovo e totale di amarsi, senza maschere e senza che il corpo sia più la soglia tra il mostrare e il nascondere, ma pura trasparenza e dono.

Tu, Joy, non sei stata Euridice, ma sei andata oltre, proprio in quei momenti lo hai confermato: "Che malvagità sarebbe, se ne avessimo il potere, richiamare in vita i morti! Non a me, ma al cappellano, disse: 'Sono in pace con Dio'. E sorrise, ma non a me. *Poi si tornò all'etterna fontana*".

La fontana di tutto l'amore è Dio, Joy, lui lo scoprì grazie a te, ed è questo che vogliamo tutti da un amore, anche se dura soltanto dieci anni: "I pochi anni che io e H. abbiamo passato insieme sono stati un vero banchetto d'amore; l'amore in tutte le sue modulazioni: solenne e festoso, romantico e realistico, a volte clamoroso come un temporale, a volte dimesso e accogliente come infilarsi le pantofole. Non un angolo del cuore e del corpo è rimasto insoddisfatto. Se Dio fosse un surrogato dell'amore, avremmo dovuto perdere ogni interesse per Lui. Perché sprecare il tempo con i surrogati, quando si ha l'originale? Ma non è così".

L'amore non è un colpo di mano della natura umana che inganna i nostri sensi, ma è la certezza che quell'esperienza originaria che ci fa perdere la testa all'inizio del cammino è ciò che ci aspetta alla fine. E se solo volessimo: anche in mezzo.

Seconda sosta: il pianto

Dopo averla debitamente pianta sulla terra, il poeta del Ròdope, per non lasciare nulla d'intentato, nemmeno nell'aldilà, osò discendere fino allo Stige attraverso la porta del Tènaro, e avanzando tra folle svolazzanti, tra i fantasmi dei defunti onorati di sepoltura, si presentò a Persefone e al signore dello spiacevole regno delle ombre.

Ovidio, *Metamorfosi*, X

Quam satis ad superas postquam Rhodopeïus auras
deflevit vates, ne non temptaret et umbras,
ad Styga Taenaria est ausus descendere porta:
perque leves populos simulacraque functa sepulchro
Persephonen adiit inamoenaque regna tenentem
umbrarum dominum.

Nessuno di noi conosce il mondo dei morti se non ha qualcosa o qualcuno per cui morire. Amando Euridice, Orfeo è costretto a fare esperienza della morte, perché per amare veramente bisogna rischiare la vita, sporgersi sull'abisso di ciò che non si conosce, entrare in un territorio che potrebbe essere l'origine della felicità, senza però averne il dominio. Questo è il rischio dell'amore: smettere di controllare la vita, accettare la paura dell'essere mortali e cominciare a essere realmente viventi, addentrandosi proprio nelle terre governate da Persefone e Ade.

Se di primo acchito innamorarsi può offrire l'inebriante ambrosia dell'immortalità, la sensazione di sollevarsi sopra la propria condizione, la costruzione che poi quello stesso amore richiede passa attraverso l'abbracciare pienamente la propria mortalità, l'aderire alla propria ombra. Solo abbracciando la nostra mortalità possiamo afferrare il segreto dell'immortalità, o meglio, della giovinezza perenne.

Per questo, anche se sembra contraddittorio (ma ad avvicinarsi al centro della vita si ha a che fare sempre coi paradossi), un essere umano non sa di dover morire sino a che non si innamora.

Da bambino non mi sono mai posto il problema della mia morte: vedevo che le piante, gli animali e le persone potevano morire, ma non credevo che la cosa potesse riguardarmi. Il bambino conosce solo il presente, il tempo fermo del gioco, ogni suo istante è intriso di immortalità.

Ma la prima volta che mi innamorai fu come se qualcosa che mi apparteneva mi fosse stato improvvisamente sottratto lasciando (o forse solo scoprendo) dentro di me una ferita. Per questo il tanto vituperato cuore trafitto dalla freccia rimane un'immagine di rara precisione. Una traiettoria perfetta che raggiunge il nostro centro vitale e ci costringe a uscire da noi, a entrare nel territorio di chi non è più autosufficiente nei propri confini ma deve accettare il rischio della vita. Se non amassimo non saremmo mortali, e se non fossimo mortali non ameremmo. Che ne sanno gli dèi antichi dell'amore, se non sanno nulla della morte?

Se ciò che mi salva è fuori di me, nelle cose effimere, e io mi aggrappo a esse perché le amo, non faccio che confermare che morirò con esse. Le cose non bastano mai. Dov'è allora l'amore che mi dà vita invece di togliermela? Quale amore mi dà presa sulla vita senza rendermi schiavo di ciò che muore e quindi mi libera dalla paura? Quale amore mi concede al tempo stesso piena appartenenza e piena libertà? Dagli amori che tolgono libertà si dipende, e le dipendenze sono distruttive. Sono invece i legami veri che liberano: come una corda che ci permette di scalare una parete. Non può amare chi non accetta l'altro come oltre, come avventura rischiosa, come differente da sé, perché si ama solo ciò che ci conduce oltre il già noto.

Spesso invece mi capita di constatare che la paura di questo viaggio di Orfeo nell'aldilà impedisce di conoscere l'amore "trasgressivo". Trasgredire, dal latino, vuol dire andare (*-egredi*) oltre (*trans-*), accettare il taglio che mi separa dall'altro e uscire dalle mie certezze, dalla mia autosufficienza, dal mio egoismo. Spesso l'amore viene ridotto a una serie di piaceri effimeri che non sono altro che regressione alla propria infantile pienezza di bimbo immortale. L'altro non diventa mai veramente un altro, un alieno, direbbe il latino (colui che viene da fuori), ma rimane una proiezione di me, utile al piacere, che si illude di essere trasgressivo, ma che di trasgressivo non ha nulla, tanto che alla lunga annoia. Solo la vera trasgressione dell'amore dà pienezza e gioia, proprio mentre ci insegna il labirinto della morte. Ricordo quanto uno zio che non ho mai conosciuto scriveva in una lettera alla sua futura moglie, chiedendola in sposa: "Non posso prometterti la felicità, perché è cosa effimera, oggi c'è domani no, quello che posso prometterti è la gioia di vivere, perché tu e io insieme affronteremo giorno per giorno le difficoltà, e le trasformeremo in vita". Era l'unica lettera che mia zia conservava del loro corteggiamento. Quando lui andava a trovarla a casa, sotto l'occhio vigile dei genitori come si usava un tempo, nascondeva nella tasca del cappotto una lettera e lei nell'appendere il cappotto la prelevava e vi infilava la sua risposta alla precedente. Quel passaggio sulla gioia di vivere distinta dalla felicità rimane per me una guida, mi sembra molto trasgressivo. Il tempo non è più un'incognita, diventa un'avventura da affrontare insieme forti dell'essere in due, proprio grazie all'impegno di due alieni che creano insieme una terra promessa, ovunque si trovino. È la differenza che fa grande un amore, quando la specificità di ciascuno è amata e custodita come strada per conoscere se stessi, altrimenti a lungo andare si trasforma in insopportabile estraneità.

Le creature che abitano nel mare non sanno di abitarvi, a differenza di quelle che abitano sia il mare sia la terra: queste ultime sanno bene i confini, i limiti, le differenze. L'amore vero ci fa abitare la terra e il mare, perché richiede sofferenza, dolore, uscita da sé attraverso l'altro e conoscenza di sé attraverso l'altro. Noi siamo territori di frontiera, come le spiagge, cerniere tra terra e mare. Non sappiamo mai dove collocarci. Come anfibi, impariamo a uscire dal mare per inoltrarci nel territorio della morte. Solo l'Amore ci trae fuori dalla placenta comoda della vita, permettendoci l'esplorazione della nostra paura più grande, grazie a un altro.

Così Orfeo attraversa il labirinto dei morti, affronta la paura di morire, proprio perché ha molto amato, si è sottoposto al rischio di perdere ciò che amava e lo ha realmente perso. Chi vuole amare deve morire sempre, perché amare è scoprire che non si ha il controllo dell'amato, neanche di se stessi, perché non si ha conoscenza di se stessi se non attraverso la relazione con l'altro.

Quando l'amore accade si presenta come mistero, perché non solo accade senza che noi lo abbiamo scelto, ma ci ricorda che la nostra felicità non è a disposizione, non dipende da noi. Inseguiamo l'oggetto del nostro desiderio e cercando di fermarlo e farlo nostro lo perdiamo, finché non impariamo a renderlo protagonista del nostro amore, gli accordiamo la nostra stima a prescindere dalle sue capacità e prestazioni, lo guardiamo come fosse sempre allo stato nascente, come novità, evento. Non è facile trasformare l'altro da oggetto a soggetto d'amore, ma solo così la relazione mette radici più profonde nel nostro essere diventando una condizione interiore e non una semplice emozione. Solo un amore così può competere con la morte, assomiglia a una casa antisismica, che accoglie i movimenti della vita e li fa suoi; l'amore come mera emozione, invece, si fonda proprio su ciò che è volubile, e crolla al primo scossone.

L'amore serve a far la morte amica. Un villaggio giapponese conserva un'antica consuetudine: prima di sposarsi o di avere un figlio, ogni donna deve prestare i riti finali a un corpo morto, prepararlo per la sepoltura. Non si può amare un uomo, non si può dare vita a un figlio, se non si sa cosa siano la gravità e il silenzio della morte. In quel momento la donna diventa consapevole di ciò che sta per affrontare e impara che il suo dare la vita è forte come la morte. Non è un caso che noi uomini siamo attratti dalla pancia scoperta di una donna: mentre quella di un uomo ci ricorda solo il cibo, quella di una donna ci fa sentire la presenza di uno spazio vitale, dell'antidoto alla morte. La pancia di un uomo è una pancia, la pancia di una donna è un grembo, dove la vita può essere tessuta, dove l'amore si fa storia.

Elizabeth

Elizabeth Siddal, capelli rossi, lavorava come commessa presso un negozio di cappelli. Chi racconta, John Everett Millais, pittore non senza talento, la conobbe così e la corteggiò come molti altri. Ma solo uno, il migliore di tutti gli artisti del suo tempo, Dante Gabriel Rossetti, riuscì a conquistarla e a mandarla nella tomba.

Ciliegie, fragole, lamponi. Questi sono i frutti rossi di maggio, e la tua è una storia di maggio. I tuoi capelli avevano per tutto l'anno il colore di quei frutti ed erano capaci di portare maggio dentro ogni mese. Avevi addosso tutti i segni della Musa e non si poteva che confonderti con la Musa stessa, Lizzie. Per questo in molti ti vollero per sé, ma riuscirono solo ad averti come modella per i loro quadri. Quando entrai in quel negozio di cappelli mi dimenticai che ero lì per comprarne uno, perché vidi solo il rosso dei tuoi capelli e il tuo collo bianco di statua greca. Il rosso risale dalle viscere della vita e tu lo indossavi come maggio indossa i suoi frutti rossi. In uno dei miei quadri, il più bello, ti immortalai sotto forma di Ofelia, costringendoti a posare nell'acqua gelida. Quel gelo ti penetrò nella carne e io cercai di scaldarti con le mie braccia, ma tu non ti lasciasti afferrare, eri più sensibile alle parole che ai colori. E Dante Gabriel Rossetti, oltre ad avere un nome rispetto al quale il mio era un soffio di banale ordinarietà, con le parole sapeva il fatto suo. Cominciò a dedicarti dei sonetti e ti trasformò in ciò che tu desideravi: la Musa. Ti chiamava "Divina Colomba", come la Musa che ispira, e ti dedicò versi come questi: "O nata con me in un luogo dimenticato dagli uomini / e, mai incontrata negli anni, mai vista, mai sentita / pur nota a me come nata insieme all'anima mia!" (*Il vincolo della nascita*). Ti teneva stretta per giorni interi come se foste in simbiosi e poi ti respingeva come il più crudele degli amanti, quando si rendeva conto che la Musa rivendicava i suoi privilegi perduti. E quando la lontananza era sufficiente per riaccendere la parola, allora lui scriveva ancora e ti riprendeva con sé. Scriveva quei sonetti solo per te e nessun altro li conosceva, era il vostro patto segreto: un libro rilegato e scritto di suo pugno.

Eravate i più belli nelle vie della città e nella notte di stelle. Tutti invidiavamo la vostra libertà, la vostra bellezza, la vostra assoluta e perfetta simbiosi di Musa e Poeta. Il mondo non era diventato altro che un palcoscenico per il vostro passeggiare e allacciarvi al tramonto, quando Dante ti accarezzava i capelli rossi come fossero le corde di un'arpa.

Ma tu, amante gelosa, pativi la presenza della tua rivale, la Musa, e di tutte le altre con cui lui ti tradiva, e i tuoi nervi fragili cominciarono a rifugiarsi nel laudano. Oppio e vino, ingentiliti con cannella, zafferano, chiodi di garofano, ti portavano nello spazio e nel tempo del sogno, di una primavera eterna, in cui tutto è intatto, come quando rimanevate abbracciati per ore, o lui ti teneva le mani, o ti leggeva i versi composti per te e te sola. Il vostro era un amore di quelli che possono durare solo poche ore, perché l'intensità finisce col bruciare il filo di tungsteno come in una lampadina a cui è chiesta una tensione superiore alle sue forze. I medici non capivano le tue crisi: non potevano riconoscere la sindrome della Musa, perché non è catalogata in alcun libro scientifico. Lui le interpretò come volevi tu: sposami, smettila di guardare le altre, sii solo mio fino e oltre la morte.

E fu maggio 1860. Le ciliegie, le fragole e i lamponi riempirono i cesti di vimini che ornavano i tavoli al vostro matrimonio. I tuoi capelli rossi adagiati sulle spalle e sul vestito erano il maggio della carne, e lui non poteva che scrivere di te, per non permettere a quel maggio di diventare giugno. Quei versi in realtà erano la tua condanna, Lizzie, e tu non lo comprendesti. Esistevi perché potessero essere scritti: non ne eri la causa, ma il pretesto. E si sa che gli artisti non sanno amare per più di una stagione: l'abitudine, o semplicemente la vita vera, li soffoca, ma suona troppo audace forse, detto così? A loro piace sentire che la salvezza è in un oggetto che non possono controllare, che rischiano di perdere. Quella vertigine li eccita: la sete d'amore, non quella di amare. Giocano con il loro desiderio di infinito.

Arrivò un altro maggio, un anno dopo, e proprio il secondo giorno di quel mese ancora una volta la vita sembrava trionfare: nasceva il vostro primo figlio. Avrebbe avuto i capelli della madre? I tuoi occhi di malva e crisopazio? La tua pelle di marmo di Fidia, mescolato a oro, come le statue più sacre?

Assomigliava solo alla morte, la tua bambina, in quell'alba di maggio, perché uscì dal tuo grembo spenta, fredda come Ofelia. Naturalmente lui non capì quel dolore. Il mio quadro non ti portò mai fortuna, Lizzie, né maggio, ma solo inverno, per questo ti chiedo perdono. L'inverno si fece sempre più strada dentro di te e le tue ossa. Per riscaldarti bevevi laudano. Lui sembrava più distante e temevi ti tradisse, ora che eri triste e il tuo maggio si era velato. Eppure continuava a scrivere di te e non avrebbe smesso se l'inverno non ti avesse sorpreso, una mattina, fredda come la tua bambina e come Ofelia. Avevi bevuto laudano fino a perdere tutto il maggio del tuo sangue. Era il febbraio del 1862, e l'inverno aveva vinto su maggio e quella droga sulle tue membra bellissime.

I morti hanno sempre un altro volto, anzi, non hanno più un volto, perché la luce nei loro occhi si è spenta. Ma i tuoi capelli ti rendevano viva, erano in evidente contraddizione con la morte. Per questo lui decise di nascondere tra quei capelli il libretto di poesie scritte per te e che era il vostro segreto. Credeva che quelle parole potessero in qualche modo tenerti compagnia nel freddo della terra e nella solitudine delle tue passeggiate nell'aldilà. Quelle parole ti appartenevano e con te dovevano essere seppellite.

Continuò a dipingerti, ti chiamò Beatrice, travestendoti da sua Musa, sua scusa. Quando i debiti lo mandarono in rovina mi chiese di dargli una mano, in gran segreto. Erano passati sette anni da quell'inverno che ti aveva congelata. Dovevamo riaprire la tua tomba e recuperare il libretto di poesie, di cui non aveva altra copia. Che i morti restino morti e che le parole restino vive, quelle della poesia soprattutto. Lui non venne, forse per vergogna, forse perché sarebbe stato costretto a vedere in volto il suo unico amore: la Musa. Quando scoperchiammo la bara eri avvolta in una nuvola di rame, i tuoi capelli erano cresciuti come le ali di una farfalla attorno al suo corpo. Anche in quella bara maggio era intatto, e intatto il libro rilegato in pelle.

Da quel giorno Dante Gabriel Rossetti ripagò qualche debito ma precipitò in un incubo più amaro: ti vedeva di notte, in bianche vesti e circondata da una nuvola di capelli, muta e in cerca delle poesie che lui ti aveva dedicato, che dovevano essere solo tue. Non ti amò mai, Elizabeth, amò il maggio che era in te, per averlo in ogni mese della sua vita. Amò solo le parole che ti aveva dedicato, perché erano sue. Si nutrì di te. Del vostro segreto fece denaro per i suoi fallimenti. Forse per questo la più bella delle sue poesie non fu sua, ma tua, e dice chiaro che maggio non è di questa terra, ma è il mese sfuggito dal paradiso, e per gli uomini è solo il simbolo di un esilio più aspro:

Non pianger mai per un amore morto
perché l'amore raramente è vero
ma cambia il suo colore, nero in rosso,
e poi dal rosso più splendente al nero,
e amore nasce per morire presto
e raramente, raramente è vero.
Quindi non ospitare mai un sorriso
sul tuo volto gentile
per vincere il sospiro più profondo.
Le parole più belle
sulle labbra più vere
scorrono e senza dubbio presto muoiono.

E tu sarai da solo, caro mio,
quando il vento d'inverno si avvicina.
Non pianger mai per quanto non può essere,
diletto mio, che Dio non ce lo ha dato.
Se il sogno di un amore fosse vero,
diletto, noi saremmo in Paradiso,
questa è solo la terra, caro mio,
dove l'amore vero non è dato.

L'amore morto

Il dolore, Liz, è il prezzo che dobbiamo pagare alla nostra salvezza, perché l'amore che sappiamo di meritare sulla terra non è mai del tutto compiuto.

Fanni

Miklós Radnóti scrisse poesie alla moglie mentre il freddo gli sgretolava le dita in un campo di concentramento. Fanni Gyarmati lo riconobbe e lo fece resuscitare tra centinaia di corpi inerti, proprio grazie a quelle poesie.

Rari sono occhi azzurri come i tuoi, compatti e senza scuciture, tanto da poterli paragonare al cielo non ancora oscurato dalle ombre degli aerei dei nazisti, che deportarono tuo marito in un campo di concentramento ungherese. Lui ti chiamava Fifi e tu chiamavi lui Mik. Ed erano solo primavere quelle che avevate pensato di vivere insieme, come quella in cui vi conosceste. Ma quante ne aveste a disposizione? Quante ce ne sono tra il 1926 e il 1943. E tutte le altre? Se le presero i lupi di Hitler, inseguiti dagli orsi di Stalin. A loro ne sarà chiesto conto.

Nel '44 Mik fu fucilato e il suo corpo totalmente anonimo gettato in una fossa comune, perché le dittature non conoscono volti né nomi: tu però non ti sei mai rassegnata alla sua morte, perché l'amore conosce un solo volto e un solo nome, e sempre sa che qualcosa di vivo rimane e rende la ricerca non solo onesta ma necessaria. C'è sempre qualcosa che sopravvive in un amore bruscamente interrotto, come se in ogni amore fosse iscritto un compimento lasciato in sospeso, di cui Dio si fa garante. Per questo tu, Fanni, decidesti di scendere agli inferi per recuperare quel frutto che mostra l'impotenza della Storia sull'amore. Lui nei suoi versi aveva scritto di essere diventato radice, quando ancora non poteva sapere che sarebbe stato ucciso e gettato in una fossa comune. Ma si sa, la poesia è anche profezia.

Erano passati diciotto mesi, e quindi sei stagioni, dalla sua scomparsa, e la terra, che, complice il tempo, copre tutto senza far preferenze tra poeti e operai, sembrava tutta uguale. Eppure in un punto la flora che vi cercava nutrimento e riscatto era più viva: su quella terra smossa c'era una pianta di cotone e tu ne cogliesti un fiore e dicesti: «È qui». I soldati, scettici ma scalfiti dal dolore di una donna, scavarono e trovarono corpi tutti uguali, tutti ugualmente distrutti e irriconoscibili dopo sei stagioni, senza orgoglio di classe o di cultura, ma da uno di essi si sprigionava qualcosa di vivo, forse divino. Qualcosa che non poteva essere distrutto, neanche dalla furia di due totalitarismi accaniti su un unico corpo. Non riuscisti a riconoscerlo dalle ossa frantumate e umide, della pelle neanche a parlarne, non ve n'era traccia, ma nella tasca di quello che doveva essere stato un cappotto c'era un taccuino di poesie, forse l'unico a essersi salvato in tutto l'olocausto dei poeti. E anche quei soldati induriti dalla guerra dovettero credere all'amore.

Non sono certezze che la scienza può spiegare, perché precedono la scienza. Solo tu potevi restituirgli il percorso inverso a quello che aveva scritto in una sua poesia: "Ero fiore, sono radice".

Tra tutti quei corpi il suo era segnato soltanto con un numero, il 12, troppo poco per dire che era lui, ma nella tasca c'erano le sue poesie, nelle quali ti invocava come ragione ultima e prima, ti immaginava ad aspettarlo "bionda davanti alla fitta siepe", mentre compiva la sua ultima marcia nel settembre del 1944, trenta chilometri di ghiaccio con gli zoccoli di legno verso la maledetta Bor, chimera di dannati più che rifugio. Trenta chilometri sufficienti a fiaccarlo definitivamente, come una via crucis, generarono il suo vangelo finale: il *Taccuino di Bor*. In quei versi ti scopristi sua muta compagna di prigionia a dimostrazione che l'intimità dell'amore dello spazio e del tempo se ne frega:

Vedi, cara, il campo dorme, i sogni frusciano,
chi si sveglia di soprassalto si rigira nel suo stretto lembo,
e di nuovo sprofonda nel sonno con il volto che si illumina. Io solo
sono sveglio, seduto assaporo la cicca in bocca invece di un tuo
[bacio
e il sonno tarda a portarmi conforto, perché
ormai non posso più morire né vivere senza di te.

Settima Egloga

Si aggrappava a Virgilio per comprendere la violenza della Storia, e come il poeta latino raccontava il riscatto del sangue delle guerre cantando pastori, contadini, campi, e soprattutto il lavoro della terra. Sapeva che quell'eden era stato affidato all'uomo perché lo lavorasse e lo custodisse, prima dell'arrivo di Caino. Da quell'eden lasciava che fiorissero i suoi versi: così era riuscito a trasformare il campo di Caino, dove i nazisti fiaccavano il corpo e l'anima dei detenuti con il lavoro che rende liberi, nel campo degli uomini buoni e del loro canto che accompagna il lavoro, libero solo quando l'uomo ama. A Virgilio si aggiungeva la fede in Dio e nell'angelo con il quale Dio aveva scelto di prendersi cura di lui: tu, Fanni. Eri tu a guidarlo fuori dai cancelli della morte, perché l'amore è forte più di una dittatura. Ora lo sappiamo con certezza, quei versi – i primi scritti in un campo di sterminio nazista e scampati all'oblio grazie al paziente filo che ti legava a lui – furono la mappa che ti guidò verso di lui, un messaggio differito nel tempo che aspettava solo che tu lo raccogliessi sull'altra sponda del mare che separa vivi e morti, per farlo conoscere al mondo intero e a tutta la Storia, così da costringere Hitler e Stalin a inchinarsi di fronte al vostro amore e accettare che dopo la morte non saremo tutti uguali.

Non so più quando potrò vederti di nuovo,
tu che eri certa e pesante come il salmo,
e bella come la luce, bella come l'ombra,
colei che ritroverei anche da cieco e muto,
[...]
ti interrogo geloso, mi ami?

Un giorno alla fine della mia giovinezza
sarai la mia sposa, spero di nuovo –
torno in me,
so che lo sei. Sposa e amica –
solo sei lontana. Oltre tre confini selvaggi.
[...]
e sono prigioniero. Ho ponderato tutto quello in cui spero,
ciò nonostante so che ti ritroverò,
ho percorso per te la lunghezza interminabile dell'anima –,
e strade di paesi; se serve con una magia attraverserò
braci di porpora, fiamme che precipitano, ma tornerò;
se serve sarò coriaceo, come il callo sull'albero,
mi tranquillizza la calma degli uomini selvaggi
che vivono nei guai e in pericolo costante,
aspirando alle armi e al potere.

Lettera alla sposa

Fu la parola che ti permise di riconoscerlo e per sempre strapparlo, grazie al tuo amore, all'inarrestabile curva dell'oblio. Forse per questo Dio volle che tu vivessi centodue anni, quasi a riparare gli anni che erano stati a lui sottratti, perché gli anni di due amanti si sommano nel computo dei destini: a conti fatti l'algebra amorosa impone equilibrio. Furono recuperate tutte le primavere e i fiori di cotone presero a lampeggiare sulla sua tomba. Nelle sue tasche c'erano anche due foto: una di te bambina, una di te adulta. Che cosa è amare una donna se non custodire la bambina che è stata o che non è riuscita a essere?

Durante la prigionia, Mik conservò anche una tua lettera in cui c'erano le parole di una preghiera che ripetevi spesso quando su di lui incombeva già la minaccia: in quella preghiera chiedevi a Dio che lui si salvasse in cambio del tuo sacrificio.

Dio aveva altri piani o forse ascoltò quella preghiera realizzandola a suo modo. E grazie a te, Fanni, un po' del dolore di Euridice fu finalmente benedetto, perché la storia del vostro amore si è mostrata più forte della violenza di tutta la Storia.

Milena

Due donne in un campo di concentramento non hanno più nulla che le distingua, una può essere stata una prostituta, l'altra l'amata di Franz Kafka. Non fa alcuna differenza nell'imminenza della morte, soprattutto se entrambe hanno conosciuto l'angoscia degli uomini, entrambe per placarla, entrambe senza riuscirci.

Mi hai detto che ti chiamava "il coltello col quale frugo dentro me stesso".

A me non sembrava affatto un complimento come appariva a te, Milena, che eri fiera di essere lo specchio attraverso cui lui poteva osservare il suo cuore nudo senza averne orrore. Non so cosa ci trovassi di bello in questo, io che ne ho conosciuti, di uomini dal cuore vuoto, che chiedevano a me di riempirlo con una scarica di piacere.

Gli anni sono passati e ripenso a quella primavera livida, in cui l'unica cosa che brillava era il tuo sorriso spezzato soltanto dalla ricerca vana di ossigeno: la tubercolosi ti impediva di trattenerne abbastanza.

Non ti ha insospettito il fatto che della vostra corrispondenza sia rimasta solo la sua? Dove sei adesso, Milena Jesenská, dove sono il tuo sorriso sprezzante delle regole, la tua vitalità indomabile, il tuo anticonformismo, il tuo aver riconosciuto il cuore più oscuro di tutti con gli occhi dell'amore? Solo il campo di concentramento poteva domarti. Mi chiedo come ci sia riuscito un uomo che aveva il ghiaccio negli occhi e nella cassa toracica.

Era di maggio quando il tuo corpo ha ceduto. Maggio, con la sua promessa primaverile ancora acerba, è il mese più vero, ma il maggio del 1944 aveva una crudeltà sconosciuta alle stagioni degli uomini. In quei giorni sembrava che la storia umana potesse influire su quella ferrea del cosmo e addirittura modificarla. Nonostante i dolori e la magrezza tu sorridevi. Sarà stato quel sorriso a riscaldare il cuore di uno che ti definiva il suo coltello, anche se tu precisavi che la sua era solo una corazza per non essere troppo disponibile alla vita. Il tuo sorriso così franco e aperto prometteva una vita che lui temeva esistesse, perché avrebbe messo in discussione l'infelicità di ogni sua riga.

Sorridevi anche quando ti dicevo che avevo paura mi facessero una di quelle iniezioni con cui guarivano i malati. Li guarivano dalla vita, dalla grande malattia degli ebrei: voler vivere. Le coperte quell'inverno non scaldavano mai, erano troppo leggere e non serviva a niente raggomitolarsi nella loro umidità, si poteva solo aspettare che il sole filtrasse dalle finestre e riposare un'ora o due, quando il corpo sfinito si aggrappava all'ultimo lusso che gli restava: la stanchezza. Eppure tu, Milena, sorridevi. Io ero finita nel campo di Ravensbrück perché ero una prostituta, ed ero gelosa della tua vitalità, della tua purezza, del tuo sorriso. Mi raccontasti dei tuoi amori, o infatuazioni, come le chiamavi tu, e io non conoscevo neanche il significato di quella parola, ma ciò che capivo, perché non l'ho mai avuto, è che l'unico tuo vero amore si chiamava Franz, uno scrittore di Praga, il più grande di tutti, dicevi. Io di scrittori ne ho conosciuti molti. Venivano da me a cercare l'amore che la penna non sembrava offrirgli, avevano più fame di tutti gli altri perché la vita non solo li rendeva insoddisfatti come capita a tutti; loro, in più, rimestavano la penna dentro a quel dolore, a quella insoddisfazione. Cercavano dentro di me qualcosa che io non sapevo neanche cosa fosse: assomigliavano più a bambini che a uomini. Ma che cosa vuoi che ne sappia io dell'amore, Milena, io uso le parole come vengono. Per questo mi incuriosiva il tuo modo di parlarne. Dicevi che in un uomo bisogna amare ciò di cui lui più si vergogna. E lui si vergognava più di tutto della sua angoscia. Forse questo spiega perché eri il suo coltello. Avevi un modo tutto tuo di amare. Che significa amare l'angoscia di un uomo? Che cosa c'è di bello, Milena, nel ricevere righe come queste, che avevi imparato a memoria? "Non posso far capire né a te né a nessuno ciò che sento. Come potrei far capire perché sia così? Non riesco a farlo capire nemmeno a me stesso. Ma questa non è neanche la cosa più importante, la cosa più importante è evidente: nella cerchia intorno a me è impossibile vivere umanamente; tu lo vedi, e ancora non ci vuoi credere?" (novembre 1920).

Non capivo e non capisco. Gli uomini venivano da me per liberarsi della loro angoscia, non certo perché qualcuno la amasse e la confermasse. Venivano da me per disfarsene momentaneamente, e questo li costringeva a tornare. Che strano modo è di usare una donna quello di questo Franz? Non doveva essere neppure bello. Almeno con i miei uomini il patto era chiaro: ti faccio dimenticare chi sei per un'ora, e per questo mi pagherai bene. Lui invece voleva che tu frugassi proprio in ciò che lui era, che lo amassi senza portargli via neanche un grammo di quell'angoscia. Forse per questo si dice che perdiamo qualche grammo subito dopo essere morti, il peso dell'anima è in realtà il peso delle angosce che portava. Ho imparato a fare discorsi complessi parlando con te, ma poi mi perdo. Non facevate l'amore per dimenticare, ma per ricordare, non per curare, ma per tagliare, non per suturare, ma per aprire.

Leggendo le sue lettere ho capito meglio ciò che mi raccontavi, Milena. Sono perfette. Di quella perfezione che hanno le cose osservate con la lente d'ingrandimento, come faceva mio nonno con i giornali, o come quando di notte, poco prima di addormentarsi, sembra che gli oggetti in una stanza buia diventino giganteschi. Ho provato a leggere anche i suoi romanzi, ed erano pieni di questi oggetti notturni, percepiti tra la veglia e il sonno, quando si fanno contemporaneamente due discorsi, quello della realtà e quello dei sogni, e la somma dei due mondi ha come risultato una verità dolorosa, che non separa mai le cose dalla loro ombra, anzi fa pensare che le cose siano le ombre e le ombre le cose. Ma faccio di nuovo discorsi troppo complicati per una che sa così poco di parole e di amore.

Non eri incline a confidarti, Milena, ma con me lo hai fatto: mi hai raccontato di quelle strane immagini e io ho trovato le lettere in cui lui ne parla. Nel sogno la vostra identità si confondeva, l'uno diventava l'altra e viceversa: "Ieri ho sognato di te. Non ricordo quasi più i singoli fatti, so soltanto che di continuo ci trasformavamo l'uno nell'altro, io ero tu, tu eri io. Infine, non so come, prendesti fuoco, ma ricordai che il fuoco può essere soffocato coi panni, afferrai un vecchio abito e con questo mi misi a batterti. Ma qui ricominciarono le metamorfosi e si arrivò al punto che tu eri scomparsa, mentre ero io che ardevo e io ancora che battevo con l'abito. Ma ciò non serviva a nulla e così era confermato il mio vecchio sospetto che queste cose non valgono contro il fuoco. Intanto però erano arrivati i pompieri e nonostante tutto tu in qualche modo fosti salvata. Ma eri diversa da prima, spettrale, disegnata col gesso nel buio e, inanimata o forse soltanto svenuta per la gioia di essere salva, mi cadesti tra le braccia. Ma anche qui si riscontrò l'incertezza della trasformazione perché forse ero io che cadevo tra le braccia di qualcuno" (settembre 1920).

Mi sembra che i poeti paragonino sempre l'amore a un fuoco, ma perché voi vi confondevate? E perché accendevate e spegnevate questo fuoco che c'era tra voi? E chi teneva chi nell'abbraccio? Una cosa è certa: estinguere il fuoco non si può.

Tu sapevi, Milena, che per entrare in intimità con lui bisognava penetrare in quello spazio infernale che si portava dentro, il luogo in cui si annida l'angoscia di ogni uomo, il suo sentirsi escluso dalla vita. Non servivano le abitudini di tutti gli altri amanti: passeggiate, pasti, notti... L'amore se ne infischia della statistica e dei gesti normali e inventa sempre nuovi riti. Per amare uno scrittore bisogna amare il punto da cui sgorga la sua scrittura, e se la sua scrittura sgorga dall'inferno della solitudine è lì che bisogna andare a cercarlo. Solo tu, piena di vita, potevi riuscire a entrare nel ghiacciaio del suo cuore e appiccarvi il fuoco. Forse per questo mi dicevi che potevate incontrarvi solo la notte. E non perché Praga o Vienna nel 1920 non fossero città che offrivano mattine fresche e luminose, ma perché la notte, mi ripetevi, è il momento in cui finalmente abbassiamo le nostre difese e speriamo che qualcosa di nuovo, di inatteso, persino di divino, possa raggiungerci, senza che ce lo meritiamo, e senza che ce ne dobbiamo vergognare. Ma lui si fermava sempre su una soglia: quella che altri uomini chiamano salvezza; non riusciva ad andare oltre perché percepiva solo il senso di colpa di chi ne è escluso, a prescindere dai propri meriti o demeriti, perché per lui la misericordia non poteva essere il vero nome di Dio. Per lui Dio era una terribile condanna all'infelicità, proprio a causa della sua presenza gelosa nel cuore dell'uomo. Tu mi spiegavi queste cose complicate; io non le capivo, ma sentivo che erano vere. Tu potevi cercare di essere per lui quella salvezza, ma dovevi limitarti a tentare: lui scriveva proprio perché non poteva essere salvato, cioè amato. La tua presenza rendeva più viva la ferita dell'esclusione dalla vita, e chiunque ti abbia conosciuto nel campo in cui ci siamo incontrate sa il perché: avvicinarsi a te significava essere impregnati della vita come un bambino nel grembo della madre. Per questo fosti coltello: dividevi le zone dell'anima con precisione di chirurgo, e a lui interessava costruire l'anatomia dell'anima, come fanno i medici per i muscoli, per la circolazione, per il sistema nervoso. Tu eri un coltello preciso e per questo vitale, come tutti i bisturi dei dottori che cercano di salvare una vita.

Un giorno infatti lui ti affidò tutti i suoi diari. Dovevi essere tu a custodirli, e non ridarglieli mai più indietro. Credo che sia stato il suo più grande gesto d'amore. Lui che non li faceva leggere a nessuno, lui che era convinto valessero più dei suoi stessi romanzi, li affidò a te, perché tu fossi l'unica a conoscere, capire, amare la sua tenebra. Solo così poteva salvarsi.

Tu eri stata sposata a un altro e avevi sfasciato il matrimonio, e per questo eri stata ripudiata e rinchiusa in manicomio, ma eri riuscita a fuggire. E lui era fidanzato, e in attesa di un matrimonio impossibile con una donna dal nome impossibile: Felice. A lei aveva chiesto proprio ciò che non avrebbe mai potuto ricevere: "Hai tanto potere su di me: via, trasformami in un uomo che sia capace di ciò che è ovvio". Le aveva chiesto di renderlo uno qualunque, le aveva chiesto di essere un abbraccio, non certo un coltello.

Quando l'hai conosciuto avevi ventiquattro anni e lui trentasei e lo conquistasti chiedendogli di poter tradurre le sue opere in ceco. Lui si lasciò tradurre, cioè amare. Una vita insieme sarebbe stata impossibile, sarebbe stato come ammettere che si poteva essere altro da ciò che si era e che l'amore cambia le persone, cioè le può salvare. Per lui solo la scrittura poteva essere il grido di un prigioniero, il salmo di un escluso, il canto notturno di chi si è smarrito nel labirinto della vita e attende la fine con lucidità.

Morì solo quattro anni dopo l'inizio della vostra corrispondenza, con i polmoni tarlati dalla tubercolosi, proprio come l'angoscia faceva col suo cervello. Tu moristi dello stesso male, che sembravi aver contratto proprio per essere come lui, anzi, per scambiarti con lui.

La grandezza di un periodo storico si può giudicare soltanto dalla bellezza che raggiunge la vita umana con le possibilità date a quell'epoca. Almeno così mi spiegavi tu, Milena. Dicevi che nel *Castello* c'era un personaggio ispirato a te e che era il libro in cui lui era riuscito a dire che epoca era la nostra. Un'epoca che aveva smarrito ogni tenerezza e si era per questo consegnata all'angoscia della morte. Forse l'angoscia del tuo Franz era proprio quella di un tempo che Dio non riusciva a raggiungere, come tu non riuscivi a raggiungere il tuo scrittore. Troppo freddo attorno al cuore dell'uomo.

"Perché, Milena, scrivi dell'avvenire comune che pur non verrà mai, o forse ne scrivi proprio per questo? Già quando ne parlammo fuggevolmente una sera a Vienna, ebbi l'impressione che cercassimo qualcuno, a noi ben noto, del quale sentivamo molto la mancanza e che perciò chiamavamo coi nomi più belli, ma non giunse nessuna risposta, nessuno rispose; e come avrebbe potuto rispondere, se non esisteva neppure nella cerchia più vasta?" Certo è che l'amore è cercare insieme questo qualcuno, dal bel nome. Lui aveva deciso di cercare con la scrittura, non voleva altra bussola che la sua penna, altra mappa che i suoi romanzi sempre incompiuti, proprio perché la sua era una ricerca infinita, ma non senza meta.

Il suo corpo non aveva più forze quando ti scrisse le ultime righe, ma sapeva che le parole hanno ben altra forza rispetto ai muscoli. Io credo che la forza di scrivere, senza di te, Milena, non l'avrebbe avuta, e le sue ultime parole sono proprio per te e per la tua risolutezza nel cercare di raggiungerlo: "E ora, nonostante tutto, i 'migliori saluti'; che importa se cadono a terra già al cancello del giardino, la Sua forza è forse tanto maggiore. Suo K" (dicembre 1923).

Neanche K. poté dirsi non amato, grazie a te, Milena. Nessun uomo può dirsi del tutto non amato, altrimenti come si giustificherebbe la sua esistenza? Anche se quell'amore ha la forma non di una carezza, di un abbraccio o di un bacio, ma di un coltello.

Quel qualcuno dal bel nome che noi cerchiamo è sempre Amore.

Terza sosta: l'invocazione

Facendo vibrare le corde della lira, così prese a dire cantando: «O dèi del mondo che sta sottoterra, dove tutti veniamo a ricadere, noi mortali creature, senza distinzione, se posso parlare e se mi permettete di dire la verità, senza i rigiri di chi dice il falso, io non sono disceso qui per visitare il Tartaro buio, né per incatenare i tre colli ammantati di serpenti del mostro della stirpe di Medusa. La ragione del mio viaggio è mia moglie, nel cui corpo una vipera calpestata ha iniettato veleno troncandone la giovane esistenza».

Ovidio, *Metamorfosi*, X

Pulsisque ad carmina nervis
sic ait: «O positi sub terra numina mundi,
in quem reccidimus, quidquid mortale creamur,
si licet, et falsi positis ambagibus oris
vera loqui sinitis, non huc, ut opaca viderem
Tartara, descendi, nec uti villosa colubris
terna Medusaei vincirem guttura monstri;
causa viae coniunx, in quam calcata venenum
vipera diffudit crescentesque abstulit annos».

Ricordo quando lasciai la casa della mia famiglia per trasferirmi in una nuova città, chiamato dall'amore. Avevo diciott'anni e cambiare vita mi impauriva, ma allo stesso tempo mi esaltava, perché ero forte del coraggio scaturito dalla stessa chiamata amorosa, che guidava la mia estasi, cioè il mio andare fuori (*ek-*) pur rimanendo dentro di me (*-stasi*). L'amore provoca questo: un uscire rimanendo, una concentrazione esterna. L'oggetto del nostro amore ci presta il coraggio che manca alla vita quando si accontenta dell'immobilità tipica di chi non ama nulla. La causa del viaggio è sempre l'amore, nella vita come nella letteratura.

Mi affascina il fatto che Dante, immaginandosi l'aldilà infero, nel punto più profondo della dannazione veda corpi di uomini inglobati nel ghiaccio, come pagliuzze che rimangano incastrate durante il processo di formazione di un oggetto di cristallo. L'inferno più profondo non è di fuoco, che indica mobilità ed è infatti spesso associato all'amore, ma di ghiaccio. Dante intraprende il viaggio a motivo dell'amore per Beatrice, che dopo la sua morte lo costringe a seguirla persino nell'aldilà. A condurlo alla visione di Dio sono prima Virgilio e poi Beatrice, i suoi amori. Senza amore non cominciamo nessun viaggio di esplorazione del mondo, senza amore non giungiamo a conoscere né la morte né il modo di vincerla, cioè non diventiamo consapevoli di essere fatti di tempo limitato e di volerlo donare a qualcuno.

L'amore ha portato Orfeo faccia a faccia con la morte. E questo diventa il primo tema del suo canto davanti agli dèi inferi: l'accettazione che tutte le cose devono cadere nelle tenebre, anche e soprattutto le più care. Le parole di questo canto sono coraggiose e sanno dire solo la verità, la loro forza di persuasione non viene dalla dolcezza, ma dal riconoscimento della durezza della condizione umana.

Sono convinto che solo un essere consapevole della morte, cioè solo un essere in grado di amare, possa diventare capace di parola. Forse per questo si smette di essere infante (*in-fans* è colui che non parla) quando si trova la parola per dire amore e per dire morte (*fante* è colui che parla, ma è soprattutto colui che può andare alla guerra: quella della vita). L'ho scoperto quando ero piccolo, perché da allora racconto storie e la prima che ho raccontato riguardava proprio questo. Concedimi una parentesi autobiografica, lettore, non per rivendicare una vocazione da bambino prodigio, ma per condividere con te la certezza che i bambini, tutti, sanno bene quali sono i nodi del mondo che gli adulti cercano troppo spesso di evitare.

Avevo cinque anni, ero all'asilo, il periodo in cui creare significa conoscere. Soprattutto con il pongo: vere e proprie epopee di plastilina.

Poi la maestra Gabriella mi chiamò: dovevo cambiare classe. Mi fidavo di lei e della sua voce sottile, così mi lasciai condurre in prima elementare. C'erano banchi-trincea, non ci si guardava in faccia, ma si scorgeva solo la schiena delle linee amiche contro il nemico, la maestra, che mitragliava le tabelline: avevo abbandonato il mondo incantato della creazione per entrare in quello cruento del far di conto. Il corpo non poteva fuggire, l'immaginazione sì. Sulle pareti avevo scorto bizzarre figure associate a segni eleganti: "Gn" con uno gnomo di verde vestito, "F" con una farfalla in giallo, "C" con un coltello. Ma la "C" appariva anche in un altro cartellone con le ciliegie: la stessa lettera poteva avere suoni affilati come coltelli oppure dolci come ciliegie. Quei disegni mi salvarono dalle tabelline, perché cominciai a immaginarmi le vite invisibili dei personaggi rappresentati sui muri quando la scuola era vuota, le relazioni nascoste tra le cose e le persone: non volevo far di conto, ma di racconto. Così nacque la mia prima storia fatta di parole, che trovai più malleabili e imprevedibili del pongo: che cosa faceva lo Gnomo alla Farfalla con un Coltello? Un racconto di sangue, di cui non ricordo il finale, forse lo sto ancora cercando.

Le lettere divennero la "calligrafia" dell'ignoto, i fili di una trama invisibile di cui è formato il tessuto del mondo, la stoffa delle cose. C'era molto da scoprire sul muro bianco tra un cartellone e l'altro, così come si fa con una pagina ancora vergine. Quei personaggi scalciavano nella mia testa e nel mio cuore come in un grembo, chiedendo di esistere un po' di più. Così mi scoprii cantastorie dell'invisibile attraverso il visibile. Le lettere avrebbero costruito le storie per cantare ciò che era evidente e salvare ciò che altrimenti sarebbe rimasto celato. Per questo sono insegnante, per questo sono scrittore: per ascoltare persone e personaggi.

Esistenze che chiedono di esistere un po' di più, e mi piace "vivere la vita" al loro servizio. Così combatto la morte, e ho imparato a farlo il primo giorno di prima elementare.

La prima domanda narrativa che mi sono posto si potrebbe sintetizzare così: perché le cose belle, cioè quelle che amiamo di più, devono finire, rovinarsi, morire? Probabilmente in tutti i miei libri cerco di rispondere a quest'unica domanda. La stessa di Orfeo.

Perché c'è sempre uno gnomo con un coltello a tagliare le ali di una farfalla? Perché c'è sempre un serpente a mordere il calcagno nudo di una donna in festa?

Amalia

Guido Gozzano si innamorò delle poesie di Amalia Guglielminetti e di conseguenza di lei. Lei si innamorò di lui e di conseguenza delle sue poesie. Per questo si scrissero il più bell'epistolario amoroso a cavallo tra due secoli in Italia, ma in Italia non si trovarono mai.

Lesse le tue poesie, Amalia, ne rimase trasformato e le imparò a memoria, quasi potesse così già possederti. C'erano versi che lui non avrebbe mai scritto, ma concepiti con un amore per la vita che lui avrebbe voluto conoscere, che solo le donne conoscono, perché ne sanno portare tutto il dolore. A lui erano dati solo la malinconia e un rifugio nel quotidiano con le sue piccolissime gioie senza slanci: "Io dissi, e senza volume, parecchi dei vostri sonetti: ne so, credo, una quindicina a memoria, perfettamente e senza averli studiati. A poco a poco assimilerò tutto il volume. Dissi e ridissi, tanto che i miei amici, a sera, sotto la veranda dell'albergo dove cenammo tutti insieme, cominciavano a solfeggiare anch'essi: *Bellezza della vita, io non ti trovo; / pure ti cerco in me, pure ti spio... Piangere piano piano con la faccia / contro la vostra spalla, io vorrei bene...*" (giugno 1907, Guido ad Amalia).

Usava i tuoi versi per darsi una regola di vita e per corteggiarti. Così in questo scambio di libri, il suo *La via del rifugio* e il tuo *Le vergini folli*, trovasti la sua solitudine come uno spazio aperto per accomodarti e nel quale risuonava l'eco di qualcosa di troppo antico per ricordarsene: "Se troverete nella vostra solitudine qualche momento di tedio, ingannatelo bene o male scrivendomi: vi conosco poco ma vi ritengo un amico spirituale e mi sembrate una conoscenza antica, tanto antica da averne dimenticato l'origine" (giugno 1907, Amalia a Guido). Ma non sapevi, Amalia, che quella solitudine era già occupata dalla Musa e dall'unica ossessione del poeta: se stesso? Te lo aveva scritto: "Non già che io temessi d'innamorarmi di Voi (*io non sono innamorato che di me stesso*; voglio dire: di ciò che succede in me stesso) ma temevo che mi piaceste ecco tutto" (giugno 1907, G. ad A.). L'amore si accompagna sempre alla paura, perché non abbiamo mai il controllo dell'oggetto amato, seppur abbiamo cominciato a dipendere da lui per la conoscenza di noi stessi.

Ma tu, Amalia, credevi che i tuoi occhi, le tue labbra, la tua pelle, i tuoi capelli potessero superare qualsiasi proposito di freddezza e di distanza. Così cominciasti a inseguirlo, perché lui potesse sentire il calore con le sue dita e sciogliere il ghiaccio che aveva nel cuore, conseguenza o causa di quello che aveva nei polmoni, minati dalla tisi. Per questo mentre tu riuscisti a ottenere di incontrarlo e a trasformare il gioco delle anime in un gioco di corpi, lui con le lettere ti teneva a distanza, raffreddando ogni cosa, perché freddo era ogni centimetro del suo cuore: "Voi mi avete parlato di corrisponderci. Immaginate! Ma voglio essere leale fin dagl'inizii, come si usa fra i mercatanti: io non sono un amico spirituale: sono tutt'al più un mediocre interlocutore cerebrale... Non credo nella psiche e ho un profondo disprezzo per la mia e per la vostra anima, alle quali non attribuisco maggior valore dell'energia che muove un lombrico e della clorofilla che colorisce uno stelo d'erba: e lo stesso vostro canto, così sdegnoso pur nella passione, così alto e puro e casto non è che il grido del vostro pudore convulso, contratto sotto la sferza dell'istinto, dell'istinto che provvede all'eternità della specie... Accettate per amico un uomo che vi dice questo?".

Voleva convincersi che l'amore fosse soltanto un colpo di mano della natura animale per sconfiggere la sua mortalità.

Come hai potuto, Amalia, lasciarti sorprendere da questo corteggiamento al contrario? Non si capisce più chi guida la danza e chi si lascia portare, chi è uomo e chi è donna: "Mai come quando sono accanto a Voi" ti scriveva, "sento la mia anima diversa e lontana dalla 'mandra pasciuta di vento' che forma il meglio della nostra società. Voi siete per me un elemento animatore, per eccellenza. Peccato che non siate uomo! Ci saremmo dati subito del tu, vivremmo insieme quasi di continuo, attraversando la città liberamente, a braccetto o con la mano l'uno sulla spalla dell'altro... La nostra fraternità, amica mia, ha invece molti ostacoli, per quanto voi vi siate generosamente adoperata a debellare le convenienze..." (ottobre 1907, G. ad A.).

Più che una donna eri un elemento animatore, più che di un amore lui aveva bisogno di un amico, Amalia, e anche tu ne avevi bisogno, perché conoscevi la solitudine dei poeti: "Vorrei vicino un'anima fraterna come Voi per consolarmi ridendo un poco francamente su le spalle di questa brava gente. Ridere soli è noioso e spesso si finisce per sogghignare" (agosto 1907, A. a G.).

Ma amici non potevate esserlo, perché tu eri donna e, checché se ne dica, l'amicizia con una donna che si stima è impossibile. Ha sempre il vizio di trasformarsi in amore, perché è già amore, e di rovinare tutto con la violenza della passione. Ma la passione si dimentica del poeta e lascia l'uomo nudo. E l'uomo nudo non scrive, perché perde la sua solitudine, il suo dolore per la vita.

Lui diceva che nel suo immaginario passionale il morso era il suo vezzo preferito e in un sogno, che ti descrisse, già ti mangiava, ti inseguiva, come Aristeo con Euridice, per lanciarti addosso il serpente che ti avrebbe uccisa. Infatti anche dopo il vostro fatale incontro, precipitato presto nella passione, lui continuava a cercare la giusta distanza che gli consentiva di mantenere il controllo, di sentirsi desiderato senza però abbandonarsi al desiderio. E così cominciò a colpirti, con freddo calcolo, come chi sa di essersi avvicinato troppo alla felicità per non restarne avvinto e quindi poeticamente inaridito, e tu tornavi l'amico che aveva sempre cercato: "Ma che lettera savia, nevvero? Sono al quarto cartoncino e non v'ho parlato che di letteratura. È un buon sintomo, sapete, per la mia pace; è segno che risorge in Voi il buon compagno d'arte, il buon fratello di sogni, e che la bellissima creatura è già un poco annebbiata agli occhi miei, già innocua, confinata nel rettangolo della fotografia. Così non sarebbe stato se fossi rimasto a Torino. Ma io sono un grande egoista e un freddissimo calcolatore e a Torino non mi fermerò quasi" (novembre 1907, G. ad A.).

Lui calcolava la distanza, che la corrispondenza abbrevia in modo letterario, per mettersi al riparo dalla passione, mentre tu cercavi la vicinanza, che rende il mondo un luogo da esplorare insieme, facendoti orecchio delle sue curiosità e conoscenze inutili: "L'autunno è bello anche a Torino e in certi viali gialli e rossi e verdi si passeggia su le foglie secche e fruscianti come in un sentiero di campagna. Io me li godo, sapete, tutta sola in qualche crepuscolo pallido che infiltra fra la ramaglia un po' d'oro scolorito e un po' di rosa vecchio, e penso talvolta con desiderio a un compagno ideale, come Voi, col quale scambiare qualche parola rara fra i passi lenti. E vi rivolgo idealmente una domanda qualsiasi su una pianta, su una nube, su gli occhi di un bimbo che passa per il piacere sottile d'imaginare la vostra risposta, d'indovinarla fra le molte che mi si presentano al pensiero" (novembre 1907, A. a G.).

Ma lui, Amalia, poeta la cui malinconia somiglia a quella di Leopardi, il grande solitario ferito dall'infinito, benediceva il suo male, che lo costringeva alla presenza costante della morte: "La vita è ancora bella, per chi ha la scaltrezza di non prendervi parte, di *salvarsi* in tempo. Per questo io benedico il mio male che mi impone questo esiglio della persona e dell'anima" (dicembre 1907, G. ad A.).

Perduto nel labirinto della morte annidata al centro dei suoi polmoni, riuscì a ricacciarti lontano. Ed era proprio l'oblio di te a essergli necessario: "Come va, come va, mia cara Amalia? Per me, da qualche giorno, un po' meno bene. Ho avuta una fase di nevralgia dolorosissima e mi sono un po' intontito con la fenacetina e col chinino... Ma passerà! Il cielo e il mare sono così stupendamente propizi. Vi scrivo, come sempre, a finestra spalancata e ogni volta che alzo gli occhi dalla penna, vedo nel rettangolo azzurro qualche nave diretta chi sa dove! E il mio pensiero vanisce un po', seguo con gli occhi un gabbiano candido che si dilegua ad ali tese: mi dileguo anch'io, mi perdo... Poi rivedo il foglio, la vostra immagine mi riappare quasi con doloroso rimprovero: come si dimentica presto! Vi sto dimenticando Amalia! Vi sto dimenticando (mi spiego) *fisicamente*. È uno strazio curioso, che dà il senso giusto della nostra grande miseria cerebrale: non riesco più, per quanto io tenti, a ricordare certi piccoli particolari del vostro volto, delle vostre mani... L'ovale del volto vanisce a poco a poco, la tinta giusta dei capelli si altera, si deforma l'arco dei sopraccigli: ricordo poco il vostro mento e quasi più affatto il vostro orecchio (che pure dev'essere bello se un giorno l'elogiai). E in tanto incipiente sfacelo gli occhi e la bocca restano vivi e superstiti, troppo impressi nella mia retina e sulle mie labbra, per poterli dimenticare... Ma in questo lento dileguare la vostra immagine spirituale (nell'ultima vostra me ne chiedete) si definisce meglio, balza al mio spirito con linee precise: vi voglio un gran bene, mia cara Amalia! E voi siete per me la vera *amica*, la compagna di sogni e di tristezza. Gl'istanti di aberrazione giovanile che ci avvinsero l'un l'altro sono già dimenticati (ben altre cose cancella e corrode il Mare!) ed io mi sento già estraneo, immune dal vostro fascino fisico, franco da ogni schiavitù voluttuosa" (gennaio 1908, G. ad A.).

Si compiace di perderti, perché dalla malinconia della perdita nasce la parola poetica. Corteggia la morte e te lo confida con i tuoi stessi versi, con i quali riesce a dire l'indicibile: "Io credo che si muore / talvolta, e come e quanto niuno lo sa".

Chi meglio di voi due, Amalia, ha ripetuto la vicenda di Orfeo ed Euridice?

La vostra relazione è al servizio dell'opera poetica, è un pretesto per il testo da scrivere: "Amalia, sento, vi giuro che arriveremo presto e che noi daremo al mondo e che il mondo darà a noi ciò che ci è dovuto: e un giorno, incontrandoci, saremo orgogliosi di aver sostato, in un tempo di follia lontano, l'uno sul cammino dell'altro. Da un legame come il nostro deve balzare qualche cosa di più degno che non la sentimentalità meschina dei piccoli amanti. Per questo è necessario non vederci più. Non ci vedremo più per molto tempo, Amalia mia buona, per molti mesi, per qualche anno forse. Perché voglio che sia così" (marzo 1908, G. ad A.).

Le parti sembrano ribaltarsi rispetto alla storia di Orfeo ed Euridice, lui scappa, e tu lo insegui. Lo insegui nel suo mondo tenebroso e freddo, nel tentativo di raggiungerlo e di costringerlo a voltarsi a guardarti e a divenirti amante e non solo amico: "Perché mi fate piangere, Guido, perché mi fate rimpiangere quel poco che v'ho dato di me? Non dovevo venire con Voi quel giorno per soffrirne dopo, così, per vedermi tolta anche la piccola dolcezza di sentirvi qualche volta vicino. È così poca cosa la vita e così breve per negarci qualche poco della sua bellezza per tormentarci volontariamente anche quella piccola parte di bene che ci concede? Voi vi dite corazzato anzi insensibile ad ogni ferita. Io no, mio dolce Amico, io vi voglio bene e soffro crudelmente di sentirvi tanto lontano. Mi pare di trovarmi più sola in quest'ombra grigia di banalità che ci circonda, sento d'aver smarrito qualche cosa di più leggero, di più chiaro, di più elevato, l'amico che mi comprende, il fratello che sogna i miei sogni e gioisce della mia gioia, la tenerezza che blandisce e riscalda il cuore. Io non voglio che tu mi sfugga, Guido, io non voglio che tu mi segua di lontano come un estraneo, che tu mi riveda ancora un giorno lontano quando forse i miei capelli non saranno più tanto bruni e la mia bocca fresca e i miei occhi lucenti. Lascia ch'io ti dica *tu* come un compagno, ch'io non senta fra noi il gelo di quella parola dura. Io ti sono compagna ora senza tremori e senza fremiti, sorella della tua anima. Io ti saprei baciare la fronte con un sorriso sereno come si bacia un bambino. No, noi non abbiamo ancora sepolto nulla di noi stessi. Io sono per te come il primo giorno che ti vidi, non sazia, né stanca, né oppressa dalla più piccola parte di te. Sei nuovo e fresco al mio spirito come allora che m'eri ignoto. Ogni tua parola è come una piccola luce che ti rischiara un momento e ch'io guardo risplendere con gioia nuova ogni volta che tu parli. È un senso strano ch'io non so dire, ma che non ho mai sentito per altri, una malia, quasi, che è, credo, una occulta profonda fraternità, un oscuro legame spirituale che ci unisce anche nostro malgrado. Ma tu non provi questo fascino, lo so, poiché mi respingi dopo alcune ore di comune vita, mi allontani con un gesto che mi pare un urto di disdegno... Nessuno, ti giuro, mi ha mai veduta così spoglia d'orgoglio, così vestita di pura tenerezza. Tu solo che non mi ami, tu solo che mi sfuggi" (marzo 1908, A. a G.).

Aut puer aut liber diceva l'antico adagio, Amalia. O si fanno figli o si fanno libri, non c'è via di mezzo, o almeno così detta la Musa: "Perdonami. Ragiono, perché non amo: questa è la grande verità. Io non t'ho amata mai. E non t'avrei amata nemmeno restando qui, pur sotto il fascino quotidiano della tua persona magnifica; no: avrei goduto per qualche mese di quella piacevole vanità estetico-sentimentale che dà l'avere al proprio fianco una donna elegante ed ambita. Non altro. Già altre volte t'ho confessata la mia grande miseria: nessuna donna mai mi fece soffrire; non ho amato mai; con tutte non ho avuto che l'avidità del desiderio, prima, ed una mortale malinconia, dopo..." (marzo 1908, G. ad A.).

Queste ultime due righe sono la carta d'identità dell'uomo: avido di infinito, mortale di malinconia del limite. Non c'è altro da aggiungere se non il colpo di grazia: "Ora con te, che sei il più eletto spirito femminile ch'io abbia incontrato mai, e con te che dici di amarmi, sono stato sempre e voglio essere ancora sincero: non ti amo. E la risoluzione più leale da parte mia è il distacco. Partirei pur non dovendo partire. Invece il Destino è propizio: m'impone l'esiglio anche per altre cause ch'io tolgo a pretesto" (marzo 1908, G. ad A.).

E tu vuoi, Amalia, imparare a odiarlo per poterlo congedare, per non restare come un'Euridice delusa e ignara del perché Orfeo si sia volto indietro per allontanarla nel buio: amore o odio? "Porta pure con te la tua ambizione, la tua freddezza, la diffidenza che hai verso di me. Sarà meglio, forse mi guarirai; ma non inasprire ancora il mio male con un rifiuto. Se anche non mi ami perché vuoi ch'io ti perda?

Perché vuoi farmi sentire così nera così crudele la mia solitudine, così completo il mio isolamento? Ah! la gloria, Guido, come ne sogghigno! Io non so come tu possa amare sognare darti a una così vacua cosa. Io voglio più bene a te che alla gloria, quella non mi farà mai piangere né aspettare in ansia" (marzo 1908, A. a G.).

Aut puer aut liber. La sua scelta è chiara, Amalia, e tu che scrivi dovresti saperlo, ma solo un uomo che non conosce che cosa sia portare in grembo la vita può essere tutto ragione: "Però disponi tu come ti pare. E addio caro. Pensami tanto tanto tanto e amami, se puoi, un poco. Ti bacio su gli occhi lungamente e su la bocca in fretta, per non morire" (aprile 1908, A. a G.).

Ma per lui, Amalia, tu non sei altro che la necessaria Euridice dei suoi versi, o l'Euridice necessaria per i suoi versi: "La tua figura mi è divenuta estranea come se scomparsa in una tomba o in un laberinto: non so... Ti penso un po' come una morta, mentre ti bacio" (aprile 1908, G. ad A.).

Eppure Guido ha paura, Amalia, non può perderti del tutto, perché è proprio la tua presente assenza o la tua assente presenza che lo ispira, così un giorno ricevi un suo regalo. Un regalo che mai donna ricevette da uomo se non metaforicamente: farfalle. Sì, stava scrivendo un poema sulle farfalle e per questo le osservava, incubava, curava, perché sapeva che l'ultima parola, di fronte a un mondo muto e votato alla morte, l'hanno le farfalle. L'effimera bellezza, figlia di un travaglio, era ciò che di più oggettivo ci fosse, ciò che di più freddo e certo cadesse sotto i suoi occhi di poeta, tisico ed entomologo, perché scienza e poesia hanno la stessa origine, il dolore e la meraviglia: "Allevo una straordinaria colonia di bruchi. Voglio ritrarne alcune osservazioni e molte belle fotografie a commento di un libro di storia naturale che sogno da tempo: *Le farfalle*. Vi attenderò dopo il volume di versi: ma comincio ad adunare materiale di testo e d'illustrazioni. Vedrete che cosa nuovissima e bella. Immaginatevi che in una cassetta ho circa trecento crisalidi di tutte le specie, ottenute da bruchi allevati con infinita pazienza, per settimane e settimane; ora si sono quasi tutti appesi al coperchio graticolato e hanno presa la forma strana di crostacei stilizzati pel monile d'una signora. Fra pochi giorni saranno farfalle. Anzi, voglio mandarvi qualche crisalide: non ridete, vi prego. Mi attira il pensiero che si schiuderanno nella vostra camera, tra i vostri nastri e i vostri profumi. Estraetele dalla scatola dove ve le invierò, senza toccarle, sollevando pei lembi il cotone dove sono adagiate e deponetele senza smuoverle dal letto di cotone in una scatola più ampia, dove la farfalla nascitura abbia sufficiente spazio per distendere le ali. E lasciatele in pace, come bimbi che dormono: senza toccarle, né agitarle: fra quindici giorni nasceranno" (settembre 1908, G. ad A.).

Questo è il massimo della maternità che può concederti, Amalia. Da te vuole le parole, per sapere come la tua anima, che della sua è parte, vede le "belle prigioniere": "Mi scriverete e mi descriverete i loro colori; e mi direte che v'hanno detto da parte mia le belle prigioniere, addormentate in questa valle e risvegliate sui colli di un paese lontano, dall'altra parte del Piemonte... E non sorridete tanto di queste cose, più belle e più profonde di molte altre, per consolare la nostra malinconia..." (settembre 1908, G. ad A.).

Non smise mai di pensarti, anche durante i suoi viaggi in terre più calde, che lenissero il gelo dei suoi polmoni: "È probabile che oltre alle Canarie faccia un itinerario più lontano: non so bene ancora. Perdonatemi e sappiatevi, anche in silenzio, ricordatissima" (dicembre 1908, G. ad A.).

Ma è proprio quando si cominciano a usare i superlativi che le cose diventano più evanescenti, perché la violenza dell'aggettivo tenta di conferire loro più consistenza. Invano, come tutte le maschere dell'esagerazione.

Infatti si diradano le lettere; il silenzio, si sa, non è mai stato ostacolo per l'amore dei poeti. I versi, animati dalle loro donne, dicono in ogni sillaba i loro amori perduti. E lui, Amalia, non manca di mandartene il meglio: "Scrivo poesie, ma intanto medito il volume di prosa, le lettere a te; e in questi pochi giorni mi balenarono, al riguardo, tali e tanti spunti di bellezza inaudita che se solo riuscissi a concretarne la ventesima parte sarei sicuro di una sorpresa letteraria senza pari... Amalia, cara, cara mia, non c'è veramente al mondo cosa più bella di questa nostra arte fatta di parole" (giugno 1909, G. ad A.).

E quando tu lo leggi, Amalia, come nessuna gli sai fare da specchio: "Mio caro Guido, la *Signorina Felicita* m'ha raggiunta solo stamane dopo aver peregrinato sulle mie traccie su e giù per l'Italia. Come vi ritrovo la vostra freschezza, il vostro riso amabilmente amarognolo di non so che amaro, l'amaro di certi fiori di siepe spinosa, forse" (aprile 1909, A. a G.). "Io sono abbastanza serena e ti ricordo con tenerezza grande, ti vedo lassù a picco d'una valle verde, piccolo punto nero su l'azzurro, chino su fogli tenui della tua gloria. Ti mando un bacio con le dita lassù" (giugno 1909, A. a G.).

Le lettere diventano rare, un silenzio fecondo si infittisce. Le ultime parole di entrambi sono il testamento di Orfeo ed Euridice. Euridice, in te, Amalia, scrive la malinconia del domani, non certo del passato: "3 settembre 1910 – E il cuore è sempre vuoto e non mai sazio. Sai che medito un volume di versi nuovi? Ma è un grande segreto che nessuno conosce. Sarà una cosa ciclica come *Le Seduzioni* e avrà per titolo *I domani*. Sento lo snervante rimpianto, l'amaro ardente e sognante come l'assenzio di questa parola? Io vedo dietro le sillabe che la compongono, aggrupparsi lontanare disperdersi un mondo d'imagini ancora informi, ancora incerte ma già vive nel mio sogno. E le vedo atteggiarsi in gesti di così intensa espressione che il cuore mi si stringe e mi si annebbiano gli occhi, come se già leggessi scritti dalle mie dita i versi che le faranno vive. Non sorridere sai, fratello buono, può anche darsi che sia una delle tante allucinazioni che sorgono in certi dormiveglia della coscienza poetica" (settembre 1910, A. a G.).

Da Orfeo, in lui, in una fugace cartolina, l'ultima, solo un'estrema inevasa domanda, che forse tradisce l'ammissione del suo grande autoinganno, il mancato coraggio dell'amore, la domanda su ciò che l'avrebbe potuto salvare dalla sua malinconia: "Agliè, 4 ottobre 1912. Sosterò a Torino dal 5 a tutt'ottobre. Ci sarete? Ci vedremo?".

Alma

Alfred Hitchcock non vinse mai l'Oscar per un suo film, forse perché sarebbe stato più giusto darlo a sua moglie Alma, la miglior autrice non protagonista di tutta la storia del cinema.

Ho sempre amato il cinema, perché, come l'amore, costruisce storie che sospendono il tempo, con tutti i rischi che questo comporta. Ma c'è un modo di sospenderlo proprio degli uomini e uno delle donne. Gli uomini sospendono il tempo per dominarlo e trovargli un senso, le donne lo sospendono perché vogliono prendersene cura, così com'è. Dipende tutto dall'avere il grembo o non averlo. L'ho capito guardando la scena di un film diretto da una donna, quando il cinema era appena nato. Mentre gli uomini giocavano con i primi vagiti del montaggio e delle inquadrature, una donna, Alice Guy, provava a raccontare, perché ne aveva la grazia. La scena che mi ha colpito appartiene a un film girato nel 1912, *Falling Leaves*: gli altri miravano a stupire con le potenzialità di una cinepresa, lei invece andava al dunque della vicenda umana, svelandone la sostanza. C'è una bambina che attacca delle foglie con dei fili ai rami di un albero, è vestita di bianco e sembra voler contrastare l'inesorabile autunno che dopo aver colorato le foglie, in una specie di crudele inganno, le costringe a cadere. In realtà lo fa perché ha ascoltato il dottore dire alla madre che la sorellina è gravemente malata e morirà prima dell'inverno, così cerca di fermare il tempo. La cinepresa la riprende mentre, allegra e paziente, riattacca le foglie cadute, e in quei fotogrammi muti appare il senso del cinema e dell'arte tutta, e dell'amore: sospendere il tempo, fermarlo, prendersene cura. Come sapevi fare anche tu, Alma Reville. Sono sicuro che amavi quella scena.

Alma, il tuo nome ha un'origine latina, indica il dare nutrimento e il far crescere. Il tuo bambino fu Alfred, tanto imbranato con le donne quanto bravo a farle sue protagoniste, per poterle almeno così sentire sue.

Aveva un giorno più di te, il 13 e il 14 agosto del 1899 vi diedero i natali, e quando vi incontraste avevate due decine d'anni ciascuno. Tu lavoravi in uno studio cinematografico di Londra, affermata come sceneggiatrice e montatrice. Lui era un perfetto sconosciuto e disoccupato, curioso di cinema e disposto a tutto pur di entrare nel mondo dei sogni. E con una passione ne ottenne due. Quando ti vide le sue priorità divennero chiare: primo, diventare regista, secondo, sposarti. Tu accettasti il gioco, Alma, perché sapevi già scrivere copioni e sapevi che la trama nasce dal perfetto concatenamento degli eventi, secondo la lezione dei classici. L'amore sarebbe arrivato, come in un film in cui i due amanti si abbandonano l'uno nelle braccia dell'altro, dopo aver gettato tutte le maschere che impedivano loro di dirsi subito "ti amo".

Nel freddo e nella tempesta, una nave beccheggiava nel Mare del Nord e tu, pallida per la nausea, non riuscivi ad aprir bocca senza rischiare di vomitare. Vi conoscevate già da un po' e stavate condividendo quel viaggio. A lui la circostanza sembrò perfetta per evitare un dialogo che il suo imbarazzo non avrebbe potuto sostenere, per questo ti chiese di sposarlo proprio in quel momento. Tu, in preda ai conati, riuscisti solo a emettere un lamento prima di vomitare e lui lo prese per un sì: «È stata una delle mie scene più belle» raccontava, «forse un po' debole nei dialoghi, ma magistralmente orchestrata e interpretata con sobrietà».

Per lui non esisteva altro che il cinema e tu dovevi esserne parte come miglior autrice non protagonista.

Così ti convertisti al cattolicesimo e vi sposaste a ventisette anni, il 2 dicembre 1926, al Brompton Oratory, di fronte al quale oggi tutti passano perché è vicino a Harrods. Non c'era sua sceneggiatura che tu non controllassi, correggessi, migliorassi, ispirassi; non c'era scena che lui non ti raccontasse dopo averla girata; ci fu persino un film rivoluzionario che tale non sarebbe stato senza di te. *Psycho* cambiò il cinema, con la sua doccia insanguinata, con la sua protagonista ingannevole e immorale, con la tenebra del suo vero protagonista. Per incoraggiarlo quando sembrava che il film non sarebbe più andato in porto gli dicesti che nessuno al mondo sapeva come montare un film meglio di lui. Lui sorrise e aggiunse la battuta perfetta: «Tranne te». E fu così che salvasti il film e lui: rimontandolo, convincendolo ad aggiungere la famosa colonna sonora nel momento dell'assassinio dentro la doccia, accorgendoti anche del fatto che a Janet Leigh, morta, scappava un respiro. Non ti sfuggiva nulla, avevi l'istinto della storia.

Sono tutti motivi per cui la vostra fu una storia d'amore così grande e duratura. Senza di te, Alfred non era sicuro di sé, perché senza di te non era amato proprio nella sua genialità. Non ammirato, per quello c'era tutto il mondo ai suoi piedi, ma amato nella sua profonda solitudine di genio, perché non c'è genio che non abbia un lato oscuro, il duro prezzo da pagare. Il suo lato oscuro era la volontà di controllo dei suoi oggetti d'amore, come accadde con una delle sue attrici, che egli cominciò a sorvegliare in tutto, dai vestiti al cibo, dal trucco alle bevande. La ragazza dovette chiedere aiuto a te, che lo richiamasti all'ordine, come accadeva quando gli telefonavi nel pieno del lavoro e lui, come un soldato, si congedava dai presenti dicendo: «Alma mi vuole a casa».

Il suo eros però non trovava pace, quell'eros rappresentato magistralmente dallo sguardo di una *Finestra sul cortile*. Da quella finestra un fotografo spia, tra gli altri, una ballerina bionda e conturbante, bellezza ingenua e impossibile, quali erano per lui tutte le dive che riuscì a fare sue protagoniste: da Ingrid Bergman a Grace Kelly. Le ammirava, ma non amò mai nessuna se non te, Alma, perché una cosa è l'eros, un'altra è l'amore, una cosa è guardare una persona dalla finestra sul cortile, un'altra è entrare nella sua stanza e ascoltarla e capirla e tollerarla e correggerla. Persino Alfred stesso arrivò a dire che sapevi troppe cose di lui, perché a te si era affidato come un copione ancora grezzo, come la messe di scene di un film ancora da montare.

Per più di cinquant'anni, Alma, la storia di Alfred l'hai girata tu, fino alla sua morte, anche se non appari quasi mai nei titoli di coda.

Allora forse possiamo riempire una casella vuota nella storia di Orfeo ed Euridice. Alfred ti amava perché stimava la tua intelligenza, temeva più di tutto che tu potessi dirgli che qualcosa che aveva creato non ti piaceva. Lui aveva bisogno dei tuoi occhi per creare ed essere sicuro di aver fatto qualcosa di buono al mondo. Non furono Orfeo con il suo canto, la sua bellezza, le sue parole a conquistare Euridice, Alma, ma il contrario. Fu lei, senza la quale canto, bellezza, parole, non sarebbero serviti a nulla.

Racconta vostra figlia, Patricia, che quando lui ti ingaggiò per lavorare al montaggio del suo primo film da regista, uscisti dalla stanza con un no secco, perché il compenso era inadeguato. Lui ti inseguì in corridoio, finché non riuscì a convincerti, al prezzo che tu ritenevi giusto. Così, di lì a poco, diventasti anche l'assistente regista del suo debutto cinematografico, un'ombra rassicurante e amante. E poi, Alma, tu cucinavi come nessun'altra: film e cibo ben cucinato erano il vostro connubio fedele e solidale.

Alfred non ricevette mai l'Oscar come regista, ma quando gli diedero il premio alla carriera dell'American Film Institute, a settantanove anni, ti rese giustizia dicendo: «Lasciatemi ricordare per nome solo quattro persone che mi hanno dato il massimo affetto, stima, incoraggiamento e costante collaborazione. La prima delle quattro è una montatrice, la seconda è una sceneggiatrice, la terza è la madre di mia figlia, Pat, e la quarta è una cuoca capace di miracoli mai compiuti in una cucina casalinga. E si chiamano tutte Alma Reville».

Il segreto di cinquantaquattro anni di matrimonio e più di sessanta film è tutto qui. Il suo Oscar eri tu, miglior autrice non protagonista della vostra storia.

Titoli di coda.

Anna

Per scrivere come Dostoevskij bisogna vivere da Dostoevskij, per amare Dostoevskij bisogna vivere da moglie di Dostoevskij. Anna si innamorò di lui mentre le dettava le pagine di un libro che lo doveva salvare dal baratro esistenziale e finanziario. In che modo sarebbe potuto accadere altrimenti?

Per poter raccontare il sottosuolo bisogna in qualche modo portarselo dentro o entrarvi e uscirne con la stessa consuetudine con cui si scende in cantina. Il suo era fatto del vizio del gioco: la roulette era il suo demone, capace di dominarlo quanto la scrittura e l'epilessia. Scrittura, malattia e gioco erano estasi estreme con cui si costringeva a uscire dal mondo per vederlo con più chiarezza da fuori. Con la scrittura raccontava lo sguardo di Dio sugli uomini. Con l'epilessia si faceva prestare da Dio quello sguardo, in momenti di assoluta e onnisciente lucidità che generarono un'ampiezza e profondità di voci mai raggiunte prima nel romanzo: ognuno nelle sue storie poteva dire quel che gli pareva. Nessuno fino a quel momento era riuscito a dare tutta questa libertà ai suoi personaggi. Con il gioco strappava a Dio la sua libertà assoluta, sfidando i limiti, le leggi, le costrizioni del fato. Azzerare ogni condizione e provare l'ebbrezza dell'azzardo era come giocare al tavolo di Dio e fare le sue scelte. Come hai fatto, Anna, a innamorarti di un uomo così posseduto da altri demoni?

Nel 1866 i debiti lo stavano distruggendo e aveva deciso di firmare un contratto suicida con un editore spregiudicato, Stellovskij, che era riuscito a ottenere da lui un nuovo romanzo entro il 1° novembre, giorno di Ognissanti. Stava già lavorando a *Delitto e castigo*, ormai prossimo alla pubblicazione, ma gli servivano soldi: per scrivere, per curarsi, e soprattutto per giocare. Un uomo dominato da un vizio come il gioco è disposto a vendere tutto, figuriamoci un libro. Stellovskij conosceva bene i pregi dell'uomo che tuo marito Fëdor sarebbe diventato e le debolezze dell'uomo che era, così gli fece firmare una dichiarazione per cui, in caso di mancata consegna del romanzo, lui avrebbe ottenuto i diritti su tutti i suoi romanzi gratuitamente per i successivi nove anni. Quei tremila rubli servivano a Fëdor, perché senza il gioco non riusciva a scrivere, così firmò.

Si sentiva al sicuro, aveva in mente già tutto: *Il giocatore* sarebbe stato un romanzo breve, gli avrebbe dedicato le ore piccole, quelle grandi erano per Raskòl'nikov di *Delitto e castigo*.

La scadenza si avvicinava e il 1° ottobre non aveva ancora scritto una riga. La tensione lo divorava, passeggiava nella sua stanza parlando ad alta voce e, a volte, urlando: un terreno fertile per l'epilessia. Il suo migliore amico lo sorprese in questo stato di frenesia e Fëdor trovò il coraggio di chiedergli aiuto: anche se avesse buttato giù in un mese la prima stesura del romanzo non avrebbe mai avuto il tempo di correggerlo e trascriverlo. Così l'amico gli fece il tuo nome ed entrasti in gioco tu: la più brava stenografa di San Pietroburgo.

Alle undici e trenta del mattino del 4 ottobre ti vide comparire nel suo studio con un set di matite appena temperate e il sorriso luminoso di un sangue un po' scandinavo un po' ucraino, di chi si appresta ad affrontare una sfida titanica con leggerezza, e seppe da subito che ti avrebbe amato. Avevi ventun anni appena compiuti e un aspetto impeccabile; lui quarantacinque, i capelli in disordine e la camicia aperta sul petto, e non appena ti vide in quello studio polveroso e dimesso si eclissò, consapevole della sua inadeguatezza e dei suoi debiti di gioco. Tu fresca e senza una ruga, lui scavato dalla malattia, dal gioco, dai lavori forzati, dalla scrittura e da un'anima troppo grande per essere contenuta in un corpo. I suoi occhi terribili mostravano uno stato febbrile, ma tu riuscisti ad ammansire le smanie del destino che lo dominava, e da quel giorno la sua vita non fu la stessa, perché fosti l'unico raggio di luce calda nel sottosuolo del suo cuore.

Che cosa significava per te trascrivere con quelle matite gli ultimi capitoli della vicenda di Raskòl'nikov?

Senz'altro entrare direttamente in contatto con il demone che dominava Fëdor e farsene stenografa, come un tempo la Pizia con la sua voce prestata ad Apollo.

Appartenevi alla prima leva di donne istruite in Russia, e ti eri appassionata alle scienze naturali, ma poi avevi capito che la tua passione era la letteratura. Stenografare Dostoevskij era come andare alla fonte della letteratura, ma forse ti illudevi che quella fonte scaturisse da un Parnaso luminoso, dove si abbeveravano le Muse greche. Tua sorella ti chiedeva incredula se si trattasse proprio di quel Dostoevskij popolare in tutta la Russia. Sì, si trattava proprio di lui. Ma nel suo caso quella scaturigine era affondata nelle tenebre. La sua Musa abitava nel sottosuolo.

Come ti innamorasti di lui? La Musa ancora una volta aveva preceduto ogni trama. Ti eri già invaghita del personaggio narratore di *Umiliati e offesi*, e quando hai visto per la prima volta Fëdor era Ivan Petrovič che vedevi e che già amavi. Gli svelasti così ciò che altrimenti non avrebbe mai capito: amare è solo una forma di *ri-conoscimento*, nella vita riconosciamo ciò che abbiamo già letto, o perché ci è stato narrato o perché quella narrazione ce l'abbiamo dentro di noi. Amore non è altro che riconoscenza, ci precede sempre, come le gemme precedono la primavera. Il primo sguardo non è altro che l'ultimo e il più compiuto, poi si tratta di esserne all'altezza con il passare del tempo.

Quando rientrò nella stanza con il tè sembrava un altro uomo, con la giacca blu e il colletto bianchissimo. Il suo aspetto dimesso e antico era solo una scorza, che a poco a poco lasciava spazio, nella conversazione, a una giovinezza appartenente all'età di Dio. L'amore, Anna, non vuole il dono dell'immortalità, ma quello della giovinezza, perché non gli interessa invecchiare indefinitamente, ma rendere nuove, giovani, tutte le cose che tocca, anche quando il tempo cerca di ricordargli che la sua stoffa è la carne mortale degli uomini. La vera età di Dostoevskij scaturiva vergine e giovane dietro quelle rughe e niente, Anna, niente avrebbe potuto spegnere la luce che aveva negli occhi, quella di un ventenne pronto per un duello con le stelle. Le pupille erano scure e dilatate tanto da aver inghiottito l'iride, effetto degli attacchi epilettici, effetto di un più ampio vedere, in orizzontale e in verticale, nel dettaglio e in generale, nella vita e nel suo sottosuolo.

Ti offrì una sigaretta ma tu la rifiutasti con fermezza – le donne non fumavano allora – e rifiutasti anche tutte quelle future dicendo che mai avresti voluto vedere una donna fumare. Ti dettò due pagine per metterti alla prova. Rimase in silenzio e poi ti chiese di tornare la sera, per cominciare il lavoro.

Alle otto di quello stesso giorno rientravi in quella casa e lui tornava a offrirti una sigaretta, dimentico di tutto. Sembrava ora malato e stanco, e cominciò a raccontarti ciò che aveva più a cuore: la sua malattia e il suo essere sopravvissuto a un'esecuzione capitale e ai lavori forzati. Il peso che si portava dentro era così grave che lo condivise subito con te. Tanta grandezza implica altrettanta solitudine. Chi avrebbe mai potuto amare tutta quella solitudine?

La scena si rinnovò altre volte: le presentazioni, la sigaretta, il rito del tè, ma intanto *Il giocatore* si faceva strada fra le tue mani, Anna, mentre lui te ne dettava le visioni, dalle dodici alle quattro di ogni giorno. Spesso vi interrompevate e lui si abbandonava a trasformare in parole la solitudine dei grandi, che hanno bisogno di una donna per sapersi normali attraverso il suo amore. Scrittura e vita diventavano un tutt'uno di cui tu ti facevi stenografa, e non si distingueva più se fosse l'una a provocare l'altra o viceversa. Forse questa rimane una domanda senza risposta, ma ciò che è certo è che l'amore si faceva strada: in te sotto forma di devozione a un uomo che nulla aveva a che fare con i giovani noiosi e rozzi che incontravi fuori da quella casa; in lui sotto forma di pace del cuore, finalmente amato proprio in quella irraggiungibile solitudine.

Fu così che dalle sue labbra di pietra cominciò a uscire una parola di carne per indicarti: *golubchik*, pronunciata come un maestro può riferirsi con tenerezza a una bambina inesperta della vita da cui lui è già stato ferito nel petto e nelle membra senza possibilità di guarire: "piccola colomba". Di volta in volta da quella casa vedevi sparire degli oggetti, come i due grandi vasi cinesi, o ne vedevi altri trasformarsi, come i cucchiai d'argento divenuti di legno. Che fine facevano? Il gioco divorava tutto, mentre *Il giocatore* prendeva forma.

Poi un giorno interruppe la dettatura per dirti che si trovava di fronte a un incrocio con tre possibili destinazioni: andare a Sud, Costantinopoli e Gerusalemme, e rimanere lì, forse per sempre, andare oltre nell'assolutamente avvincente gioco della roulette, o sposarsi e cercare gioia e felicità nella vita familiare. E ti chiese se avevi un consiglio da offrirgli sulla strada da prendere. Il tuo sorriso fu una risposta ambigua, il massimo che potesse concederti l'amore per quell'uomo che aveva bisogno di senso pratico più che di una risposta. C'era infatti prima la scadenza del 1° novembre da rispettare. La Musa ha orari ferrei per stare al mondo e la creatività senza disciplina è un fiume senza argini: si disperde. Il 30 ottobre ti presentasti con il manoscritto pronto, era il giorno del suo compleanno e lo passò ad apportare le ultime correzioni: quale regalo migliore per uno scrittore? Dal canto suo l'editore faceva di tutto perché la consegna non andasse a buon fine, così da garantirsi il talento dello scrittore epilettico e il futuro della casa editrice.

Stellovskij non si fece trovare a casa e il suo segretario disse che non era autorizzato a ricevere il manoscritto. Era troppo tardi per affidarsi a un notaio o a un ufficiale di polizia, ma due ore prima della scadenza Dostoevskij riuscì a ottenere la ricevuta che certificava la consegna: era salvo. E tu lo avevi salvato, salvando *Il giocatore* e il giocatore, e dando indirettamente risposta alla domanda che ti aveva posto.

Ti diede appuntamento per l'8 di novembre per completare il lavoro su *Delitto e castigo*: Sonja e Raskòl'nikov dovevano trovarsi in quella cella, fuori la steppa infinita attraverso cui Dio li guardava e perdonava, come la coppia originaria, come Adamo ed Eva caduti e rinati in un nuovo eden, nelle indimenticabili pagine finali del romanzo, la cui potenza estatica lui si portava negli occhi quella mattina di novembre. Ti raccontò che aveva fatto un sogno e che i suoi sogni erano sempre profetici: stava riordinando le sue carte, contenute in una scatola di palissandro regalatagli da uno dei compagni di prigionia in Siberia, e vi aveva trovato un piccolo diamante, piccolo ma dal bagliore sorprendente. Ti disse che quel sogno era l'inizio di una nuova storia, la storia di un uomo invecchiato anzitempo, sospettoso, cupo, solo, che conosce una giovanissima ragazza di nome Anya, di cui si innamora e a cui chiede il "terribile sacrificio" di amarlo. Il sogno era pieno di luce, perché l'amore è sempre un aumento di luce.

Ti chiese di aiutarlo nel definire la psicologia del personaggio di Anya e ancora una volta la scrittura preparava la vita, così come il sogno la profezia. Attraverso quel gioco narrativo ti stava rifacendo la domanda che ti aveva posto qualche tempo prima sulle tre strade che gli si offrivano. Adesso voleva costringerti a rispondere, senza lasciarti altro tempo. E allora ti chiese: «Se fossi io a fare questa proposta a te, come quel personaggio invecchiato anzitempo per troppa solitudine, tu che faresti?». I suoi occhi erano un misto di esaltazione e di terrore: da quella risposta dipendevano la sua salute e la sua salvezza, la sua scrittura e quindi il suo destino. In fondo era la profezia delle *Notti bianche*, scritto anni prima, nel quale un sognatore solitario chiuso nella sua soffitta sperimenta un amore impossibile sotto un cielo sempre chiaro, e più che viverlo lo sogna. Era venuto il momento di sapere se il suo destino era la soffitta o l'amore. Se la realtà avrebbe superato il sogno.

Tu rispondesti, Anna, senza più distinguere narrazione e realtà, che non sarebbe stato affatto un sacrificio e che lo avresti amato per sempre. E tutto sembrò un sogno, fino a quando, un giorno di fine novembre, ti rendesti conto della sua povertà. Quel giorno si presentò da te con un cappotto leggero, bagnato fino al midollo, e bevve tè e sherry prima di calmarsi e raccontarti che aveva dovuto impegnare il suo cappotto di pelliccia e che gli restavano solo i pochi rubli che arrivavano da Mosca per la scrittura di *Delitto e castigo*.

Cominciasti a sistemare le sue finanze, e il pagamento del romanzo servì per il vostro matrimonio in febbraio, nell'oro della cattedrale della Trinità di Izmajlovskij. Fu un giorno felice e luminoso, uno dei pochi felici per quell'uomo. E uno dei pochi felici per te *con* quell'uomo, che cadde vittima di una delle sue crisi epilettiche più gravi proprio durante i festeggiamenti delle nozze: ogni festa ha il suo serpente di Orfeo ed Euridice.

Al trivio che ti aveva proposto aveva imboccato la terza via, ma la seconda, quella che porta alla città dell'azzardo, aveva troppi collegamenti ancora aperti... Una volta, dopo giorni di assenza, lo vedesti tornare dalla città in cui era andato a cercar fortuna dimentico persino di che ora fosse. Invece la fortuna l'aveva persa, il suo orologio era rimasto sul tavolo da gioco, insieme a tutto ciò che vi restava per vivere. Ti aveva chiesto per lettera se lo avresti perdonato al suo ritorno, altrimenti non sarebbe tornato e si sarebbe ucciso. Ti chiedeva un amore divino, Anna. Ne eri capace?

Ne fosti capace qualche tempo dopo, il giorno che uscì a giocare e tornò dopo sette ore, in preda al delirio. Tu con la vostra bambina in grembo sembravi una Madonna sola e lui ti chiedeva perdono proprio come a una Madonna, in ginocchio. Ma tu sapevi che era la malattia a renderlo folle, non la cattiveria, e cercasti di calmarlo come Madre di misericordia.

Poi fu la volta del tuo anello di matrimonio, che perse al gioco e che riuscì a recuperare solo impegnando altri tuoi gioielli. Ma tu non ti sottraesti mai di fronte alla sua dannazione, di fronte a nessun dolore, a nessuna crisi epilettica, a nessun abisso narrativo: *Idiota, Demoni, Karamazov*... Potevi portare il peso di tutto.

Quando stava ormai per spegnersi ti chiese di accendere

una candela e di leggere ad alta voce un passo del Nuovo Testamento, proprio come Sonja con Raskòl'nikov, aprendo a caso. Era una copia del Vangelo che gli avevano regalato durante la reclusione in Siberia e non se n'era mai più separato. Quando apristi, guidata da Dio, autore di ogni narrazione, terrestre e celeste, davanti ai tuoi occhi c'era il capitolo 3 di Matteo ai versetti 14 e 15: "Giovanni però voleva impedirglielo, dicendo: 'Sono io che ho bisogno di essere battezzato da te, e tu vieni da me?'. Ma Gesù gli rispose: 'Lascia fare per ora, perché conviene che adempiamo ogni giustizia'.". Egli ti interruppe, mentre con la voce rotta dalle lacrime cercavi di leggere, e ti disse: «Lascia fare, hai sentito? Io oggi morirò». Ogni parola pronunciata dalla scrittura per lui era profezia, come lo era ogni evento della vita quotidiana, il suo realismo fantastico non era un metodo letterario, ma un metodo esistenziale: tutta la messa in scena del vivere viene da Dio, dialoghi compresi. Cercò di consolarti e ti ringraziò per la vita felice che gli avevi procurato, ti affidò i vostri figli e aggiunse che in quei quattordici anni ti aveva amata alla follia e non ti aveva tradito neanche una volta, neanche con un pensiero. Baciò i figli, a cui volle fosse letta la storia evangelica del figliol prodigo: era ora di tornare, di riportare a casa tutta la propria miseria e solitudine. Questo era il suo testamento e la parabola della sua vita: dannazione e ritorno, porci e carrube, gioco e follia, tutto per avere l'abbraccio dell'Eterno. Tornava alla casa del Padre, atteso come tu lo avevi atteso e abbracciato ogni volta che si giocava il vostro futuro. Lo tenesti per mano, quell'ultima volta, mentre il battito si affievoliva. Se ne andò tranquillo, con la sua mano nella tua, Anna. La mano che aveva trascritto la parabola del più grande di tutti, grazie a te. Piangevi e ripetevi: «Chi ho perso, chi ho perso!». Anche lui se ne andò ripetendo la stessa cosa. Difficile dire chi avesse più ragione.

Quarta sosta: il rischio

«Avrei voluto poter sopportare, e posso dire di non aver tentato. Ma Amore ha vinto! È questo un dio ben noto lassù, sulla terra; se anche qui, non so, ma spero di sì: e se non è menzogna quanto si narra di un antico ratto, anche voi foste uniti da Amore. Per questi luoghi paurosi, per i silenzi di questo immenso regno dell'abisso, vi prego, ritessete il filo prematuramente spezzato della vita di Euridice!

Tutti quanti vi spettiamo di diritto e dopo un breve soggiorno di sopra, presto o tardi ci affrettiamo verso questa sede, che è la stessa per tutti. Qui siamo diretti, questa è l'ultima nostra dimora, e il vostro dominio sul genere umano non ha poi più fine. Anche costei sarà vostra quando avrà compiuto fino in fondo il giusto percorso della sua vita: vi prego solo di ridarmela in prestito. Ma se il destino mi nega questa grazia per la mia consorte, io non voglio riandarmene, no. Così godrete della morte di due!»

Ovidio, *Metamorfosi*, X

«Posse pati volui, nec me temptasse negabo:
vicit Amor! Supera deus hic bene notus in ora est;
an sit et hic, dubito; sed et hic tamen auguror esse,
famaque si veteris non est mentita rapinae,
vos quoque iunxit Amor. Per ego haec loca plena timoris,
per Chaos hoc ingens vastique silentia regni,
Eurydices, oro, properata retexite fata!
Omnia debemur vobis, paulumque morati

serius aut citius sedem properamus ad unam.
Tendimus huc omnes; haec est domus ultima, vosque
humani generis longissima regna tenetis.
Haec quoque, cum iustos matura peregerit annos,
iuris erit vestri; pro munere poscimus usum.
Quod si fata negant veniam pro coniuge, certum est
nolle redire mihi; leto gaudete duorum!»

Orfeo ha conosciuto il dolore fino in fondo, ma l'amore ha vinto. Così sostiene il poeta, e così sogniamo tutti che accada nella nostra vita.

Le volte che nella mia vita è entrato prepotente, senza preavviso, il dolore, mi è sembrato di perdermi, di non avere più risorse interiori per uscire da quel labirinto. Niente come il dolore ci impedisce di crescere, niente come il dolore ci costringe a crescere. Proprio dentro il dolore a poco a poco si fa strada qualcosa di nuovo, una nuova possibilità di amare. Ma quanto tempo ci vuole ad accettare il dolore e il suo messaggio? Tutto il tempo della nuova creatura che deve nascere.

Sempre nella vita le cose migliori vengono dal tormento, un tormento che comincia a essere fecondo solo quando lo si lascia entrare e se ne affronta tutta la tenebra, perché sempre il tormento è sintomo della soluzione. Quando Orfeo sostiene che l'amore ha vinto sulla sua sopportazione del dolore, afferma proprio questo: c'è sempre un amore che può crescere dentro il dolore, ma solo se non si cercano colpevoli e capri espiatori, che in qualche modo possano prendersi il peso della nostra sofferenza e alleviarla. Quante volte ho incolpato gli altri, vicini e lontani, nel tempo e nello spazio, di sofferenze che dipendevano da me. Solo attraverso l'accettazione che quel dolore è mio e soltanto mio, la ferita si muta in ricerca. Le persone più interessanti che ho conosciuto avevano saputo fare questo.

Al contrario di quel che accade normalmente nella scuola, per me è parte integrante del percorso educativo dedicare qualche ora dell'anno ad aiutare i ragazzi nell'indagine della loro passione dominante, del loro fuoco, della loro vocazione. E mi stupisce sempre scoprire, quando li ascolto raccontare qual è il loro talento, che il ritornello è: mi capita da sempre, sin da piccolo, non so quando sia iniziato ma mi sono ritrovato a fare questa cosa... E tutte le volte quella "cosa" dipende proprio da una ferita, da una fragilità che si è trasformata in conoscenza, in sguardo sul mondo, in azione creativa, spesso volta a curare in altri una ferita simile. Come quel ragazzo che ha raccontato alla classe che sin da bambino dava i soldi che aveva in tasca ai poveri che incontrava, e la mamma doveva dirgli di non farlo perché gli servivano per la merenda. Ma lui lo faceva lo stesso, preferiva saltare la merenda e vedere qualcuno soffrire di meno. Quel ragazzo aveva alle spalle una storia di dolore familiare, che lo portava a prendersi cura degli altri in modo paterno, anche se era soltanto un bambino. O come quella donna che da piccola metteva bambole e pupazzi in fila e spiegava loro le cose come una maestra, perché voleva che avessero la possibilità di capire tutto, anche i fatti dolorosi da cui sua madre la proteggeva e che non le spiegava, ma che lei intuiva e desiderava comprendere. Tutto questo un giorno l'avrebbe portata a diventare una professoressa eccezionale.

L'amore comincia sempre come dolore, perché è la scoperta di un'assenza, come detta il "mi manchi" universale nel lessico amoroso. L'amore, presto o tardi, ci porta in un territorio nuovo, ci fa uscire da noi per farci sperimentare la vita vera. È l'unica vera trasgressione dell'uomo, l'unica vera evoluzione. Baudelaire diceva ironicamente che il solo fastidio dell'amore è che si tratta di un crimine in cui non si può fare a meno di un complice. Per uccidere il proprio egoismo bisogna prima innamorarsi.

Orfeo mette in dubbio che gli inferi conoscano l'amore. Nell'aldilà dove si trova il tempo è finito, perché la morte fissa l'uomo nell'immobilità privandolo di ogni possibilità di crescere, cioè di amare, di ogni trasgressione, di ogni uscita da sé. Che vuoi che ne sappiano i morti dell'amore, sembra dire Orfeo. Ma poi, da consumato poeta, accenna alla possibilità che anche il re e la regina degli inferi abbiano conosciuto quel dio, se è vero che Ade rapì la figlia di Demetra,

Persefone, per farla sua sposa e regina degli inferi nei mesi dell'autunno e dell'inverno, e restituendola solo per metà dell'anno alla vita terrena. Anche Persefone conosce la violenza degli dèi, la sua discesa agli inferi si ripete ogni anno. Persino le stagioni sono il frutto di una storia d'amore, in cui al tempo dell'esaltazione e delle messi corrispondono dolore e apparente sterilità.

Orfeo perciò cerca di ricordare al re e alla regina della morte che anche loro sono stati toccati dalla grazia dell'amore. Per questo chiede che il destino del fiore reciso anzitempo, Euridice, venga ritessuto da capo, che le venga concesso, come a Persefone, un tempo doppio, nell'aldilà e nell'aldiquà.

Il destino per i Greci è simile alla filatura e alla tessitura. A ciascuno è affidata una quantità di vita, come un cumulo di lana grezza che viene a poco a poco trasformata in filo e intrecciata sul telaio. La spola viaggia in orizzontale tra i fili fissati in verticale, attraversandoli e legandosi a essi, costituendo il tessuto della vita, fatto di relazioni con il mondo e con gli altri. Il filo della vita di Euridice è stato strappato troppo presto, il tessuto è rimasto lacero e incompiuto. Orfeo viene a reclamare la grande sete dell'uomo di avere una vita piena, compiuta, che crea legami capaci di non essere sfilacciati. Reclama un destino pari alle aspettative del cuore, all'altezza del sempre che ci portiamo dentro, dal momento che siamo l'animale che sa coniugare i verbi al futuro. Reclama il verticale nell'orizzontale, i fili della trama e dell'ordito. Per questo ogni storia è una storia d'amore, perché non possiamo pensarci se non come destini legati ad altri destini, in un tessuto sensato o il cui senso si scorgerà solo alla fine della tessitura.

Ci sono due tempi nella vita umana: il tempo orizzontale e quello verticale. Il primo è misurato dalla sabbia delle clessidre e da tutte le loro imitazioni. Dalla culla alla tomba questo tempo scorre, granello dopo granello, indipendentemente da noi. È un tempo che ci misura e rinchiude nella scatola della vita. Quello verticale invece è scandito dall'amore e da tutte le sue conseguenze. Non è un tempo inesorabile, perché non è fatto di unità di misura, granelli che si succedono.

È un tempo che è da noi inaugurato con una scelta consapevole e libera, e riversa su di noi i doni della vita, apre la scatola e lascia entrare tutto quello di cui abbiamo bisogno per essere vivi, in qualsiasi momento del nostro trascorrere. È il tempo in cui ho amato e quello in cui mi sono lasciato amare. È tutto il tempo che non ho perso a morire, aggrappandomi alle cose che sembrano durare ma poi muoiono anche loro. È tutto il tempo in cui ho dato all'amore l'opportunità, nel tempo misurato dagli orologi, di accadere. In quei momenti il granello di sabbia si è dilatato come in occasione del Big Bang, generando l'espansione delle galassie che corrono verso le periferie del vuoto in cerca della loro eternità, ferite dalla nostalgia della loro origine e del loro futuro, due punti che in amore coincidono. E quel granello non era più il cadere della pietra sminuzzata dal vento e dal mare, ma era tutta la nostalgia del mare e del vento, perché li conteneva. La musica, la parola, il gioco, la bellezza, persino il dolore, tutti materiali del tempo verticale. Tutti materiali che l'amore ha fornito agli uomini per vincere la morte. Per questo Orfeo, figlio di Apollo e della Musa, ha la meglio sugli dèi della morte, perché questi materiali li usa tutti.

Dopo aver suscitato la pietà nel cuore di Ade e Persefone, Orfeo cerca di vincere la prima partita a scacchi contro la morte con una motivazione ferrea: tutti finiranno lì, senza eccezioni. Perché infierire con un tempo incompiuto? Con un veleno crudele nel giorno delle nozze? Se il tempo orizzontale ha una entità definita, perché abbreviarlo? I Greci associano la vita a una quantità che viene assegnata dal destino, filata, tessuta, sino a che si esaurisce. Ma Orfeo azzarda la possibilità di un altro tempo, appannaggio di un altro dio, il dio del tempo verticale: Amore. Per questo chiede la vita della sua sposa in pegno: non una resurrezione, piuttosto una rianimazione. Non chiede le venga concesso un di più di vita che non le spetta, ma che venga dato quanto dovuto, perché non è possibile che le sia stato concesso così poco. Se invece il destino di lei si è compiuto, allora sarà lui stesso a ritessere il proprio, fermandosi negli inferi anzitempo, scompaginando i conti della morte. Solo il dono che fa di sé per averla confonde la morte, solo il dono scommette contro il tempo. Chi ha studiato approfonditamente la logica intrinseca al dono ha scoperto che, mentre gli scambi economici sono dettati da una risoluzione il più possibile immediata del debito creato (prendo le mele, pago le mele: il nostro rapporto finisce lì), il dono non richiede una risoluzione ma apre uno spazio e un tempo che non hanno bisogno di scadenze, in cui chi ha ricevuto è sì in debito, ma non ritiene di dover corrispondere come per una prestazione contrattuale. Non c'è relazione che possa durare senza dono di sé, perché è il dono stesso a far nascere una relazione senza pretese di immediato contraccambio, che apre al tempo della conoscenza e della pazienza.

Solo la logica del dono dilata lo spazio e il tempo, come accade al grembo di una madre, che tesse dentro di sé lo spazio e il tempo di un altro. Il dono del proprio spazio e del proprio tempo per ampliare lo spazio e il tempo dell'altro apre il tempo verticale, affermando con forza al cospetto degli dèi inferi l'unica cosa che può arrestarli.

Una delle principali ossessioni dell'uomo è guadagnare tempo: essere mortali impone questa lotta. Ci illudiamo che per guadagnare tempo basti aggrapparsi alle cose che hanno permanenza nel tempo, ma non si può vincere il tempo dal di dentro, lo si vince solo sollevandosi sopra di esso. Per guadagnare tempo possiamo crescere, a qualsiasi età, e si cresce quando aumenta la profondità della propria relazione con se stessi, con gli altri, con il mondo, con Dio. Si cresce solo quando si ama. Si guadagna tempo solo quando si ama. Cioè quando ciò che abbiamo di più nostro, la quantità finita di tempo che ci è assegnata, decidiamo liberamente di perderlo per qualcosa o per qualcuno. Solo quando entriamo nello spazio paradossale del dono lo scorrere del tempo rallenta, perché a segnarlo è un altro passo, non misurabile e orizzontale. Solo il dono del tempo ci fa entrare nella sua dimensione verticale, solo il rischio della vita apre la vita e ci apre alla vita.

Galatea

Pigmalione ebbe il privilegio di scolpire il suo amore. O forse di scolpire solo se stesso. Volle evitare ogni disamore, pur di illudersi di saper amare. Di questo racconto mitico, in cui uno scultore ottiene di dare vita alla sua creazione di pietra, ci informa proprio Ovidio nelle sue Metamorfosi*, inserendolo, non a caso, nelle narrazioni di Orfeo ai suoi ascoltatori.*

Non hai parole per raccontare la tua storia, perché hai la lingua di pietra. Di pietra hai anche la pelle e gli occhi, il seno e i capelli. Nessun dio t'ha trasformata in pietra, solo l'artista che t'ha scolpita, per poi innamorarsi di te. Non solo perché eri bella. E poi quale artista non si innamora dell'opera che ha generato con tanta fatica? Ma in lui la ferita era più profonda: si innamorò perché voleva amare e nessuna donna gli sembrava capace di amarlo. Almeno non quelle della sua terra. Tutte lo avevano deluso. O forse dentro di sé sapeva che era lui a non poterne amare nessuna, perché era devoto alla sua arte e alla Musa. Al paragone tutte le altre donne impallidivano: erano fantasmi di un eros secondario. Inoltre sulla sua isola di passioni incontrollate, Cipro, abitavano le Propetidi, donne che avevano osato negare la divinità di Afrodite, e per questo lei le aveva punite instillando in loro un desiderio sessuale sfrenato, che le aveva portate per prime a prostituirsi. Avevano perduto del tutto il pudore – "e il sangue sulle loro guance si indurì", dice il poeta – fino a diventare di pietra. L'eros senza oltre si pietrifica.

La tua storia, Galatea, si svolge al contrario: non dalla donna alla pietra, ma dalla pietra alla donna. Sempre solo per causa d'eros. Pigmalione, scultore abilissimo, aveva disgusto di queste donne, prima ancora che si trasformassero in pietra. Per questo viveva celibe. La sua Musa lo costringeva a non accontentarsi; il suo eros, per lui che non condivideva il letto con nessuna donna, si tese all'estremo e il desiderio si trasformò in avorio. "Ma un giorno, con arte felice e meravigliosa, si mise a scolpire dell'avorio bianco come neve e gli dette forma di donna, così bella, che nessuna può nascere più bella. E concepì amore per la sua opera. L'aspetto è quello di una fanciulla vera, e diresti che è viva e che, se non fosse così timida, vorrebbe muoversi. Tanta è l'arte, che l'arte non si vede. Pigmalione è incantato, e in cuore gli si accende una fiamma per quel corpo finto. Spesso passa la mano sulla statua per sentire se è carne o invece avorio, e non si risolve a dire che è avorio" (*Metamorfosi*, X).

Quella statua eri tu, Galatea. Da quel momento lui ti riempì di attenzioni da innamorato, ti fece la corte come fossi viva: regali, vestiti, carezze. Il suo desiderio si trasformò in preghiera, d'altronde la preghiera non è che desiderio: "O dèi, se è vero che tutto potete concedere, io vorrei avere come moglie", e non osa dire "la fanciulla d'avorio", ma dice "una simile alla fanciulla d'avorio".

Afrodite ne fu commossa, e così, la stessa che aveva reso di pietra le Propetidi a causa del desiderio di divorare l'uomo, adesso concedeva alla pietra di essere carne, a causa del desiderio di lui di dare vita alla donna.

Mentre lui ti bacia, le tue labbra si fanno di carne e finalmente arrossisci. Sì, la prima cosa che fai, donna di carne, è arrossire. Finalmente consapevole della tua carne e della tua vita, subito la proteggi dalla fame e dal desiderio altrui: arrossendo. Il sangue che si era indurito sul volto delle Propetidi rendendo la carne pietra, qui rende la pietra carne: "Arrossisce, e levando timidamente gli occhi verso la luce, vede, assieme al cielo, colui che la ama".

Quello che hai visto è duplice: la luce e l'amante. Luce e amore non sono mai scindibili, chi si innamora vede, vede tutto attraverso l'amato e in lui. Nello sguardo dell'altro scopre e vede se stesso. Lo sguardo dell'altro permette all'amato di raggiungere la sua altezza e il suo abisso, di essere con tutte le sue fragilità, gli permette di non morire, gli perdona di non esistere abbastanza, lo sguardo dell'amante crea l'amato, lo fa essere. Questo accadde più che mai a te, che eri esattamente come lui ti desiderava. Era stato così bravo a scolpirti da darti vita? Oppure pur di darti vita era diventato così bravo a scolpirti? Viene prima l'eros o l'arte? Forse non ci sarà mai risposta. Certo è che tu sei saltata fuori dal suo scalpello e dai suoi occhi, dita, carezze e abbracci. Potevi tu distinguere tra colpi e carezze? Lui, dedicandosi a te, ti dava il possesso di te stessa.

Ma c'è qualcosa di te che mi fa paura: come puoi essere te stessa se sei esattamente come ti ha voluta lui? O eri solo il suo desiderio più compiuto? Non può esserci amore dove non c'è differenza, perché non può esserci dono. Certo tu sei di carne perché sei stata a tal punto desiderata, ma questo desiderio sarà davvero amore, Galatea? A me quando ti guardo sembra di vedere lui, di vedere tutto il suo disamore.

Veza

Lo pseudonimo che un'artista sceglie tradisce ciò che vuole nascondere. Veza Canetti, donna dai mille doni, fu ancella devota a suo marito, e quei doni li concesse tutti a lui perché fosse il grande scrittore che è stato. Lo pseudonimo scelto da lei come scrittrice fu Magd, la parola che in ungherese significa serva.

Veza, mi manca il tuo sorriso, anche se non l'ho mai visto. Ma è come se lo conoscessi, questo è il vantaggio di avere come proprio signore uno scrittore del calibro di Elias Canetti: "Il segreto di Veza stava nel sorriso. Lei ne era conscia e sapeva evocarlo, ma, una volta comparso, non era più in suo potere mandarlo via: il sorriso non se ne andava, era come se quel sorriso fosse il suo vero volto, finché Veza non sorrideva la sua bellezza era ingannevole. A volte, sorridendo, chiudeva gli occhi, le ciglia nere si abbassavano e sfioravano le guance. Era come se si guardasse dal di dentro, illuminata dal suo stesso sorriso. Come si vedeva? Era questo il suo segreto; eppure, anche se taceva, gli altri non si sentivano esclusi. Il suo sorriso passava, come un arco scintillante, da lei a coloro che la guardavano. Non esiste nulla di più irresistibile dell'invito a entrare nello spazio interno di un essere umano. E se la persona sa usare molto bene le parole, il suo silenzio aumenta al massimo la seduzione. Cerchiamo di arrivare sino alle sue parole, e speriamo di trovarle dietro il sorriso: è là che esse attendono il visitatore. In Veza c'era un nodo che non poteva sciogliersi, perché era satura di tristezza. Alimentava continuamente la sua tristezza, era sensibile a ogni dolore, purché fosse il dolore di un altro; soffriva l'umiliazione altrui come se a subirla fosse stata lei stessa. E questo senso di pena non le bastava, doveva rovesciare sugli umiliati una pioggia di elogi e di doni. Di quei dolori lei sentiva il peso anche quando da lungo tempo si erano quietati. La sua tristezza era abissale: racchiudeva e conservava in sé tutto ciò che era ingiusto" (*Il frutto del fuoco. Storia di una vita*).

Chiunque di fronte a una simile testimonianza autobiografica penserebbe al più felice dei connubi, ma poi tu da quelle pagine sparisci, a detta sua perché, se avesse dovuto dire la verità, ne sarebbe emerso il ritratto di una scrittrice amabile ma fallita.

Allora l'unica domanda che ho per te, Veza, è questa: che cosa permette a una donna capace di leggere in una decina di lingue, di scrivere romanzi, racconti e opere teatrali, di innamorarsi di un chimico più giovane di quasi dieci anni e confortarlo nella sua pretesa vocazione, la scrittura; di sopportare almeno quattro amanti, di vivere in ristrettezze, di cambiare tante città, Vienna, Parigi, New York, Londra; di attraversare una depressione e di bruciare tutte le proprie opere in un solo colpo, pur di dedicarsi con tutte le forze a quelle del marito; che cosa permette a una donna così di morire a sessantasei anni lasciando un biglietto, il 1° maggio 1963, che dice: "Canetti benedetto. Vivi per il tuo lavoro. Ti adoro. Ti ringrazio, eternamente grata. Veza"?

La risposta deve essere celata in quelle lettere d'amore che tu un giorno gli nascondesti per dispetto nel tronco cavo di un albero: lui quasi impazzì, ma incontenibile fu la gioia quando le ritrovò, la stessa di chi ha smarrito il manoscritto del romanzo a cui sta lavorando da una vita. Ma quello che vi era scritto non lo sapremo mai. Dopo averti sgusciata come una tartaruga, solo nel 1990, a quasi trent'anni dalla tua morte, trovò il coraggio di scrivere la prefazione a un tuo romanzo, riesumato dall'oblio, e nelle tue pagine finalmente riconobbe il modo in cui ci si salva dalla disperazione: la fede nei poeti e l'amore di una donna.

Sapeva che nel tuo romanzo *Le tartarughe* avevi scritto proprio di te, nascondendoti dietro e dentro il correlativo oggettivo di quell'animale lento e tenace, sul guscio del quale, come racconti nel libro, i nazisti si divertivano a imprimere la svastica: "Il suo segreto è l'imperturbabilità. Vive di nulla, di aria, di foglie, si lascia tagliare, tranciare, lacerare, e continua a vivere, muta e temprata. Ma ha bisogno di calore. Senza calore è destinata a morire. [...] Se l'uomo vuole la sua carne, seziona l'animale da vivo, di modo che sia ben fresca e gustosa. E nel vedere i suoi occhietti intelligenti pensa: anche questa testa che scatta a destra e a sinistra è sicuramente un boccone prelibato. Quindi la recide, la porta a casa e l'osserva mentre si muove e morde, la testa mozzata. Perché la tartaruga non muore subito. Possiede anche una corazza interiore, perciò non muore. Se le si ritaglia il cuore, il cuore pulsa ancora a lungo. Se le si stacca il cervello, lei continua ad avanzare lentamente. Certo, senza calore non può vivere".

Alla domanda che ti ho posto, cioè come tu abbia fatto a sopportare tutto questo, Veza, i sentimentali risponderanno: è l'amore; i razionali: il bisogno di sicurezza; i cinici: la convenienza. Io non mi azzardo a rispondere, ma guardo ai fatti come si mostrano.

Avevi scelto uno pseudonimo per pubblicare: Veza Magd, e *magd* significa serva, l'ancella del signore. Con quel nome avevi firmato un racconto dal titolo: *La pazienza porta rose*. Ma le uniche rose a fiorire furono quelle di tuo marito, che tu servisti come redattrice, correttrice di bozze, curatrice della posta: uomo adorato, eternamente ringraziato premio Nobel, che nel 1993, l'anno prima di morire, quel famoso carteggio d'amore lo diede alle fiamme. Nessuno saprà mai dire il perché, forse perché conteneva tutta la verità di un amore in cui lui era il signore e tu la sua serva.

Le fiamme che bruciarono le lettere assomigliano a quelle del suo Kien, protagonista tutto testa e niente cuore di *Auto da fé*, forse in questo simile al suo autore, mentre tu, con il tuo sorriso e la tua capacità di assumere il dolore altrui e trasformarlo in dono, eri la sua porta di accesso alla vita, alla tenerezza, all'oltre di cui ogni donna è testimone.

Egli per tutta la vita non costruì altro che il suo autoritratto, anche per questo sulla sua tomba ha voluto che si scolpisse la sua firma invece delle solite anonime lettere capitali, per vincere persino l'immobilità della morte con uno svolazzo della penna.

La vita tutta non fu altro che una serva della sua scrittura.

Te compresa.

Jeanne

Amedeo Modigliani ha dipinto ritratti di donna insuperabili. I più belli sono quelli di sua moglie, Jeanne Hébuterne, alla quale osò dipingere anche gli occhi a differenza di tutte le altre modelle, una delle quali, Lunia Czechowska, racconta la storia. A lei Jeanne e Amedeo lasciavano spesso la loro prima figlia perché incapaci di prendersene cura. A loro interessava solo l'arte con cui cercavano di domare i propri demoni. Lui morì di tisi, lei lo seguì poche ore dopo lanciandosi dal quinto piano, con in grembo il loro secondo figlio.

Tu sei l'unica, Jeanne, alla quale lui abbia dipinto gli occhi. Anche io sono stata ritratta da lui, fissata da quel suo sguardo carbone e tenebra, ma mi dipinse con le orbite vuote, bianche, di vetro, come tutti gli altri e le altre, forse persino più bella di te con la mia camicia bianca e la mia testa in fiamme. Conosci la leggenda del famoso pittore cinese che evitava di dipingere gli occhi ai suoi ritratti, per impedir loro di diventare completamente vivi? A te invece Amedeo li diede, Jeanne, e fu la tua condanna: ti rese completamente viva e completamente morta, come Euridice. Negli occhi si dice si colga l'essenza di una persona, ma quelli che dipinse sul tuo viso erano i tuoi o i suoi?

In un tempo in cui nella tela si cercava l'originario perduto, per ridiventare originali, lui batteva la sua strada: la donna era l'unico sentiero che porta all'origine. E così lui dipingeva il suo sempre nuovo apparire, il volto e il collo e il corpo di tutte le piene di grazia. Lasciava che la sua immaginazione fosse educata dalla realtà stessa, scandagliata con pazienza febbrile, con attenzione indomita. Non disegnava gli occhi perché ci sarebbe voluta una vita intera, un'attenzione della durata di un'esistenza, una donna da osservare ogni momento, per estorcerle il segreto della vita. Sarà per questo che dipinse i tuoi, Jeanne? Il tuo viso goccia, il tuo collo cigno, i tuoi capelli sangue, i tuoi occhi mare erano perfetti. Il vostro amore era perfetto, da dipingere. Odorava di vita vera: disperata e libera. Nessuno in tutta Parigi aveva occhi belli come i tuoi, Jeanne, e tu scegliesti di metterli al servizio di quell'italiano ubriacone e notturno.

Anche tu eri pittrice. Vi capivate a una profondità che nessun altro avrebbe potuto raggiungere, eravate la stessa cosa, lo specchio perfetto. Quando nacque la vostra prima figlia la chiamaste Jeanne, perché riproducevate voi stessi in ogni cosa che creavate insieme. La nascita di Jeanne portò mesi di aria salubre, di mare e cieli sinceri a Nizza, che avrebbero guarito i polmoni deboli di quell'italiano dal cuore senza luce e ubriaco di inquietudine. Poi però tornaste a Parigi, il magnete che non lasciava scampo in quegli anni. Riprecipitaste nell'unica ossessione della vostra vita: dipingere ed essere dipinti. Montparnasse era la città e la città era Montparnasse. La casa era l'atelier e l'atelier era la casa. La tela era la vita e la vita era la tela. Se lui ti accarezzava i capelli era per scegliere il colore giusto con il tatto. Se tu volevi un altro figlio, da dipingere nel tuo grembo, era per chiamarlo Amedeo.

Quei tre anni di vita insieme offuscarono il tuo talento, Jeanne. Pasternak ti definì "una pittrice timida come un sogno", perché eri diventata il sogno di tuo marito e potevi esistere solo nel suo sogno. Eri la madonna di un dio pittore, l'ancella obbediente del suo spirito. Ti dipinse decine di volte e forse solo così riusciva a dirti quanto ti amava e come ti amava: vedere per un pittore è amare e lui non aveva altro modo per dimostrartelo. Quando ti accorgesti che sulla tela dentro le orbite c'erano i tuoi occhi, neri e non celesti, cominciasti a piangere come una donna amata per sempre, perché tu sola avevi quel privilegio, tu sola eri il suo sogno.

Io tenevo con me la piccola Jeanne, la difendevo dall'ebbrezza di lui e ti consigliavo di farti sposare e costringerlo a smettere di bere, ma tu sostenevi che era fatto così, che lo amavi così. Rimanesti ancora incinta, e i tuoi occhi per qualche mese si liberarono della malinconia. Poi cominciasti a ritrarti con un pugnale in petto oppure morta, mentre Amedeo nei suoi ritratti ti rendeva così viva che cominciasti a credere più a quello che lui dipingeva che a te stessa e alle tue macerie interiori. Jeanne ti cercava, ma tu non potevi fare la madre, tu potevi solo essere dipinta.

Un giorno mi raccontasti, guardando il cielo pulito dal vento, che presto vi sareste sposati, che lui avrebbe smesso di bere, te lo aveva promesso, e sareste tornati a Nizza e avreste passeggiato come qualche tempo prima, in silenzio, a disposizione dell'ispirazione. Che cosa c'era nel tuo cuore, Jeanne, non l'ho mai capito. Quel giorno mi hai detto che prima che lui lo dipingesse non avevi mai saputo come fossero veramente il tuo sguardo, quei tuoi occhi chiari che lui aveva fatto neri. Mi hai detto che era come se avessi sempre avuto un velo sugli occhi e ora finalmente, grazie al suo quadro, vedevi bene, tutto si era rischiarato. Eppure era lui ad avere gli occhi neri: ti aveva rapito gli occhi. Quel giorno capii che tu esistevi solo per essere dipinta da lui, e se lui ti avesse dipinta per tutta la vita l'avresti amato tutta la vita, perché solo lui riusciva a spiegarti chi eri, in forme e colori. Dipingeva il tuo vero nome. Eri amata e conosciuta, come Dio ama e conosce gli uomini e le donne, quando ne ricama le ossa nelle cavità della terra.

L'ultima notte che passaste insieme mangiaste sardine e beveste vino rosso. Il 24 gennaio, a trentasei anni, Amedeo si spense con i polmoni spappolati dalla tubercolosi. Una manciata di ore più tardi, nel freddo inverno parigino trovammo il tuo corpo di ventenne ancora bello e bianco come una tela in attesa, a terra, e il tuo grembo di nove mesi spento, dopo un tuffo di cinque piani. I tuoi occhi erano ancora aperti, ma non erano chiari. Prima di abbassarti le palpebre li vidi, erano neri come la notte in cui ora stavate passeggiando insieme.

Ai tempi dei Romani si chiudevano gli occhi al morto perché non si riteneva giusto che qualcuno vedesse il vero sguardo di un uomo o di una donna, quello del momento supremo, però prima del rogo venivano riaperti, perché potessero scorgere il cielo che stava per accoglierli e non sbagliassero direzione. Come Orfeo, Amedeo ti aveva ricacciato nell'Ade guardandoti dritta negli occhi. Un giorno lo racconterò alla piccola Jeanne, il segreto dei tuoi occhi, lei non li ricorderà. Aveva poco più di un anno quando volasti dentro al sogno immortale del tuo pittore, quando fosti sacrificata sull'altare della Musa da uno dei suoi sacerdoti migliori.

Quinta sosta: la vittoria

Piangevano le anime esangui mentre egli diceva queste cose e accompagnava le parole col suono della lira. E Tàntalo non cercò di afferrare l'acqua che rifluendo gli sfuggiva, e la ruota di Issìone si arrestò, attonita, e gli avvoltoi smisero di beccare il fegato, e le nipoti di Belo lasciarono stare le brocche e tu, Sìsifo, ti sedesti sul tuo macigno. Si narra che allora per la prima volta s'inumidirono di lacrime le guance alle Furie, commosse dal canto. E né la consorte del re, né il re stesso degli abissi ebbero cuore di opporre un rifiuto a quella preghiera; e chiamarono Euridice. Era essa tra le ombre nuove, e venne avanti con passo lento, per la ferita.

Ovidio, *Metamorfosi*, X

Talia dicentem nervosque ad verba moventem
exsangues flebant animae; nec Tantalus undam
captavit refugam, stupuitque Ixionis orbis,
nec carpsere iecur volucres, urnisque vacarunt
Belides, inque tuo sedisti, Sisyphe, saxo.
Tunc primum lacrimis victarum carmine fama est
Eumenidum maduisse genas; nec regia coniunx
sustinet oranti nec, qui regit ima, negare,
Eurydicenque vocant. Umbras erat illa recentes
inter, et incessit passu de vulnere tardo.

Tante volte ho cercato di immaginarmi la dolcezza e la potenza del canto di Orfeo, capace di fermare persino la morte. E me lo sono sempre immaginato grazie a un uomo che ha trasformato Orfeo in un pianoforte e nel più bel concerto per piano e orchestra che io conosca: Beethoven.

Era il 22 dicembre del 1808 e Vienna doveva essere coperta di neve. Il Theater an der Wien era pieno e le persone presenti avevano nel cuore gli intenti tipici di chi sta aspettando il Natale, a cui si preparavano ascoltando un programma di quattro ore di musica, eseguite dal maestro in persona: due sinfonie, un concerto per pianoforte e orchestra, una fantasia e chissà cos'altro. Beethoven si sedette al pianoforte davanti a un pubblico che non lo avrebbe mai più visto esibirsi come solista. Voleva essere lui a suonare proprio quel concerto e fare tutto il possibile per comunicare al mondo qualcosa di irripetibile: il segreto per vincere la morte con ottantotto tasti. Il segreto era contenuto nel secondo movimento di quel Concerto numero 4, andante con moto. Quando le sue dita si posarono sulla tastiera e fu lui a cominciare anziché l'orchestra, tutti capirono, tra sgomento ed eccitazione, che un mondo si stava congedando (mai è il pianoforte a cominciare, sempre l'orchestra). La neve fuori continuava a cadere e le strade erano ormai deserte, sembrava che il silenzio ovattato della città stesse aspettando solo quel concerto, con il quale il maestro avrebbe frantumato i cancelli della morte. Finalmente avrebbe liberato tutti dalla loro più grande miseria: dover morire.

Quando Beethoven compose quel brano – come suggerisce un suo biografo e gli studiosi hanno dimostrato – stava pensando proprio a Euridice. Il secondo movimento del Concerto numero 4 per piano e orchestra infatti ha una forma musicale inedita, è un dialogo: c'è un pianoforte dolcissimo, sommesso ma determinato, Orfeo, che cerca di convincere con la sua infinita nostalgia il dio dell'Ade e il suo corteo, i quali rispondono con i toni accesi e forti di un'orchestra in cui gli archi svettano, esprimendo tutto il loro disappunto per la presenza di un vivo nel regno della morte. Quell'orchestra fatale lentamente si lascia irretire dalla liquida calma persuasiva del pianoforte, tanto da sposarne il tema. E per la prima volta nella storia di questa forma musicale il principio debole e supplicante ha la meglio. Niente supera il momento in cui il piano da solo, come Orfeo al centro degli inferi, trasforma in musica la nostra nostalgia di qualcosa per cui siamo fatti ma che ci è stato sottratto: una vita pienamente felice. Orfeo ribadisce che gli inferi riavranno Euridice quando morirà: consentirle di tornare alla vita per il tempo di un amore condiviso non è l'infrazione dell'equilibrio del mondo. Ade si lascia commuovere sia dalla bellezza del canto di Orfeo sia dal suo ragionamento, così come l'orchestra, prima tronfia e assertiva, si placa e partecipa alla sofferenza degli uomini soggetti alle leggi dell'abbandono, della perdita, del dolore. In quella melodia ci sono le lacrime delle cose: una moglie innamorata parla di suo marito morto di tumore, un figlio ricorda le carezze della madre che non lo riconosce più perché malata, una donna pensa alla sorella trasferitasi in un altro continente, un padre anziano ma con il cuore giovane vuole essere vicino ai figli, ma non può, un uomo torna sui luoghi in cui ha trascorso le estati da bambino e piange un paradiso perduto... È la stessa nostalgia di un artista in cerca dell'apparire delle cose in una bellezza definitiva. La musica spezza le leggi della morte, almeno per qualche minuto: il pianoforte descrive la felicità di un amore al suo sbocciare e poi si ripiega su se stesso e ci racconta il tormento di Orfeo che cerca Euridice e la trova esanime, come sottolineato dalla crescente frenesia delle dita del pianista sui tasti, per poi tornare alla sua richiesta di restituzione. Le forze fatali tornano in campo, ma disposte a rivedere le proprie leggi, per la bellezza di quanto hanno ascoltato. Le dita di Beethoven illusero per pochi minuti i presenti sulla possibilità di riscatto delle proprie vite. Alla fine del movimento la preghiera di Orfeo e il granitico *non plus ultra* dell'orchestra si mescolano, la forza degli archi si stempera e accetta di fare solo da sottofondo al piano, disposta a concedere agli uomini un attimo di pausa dal loro continuo cadere, fallire, morire.

Quando il maestro sollevò le mani dalla tastiera, in attesa del nuovo movimento che avrebbe riportato tutti in una festa spensierata – sempre c'è una festa accanto a un lamento – sapeva di avere fermato per un attimo il morire di tutte le cose, come se le sue note, al contrario dei fiocchi che cadevano fuori, avessero trovato una nuova gravità, cadendo verso l'alto. Ma era tempo di continuare il programma. L'eterno non può entrare nel tempo se non per rapidi e intensi bagliori di bellezza. Fortunato chi ne è raggiunto, se ne va per le vie silenziose di neve con la sicurezza di essere stato almeno una volta totalmente, irrevocabilmente e senza remissione, felice.

Mi ha sempre colpito l'amara ironia della sorte toccata al maestro, divenuto sordo. Dal suicidio lo salvò proprio quel pianoforte: "Non mi era ancora possibile dire agli uomini: 'Parlate più forte, gridate, perché io sono sordo!'. Ah, come mi sarebbe possibile rivelare proprio la debolezza di un *senso* che io dovrei possedere più perfetto di ogni altro, un senso che in passato ebbe grandissima perfezione, una perfezione che certamente poche persone del mio mestiere hanno mai avuto? [...] Tali esperienze mi condussero quasi alla disperazione. Poco mancò che io stesso mettessi fine alla mia vita. Soltanto essa, soltanto l'*arte*, mi ha trattenuto. Ah, mi sembrava impossibile dover lasciare il mondo prima di aver compiuto tutto quello per cui sentivo di essere stato creato" (lettera ai fratelli).

Per un artista l'arte è l'unica esistenza possibile, il baluardo posto di fronte alla tentazione del nulla, perché è la via d'accesso alla vita vera, alla vita che non muore attraverso l'apparire delle cose ma ne scorge e svela il senso pieno, dove si aggrappano, come si salvano. Per questo immagino il canto di Orfeo simile al pianoforte di Beethoven, perché è un canto che conosce il dolore della disperazione e la lotta per trasformarla in bellezza.

Il tempo della morte è immobile e ripetitivo, e il canto di Orfeo lo costringe a un nuovo movimento. Ovidio infatti attribuisce ai morti pene che si ripetono eternamente: Tantalo è colui che ha rivelato agli uomini i segreti degli dèi e ha rubato l'ambrosia per donarla agli uomini, e per questo è condannato a una sete infinita e mai soddisfatta, perché tutte le volte che si avvicina all'acqua che scorre davanti a lui, essa si ritrae; Issione, che ha cercato di sedurre Era e di possederla, è condannato da Zeus a girare all'infinito su una ruota; Tizio è stato ucciso per aver tentato di violentare la dea Latona, e adesso gli avvoltoi gli divorano il fegato che continuamente ricresce; le Danaidi, nipoti di Belo, hanno ucciso, accoltellandoli nella notte, i loro mariti e per questo sono condannate a riempire in eterno una botte che perde acqua; Sisifo ha svelato a un uomo che era stato Zeus a rapire sua figlia, e per questo è condannato a spingere un masso su un'altura, ma quando è arrivato in cima il masso inesorabilmente cade e la sua salita deve ricominciare. Tutti questi condannati però si fermano, come se le parole di Orfeo li autorizzassero a un'altra possibilità, rivelando finalmente la legittimità di quello che avevano cercato e voluto: soltanto una vita piena.

Le forze cieche del destino e della vendetta sembrano sentire la ferita della condizione umana, ne avvertono tutta la malinconia, e per un attimo nella tragedia si apre lo spazio per un tempo diverso. Anche noi tendiamo a chiuderci nella ripetizione di gesti, azioni e supplizi, quando il tempo ci sovrasta e ne perdiamo il controllo, quando si riduce a *chronos*, il tempo segnato da tutti i misuratori che l'uomo ha inventato: dalle meridiane all'orologio atomico. La nostra vita è dominata dal tempo, quando non c'è qualcosa che spezza la signoria degli orologi e apre un corridoio verticale, lasciandovi penetrare un'altra sostanza. Solo la pagina di un libro, solo una chiacchierata con un amico, solo il volto di una donna, solo quando un bagliore di bellezza spezza la superficie uniforme del tempo, ecco che la monotonia viene trasformata in occasione, in *kairos*, in possibile benedizione. Solo allora il tempo la smette di dominarci o di sfuggirci.

Persino le Furie piangono per la prima volta, e sotto la volta compatta e tenebrosa dell'aldilà compare il bisogno di misericordia: perché solo chi valica la soglia della morte, scende agli inferi e canta è credibile, tutti gli altri banditori di felicità effimere non fanno che confermare il tempo e la morte. Il re e la regina degli abissi accolgono la preghiera che ha mostrato l'estrema ingiustizia della prematura morte di Euridice.

Allora Euridice viene liberata: richiamata alla vita. Non un'Euridice finta, come sosteneva Platone in un suo dialogo, ma proprio lei, con i segni del male, zoppicante sul tallone della sua mortalità. Però è solo un'ombra, quella che per gli antichi costituiva una vita di secondo grado, una vita senza pienezza, come un riflesso del nostro essere in vita, come se il poeta intuisse che da soli non abbiamo le forze per ridare la carne ai morti.

Euridice non ha ancora riacquistato la vita piena, per quella ci vuole qualcos'altro, che forse Orfeo non è in grado di fare. Quanto futuro è in grado di donarle Orfeo? Quanto amore bisogna avere nel cuore per consegnare il proprio futuro a un altro, soprattutto quando è diventato un'ombra?

Licy

Ci sono amori che nascono dalle comuni ferite, anche se inferte a latitudini lontanissime. Così accadde tra Alexandra Wolff Stomersee di Riga e Giuseppe Tomasi di Lampedusa di Palermo, perché il dolore usa un alfabeto universale. Per questo ci sono romanzi che scaturiscono da resurrezioni comuni, e devono essere postumi.

Alexandra Wolff Stomersee e Giuseppe Tomasi di Lampedusa. Sembra una storia di centinaia di pagine, se proporzionata ai loro nomi, eppure sono solo due nomi di amanti che appartenevano a famiglie nobili e decadute. Per comodità chiamerò te Licy, come ti chiamava lui, e lui il Gattopardo, così da far sentire l'eco di quelle casate ormai decadute.

Tra Riga e Palermo ci sono migliaia di chilometri di distanza, di sapori, di odori, di colori, ma vi trovaste perché i nobili e il loro fasto decadono dovunque allo stesso modo e il tempo se ne infischia dell'araldica e del sangue.

Il Gattopardo aveva una madre possessiva, perciò le donne erano sempre state più un sogno che una realtà avvicinabile. Infatti ti sposò tardi, quando le forze della madre scemavano. Il vostro fu un amore epistolare, preferivate scrivervi che abitare insieme.

Erano gli anni Trenta del Novecento e tu avevi già fallito un matrimonio; per questo tua suocera, Beatrice, all'inizio ti rese la vita impossibile, e ti bastò un'estate a Palermo per capire che non ci saresti più rimasta, non per Palermo, ma per la suocera, almeno finché non fosse morta, perché tanto tutto deve morire e bisogna aver fede nel tempo. Le tue estati le avevi sempre trascorse nel castello di Stomersee, a duecento chilometri da Riga, tra betulle ed erbe di un grigio perla tipico di quei luoghi, il cielo di un blu così intenso che solo il vento del Nord riesce a spazzare, il mare che faceva sentire la sua presenza costante e discreta, e non ingombrante e seducente come nella città del tuo sposo. Fu lui a raggiungerti lì nelle estati successive. Amavate leggervi a vicenda le pagine dei vostri libri preferiti. Tu gli dicevi di amare solo tre cose, in ordine rigoroso: Stomersee, lui e i pazienti della psicoanalisi che praticavi come una vera e propria pioniera. Credo lui potesse dire simmetricamente: Palazzo Lampedusa, te e i suoi libri. Così vi amaste di un amore letterario e sospinto dalla paura e dalla passione per la solitudine, in cui tu facevi entrare i tuoi pazienti, e lui i suoi autori. Solo questa simmetria poteva costruire il ponte che unisce Riga e Palermo.

Poi venne il tempo di abitare insieme a Palermo, quando ormai delle gelosie della suocera erano rimasti solo alcuni tratti psichici in tuo marito, che potevi curare, liberandolo da quella culla-prigione. Così lo convincesti a trovare un antidoto alla nostalgia e alla decadenza, popolando di creature evocate dal mondo dei morti le stanze, i corridoi, la terrazza, le cucine, le sale di Palazzo Lampedusa prima, e di Palazzo Butera dopo, quando ormai erano solo simulacri di ciò che un tempo la nobiltà palermitana poteva abitare. Conoscevi quel dolore, Licy, perché anche tu avevi perso il castello di Stomersee, per mano dei russi che invadevano la Lettonia e, poiché eravate nobili e il vostro cognome da lupi suonava fin troppo tedesco, vi avevano scambiati per amici dei tedeschi. Nelle vie strette di Palermo sentivi la mancanza del viale di tigli che portava al castello, un miraggio tra le betulle e il cielo smaltato, del silenzio di tutti quegli ettari di solitudine interrotto solo dall'abbaiare dei cani. A Palermo invece c'era il mare a presiedere tutto, anche i sentimenti che albergano nel cuore dell'uomo, sempre conteso tra rimanere e partire.

Eravate fatti per costruire vite immaginate, o ricordate, in luoghi abbandonati e decadenti. Il vostro amore servì a darvi la forza per evocare tutti i morti e i decaduti, per popolare le stanze di una memoria che altrimenti sarebbe rimasta vuota come una casa abbandonata.

I baroni baltici della Curlandia, Licy, non erano poi così diversi dai baroni palermitani della Trinacria. Per resistere alla decadenza sposasti il più decadente di tutti i nobili della più decadente delle isole. Entrambi eravate già nell'aldilà per costituzione, e passavate il tempo a evocare gli oggetti del vostro amore. Palermo diventò il luogo di questa evocazione, ora che il castello di Stomersee era lontano e definitivamente espropriato dai russi, mentre Palazzo Butera, decadente e decaduto, era la giusta dimora dove ricordare le stanze luminose e fredde di Riga, e quelle calde e sciroccose di Palazzo Lampedusa, distrutto dalla guerra. Entrambi avevate due dimore da ricostruire letterariamente e in quel terrazzo con vista su macerie e mare, mentre i cespi di gelsomini riempivano l'aria del sapore dolce e aspro del lungomare palermitano, evocavate il vostro passato, tra un dolce di marzapane e una cremolata, sotto le stelle che lui percepiva come presenze divine, come tutti i marinai, e a Palermo marinai lo sono tutti per vocazione spirituale.

Grazie a te, Licy – a volte la Musa deve fare salti mortali e unire il Mediterraneo e il Baltico –, il principe decaduto, che trascorreva le ore a leggere romanzi e a raccontare i segreti della letteratura a un gruppo di giovani, presto trasformati in adepti di una religione fatta di nostalgia e raffinatezza, smise di lambiccarsi il cervello con l'opera altrui e decise di fare la propria. E in un anno circa, tra il '55 e il '56, scrisse l'opera a cui si era preparato per una vita. E poi si ammalò, per morire quasi subito dopo averla ultimata, forse anche per il dispiacere di vedersela rifiutare da quelli che sanno sempre che cosa è giusto o non è giusto scrivere. Nessuno si accorse, se non tu, di quella evocazione ben riuscita. Il suo ultimo sangue tuo marito lo aveva dato a quei personaggi, e poi se n'era andato, timido e impacciato come sempre, ma per questo amabile.

Era il 1957 quando lui morì e il romanzo aveva già all'attivo ben due rifiuti, a opera della stessa miope ideologia letteraria che vuole la bellezza schierata dietro a un colore anziché davanti alla vita vera, senza rendersi conto che la decadenza non ha colore ma riguarda tutti. E questo vale anche per le stelle amate dal principe Fabrizio, protagonista del romanzo, che per quanto si senta parte di una caduta inarrestabile cerca le radici sopra la sua testa e non sotto terra. Ci volle un altro scrittore vero per capirlo, Giorgio Bassani: "Si legga dunque da capo a fondo il romanzo, con l'abbandono che pretende per sé la vera poesia". E così fu postumo il romanzo più bello del Novecento italiano, che divenne un bestseller mondiale nel 1959. Perché mondiali sono la decadenza e la ricerca dell'antidoto al continuo cadere di tutte le cose.

Il suo autore fu riesumato dalla necropoli di coloro che vengono seppelliti per errore. La fortuna del libro fu postuma e tu, Licy, sei stata l'origine di quella resurrezione. Lo difendesti da chi l'aveva definito il romanzo di una vecchia aristocratica palermitana, ma soprattutto lo difendesti dall'oblio: e quale servizio migliore si può fare alla Musa? Orfeo era morto, ucciso da voci querule e orecchie dure, ma la sua arte continuava a cantare.

Il principe scrittore doveva decadere anche lui per poter essere grande. La sorte, a conferma dei fili letterari che muove la Musa, volle che fosse postuma persino la data di morte sulla sua lapide, perché invece di quella del decesso vi fu scolpita quella della tumulazione, di tre giorni posteriore l'evento.

La fortuna di chi è postumo viene pagata a caro prezzo in vita. Bisogna perdere tutto, persino il giorno esatto della morte, per tutto riavere. Questo è il paradosso della decadenza, Licy.

E forse anche dell'amore.

Olga

Ci vuole coraggio ad amare un poeta, sposato, di nome Ezra Pound. Olga Rudge, che ne avrebbe potuto fare a meno, non solo riuscì nell'impresa, ma lo costrinse a riconoscerle l'amore di cui lui non era capace.

"Non ci furono ultimi messaggi, non pentimenti da letto di morte. Non seppi, sebbene tenessi la sua mano nella mia, quando se ne andò finché l'infermiera non entrò nella stanza per accendere la luce. *Caro!* Quando la morte venne fu bello. Tu sei partito, sorridendo, io ho tenuto la tua mano ed ero felice."

Così hai scritto, Olga, il 1° novembre del 1972 nel diario che hai tenuto negli ultimi dieci anni trascorsi insieme a lui, dal 1962 al 1972, nel vostro "Nido Nascosto", come avevate ribattezzato la casa veneziana in cui avevate trovato rifugio per i vostri corpi e le vostre anime; lì il giorno del tuo settantasettesimo compleanno ti aveva preparato il caffè e te lo aveva portato a letto benché ormai camminasse a fatica. Il 1° novembre lui aveva ottantasette anni appena compiuti e quella mattina avevate consultato gli esagrammi dell'*I Ching* o *Libro dei Mutamenti* per prepararvi al meglio a ciò che il giorno avrebbe riservato, e la risposta era stata: "Liberazione". E così il suo corpo raggiunse la chiesa su una gondola condotta da marinai vestiti di bianco, e fu seppellito nel cimitero di San Michele, che tu avevi definito di alberi mai potati e di infiniti uccelli, dove lo raggiungesti cinque lustri dopo.

Infatti i cipressi, vicino alla tomba in cui tu e Ezra giacete, non mancano, come in ogni cimitero, ma sono altissimi verso il cielo e pieni di gabbiani, come se fossero i loro frutti. Il cipresso è l'albero dei morti perché le sue radici crescono in verticale, "a fittone" dicono gli esperti, e quindi secondo gli antichi era la pianta capace di mettere in comunicazione il grembo della terra con il cielo. Ma dove pescano le radici dei cipressi di un cimitero, in mezzo alle acque della laguna di Venezia? Che contatto hanno con il mondo dell'aldilà coloro che giacciono su fondamenta liquide? A quale degli inferi appartengono? Tutti gli altri sono sepolti nella terra dura e stabile, ma chi è in mezzo al mare, in un cimitero isolato dalle acque? Neanche la morte sembra così ferrea nel cimitero di San Michele, come se si potesse ingannarla con la seducente metamorfosi delle onde, ipnotizzarla nella risacca, rimandarla a data indefinita. Renderla meno lapidaria.

Quando ti incontrò per la prima volta, all'inizio degli anni Venti, Ezra aveva trentacinque anni e una moglie; tu ne avevi venticinque, trasformavi ogni gesto in melodia col tuo violino e scovavi musica in polverose librerie, oltre ad avere capelli rossi e pelle d'avorio, dettagli non indifferenti al poeta cannibale di bellezza. E decidesti di amarlo a qualsiasi costo, anche se lui non si separò mai dalla prima moglie, anzi, vi costrinse entrambe, da dio quale si credeva, a una devozione gelosa. In certi momenti abitavate nella stessa città, o addirittura nella stessa casa su piani diversi, a seconda della Musa che lui sceglieva di sacrificare: quella più ordinaria o quella più esotica, quella stanca o quella esaltata, quella sincera o quella sempre e comunque devota. La seconda eri tu, Olga, amante come nessun'altra del dio che si nasconde in un poeta. Eppure tu e vostra figlia gli perdonaste tutto, come la sventurata perdona il dio greco che le ha posato gli occhi addosso – lo sa bene la ninfa Dafne, che fu amata dal dio dei poeti, o semplicemente da lui violata, per essere poi trasformata con crudeltà calcolata nella pianta che incorona i poeti stessi.

Era stato proprio Ezra, figlio di Apollo, a inventare il movimento del Vorticismo, e il vortice è cannibale: rapisce tutto ciò che tocca, per i suoi fini estetici.

Un giorno ti suggerì di votarti alla religione per superare la tristezza che lui stesso ti provocava con la sua freddezza e tu rispondesti, Olga, con quel vostro vezzo di scambiarvi lettere in terza persona: "Lei non sta cercando di dirgli che Lui è Dio, ma che l'unico sentimento di Dio che lei ha risiede in lui", la tua unica religione era lui. Ma ogni religione pagana chiede sacrifici amari e tu, Olga, ti offristi. Tu, violinista virtuosa, convinta che "la magia della musica ha il suo effetto sui desideri, un'improvvisa purificazione della mente dalla spazzatura e il ristabilirsi del senso delle proporzioni", avevi riesumato gli spartiti di Vivaldi tra la polvere della biblioteca di Torino e ne avevi restituito la musica al mondo quando nessuno più la ricordava e conosceva, ma eri disposta a suonare i tentativi musicali di Ezra, eri disposta a fargli da mangiare e a lavarlo quando si ammalò nell'anima e nel corpo, e a tenergli la mano quando il dio della follia, Dioniso, se lo contendeva con quello della poesia, Apollo.

Gli facesti da domestica, badante e infermiera, tanto da meritare un sussidio dalla prima moglie che ti disprezzava e definiva una cameriera: cento dollari al mese. Accettasti anche questo, Olga? Lo difendesti da ogni accusa degli altri e da se stesso, con una tenerezza che lui riconobbe solo a te, fosti capace di ispirargli i versi più umani della sua cattedrale cerebrale in centoventi canti, con cui aveva la pretesa di dare all'America la sua *Divina commedia*, ma da cui venne fuori un capolavoro di disordine e genialità, l'architettura di un visionario, inabitabile, se non in alcune stanze, di insuperata e frammentata bellezza, come è giusto che fosse la bellezza nel Ventesimo secolo.

Avevi un talento onnivedente, ma lo sacrificasti al dio che era in lui, perché portasse a compimento la sua cattedrale di parole, lasciandosi dietro macerie di affetti, materiale utile alla costruzione, anche se sanguinante. Sulle note di Vivaldi avevate ballato durante uno degli ultimi Natali, con inusitata allegrezza, e qualcuno dei presenti aveva detto che tu eri il mare in cui la barca di Ezra poteva navigare tranquilla.

Proprio tu che qualche anno prima avevi attraversato l'Atlantico, impegnando tutti i tuoi risparmi, per andarlo a trovare e cercare di liberarlo dal manicomio in cui i suoi connazionali lo avevano rinchiuso per dodici anni per le sue idee vicine al fascismo. Ma lo sorprendesti a corteggiare una giovane poetessa che languiva ai suoi piedi. Le desti dell'ignorante e te ne andasti, senza però smettere di amarlo, tanto da riprenderlo in casa quando poté tornare in Italia, stanco e malato, e da inventare nomi fantasiosi per le portate che gli preparavi perché ritrovasse l'appetito: "Cane a pois", "Budino della resurrezione"...

Ti vide, Olga, come la sua Afrodite, capace di salvarlo svelandogli il segreto per unire eros e bellezza, e ti dedicò, il giorno dei tuoi settantacinque anni, l'elogio che ogni donna fedele a se stessa meriterebbe, pronunciando questa poesia per te con la sua voce cavernosa e stanca di ultraottantenne:

Ovunque ci sia stata una traccia di bellezza, lei l'ha scorta.
Per la finezza e attenzione dei suoi sensi e del suo sguardo
[intonato,
per il suo coraggio dinanzi al male,
per il suo coraggio nei tempi avversi,
se mai qualcuno ha meritato la primavera e tutta la sua
[bellezza, quella è lei.
Tutto ciò che la memoria le ha consegnato è sempre stato una
[traccia della finezza dei suoi sensi.

Ti riconobbe il coraggio di amare che lui non aveva avuto.

Nella penombra del vostro "Hidden Nest" in Calle Querini, negli ultimi dieci anni della vostra vita condivisa, lo ascoltavi blaterare sempre le stesse cose e lo aiutavi a portare a compimento la sua visione, che mancava di unità e che senza te, Olga, ancora meno ne avrebbe avuta: la poesia e l'amore hanno come scopo di unificare l'uomo.

Quando lo venivano a visitare ammettevi in casa solo chi

era capace di recitare alcuni versi delle sue poesie, che conoscevi a memoria, gli altri erano allontanati come curiosi. Per i fortunati ti facevi interprete del suo silenzio, ora lucidissimo ora allucinato, come una Sibilla o come una segretaria innamorata di quella divinità bambina che abitava in un corpo di carta, rimasto bruciato dalla prigione prima e poi dal manicomio.

Dovuta ti era l'ultima pietra di quella cattedrale di parole, con la più bella confessione che Orfeo avrebbe potuto fare a Euridice, e il frammento del 24 agosto del 1966 rivela che lui aveva già deciso di dedicartela incastonandola nel finale dei *Cantos* come la gemma verso cui tutto l'edificio converge, il tabernacolo del tempio, il gradino prima di Dio:

Che le sue opere
le opere di bellezza
di Olga
siano ricordate.

Il suo nome era Coraggio
& si scrive Olga.

Questi versi sono
per il Canto finale
qualsiasi cosa io scriva
nel frattempo.

Tutto il resto della sua scrittura fu la pietra che potesse innalzare la tua statua al di sopra dell'ultima guglia. Era stato lui stesso ad ammetterlo: "C'è più coraggio in un mignolo di Olga che in tutta la mia carcassa... mi ha mantenuto vivo per dieci anni, e per questo nessuno la ringrazierà. La vera storia non verrà raccontata finché non si conoscerà la sua versione".

Senza te, Olga, non sarebbe stato capace di portare a compimento la sua fatica titanica e di scrivere in quattro versi l'essenza di ogni storia umana:

Ciò che sai amare rimane
il resto è scoria
Ciò che tu sai amare non sarà strappato da te
Ciò che tu sai amare è il tuo vero retaggio
Canto LXXXI

Forse perché sapeva che avrebbe lasciato macerie, scorie, frammenti. Il senso di unità al tutto lo avevi dato tu, come tradivano le parole nascoste nei suoi incompiuti:

Ma la bellezza non sta nella pazzia
Anche se cocci ed errori miei mi circondano.
E non sono un semidio,
Non riesco a dargli un nesso.
Se in casa l'amore manca, manca tutto.
[...]
Molti errori,
un po' di ragione,
giustificano l'inferno suo
e il mio paradiso.
Canto CXVI

Parlava di un filo d'oro che univa tutto. Quel filo eri tu, che avevi reso coerente il suo labirinto di parole, dando l'ordine che mancò alla sua poesia e alla sua vita.

Negli anni successivi – ne avevi settantotto quando lui morì, cento quando fosti tu a morire –, dopo essere rimasta per un po' di tempo a Venezia, ti trasferisti tra le mura forti del castello dove dimorava vostra figlia, Mary, ritratto dolce di entrambi, e a chi ti raggiungeva in quella fortezza per chiederti di scrivere la tua storia, rispondevi con questa litania, come se stessi parlando con te stessa: "Scrivi di Pound".

Solo la lapide scarna con il tuo nome, accanto alla sua, ti ha restituito ciò che ti spettava, Olga. Su fondamenta liquide, come quelle di questo cimitero, costruiamo le nostre vite, se non c'è amore. Tu, con il tuo amore, sopperisti anche alla mancanza del suo, perché i conti tornassero.

Chiese perdono in una delle sue note al Canto CXX:

Ho cercato di scriver Paradiso
Non muoverti,
Lascia che il vento parli
questo è Paradiso
Gli dei perdonino ciò che
ho fatto
E ciò che ho fatto cerchino di perdonare
quelli che amo

E tu, Olga, gli concedesti il perdono che solo chi ama veramente sa concedere.

Fino alla fine dei tuoi giorni continuasti a consultare gli esagrammi dell'*I Ching* come se lui fosse accanto a te, o proprio perché sapesse che tu eri accanto a lui. Venezia a poco a poco divenne una tela di ragno da cui fuggire, Olga, colpita com'eri dalle invidie e dalle menzogne di chi non sapeva cosa avesse significato lavare tutti i giorni il corpo di Ezra e cercare di offrirgli qualche ora di buon umore. Ogni anno era scandito dall'anniversario della sua morte, che celebravi tenendogli compagnia al tramonto in quel cimitero liquido, leggendo versi dei *Cantos*. Lo difendesti sempre strenuamente dalle accuse di antisemitismo, perché la sua grandezza poetica non fosse offuscata dalla sua ingenuità politica.

Quando la morte giunse il tuo corpo aveva un secolo, ma la tua anima soffiava giovane il fiato con cui avevi spento le cento candeline e la tua grazia era ancora intatta, perché avevi amato per tutta la vita, avevi amato la bellezza in ogni sua forma e l'avevi protetta e difesa, che fosse dimenticata in una biblioteca, prigioniera in un manicomio, ferita su un letto. Tu sei la dimostrazione vivente, Olga, che amare è sinonimo di coraggio come il tuo nome, che ciò che sappiamo amare rimane, che ciò che sappiamo amare è la nostra eredità e il resto è scoria, che ciò che sappiamo amare è la nostra storia.

Ofelia

Fernando Pessoa lottò per tutta la vita per essere uno, per questo inventava continuamente suoi sostituti, che poi fingeva autori delle sue opere. Uno di questi fu Álvaro de Campos, che qui racconta come convinse il suo inventore a smetterla di amare Ofelia, la donna che avrebbe reso Fernando Fernando, provocando la morte di tutti i suoi personaggi.

Ti avevo scritto così: "Gentile signorina, ho una commissione per lei: dovrebbe buttare l'abietta immagine di quel tale Fernando Pessoa in un secchio pieno d'acqua, a testa in giù". Tu, Ofelia, obiettasti nel modo che segue: "Detesto Álvaro de Campos, mi piace solo Fernando Pessoa". Questo mi convinse che ti avrei eliminata a ogni costo, l'alternativa era tra me e te, soltanto uno dei due sarebbe sopravvissuto, semplice legittima difesa. O l'amore con tutta la gravità a cui costringe la vita, o la letteratura con la sua incapacità di accettarla e il suo potere di metterla a soqquadro.

Devi sapere, Ofelia, che la letteratura, e l'arte tutta, è la dimostrazione che la vita non basta. Così ripeteva sempre il tuo Fernando, e aggiungeva che la letteratura serve a rendere reale la vita, che altrimenti resterebbe irreale: "L'intera, nera e fredda solitudine / sta con me. / Per altri forse / v'è una cosa calda, uguale, affine / nel mondo reale. Non arriva mai il turno / per me" (*Altri avranno*).

Eppure la vita sa essere reale quando vuole, e il suo turno arrivò in un giorno di tempesta a Lisbona, in cui i colori della città erano spenti e i contorni della ditta dove lavoravi divennero tutt'uno col buio. Lui traduceva lettere commerciali, chissà con quale prosaica identità, lui che era fatto per la poesia. Poggiò un lume sulla tua scrivania, Ofelia, con un biglietto: "La prego di restare". Tu avevi quasi diciannove anni e lui trentadue, era solo nel suo "esilio, che sono io stesso" e dedito all'acquavite oltre che alla penna, l'unica sua vera consolazione quotidiana. "Del resto la mia vita gira intorno alla mia opera letteraria – buona o scadente che essa sia o che possa essere. [...] Tutto il resto della vita ha per me un interesse secondario..."

Ti recitò le parole di Amleto a Ofelia, poi, come raccontasti: "Senza che me l'aspettassi mi prese per la vita, mi abbracciò e senza dire una parola mi baciò appassionatamente, follemente". Iniziò il corteggiamento, quello che dalle nostre parti chiamano *namoro*.

Io cominciai a sentire la mia vita in pericolo a causa tua, Ofelia, perché tu rappresentavi la possibile completezza che avrebbe spazzato via me e tutti i personaggi eteronimi che aveva creato fino a quel momento. Dovevamo a tutti i costi mantenerlo incompleto. Io ero inoltre geloso della sua felicità, proprio quella che aveva negato al mio personaggio.

Per questo chiamai a raccolta tutti i suoi alter ego che scrivevano per lui dei mondi che non riusciva a riconciliare: avevamo tutti la stessa età, eravamo tutti uomini, ed eravamo incapaci di vivere da soli. Non eravamo banali pseudonimi che coincidono come bei vestiti con chi li indossa in base alle stagioni, ma persone che si muovevano sul suo palcoscenico interiore e che cercava di portare a unità sulla carta.

Lui per un anno si esiliò nella vita irreale dell'innamoramento, anziché in quella della letteratura, e si abbandonò a biglietti segreti e baci clandestini per le vie perdute di Lisbona. Ma io a poco a poco lo riportavo alla nostra irrealtà, più sicura e controllata, fino a fargli scrivere per te lettere con passaggi ben orchestrati come questo sull'amore: "Sai, devi capire che è una cosa da persone comuni, e io non sono una persona comune". Ma tu eri furba, e stavi al gioco, Ofelia, perché, districandoti nella selva di maschere che indossa ogni uomo incapace di amare, riuscivi a scorgere il volto di Fernando, il bambino che non era mai stato e che emergeva prepotente nel modo di scriverti e parlarti, e per questo lo chiamavi *nininho,* piccolino, riportandolo al momento della sua infanzia precedente all'invenzione di personaggi capaci di difenderlo dalla vita, gli davi possesso di se stesso dandoti a lui, lo richiamavi all'unità di sé che l'amore cerca. Sapevi che potevi strapparlo alla sua illusione andandolo a prendere proprio lì e riconducendolo a poco a poco alla vita reale. Se tu ci fossi riuscita che ne sarebbe stato di noi, che gli consentivamo di scrivere? Per questo ero costretto a ricordargli la sua impossibilità di essere uno, cioè di amare.

Lascia che io sia franco, Ofelia: sei stata la minaccia peggiore che abbiamo conosciuto, ogni volta che la tua presenza aumentava noi diventavamo più evanescenti, e rimaneva solo Fernando. Abbiamo fatto di tutto in quei due anni, dopo che ti conobbe, perché il bambino ritrovato si perdesse di nuovo nelle maschere che doveva indossare per scrivere. Forse le uniche parole sincere scritte da Fernando sono state quelle d'amore per te, perché non erano letteratura, ma vita. Ma la vita è misera se non la scrivi. Per questo non ti sopportavo, Ofelia. Così donna, così disponibile ad amarlo, così nera negli occhi e nobile nei gesti, così capace di renderlo un uomo, di farlo entrare nelle regole dell'ovvio, di fargli vivere una vita sola anziché le mille possibilità date dall'invenzione. E poi parlavi di me con un tono che con la letteratura ha poco a che vedere, perché eri tutta presa dalla vita che ti facevi bastare: "Fernando era una persona molto speciale. Tutta la sua maniera di essere, perfino nel vestire, era speciale. Ma forse io allora non me ne accorgevo, perché ero troppo innamorata. La sua sensibilità, la sua tenerezza, la sua timidezza, la sua eccentricità mi incantavano. A volte era un po' assente, ad esempio quando si presentava come Álvaro de Campos. Mi diceva: 'Sai, oggi non ero io, al mio posto è venuto il mio amico Álvaro de Campos...'.". Hai osato dire, Ofelia, che in quei momenti si comportava in un modo completamente diverso, che era sconclusionato e diceva cose senza senso. Sei sempre stata superficiale e non hai mai capito le mie ragioni. Le nostre ragioni.

Fra noi, eravamo in tre a contare più degli altri, come una trinità profana, e io sono sempre stato il più importante. Il 1914 ci diede i natali. Alberto Caeiro, fragile e tisico, poeta primordiale della nuova poesia portoghese, mistico esploratore dell'ignoto; Álvaro de Campos, curvo, magro, capelli scurissimi, con il suo monocolo, scrittore onnivoro ma incline all'epica; Ricardo Reis, monarchico e modernizzatore della tradizione classica, privo di ordine e disciplina. Anche se il primo a nascere fu Caeiro, di gran lunga il più furbo sono sempre stato io, motivo per cui ho coordinato gli sforzi degli altri per cacciarti e spesso venivo io al posto suo. Ero stufo di tutti quei vezzeggiativi, c'era da riempire un baule da quasi trentamila inediti e se tu avevi il permesso di entrare era perché serviva raccontare anche le gioie impossibili dell'amore, eri un *pre-testo* anche tu (dato che si rifiutò sempre di avere eteronimi femminili): "Tutto mi interessa e nulla mi prende".

Riuscii ad allontanarlo da te e così lo salvai dalla noia, o da quella stupida pienezza che avrebbe inaridito la fonte da cui nascevano le sue opere. Gli restituimmo l'ebbrezza della sua onnipotenza letteraria che, confrontata a una donna come te, aveva colori e profumi molto più vari ed esaltanti. Così passarono gli anni, quasi dieci, di lavoro febbrile e qualche nostalgia amorosa, necessaria per rianimare la vita quando la pagina la rende esangue: "Fernando era diverso. Non soltanto fisicamente (era abbastanza più grasso), ma principalmente nel modo di essere. Era sempre nervoso, viveva ossessionato dalla sua opera. Spesso mi diceva di avere paura di non potermi fare felice, a causa del tempo che doveva dedicare alla sua opera".

E tu, folle come l'Ofelia letteraria (non ricordi come andò a finire? Non hai mai capito di essere niente di più che votata al suicidio? A dover sparire dopo aver svolto il tuo compito?), passeggiavi un giorno con lui e, in una luce atlantica che avrebbe potuto convincere chiunque, persino lui, gli proponesti ciò che ogni *finisterre* giustifica: vivere insieme. Ma io, come l'ombra, gli sussurrai al cuore che quella era la tentazione che ogni scrittore deve affrontare nella sua vita, l'ostacolo sommo per chi voglia diventare veramente grande: avrebbe fuso tutti noi in uno, avrebbe creato un universo sensato, con Fernando Pessoa come regola e unità di misura, e gli suggerii la fredda risposta che ti diede: "Se la stessa vita, che è tutto, passa, perché non dovrebbero passare l'amore, il dolore e tutte le altre cose che sono solo parti della vita?". L'opera da fare era molto più grande della vita, tu ne eri solo una parte, non dovevi rovinare il tutto, noi eravamo necessari e tu molto meno di noi, tu, così somigliante all'esistenza senza pieghe che l'uomo comune cerca.

Devo confessarti che annaffiai il tutto con una buona dose di alcol, aiuto prodigioso non per la creazione letteraria in sé, ma per l'insoddisfazione che produce e per la mancanza di coraggio che instilla, e che porta a brandire la penna come un'ancora di salvezza. Così lo incoraggiai a bere e inventare altri nomi per il pluriverso letterario. Lui, che in vita ti aveva divorato con gli occhi di Orfeo ("Oggi per la prima volta sono stato geloso degli occhi di mio cugino. [...] Perché io ieri non ti ho visto, ed essi invece ti hanno visto"), ti perse, come risucchiata nelle tenebre di Euridice, con la lettera con cui si volgeva a guardarti per dirti addio, il mio capolavoro (le parole modestamente gliele ho suggerite io): "La maggior parte della gente, per la sua stupidità, riesce a non accorgersene, e crede di continuare ad amare perché ha contratto l'abitudine di sentire se stessa che ama. Se non fosse così, non ci sarebbe al mondo gente felice. Le creature superiori, tuttavia, sono private della possibilità di codesta illusione, perché non possono credere che l'amore sia duraturo".

Adesso l'opera poteva aprirsi come le galassie nell'universo. Alla fine della sua vita Fernando aveva creato quasi cento eteronimi, fino a esplodere nel pulviscolo di un sistema letterario in espansione continua, senza gravità, perché l'amore non lo aveva raggiunto al centro, come accade a chiunque decida di non dare concretezza al proprio io amando: mai "un'emozione che continui ed entri nella sostanza dell'anima". Il suo cuore non conobbe l'amore, se non per noi, che poi eravamo lui e senza di lui avremmo smesso di espanderci. Su una cosa però mi sbagliavo, Ofelia: la capacità del fegato nella vita reale.

Il fegato di Fernando Pessoa si spappolò per effetto dell'acquavite quando lui aveva quarantasette anni, nel 1935. Prima di morire chiese i suoi occhiali: voleva vedere bene la morte, ora che la vita gli sfuggiva. Noi, purtroppo, lo abbiamo sentito parlare di te nelle ultime ore con irrimediabile nostalgia: «Che anima bella! Che anima bella!». Temevamo che fossi tu il suo testamento, e non noi, non io soprattutto. Non mi serve più a molto essere il più intelligente di tutti, quello che poteva permettersi di sostituirlo nella vita che non basta mai.

Forse ora capisco, Ofelia, ma è troppo tardi, che è vero il contrario: la vita è la dimostrazione che la letteratura non basta e ancora mi chiedo che cosa volessi dire con queste parole rivolte a un giornalista, parole che non ti perdonerò mai perché mi rivelano qualcosa che non ho mai saputo di lui, qualcosa da cui sono rimasto escluso, quello che mi ha reso sempre geloso di te e che ci ha portato a odiarti: «È deluso? Questo era il mio Fernando, diverso dal grande poeta che voi studiate. Ma lui era anche questo e molte altre cose che non riguardano voi, né la letteratura o la poesia, voi non c'entrate con il suo mondo e con le persone che lo hanno amato... era fatto di tante piccole cose insignificanti lontanissime dalla filosofia, e io di queste cose non voglio parlare, mi dispiace».

Forse l'uomo è il suo mistero e solo l'amore dà occhi capaci di scorgerlo nei recessi in cui si annida. Certo è che noi rimaniamo incastrati nelle sue parole, nell'irrealtà della pagina. Tu, invece, parli di vita, di una vita di cui lui non ci parlò mai, di una vita che sta dentro la vita e non nella pagina.

Dove, dove si trova?

Sesta sosta: il disamore

Orfeo del Ròdope la prese per mano, e insieme ricevette l'ordine di non volgere indietro lo sguardo finché non fosse uscito dalla vallata dell'Averno. Vana altrimenti sarebbe stata la grazia.

Si avviarono attraverso muti silenzi per un sentiero in salita, ripido, buio, immerso in una fitta e fosca nebbia. E ormai non erano lontani dalla superficie, quando, nel timore che lei riscomparisse, e bramoso di rivederla, egli pieno d'amore si voltò. E subito essa riscivolò indietro, e tendendo le braccia cercò convulsamente di aggrapparsi a lui e di essere riafferrata, ma null'altro strinse, infelice, che l'aria sfuggente. E già di nuovo morendo non ebbe parole di rimprovero per il marito (e di che cosa avrebbe dovuto lamentarsi, se non di essere amata?), e gli disse per l'ultima volta addio, un addio che a stento giunse alle sue orecchie. E rifluì di nuovo nell'abisso.

Ovidio, *Metamorfosi*, X

Hanc simul et legem Rhodopeïus accipit Orpheus,
ne flectat retro sua lumina, donec Avernas
exierit valles; aut inrita dona futura.
Carpitur adclivis per muta silentia trames,
arduus, obscurus, caligine densus opaca.
Nec procul afuerant telluris margine summae:
hic, ne deficeret metuens, avidusque videndi,
flexit amans oculos: et protinus illa relapsa est

bracchiaque intendens prendique et prendere certans
nil nisi cedentes infelix adripit auras.
Iamque iterum moriens non est de coniuge quicquam
questa suo (quid enim nisi se quereretur amatam?)
supremumque «vale», quod iam vix auribus ille
acciperet, dixit revolutaque rursus eodem est.

C'è qualcosa di paradossale in questo gesto di Orfeo e ancor prima nell'ordine dato dagli dèi della morte. Orfeo la prende per mano, ma non può guardarla in viso. Solo il volto dell'altro è garanzia della sua presenza. È dal volto che comincia il viaggio che dal tu va all'io e ritorno. Ed è dal volto che comincia il viaggio che trae il tu fuori dal suo anonimato, dalla sua tenebra. Solo quando siamo scovati da uno sguardo amante, solo allora il nostro io comincia a venire alla luce, come se si fosse creato lo spazio per la sua fioritura. Il bambino impara a dire tu prima che io, così ogni amante insegna all'amato la possibilità di stare al mondo senza doversi vergognare delle proprie fragilità, della propria inadeguatezza. Mi è capitato spesso di riflettere sul momento più importante delle mie giornate scolastiche: l'appello. Lo compio come un rito lento, chiamando i miei ragazzi uno per uno e aspettando che mi guardino negli occhi. In quel momento mi sforzo di ricevere i loro volti, di ascoltarli. Per questo a volte dico che insegnare è ascoltare volti, come scrivere è ascoltare personaggi. Creature dell'ombra che chiedono di esistere un po' di più, di venire alla luce, di essere ascoltate in ciò che hanno di più proprio: il volto, dove le gioie e le tristezze degli uomini si mostrano e si nascondono, con più o meno maestria.

Lo sguardo amante chiama l'altro a venire alla luce, per questo a Orfeo viene vietato di volgere gli occhi verso Euridice, perché fino a che lei cammina nel labirinto dei morti appartiene a quel mondo: per venire alla luce bisogna rispettare i limiti imposti dalla morte. Solo l'amore può vedere, al contrario di quel luogo comune, falso, secondo il quale l'amore è cieco. L'amore ci vede benissimo, anzi, vuole vedere sempre di più, perché è proprio lo sguardo innamorato che vede nell'altro ciò che uno sguardo qualunque non scorge. E nei tratti del volto, nel baluginare degli occhi, nello sbattere delle ciglia, nell'incresparsi di un sorriso, coglie i segni di una terra da esplorare, di una promessa da scoprire. Niente è più erotico del volto umano.

Mi sembra che oggi si faccia una gran confusione tra erogeno ed erotico. Erogene sono le parti del corpo maggiormente innervate e quindi sensibili al piacere, erotiche sono le parti del corpo più trasgressive, quelle che rappresentano una soglia mai del tutto valicabile. La zona del corpo più erotica è il volto: niente esalta gli amanti come guardarsi in silenzio. Da questo poi dipende il desiderio del corpo. Mai si arriva all'erotico a partire dall'erogeno, solo il contrario. Per questo Orfeo deve imparare il digiuno dello sguardo, perché Euridice non appartiene ancora alla vita. Solo alla luce potrà guardarla, solo guardandola al momento giusto potrà confermare il suo ritorno alla luce, solo lasciandola pienamente libera, lei potrà pienamente appartenergli. L'amore è infatti il massimo di appartenenza a cui corrisponde paradossalmente il massimo di libertà.

Euridice si trova nella condizione d'ombra, e così accade a tutti noi quando l'amore si fa abitudine e precipita nell'anonimato, costringendo l'altro a ritornare nell'ombra da cui arrivava prima che lo incontrassimo. L'ombra rappresenta una vita a tutti gli effetti più opaca. La vita in cui la scintilla vitale è spenta, dove non c'è più alcuna gioia, ma la ripetitività di gesti meccanici, in cui si è totalmente incastrati e dominati dal tempo. Orfeo, come ogni amante, deve a questo punto imparare a guardare avanti, non può voltarsi a guardare lei perché la capacità di riamare Euridice dipende dalla maturazione del suo sguardo, e non da Euridice stessa. Quante volte incolpiamo l'altra persona della nostra incapacità di amare e "puntiamo su di lui" lo sguardo, relegandola a essere definitivamente un'ombra. Ma siamo noi che non lo sappiamo più *ri-conoscere*, cioè conoscere di nuovo, da una profondità diversa, che richiede maturazione, conoscenza e dono di sé.

Ed ecco dunque che il percorso di Orfeo è quello di chiunque voglia imparare ad amare l'altro quando non è più capace di vederlo, quando viene meno l'infatuazione che ci ha reso folli (*fatuus* è il pazzo che parla senza ragione, proprio come un innamorato) e che a poco a poco però può scemare e rivelarsi "vuota" (*fatuus* vuol dire anche questo), oppure chiedere di diventare amore e da infatuazione trasformarsi in innamoramento, cioè nella condizione di chi si installa nell'amore nel quale è *caduto*, come si dice in varie lingue. Allora, solo allora, l'innamoramento diventa una condizione permanente, nascita e continua crescita, tanto che possiamo dire: dopo tanti anni sono ancora "innamorati" (*in-amore*), cioè abitano insieme lo spazio e il tempo dell'amore, che configura lo spazio e il tempo degli orologi in modo nuovo.

Amo la storia di Orfeo ed Euridice perché vi trovo tutte le tappe dell'amore, e non solo. È una narrazione che riesce a intercettare gli snodi fondamentali della vita umana. Questi snodi li definisco attraverso verbi che cominciano tutti per "in", perché indicano quella condizione sempre nuova in cui siamo posti dall'amore, che apre uno spazio interiore ed esteriore in cui abitare dinamicamente. Questi tre verbi li prendo in prestito da Dante che li ha inventati (purtroppo poi li abbiamo persi strada facendo) e individuano tre tappe che non sono progressive ma compresenti e strutturano l'amore in profondità: "intuarsi", "infuturarsi", "insemprarsi". L'incanto iniziale come promessa sarà l'incanto finale come compimento.

Il cammino di Orfeo ed Euridice avviene nel buio, nel silenzio, in salita. Gradualmente imparano ad amare l'altro così com'è e non come si sono immaginati che sia, Euridice osservando le sue spalle e accettando che non sempre il suo sguardo può essere a lei rivolto, lui guardando avanti e accettando la paura di perderla proprio perché non riesce ad amarla come vorrebbe o potrebbe. Entrambi sono chiamati a un amore in cui la forza è data dal dono di sé all'altro e questo comporta conoscenza di se stessi e dei propri limiti. Due bisogni infiniti di essere amati incontrano due limitate capacità di amare: ecco l'aporia amorosa, superabile solo se non ci si distrugge a vicenda nella pretesa di infinito, ma si cammina pazientemente insieme verso un compimento, una pienezza, una gioia di cui l'altro è segno, strada, sostegno.

L'amore ci salva invitandoci a uscire dal nostro egoismo, affermando l'altro nella sua identità più profonda, costi quel che costi. L'amore richiede un coraggio che non dobbiamo e possiamo darci da soli, ma è interno alla relazione stessa. È per il bene di Euridice che Orfeo dovrebbe resistere alla tentazione di guardarla: è per strapparla alla morte che lui non deve voltarsi e rispettarne il mistero, accettando il rischio della libertà dell'altro. Se Orfeo continuasse a camminare, concentrandosi sul bene di lei, ecco che la strapperebbe alla morte che ogni relazione conosce con il passare del tempo. In realtà non è morte, solo una salutare crisi (e "crisi" è il termine che i Greci usavano per indicare la separazione del grano dalla pula, l'essenziale dall'effimero): le relazioni si nutrono di tempo e del tempo hanno bisogno, soprattutto in una cultura che ci ha precipitato nell'angoscia di non avere mai tempo. Se accettiamo il fatto che la relazione ha bisogno di essere curata e riparata la porteremo a un altro livello e questo ci darà profonda felicità, perché la felicità dipende dalla profondità delle relazioni che instauriamo con il mondo e con gli altri, e non dall'eccitazione continua. Ogni crisi nella relazione è una benedizione d'amore, a meno che non fuggiamo. Per questo una coppia ha bisogno di trovare tempo per se stessa, in modo che la relazione non si sciolga nella famiglia e gli impegni non sostituiscano quel reciproco, giocoso, intimo donarsi che ha bisogno di essere tenuto vivo: mi piace vedere i miei genitori andare al cinema da soli, prendersi una vacanza da soli. E poi mi capita di incontrare uomini disposti a sottoporre il proprio corpo a fatiche immani nello sport, che poi faticano a impegnarsi ad amare sul serio una donna. Incontro donne pronte a diete dolorose per essere "in forma", che poi però rinunciano a mettere in forma la loro relazione quando è diventata "pesante".

L'amore è una storia di liberazione dal nemico primario della felicità: l'egoismo. Provando ad amare scopriamo che amare non sappiamo, e allora, solo allora, la smettiamo di pretendere che l'altro ci ami senza limiti, perché sono solo i suoi limiti – ovvero ciò che lo definisce – che possono amarci, sono solo i suoi limiti che possiamo amare. La smettiamo di pretendere che l'altro sia il dio di una religione privata e sacrificale, capace di soddisfare la nostra ansia di infinito. E la smettiamo di pretendere di essere noi, il dio di quella religione. Tutte le rinascite dell'amore sono generate da una crisi salutare, si salva l'essenziale per aprirsi a una felicità ulteriore: "intuarsi" (entrare nel tu dell'altro sempre più in profondità), "infuturarsi" (entrare nel rischio del futuro insieme all'altro), "insemprarsi" (svincolarsi dal tempo orizzontale pur appartenendovi e abitare un tempo verticale, che è l'anticipo di qualcosa che potrebbe durare anche dopo la morte).

Chi fa esperienza di un amore così non se ne vuole più privare, ed è disposto a tutto pur di proteggerlo. L'amore conosce crescite in salita, mai in discesa, crescite silenziose e oscure. Come mi ricorda spesso mia madre, l'amore è come la dama, ha tre regole: devi andare sempre avanti, puoi fare solo un passo alla volta, quando arrivi in fondo puoi fare quello che vuoi e muoverti liberamente. Le crisi possono essere scambiate per la morte dell'amore, ma si tratta solo della fine di una tappa di crescita, del bisogno di generare la successiva, anzi, meglio, quella ulteriore, perché non sono momenti progressivi ma compresenti. Assomigliano più ai cerchi di una spirale, in cui quello più esterno non si perde, ma è connesso al successivo, più interno: è un processo che dall'esterno va verso l'interno. E periodicamente a uno dei due amanti (o a entrambi) è richiesto di imparare a guardare l'altro non come faceva prima, ma di ritrovare l'amato su un altro piano, corrispondente a un nostro livello di profondità a cui non avevamo ancora avuto accesso. La cosa sorprendente è che quando l'amore mette radici più profonde non solo vediamo di più dell'altro, ma grazie al modo nuovo di guardarlo lo costringiamo dolcemente a *essere* di più, provocando nuova meraviglia e invaghimento, provocando così nuova conoscenza e stima di noi stessi. C'è sempre qualcosa di profetico nello sguardo di chi ama, la destinazione che l'altro scorge negli occhi di chi lo guarda. *Ubi amor ibi oculus*, dicevano i contemporanei di Dante (per questo l'ascesa di Dante verso Dio avviene grazie agli occhi di Beatrice), dove c'è l'amore c'è l'occhio. Non si dà mai un ampliamento o approfondimento di conoscenza nei confronti di qualcosa o qualcuno se prima non c'è stato un ampliamento o approfondimento dell'amore, perché l'amore è più originario della conoscenza. Per questo motivo Dante usa il verbo "intuarsi", entrare nel tu più in profondità, che ha come conseguenza un più profondo "inmiarsi" (altro miracolo lessicale del poeta): ci si genera e rigenera a vicenda.

Il viaggio è silenzioso, in salita, e per Orfeo ed Euridice si snoda letteralmente nel labirinto della morte. In un altro mito Teseo si può salvare da morte certa perché è legato a un filo, il cui capo è tenuto dalla sua amata Arianna. Il labirinto può essere sconfitto, disinnescato, solo dal lungo filo dell'amore: che consente a chi lo affronta di tracciarne la mappa, di decodificare il mistero del tempo e vincere la paura dell'ignoto. E non conta quanto sia complesso il labirinto, ma quanto è forte e lungo il filo del legame. Per amare bisogna riconoscere tutta la fragilità dell'altro, abbracciare tutta la sua fallibilità, curare le sue ferite. Solo allora l'amore penetra nei labirinti della morte e riporta l'altro in vita. Lo salva: non perché lo rassicura, ma perché lo costringe a trovare le risorse per trascendere la propria mortalità.

Orfeo ha provato l'ebbrezza di vincere le leggi della morte con le sue qualità, con la sua bravura, con il suo canto. E se si fosse reso conto che mai aveva cantato come nel momento in cui ha conosciuto la morte e avesse provato il desiderio di appropriarsi di quel canto per sempre, alimentandolo proprio col dolore, proprio con l'enorme peso dell'assenza di lei?

Potrebbe aver dimenticato che causa e fine del viaggio di discesa e salita è la sua sposa, ed essersi concentrato su ciò che invece sa fare e gli è riuscito come non mai: cantare. Forse Orfeo ha paura di soffrire ancora così tanto, di dover affrontare il dolore e la morte di nuovo. Colei che sta portando alla luce dovrà comunque morire di nuovo. Mentre lui possiede già la formula per sconfiggere la morte: il suo rito magico di parola e musica.

Quando intuisce questo si volta, e lei immediatamente viene portata via. Come si diceva, Orfeo è figlio di una Musa, ma anche senza questo esclusivo rapporto di parentela ogni artista ha il cuore occupato da questa donna che gli permette di generare, a lei deve amore e devozione assoluta, e spesso gli amori successivi non sono altro che pre-testo per nutrire quello assoluto per il testo: l'opera da compiere. Forse in Orfeo c'è un'oscura volontà di perdere Euridice, per poter evocare il canto più potente di tutti, quello delle cose perdute, della festa interrotta, della gioia impossibile, il canto che vince persino gli dèi inferi. Forse Orfeo non ha perso Euridice per debolezza o per troppo amore, ma perché è incapace di rinunciare a se stesso e preferisce sacrificare lei sull'altare della Musa, piuttosto che il suo canto. La sicurezza di poterla cantare con quella dolcezza con cui aveva vinto la morte è più certa della presenza di lei.

Questo è il paradosso centrale della vita, la sua più affascinante controevoluzione: ci siamo procurati una salvezza che dipende dalla temporanea perdita di noi stessi. Ma chi di noi ha questo coraggio?

Karen

David Foster Wallace è stato il più grande del suo tempo perché lo fecondò la crisi di un'epoca, il passaggio tra due millenni, e il suo corpo non resse l'impatto. La moglie, Karen Green, lo trovò appeso al soffitto, perché una luce in una valle oscura a volte non basta.

Fin dove può spingersi l'amore verso un cuore e una mente irretiti dalla depressione? Fin dove deve spingersi, Karen?

Per questo quando parli di lui non menzioni la sua depressione, ma elenchi dettagli pieni di meraviglia, come sapeva fare benissimo lui, rendendo ciò che è familiare talmente strano da costringere tutti a riconsiderarlo, a rispettarlo come oggetto sacro. Non fa forse questo l'arte? Ricordi i due tatuaggi di David? Due nomi di donna. Il primo nome tagliato da una riga orizzontale, come fa uno studente sulla brutta del suo compito, è quello di Mary, poetessa texana di sette anni più vecchia di David e che lui aveva inseguito come un ossesso, come Aristeo insegue Euridice, perché in lei vedeva tutta la propria oscurità e sensibilità, mescolate indissolubilmente a ciò che le nutre mentre sembra arginarle: la dipendenza da alcol, droga e antidepressivi. La strappò a forza dalla sua famiglia in crisi e ne succhiò tutta la consapevolezza che gli era necessaria a scrivere il suo capolavoro, *Infinite Jest*, in cui non parla d'altro che delle due ossessioni del mondo di fine millennio: dipendere ed essere perfetti, una ricerca dell'infinito che si trasforma in condanna. Un divertimento infinito che finisce con l'annoiare infinitamente, cioè getta nell'angoscia di un vivere senza senso. In fondo era l'infinito che cercava, quando si era imbarcato nella scrittura di un libro di matematica su Cantor, che sentiva vicino per il suo bipolarismo, e che aveva intitolato: *Tutto, e di più. Storia compatta dell'∞*. Cercava l'infinito ovunque, anche nei gesti di un tennista perfetto come Federer, che considerava riti sacri, finestre sul volto nascosto di Dio.

Accanto a quel nome tagliato, come una cicatrice le cui conseguenze erano ancora nascoste sotto cute, c'è un asterisco, che rimanda poco sotto a un altro asterisco, con accanto scritto il tuo nome: Karen. Aveva fatto del suo corpo una pagina con una correzione, come quelle che ritoccava ossessivamente negli ultimi dieci anni di vita senza riuscire a tirarne fuori il nuovo romanzo che avrebbe dovuto superare *Infinite Jest*, cioè *Il re pallido*. Il nome Mary era stato un errore delle sue dipendenze autodistruttive, il vero nome era Karen.

Karen, hai i capelli ricci e gli occhi che conoscono lacrime notturne, e cerchi di trasformare la tua inquietudine in immagini che mescolano colori e pezzi di vita quotidiana. In cielo le nuvole sono stranamente immobili, forse perché in quello strato di atmosfera nulla si muove, o così pare, come vorremmo di tutte le cose belle. Era quello lo strato che David cercava, ma continuava a precipitare nel caos, che lo smembrava come le Baccanti fecero con Orfeo.

L'aveva vinta in tutte le discussioni, tranne quando sosteneva che saresti stata meglio senza di lui. Non poteva essere così, e lo avevi capito sin da quando vi eravate innamorati. A quel tempo lui si era trasferito da poco a Claremont, in California, grazie alla cattedra di scrittura creativa che aveva ottenuto all'Università di Pomona. Tu eri andata a trovarlo. Non era la prima volta che lo vedevi, volevi mostrargli i pannelli artistici che avevi creato a partire dal suo racconto *La persona depressa*, per la realizzazione dei quali gli avevi chiesto il permesso quando stava ancora nel suo freddo Midwest. Era rimasto colpito: il suo racconto finiva nella tenebra, e tu invece avevi creato un ultimo pannello di luce. Avevi intravisto la sete di vita che nasconde la tenebra, quando vuole essere illuminata ma non sa dove trovare la luce, perché sa che la luce può solo accadere. E fosti tu. Ti disse che avevi reso luminoso quel racconto e che magari adesso qualcuno avrebbe voluto leggerlo. Per questo ti invitò a cena e cucinò lui, anche se in frigo aveva solo hot-dog e cracker e la casa era disseminata di asciugamani e calzini. Quella sera, forse per paura, forse per metterti in allarme, ti disse una frase che amava molto e che poi ha scritto nel *Re pallido*: "Ogni storia d'amore è una storia di fantasmi". Tu non gli hai dato importanza, perché ancora lui non era importante per te, se non come scrittore geniale. Poi aveva cominciato a mandarti delle lettere che intitolava *Lettera repellente I, II...* in cui raccontava, per l'appunto, con repellente onestà le sue dipendenze, tare psicologiche e storie di fantasmi, cioè d'amore. Risalivate insieme dalle tenebre del suo passato, in un labirinto notturno in cui l'unica luce che gli era rimasta era la scrittura e forse il tuo sguardo misericordioso, che il pannello conclusivo della tua opera gli aveva mostrato.

Proprio come Euridice e Orfeo risalgono dagli inferi, lui guardando il futuro, lei guardandogli le spalle. David con il terrore che guardandoti negli occhi ti avrebbe perso scriveva lettere, e tu lo seguivi paziente, passo dopo passo, in quella risalita verso la vita.

Furono tempi di luce e d'amore per lui, e forse anche per questo la sua scrittura si inaridì, perché non aveva mai conosciuto come fonte di ispirazione altro che l'infelicità. Si sentiva come quel personaggio del suo racconto *Il canale del dolore* costretto a defecare un capolavoro pieno di spuntoni. Forse un figlio lo avrebbe aiutato, ma non si sentiva all'altezza di educare nessuno, lui che non aveva saputo educare se stesso in nulla se non nella disciplina delle parole, che però ora gli sfuggivano come anguille. Creare fa ricadere la colpa su se stessi, procreare su un innocente.

Tutto era già chiaro fin dalla vostra festa di matrimonio, Karen, dove a saperlo leggere c'era uno dei simboli che lui usava nella sua scrittura: un salto. Era la fine del 2004 e faceste una sorpresa ai suoi genitori sposandovi a Urbana. Lui aveva quarantadue anni e gli occhi malinconici di un naufrago che si è salvato, ma che tutti i giorni al suono della sveglia rivive la paura delle onde. Quel giorno lo hai visto spiccare un salto e battere i tacchi, proprio come un bambino felice. Sua nipote scattò una foto e quell'immagine, l'anima che David teneva da qualche parte nel suo grande corpo, accompagnò l'annuncio delle nozze. La notte dopo il matrimonio faceste una maratona di *Law & Order*. Aveva una dipendenza dalla TV e dalle serie, che gli permettevano di capire il suo tempo, proprio perché ne era un prigioniero consapevole, come ogni bravo scrittore. Consapevole della distruzione del tempo del racconto che si lascia interrompere e rompere da spot pubblicitari che ci ricordano che la vita vera non è nelle storie, ma nel comprare e nel godere. Almeno era una dipendenza senza eccessive conseguenze, e anche tu amavi accompagnarlo in quelle immersioni narrative in un altro spazio e in un altro tempo, in cui poi tutto torna in ordine, ogni labirinto viene decodificato. Lui sosteneva che le serie erano il luogo della miglior narrativa. La TV, con tutta quella scelta di canali, gli sembrava l'emblema della società: voler vedere tutto e non riuscire a rassegnarsi al fatto che scegliere un programma divertente significava rinunciare a un altro. Era il primo a essere vittima del grande mito contemporaneo secondo cui la libertà è libertà di scegliere, e quindi quando si sceglie si è persa proprio quella libertà che si vuole intatta.

Tu, Karen, sei la testimonianza che, quando David definiva le storie d'amore storie di fantasmi, mentiva, perché finalmente con te stava meglio. Ma la scrittura non gli obbediva più, per questo era preso dallo sconforto e spesso ti pregava in ginocchio di non ammalarti e di non morire, come se Orfeo avesse potuto prevenire il morso del serpente con quella preghiera. David si aggrappava a te come alla sua guarigione e tu effettivamente lo eri: era tornato sobrio e misurato. Eri la sua connessione alla vita, alla vita vera, fatta di legami che liberano, e non di dipendenze e sconfinata libertà. Eppure proprio quella vita vera sembrava averlo inaridito, oppure semplicemente era stata la vita di prima a prosciugarlo. Il mondo era diventato proprio come lui lo aveva raccontato in *Infinite Jest*: una tempesta di informazioni di una rete che ci imprigiona in labirinti di dati che in realtà ci fanno perdere nei meandri del non-senso. Ci voleva un filo infinito per districarsi in quel labirinto. E tu eri la sua Arianna, ma rimaneva il Minotauro da affrontare: proprio in uno di quei meandri si nascondeva l'incubo senza forma precisa della depressione.

Eppure lui non ha mai concesso l'ultima parola al cinismo. Ogni sua riga era una ricerca di senso e di infinito, di fede in ciò che c'è di buono nel cuore dell'uomo, perché non c'è scrittore che possa concedersi una riga senza sperare, perché non esiste spinta diversa dalla speranza per poter decidere di riempire di qualcosa uno spazio bianco. Non si accontentava di mostrare il buio e le tenebre della vita, ne cercava la magia. Inferno, purgatorio e paradiso per lui non erano disposti in salita, come nella *Divina commedia*, ma in orizzontale, come cerchi che si intersecano, come correnti che si mescolano. E lui cercava la terraferma, fosse fatta anche solo di piccolissime isole di bellezza a cui approdare per salvarsi dal continuo naufragio, come quando vi fermavate ad ascoltare gli U2 e Simon & Garfunkel, oppure la vostra canzone preferita: *Somewhere over the Rainbow* interpretata da IZ.

La luce a poco a poco si faceva strada in mezzo alla tenebra, ma il cervello di David era sfinito da quel continuo girare nei meandri del labirinto. Qualcosa si era spezzato. Non riusciva a liberarsi da ciò che lo aveva intossicato, era come uno che anela al silenzio ma non trova il tasto per spegnere il rumore della vita. E come se non bastasse era un perfezionista nell'uso delle parole: e la perfezione diventa distruzione perché è un miraggio. Non sapeva più dove trovare le forze per contrastare l'oscurità che aveva generato *Infinite Jest*. Ora che gli si richiedeva un gradino ulteriore nello scandaglio della tenebra, la penna non emanava più luce sufficiente, non sembrava più capace di riscattarsi in bellezza. Forse la tua presenza aveva paradossalmente aggravato la situazione, almeno quanto alla scrittura, perché tu, Karen, non eri un fantasma. Forse avrebbe avuto bisogno di un'altra Mary.

L'ultima cosa che scrisse era un appunto in cui diceva che sarebbe rimasto sveglio ad aspettarti per aiutarti a sistemare la spesa: cercava a tutti i costi una normalità che gli era preclusa e la vicinanza alla tua luce lo portò a ritrovare coraggio e fiducia in se stesso, tanto che decise di non prendere più l'antidepressivo che lo accompagnava da ventidue anni. Voleva continuare a purificarsi dalle sue dipendenze, rendere limpida la fonte da cui sarebbe scaturita la sua ispirazione. Amava Dostoevskij, perché aveva altezza e chiarezza di spirito, pur essendo fragile, malato, dipendente, come lui. Con la penna e l'amore Dostoevskij si era salvato.

Karen – corpo docile e occhi calmi di artista e di donna che sa cosa sono l'amore, il dolore, e l'arte che corre in mezzo ai due come un ponte – perché lui invece non ce l'ha fatta? La risposta non è certo nella cronaca: la sedia, la cintura per impiccarsi, il blocco di pagine del *Re pallido*. Ma nel tuo cuore resta il mistero di una persona amata che si appende al nulla.

Per questo ogni storia d'amore è una storia di carne e sangue, Karen, tu ne sei la dimostrazione. E lui lo sapeva. Si era voltato come Orfeo, per farti vedere tutta la solitudine che nascondevano i suoi occhi, e tu non eri svanita come un'ombra, eri rimasta lì, con lui, sospesa tra tenebra e luce, per tutto il tempo che lui ti aveva concesso.

C'è una frase del *Re pallido* in cui David era riuscito a dire che cosa gli avevi donato: "Signori, ecco una verità: sopportare la noia nel tempo reale in uno spazio confinato: qui sta il vero coraggio. [...] Vero eroismo, non l'eroismo che conoscete dai film o dalle fiabe per bambini. L'infanzia è ormai agli sgoccioli; siete pronti a reggere il peso della verità [...] Ecco la verità: il vero eroismo non riceve ovazioni. [...] Nessuno fa la fila per vederlo. Nessuno se ne interessa".

Quel coraggio David non l'ha avuto, tu stavi provando a insegnarglielo.

Aveva ragione lui, bisogna rendere miracoloso ciò che è familiare per salvarsi, e per questo, Karen, hai deciso di intitolare le tue opere *Beautiful Crap*. E mi sembra la miglior definizione della vita.

Che cosa lo avrebbe potuto salvare, Karen, se non il vostro amore?

Lo aveva anche scritto in un diamante incastonato tra le centinaia di pagine del suo capolavoro, descrivendo qualcosa a cui aspirava con tutte le sue forze, un noi capace di salvare l'io e il tu presi singolarmente. Chi conosce quel noi ha visto la strada per la salvezza: "Un Soggetto non è mai abbastanza, perché deve sempre arrivare una mano dopo l'altra per tirarlo indietro dalla caduta senza fine. Perché se ce ne fosse solo uno per lui, un solo Soggetto, ora, unico e speciale, l'Unico non sarebbe lui o lei ma ciò che ci sarebbe tra di loro, la trinità obliterante di Tu e Io nel Noi. Orin una volta si sentì in quel modo e da allora non si è più ripreso, e non si riprenderà mai più".

La salvezza è l'amore, Karen, perché è ciò che trasforma due fantasmi, due solitudini, in una storia. Ma la depressione, con la sua privazione di senso, è proprio il cancro di ogni narrazione.

Susette

Henry è il nome di un ragazzo che ebbe come precettore l'angelo infuocato della poesia romantica: Friedrich Hölderlin. È lui a raccontare la vicenda amorosa tra il maestro e sua madre, consapevole che gli angeli si possono solo ammirare, mai amare.

"A chi, se non a te?" Può una dedica essere più perfetta di questa, tanto da illudere ogni donna che leggerà quei versi di esserne la protagonista, Diotima, e allo stesso tempo far sapere all'unica vera Diotima di esserne la destinataria? Non avrebbe potuto scrivere il tuo nome, Susette Gontard. Eri sposata e con quattro figli. Ma eri anche la Musa: in te trovò la sua voce divina, capace di insegnare a parlare a un'epoca intera.

Di rado accade che un uomo diventi ciò che scrive, ma nel suo caso è evidente, anche perché questo a lungo andare gli costò il lume della ragione. La sua bellezza greca lo faceva assomigliare ad Apollo, senza esagerazioni. Viveva nel sogno antico, stufo della grettezza della borghesia del suo tempo e in particolare di quella di fine Settecento a Francoforte, dove tutto si consumò nel giro di due anni. Due anni per l'amore più letterario di tutta la letteratura. Precettore nostro, Susette, fu trattato come un incomodo necessario dall'uomo che a me era padre e a te marito, e che vedeva in quelle lezioni qualcosa di inutile a produrre ma richiesto dalla moda per accreditarsi nel mondo con stile. Tu suonavi il pianoforte e capivi la poesia, e non poté sfuggirti l'anima di quell'uomo fatto più di musica e parole che di realtà.

"Dimmelo che cosa è meglio, se tenere in silenzio ciò che è nel nostro cuore o dirselo!" ti scriveva in una delle sole tre lettere rimaste indirizzate a te, che sommate alle tue diciassette fanno venti, per riempire i mesi dal 1798 al 1800. E se il vostro amore fosse stato così breve e intenso proprio perché lui potesse erigergli un monumento perenne? I Greci lo sapevano bene: l'attimo va fermato nel suo bagliore di pienezza e innalzato in stele, tomba, racconto, perché la morte sia sconfitta. Tutta l'arte greca nasce per sconfiggere lo sguardo di Medusa. Perseo l'aveva sconfitto facendola specchiare nel suo scudo. Non si può affrontare la morte direttamente, bisogna aggirarla con l'arte perché l'uomo sia salvo: "Questo amore amato, puro, deve dileguare come fumo e dissolversi, non lasciare in nessun modo una traccia duratura? – Allora mi veniva il desiderio di innalzargli, ancora per mezzo di parole scritte per te, un monumento che il tempo, indistruttibilmente, serbi inalterato": così gli scrivevi tu, Susette, greca quanto lui. Tutto serve a trovare le parole per qualcosa di mai detto: la vita tutta. E l'amore che ne è la spina dorsale serve a trovare le parole per dirla, la vita tutta. Per questo la poesia salverà l'uomo e il mondo dalla barbarie della morte.

Ho imparato da lui a non accontentarmi del mondo: il suo insegnamento non era tanto nei libri e nelle parole, ma in quegli occhi fissi su un altro universo, che doveva essere bellissimo tanto era portatore di luce nelle sue iridi e di pace sul suo viso. Quello sguardo assomigliava a una di quelle cale scavate nel tufo bianco di qualche isola del Mediterraneo, in cui il turchese non ha parola per essere definito, ma può solo essere guardato in silenzio. Un mondo senza attrito e resistenza. Io lo amavo per questo, perché mi insegnò a non rinunciare a quella spina di infinito che c'è in ogni cuore umano e che la vita quotidiana si incarica di strapparci, illudendoci di farci un favore, e condannandoci invece alla noia.

Le vostre lettere, Susette, sono così prive di fatti che viene da pensare che in quelle pagine aveste creato il mondo perfetto e ideale che solo la poesia di lui sapeva intuire. Quelle lettere non erano altro che parte di un progetto più grande in cui tempo e spazio sono inganni umani, in cui si può solo abitare nella bellezza, che non ha né tempo né spazio, un unico grande progetto di immortalità.

Il giorno in cui lo allontanasti da casa nostra, con disprezzo giustificato dalla presenza di tuo marito, apparentemente stavi proteggendo la tua famiglia, Susette. In realtà accettavi ciò che il mio amato precettore ti aveva imposto: evitare che il vostro amore diventasse troppo reale. Solo la distanza consente all'amore romantico di essere perfetto, perché non permette alla vita quotidiana di incrostare con i suoi limiti il desiderio di infinito. L'immensa nostalgia dell'assenza dell'amata è trasformata in parole, come i Greci trasformavano la nostalgia dell'immortalità in ciò che di più bello hanno creato: templi, statue, poemi, forme politiche. Ti aveva portato nel suo mondo giusto il tempo per avere nostalgia di te in eterno, così da non potersi mai più adattare a una vita noiosa: per questo gli scrivevi che proprio dal dolore che vi consumava sarebbe scaturita una dolce salvezza celeste. Solo chi sa che esiste una perfezione negata, una immortalità ferita, può creare alla greca. Solo morendo si può smettere di perdere ciò che ci era dovuto, e finché si vive è per l'armonia perduta che bisogna lottare: "Sì, piango spesso lacrime amare, amare, ma sono proprio queste lacrime che mi sostengono, finché vivrai io non posso andare a fondo. Se non sentissi più, l'amore fosse dileguato da me – e che sarebbe per me la vita senza amore – naufragherei nella notte e nella morte. [...] Tu mi sollevi e mi guidi sulla via della Bellezza!".

E che cosa avevi tu di così greco, Susette, per diventare Diotima? I capelli, gli occhi, il seno, la pelle, la calma, il gesto delle mani sulla tastiera del pianoforte? Che cosa ti proiettò nella perfezione agognata e mai avuta? Te lo dico io che lo conosco bene perché ho ascoltato le sue lezioni e lo amavo quanto lo amavi tu. E soffrii così tanto quando lo allontanasti che smisi di chiamarti madre, perché non capivo il tuo gesto. A lui occorreva un sogno e tu ne avevi tutte le caratteristiche. Quando nostro padre lo allontanò, nel settembre del 1798, fu costretto a cercare un alloggio in una piccola cittadina vicino a Francoforte, senza soldi e provando a tirarsi fuori dalla miseria di questa esistenza fatta anche di incombenze pratiche. Vi separava una distanza controllata, che rendeva possibile e impossibile rivedersi, quella necessaria a sognare, come quando ci si concentra su qualcosa prima di addormentarsi perché sia trasfigurata dalla nostra immaginazione notturna. In questo modo, sapendoti raggiungibile e irraggiungibile al tempo stesso, poteva continuamente spingerti nel sogno che lui stesso aveva la necessità di creare per continuare a perderti, come qualsiasi Orfeo con qualsiasi Euridice. Ma tu cercavi di accorciare le distanze e di rendere il sogno realtà, perché volevi che l'amore intravisto su mappe celesti diventasse reale, e anche perché lui non si perdesse nell'etere della sua immaginazione: "Congiunti, siamo forti e immutabili nel Bello e nel Bene, al di là di tutti i pensieri, nella fede e nella speranza. Ma questo rapporto dell'amore nel mondo reale che ci rinchiude, non sussiste solo attraverso lo spirito, ma anche i sensi (non la sensualità) ne fanno parte, a un amore che sottraiamo del tutto alla realtà, che sentiamo ancora solo nello spirito, non potremmo dare più nutrimento e speranza, diverrebbe alla fine fantasticheria oppure dileguerebbe dinanzi a noi". Ostacolavi ciò che la Musa stava creando: un altro tempo e un altro spazio fuori dal tempo e dallo spazio, quello che lui avrebbe abitato da folle. Come ogni donna, ancorata al corpo più degli uomini, cercavi di diminuire la fantasticheria e l'evanescenza, proprio ciò di cui lui diventò schiavo. La Musa si servì di lui, quanto di te. Vi incontravate nei sogni e nelle lettere: "Poi mi addormentavo, sognavo d'incontrarti in qualche compagnia, in una passeggiata, ti vedevo salire la nostra scala, disinvolto, come un tempo, e ti aprivo la porta, eravamo insieme, senza nessuna ansia, con un cuore leggero, e i miei occhi si godevano di riposare nei tuoi".

Occhi che possono fissarsi senza perdersi, come invece accadde a Orfeo ed Euridice. Avevi intuito anche la minaccia di perdersi in quel sogno. Ma da donna, Susette, resistevi al sogno che rischiava di frantumarti e temevi per lui che si perdesse in un mondo sognato, come poi accadde. Per questo gli ricordavi di avere un corpo, ma gli dèi greci non hanno corpo, se non per sostare momentaneamente tra gli uomini: "Non ti è lecito mettere così in gioco te stesso, la tua nobile natura, specchio di tutta la Bellezza, non è lecito che si spezzi in te, tu hai un debito, anche verso il mondo, dargli ciò che ti appare nella luce d'una forma più alta, e in particolare di pensare a serbarti".

Era di maggio, 1800, probabilmente l'8, la Rivoluzione faceva sentire il suo alito, ma ben altra storia si consumava fra voi: vi vedeste per l'ultima volta in segreto e come una mongolfiera gettaste ogni sacco di sabbia che poteva ancorarvi a questo mondo, con risultati opposti. Tu avevi noi. Lui invece cominciò a salire dove l'aria si fa più rarefatta e i polmoni devono adattarsi a respirare senza ossigeno. Tu sei rimasta a terra, uccisa dalla nostra rosolia, che infuocò i tuoi polmoni malati di tubercolosi. Lui si perse nel cielo, dove non servono coordinate, perché le vie sono tutte da aprire. Non smise di invocarti come unico principio che poteva tenere insieme le sue membra, prima che si disperdessero nel caos: "Vieni, tu che un tempo riconciliasti gli elementi, / Delizia della Musa celeste, e placa per me il caos del tempo" (*Diotima*).

Ma il caos che aveva dentro esplose. Così prese nuovi nomi, diventò molti e di tutti i tempi: Scardanelli, Scarivari, Buonarroti, Salvator Rosa. Non erano pseudonimi, ma controfigure di un viaggiatore senza corpo nel tempo e nello spazio: tutti erano veri e nessuno. Si firmava dal passato e dal futuro e scriveva solo di stagioni e di mesi, tutt'uno con il ritmo immobile delle cose. Lui divenne la metamorfosi stessa. I suoi occhi folli erano quelli della Musa, che si era impossessata di lui come facevano gli dèi un tempo, quando ispiravano i poeti e gli oracoli. La sua pelle era il vestito che la Musa si era scelta per entrare nel nuovo secolo, il vostro amore il "la" per inaugurare questa armonia olimpica. Diceva che Apollo lo aveva percosso, ed era vero, ma la tua morte, madre, liberò la sua follia, perché più nulla lo ancorava alla terra degli uomini: si autoesiliò rifugiandosi per quasi quarant'anni nella torre della casa di un falegname, guardando il Neckar e la sua vallata, scrivendo versi di uomini possibili. Mai la Musa fu crudele come in questo caso, Susette. Distrusse i vostri corpi pur di sfruttare ogni pezzo della vostra anima. Due anni bastarono a farvi felici e a generare un sogno di bellezza in cui antico e moderno si confondevano in un lago dove voi, cigni, dimoravate:

Ma noi, lieti compagni, come cigni amorosi,
quando in riva al lago riposano o, cullati dalle onde,
guardano chini nell'acqua, dove nuvole argentee si specchiano,
e l'azzurro dell'etere al navigante apre i suoi flutti,
così vagavamo noi sulla terra.

Lamento di Menone per Diotima

Perché gli uomini devono pagare un prezzo così alto per scrivere certi versi? Perché hai dovuto pagare con la vita un amore così breve? Forse perché il verso fosse così perenne, così lungo, così immortale? Quando ti conobbe aveva ventisei anni e disse che ti avrebbe potuto abitare "per millenni", come ogni amore vero.

Io so che non dimenticherò mai i suoi occhi e non smetterò di credere che tu, madre, ti lasciasti morire, quando quegli occhi smisero di guardarti, quando i tuoi smisero di riposare nei suoi, unica via d'accesso a un altro mondo. Gli occhi di Orfeo sono pericolosi per questo, sono finestre su una terra incantata, su un paradiso perduto: chiunque lo scorga diventa straniero nell'aldiquà, non può più appartenergli.

L'amore, come l'arte, è casa o esilio?

Constance

Cesare Pavese per tutta la vita cercò la purezza e la inventò sul volto di una diva di Hollywood, Constance Dowling, che aveva una sorella più ordinaria, Doris, amica e confidente dello scrittore. È lei a raccontare la storia di come sia fatale innamorarsi di un fantasma luminoso, anziché di un corpo opaco.

Io te l'avevo detto di non giocare con lui, Constance, che gli avresti fatto male. Neanche io in quel momento capivo che alla sua opera invece avresti fatto bene e che la Musa si sarebbe presa su di te la sua simmetrica rivincita. E tu, Constance, la costante, proprio tu che eri volubile come tutte le dive, lo ingannasti. *Divus* vuol dire dio, e lui era fissato con gli dèi, come testimonia il suo libro più bello, dove facendo dialogare il poeta con la Musa le fa dire: "Ogni gesto che fate ripete un modello divino. Giorno e notte, non avete un istante, nemmeno il più futile, che non sgorghi dal silenzio delle origini" (*Dialoghi con Leucò*).

Tutto è cominciato con te: "Le poesie sono venute con te e se ne vanno con te". Così ti aveva scritto Cesare, sorella mia. Ti chiamava "Connie" e dalla notte di Capodanno del 1950, quando ti conobbe, al giorno del suo sonno definitivamente indurito dai troppi sonniferi, il 26 agosto dello stesso anno, l'ho visto tornare adolescente: "Non sono mai stato così vivo come ora, mai così adolescente". Arrivasti in Italia da Los Angeles con i capelli biondi pettinati da diva del "bosco sacro" cinematografico. Già amante allontanata di un grandissimo regista, cercavi fortuna nella patria del cinema mondiale negli anni Cinquanta, per poterti finalmente installare nel pantheon degli immortali.

Lui era ormai stanco della vita, il duro mestiere di vivere che distillava nel suo diario intimo gli aveva fiaccato l'anima e il corpo, l'amore rimaneva l'ultimo approdo per non cedere all'angoscia di non voler essere mai nati: lo aveva già scritto in quello stesso dialogo con la Musa: "La vita dell'uomo si svolge laggiù tra le case, nei campi. Davanti al fuoco e in un letto. E ogni giorno che spunta ti mette davanti la stessa fatica e le stesse mancanze... né la morte né i grossi dolori scoraggiano. Ma la fatica interminabile, lo sforzo per star vivi d'ora in ora, la notizia del male degli altri, del male meschino, fastidioso come mosche d'estate – quest'è il vivere che taglia le gambe".

Aveva avuto fortuna e successo, ma la fortuna e il successo non bastano per dare senso alla vita. Mi ricordo quando lo accompagnai a giugno a ritirare lo Strega per *La bella estate*. Era spento e gli stavo a fianco come una scadente imitazione di te. E quella fu il contrario di un'estate bella. Era stata proprio la tua bellezza a illuderlo che tu fossi l'innocenza perduta, la purezza che tutto rinnova, l'amore che fa rinascere nuovi. Per questo ti aveva dedicato *La luna e i falò* con un timido "for C.", aggiungendo accanto, quasi a giustificazione di quella reticenza, "Ripeness is all", maturità è tutto: sentiva di essere pronto alla vita come quel verso del *Re Lear*. Era arrivato il suo momento di venire alla luce amando, come non era mai riuscito a fare. E ci aveva creduto perché tu avevi voluto rivederlo a Cervinia e lo avevi incantato, ma poi avevi spezzato l'illusione della salvezza, senza dire nulla, senza dare spiegazioni, come in quella foto in cui ridete e lui ti guarda come un bambino, mentre tu tieni gli occhi chiusi.

Proprio in quel verso di Shakespeare aveva nascosto il suo destino e il male di chi si sa non amato. In quel verso si dice di essere pronti non solo a entrare nella vita, ma anche a uscirne quando è tempo: essere pronti è tutto. Tuttavia, prima doveva dare compimento al suo dolore sulla pagina, perché è lì che l'uomo nasconde l'estremo tentativo di salvarsi dal vivere che taglia le gambe. Così ti dedicò l'ultima raccolta scritta di getto, mescolando la sua e la tua lingua e confermando che tu eri la Musa: "Dai discorsi di stasera [...] risulta chiaro che io 'sono posseduto', *perché* mi godo la parte interessante dell'uomo posseduto. [...] Tutte le volte che ho posseduto io, non ci ho provato gusto". Il linguaggio del poeta spossessato da se stesso e preso in ostaggio dalla Musa. Certo l'amore al suo apparire, Connie, non è diverso dall'ispirazione, accade e non ne abbiamo il controllo, per questo si teme così tanto di perderlo e fa assomigliare tutti a adolescenti: "In fondo il terrore di perderla ora, non è l'ansia *del possesso* ma la paura di non poterle più dire queste cose. Quali siano queste cose ora non so. Ma verrebbero come un torrente quando fossi con lei. È uno stato di creazione. Oh Dio, fammela ritrovare". Ma eri tu, Constance, a interessargli davvero, o la Musa che amava in te, il suo stato di grazia che tu non ricambiavi? "Lei *è* la poesia, nel più letterale dei sensi. Possibile che non l'abbia sentito?" (*Il mestiere di vivere*).

Tu eri la poesia, nel più letterale dei sensi: infatti ti trasformò in letteratura come accade dall'origine della poesia a tutte le donne: Cinzia, Beatrice, Laura. Non certo soggetti liberi di amare, ma oggetti amorosi da contemplare e da cui lasciarsi possedere. La Musa dà un grembo all'uomo. E tu, Constance, ti prestavi perfettamente a questa parte.

Giocasti con lui nel tentativo di entrare nella cinepresa dei grandi, e così tu e Cesare incontraste De Sica e Zavattini, ma non andò bene. Poi, pur di non perderti, scrisse una sceneggiatura per me e per te, *Le due sorelle*, ma nemmeno quella andò bene, niente andò bene di tutti i vostri progetti, soggetti, sogni. Tu continuavi a recitare con perizia la parte di chi si sottrae senza abbandono definitivo, tanto che quando decidesti di tornare definitivamente in America e lui non voleva lasciarti partire, lo congedasti dicendo che "non lo volevi subito", poi avresti spiegato tutto con una lettera e l'Atlantico e il tempo avrebbero fatto il resto.

Ma lui ti credette come un bambino, con la fede degli innocenti, e appuntò nel suo diario: "Questo è bello. Lavora". Era un uomo solo e tu l'appiglio di speranza, il discrimine tra il nulla e la vita, che poi è l'amore. Così lavorava, scriveva, perché sapeva che tu c'eri, che lo possedevi, che dissotterravi la fonte dei suoi versi. E tu non riuscisti a vedere la sua fragilità, la sua sete di purezza, che era la sua condanna ma anche la sua salvezza. Nutristi l'illusione di essere tu la risposta, Connie. E il prezzo che pagò fu l'andare in frantumi.

Mi ricordo quelle notti incantate di stelle a Cervinia, in cui la Via Lattea sembrava riversarsi sulla neve e riflettersi come in uno specchio. Le montagne erano controfigure del cielo e voi parlavate fino allo scolorarsi delle stelle, guardandovi negli occhi e nel sangue. Ero gelosa del vostro dialogo nutrito di astri e parole. Ma tu stavi recitando una parte con quello che ti era sembrato un uomo necessario a farti entrare nel cinema italiano. Non avevi capito che con la Musa non si gioca, perché poi si vendica di chi la vuole imitare. Le dee hanno sempre trasformato in animali le donne che le hanno sfidate: le Sirene divennero uccelli perché si credettero migliori delle Muse nel cantare. Tu sapevi come usare i tuoi occhi nelle notti montane, in cui il camino faceva scintillare la fiamma nell'iride e l'amore era un gioco di prestigio illusorio e perfetto. Lui si lasciò incantare per potersi aggrappare alla vita e ritrovarne il colore, perché il sangue ha sempre l'ultima parola. Quale gioco è più grande dell'amore per un poeta che non ha cantato altro che amore e morte?

Tu interpretavi la tua parte, e infatti quando morì mi confidasti di non aver capito che fosse uno scrittore così importante. Lo avevi preso per un semplice sceneggiatore del Bosco Sacro italico, in cui volevi entrare da diva in esilio. Intanto però, oltreoceano, tessevi altre relazioni. Alla fine scegliesti un produttore, Constance: avevi capito, scusa se sono schietta, che per entrare nel bosco sacro è più utile l'oro dell'alloro. Servivano i soldi, non l'arte. E così, dopo aver esaurito la funzione di fecondarlo come voleva, il frutto che ne nacque aveva sapore di morte. E la morte si mostrò per quello che è: un vizio da cui non si guarisce se non a periodi, creando e procreando. Anche i tuoi occhi rivelarono la loro vera natura: l'ultima scialuppa nell'oceano della solitudine. Per tutti la morte ha uno sguardo e lui, Constance, trasformò il tuo in poesia funebre: "Verrà la morte e avrà i tuoi occhi", come sa bene Euridice. Lo scrisse nel suo amaro e mai del tutto appreso *Mestiere di vivere*: "Non ci si uccide per amore di *una* donna. Ci si uccide perché un amore, qualunque amore, ci rivela nella nostra nudità, miseria, inermità, nulla".

Così si abbandonò al sonno artificiale e definitivo, scarabocchiando su un foglio una musica malinconica, il suo ultimo *Blues* è una filastrocca del bambino mai nato:

All is the same.
Time has gone by.
Some day you came,
some day you'll die.

Some one has died
long time ago.

Tutti la presero per una metafora, Constance, ma era la Musa che preparava la sua vendetta, contro di te che avevi rivaleggiato con lei pensando che la si potesse asservire per avere una parte in un film del neorealismo italiano. La Musa non perdona: *Some day you'll die*. Questo era il suo blues, ed era la musica che ti avrebbe avvelenato il cuore per anni. Per questo hai scelto lo stesso modo di morire di Cesare vent'anni dopo. Parlarono di attacco cardiaco, ma erano sonniferi come i suoi. D'altronde lui stesso aveva scritto che "i suicidi sono omicidi timidi". Quell'abbondanza di sonniferi che nella notte tra il 26 e il 27 agosto 1950 lo aveva addormentato a Torino a quarantadue anni era la stessa che nel 1969 addormentò te a Los Angeles, a quarantanove.

Perché ci si uccide solo quando non si può più essere amati, quando non si può più amare. Era il vostro destino, e lui lo aveva già scritto nascondendosi sotto le spoglie di Orfeo, detto "l'inconsolabile" nei suoi *Dialoghi con*

Leucò: "Io cercavo, piangendo, non più lei ma me stesso. Un destino, se vuoi. [...] Ho cercato me stesso. Non si cerca che questo".

È vero, nella vita si cerca solo di avere un io e quindi un destino, ma purtroppo l'unica strada per riuscirci è l'amore. Lo so bene anche io che sono stata un'altra pedina nel gioco dei destini e delle favole: la sorella dell'amata. La confidente che l'innamorato usa per essere in contatto con il suo sogno. Colei che spera che l'amante si accorga di lei e se ne innamori, anche se non ha gli occhi e i capelli della sorella. Io quell'uomo lo amavo, Constance, la mia non era una recita. Amavo la sua malinconia e i suoi denti macchiati di tabacco, i suoi occhiali tondi e il suo naso adunco. E soprattutto i silenzi con cui parlava e le parole con cui taceva. Per questo ne ho imparate a memoria alcune: "L'amore è veramente la grande affermazione. Si vuole *essere*, si vuole *contare*, si vuole – se morire si deve – morire con valore, con clamore, *restare* insomma" (*Il mestiere di vivere*).

Restare, insomma, vincere la morte.

A uno a uno i colori per lui si spensero. Diversamente da quella donna che aveva immaginato in una poesia del 1933, al progetto di suicidarsi lui non era riuscito a opporre una nuova speranza.

Aveva intitolato quei versi *Agonia*, e quella voce di donna non era che la sua anima:

Girerò per le strade finché non sarò stanca morta
saprò vivere sola e fissare negli occhi
ogni volto che passa e restare la stessa.
Questo fresco che sale a cercarmi le vene
è un risveglio che mai nel mattino ho provato
così vero: soltanto, mi sento più forte
che il mio corpo, e un tremore più freddo accompagna il mattino.

Son lontani i mattini che avevo vent'anni.
E domani, ventuno: domani uscirò per le strade,
ne ricordo ogni sasso e le strisce di cielo.
Da domani la gente riprende a vedermi

e sarò ritta in piedi e potrò soffermarmi
e specchiarmi in vetrine. I mattini di un tempo,
ero giovane e non lo sapevo, e nemmeno sapevo
di esser io che passavo – una donna, padrona
di se stessa. La magra bambina che fui
si è svegliata da un pianto durato per anni:
ora è come quel pianto non fosse mai stato.

E desidero solo colori. I colori non piangono,
sono come un risveglio: domani i colori
torneranno. Ciascuna uscirà per la strada,
ogni corpo un colore – perfino i bambini.
Questo corpo vestito di rosso leggero
dopo tanto pallore riavrà la sua vita.
Sentirò intorno a me scivolare gli sguardi
e saprò d'esser io: gettando un'occhiata,
mi vedrò tra la gente. Ogni nuovo mattino,
uscirò per le strade cercando i colori.

Invece i suoi mattini finirono dopo di te. Le sue ultime parole, Constance, le lasciò su una copia del libro che voleva fosse il suo biglietto da visita per i posteri, i *Dialoghi con Leucò*, l'opera a cui affidò il suo tentativo di ingannare lo sguardo della morte con l'obliquità dell'arte, lo scudo di Perseo. Con struttura a chiasmo vi scrisse: "Perdono tutti e a tutti chiedo perdono", per poi aggiungere più colloquialmente: "Va bene? Non fate troppi pettegolezzi".

Sulla morte non si sprecano parole, è sul mestiere di vivere che le parole non bastano mai.

E sull'amore che è il mistero di vivere.

Settima sosta: la caduta

Orfeo rimase impietrito, alla seconda morte della moglie: quasi come colui che si spaventò nel veder trascinare fuori, incatenato per il collo di mezzo, Cerbero dalle tre teste, e il cui terrore svanì solo quando gli fu svanita la natura di prima, poiché divenne dappertutto sasso; [...]

Invano Orfeo scongiurò Caronte e cercò di farsi di nuovo traghettare: il nocchiero lo scacciò. Per sette giorni, tuttavia, rimase lì accasciato sulla riva, senza toccare alcun dono di Cèrere: dolore, disperazione e lacrime furono suo unico cibo.

Poi, dopo avere inveito contro la crudeltà degli dèi dell'Èrebo, si ritirò sull'alto Ròdope e sull'Emo battuto dall'Aquilone.

Per la terza volta il Sole aveva chiuso il giro dell'anno nei Pesci, segno d'acqua. Per tutto questo tempo Orfeo era rifuggito da ogni contatto con donne, forse per il dispiacere che aveva provato, forse perché aveva fatto voto. Eppure, molte ardevano dal desiderio di unirsi al poeta: tutte si videro, con dolore, respingere.

Ovidio, *Metamorfosi*, X

Non aliter stupuit gemina nece coniugis Orpheus,
quam tria qui timidus, medio portante catenas,
colla canis vidit; quem non pavor ante reliquit
quam natura prior, saxo per corpus oborto;
[...]

Orantem frustraque iterum transire volentem
portitor arcuerat; septem tamen ille diebus
squalidus in ripa, Cereris sine munere, sedit:
cura dolorque animi lacrimaeque alimenta fuere.
Esse deos Erebi crudeles questus, in altam
se recipit Rhodopen pulsumque aquilonibus Haemum.

Tertius aequoreis inclusum Piscibus annum
finierat Titan, omnemque refugerat Orpheus
femineam Venerem, seu quod male cesserat illi,
sive fidem dederat; multas tamen ardor habebat
iungere se vati; multae doluere repulsae.

Quando l'amore finisce, si spegne, viene distrutto, ritorniamo allo stato minerale. Orfeo resta pietrificato. L'assenza di amore, il dolore, provocano in noi la paralisi. La mobilità del nostro io dipende sempre e solo dall'amore: il tipo di amore, poi, determina il nostro movimento. Se ciò che amiamo è inferiore a noi scendiamo, se è superiore saliamo. Amare ci trasforma nella cosa amata. Se la cosa amata è inferiore, l'amore diventa dipendenza, se è superiore, l'amore diventa libertà. L'avaro dipende dai soldi che ama e come Mida, che trasformava in oro tutto ciò che toccava, diventa lui stesso un blocco di oro. Al contrario Pinocchio, attraverso l'amore per suo padre, da ciocco di legno acquisisce la libertà della carne umana. Mida ha il controllo e perde se stesso, Pinocchio perde se stesso e ottiene il controllo.

Per vivere gli animali si specializzano sviluppando corazze, zanne, artigli e tutto ciò che serve a procurarsi cibo, difesa e riproduzione, l'uomo invece non ha bisogno di specializzarsi in nulla perché ciò che lo differenzia dagli animali è l'intelligenza del cuore, cioè la possibilità di conoscere se stesso e il mondo e prendersene cura. Mentre gli animali si adattano all'ambiente, l'uomo adatta l'ambiente a sé, rimanendo fragile. Questa fragilità ha però un antidoto, i veri artigli umani: l'amore, cioè l'accettazione della nostra e altrui mortalità e debolezza, della quale possiamo metterci al servizio, riscattandola, oppure ignorarla rimandando l'appuntamento con noi stessi a rischio di arrivare troppo tardi. Anche per questo il cucciolo d'uomo ha bisogno di un lunghissimo svezzamento, mentre l'animale deve da subito arrangiarsi. Noi siamo fragili proprio per imparare a prenderci cura della vita, con l'intelligenza del cuore, capace di metterci in movimento, strappandoci alla disperante solitudine o alla ricerca sempre insoddisfatta del piacere, movimento apparente e mai appagante, perché la felicità che dipende dall'amore è stabile, quella che dipende dal piacere incerta e sempre in fuga.

Chiunque abbia fatto esperienza dell'amore sa quale esaltazione generi in noi: una voglia di fare che prima ci era sconosciuta. Entra nelle nostre fibre tutto il coraggio di esplorare lo spazio e il tempo, che troverà attuazione nella tappa dell'infuturarsi. Al contrario, il disamore ci pietrifica, ci fa regredire all'immobilità. Anche Dante usa la stessa metafora per il terribile conte Ugolino, quando, chiuso nella torre, rimane muto e incapace di qualsiasi azione alla richiesta di aiuto dei suoi figli morenti: "impetrai", divenni di pietra, dice. Il disamore ci rende di pietra, l'amore ci rende invece malleabili, cioè disponibili.

Orfeo cerca di tornare indietro, ma non gli viene concessa una seconda possibilità. Il dolore non ci conduce da nessuna parte, gira attorno a se stesso finché non lo affrontiamo, con tutto il tempo necessario (come mostrano quei simbolici sette giorni); finché non accettiamo che siamo noi a essere incapaci di amare fino in fondo non possiamo tornare nel regno dei morti da vivi. E poiché non vogliamo avere più nulla da perdere, il dolore ci sottrae a qualsiasi ulteriore possibilità di amare. Meglio un'esistenza vuota che piena del dolore di un amore perduto, frantumato, magari proprio a causa della nostra incapacità di accettare l'ultimo rischio, di dare la vita per l'altro. Amore e dolore sgorgano dalla stessa fonte, sono il cuore stesso dell'uomo, la sua struttura molecolare e narrativa. La vita si costruisce attorno all'amore o al dolore, perché la struttura della vita è l'amore e dove l'amore è vinto la paura prende il suo posto.

Ho visto di recente una interessante opera di fotografia che mappa la topografia delle lacrime. L'autrice ha scoperto che le lacrime si cristallizzano sul vetro in forme totalmente diverse in base a ciò che le ha generate: le lacrime di dolore sono diverse da quelle liberatorie, come quelle di gioia sono diverse da quelle di implorazione e ancora da quelle di speranza, redenzione, frustrazione... Perché? Perché la loro composizione muta in termini di acqua, minerali, ormoni, enzimi. Le immagini, catturate da un microscopio, configurano vere e proprie mappe, come città generate dall'architettura cristallina delle lacrime. Tutte le emozioni hanno una struttura precisa, una intelligenza precisa, non esiste nulla in noi di corporeo che non sia anche spirituale. Mi hanno colpito le immagini delle lacrime nate da "ciò che non può essere cambiato": credo che fossero così quelle di Orfeo. Assomigliano a piccole isole con rami che si perdono in un oceano uniforme, senza mai toccarsi.

Non abbiamo risorse per amare quando siamo troppo impegnati nel dolore dell'amore perduto. Perché? Perché l'ebbrezza di immortalità che abbiamo sperimentato si è rivelata un'illusione, non c'è nulla che possa salvarci dalla nostra condizione effimera. Senza il dolore noi non sapremmo di essere mortali. Senza l'amore non sapremmo di poterci salvare dall'essere mortali.

Dolore, angoscia e lacrime diventano il nutrimento di Orfeo dopo la seconda morte della moglie. E lo portano ad allontanarsi da qualsiasi altro amore, per dolore o per voto, Ovidio ci lascia il beneficio del dubbio, ma non sono alternative così distanti. Il voto di non accostarsi a un'altra donna è fedeltà all'unico grande amore incompiuto, o compiuto nei limiti del possibile: quello per Euridice. Non è un voto frutto di privazione, ma di affermazione. Nessun altro amore sarà grande come quello per Euridice, in nessun altro caso Orfeo conoscerà la morte due volte. Euridice rimarrà l'unica, e la sua memoria verrà preservata nel canto dell'assenza, per ricordare a tutti che un amore può bastare per una vita intera, un solo, unico, grande, indiscusso amore.

Ecco perché Orfeo si ritira in alto, sul Ròdope. Ancora una volta c'è nella sua scelta una ricerca di altezza, un'ascesa da compiere: quella di chi deve, in tre anni di silenzio, imparare di nuovo ad amare. E il suo esempio può essere di grande ispirazione per noi: in questi anni in cui l'assenza di tempo rende difficile curare le relazioni, l'amore ci consente di andare alla ricerca del tempo smarrito. È l'amore a configurare la nostra vita come una storia dotata di senso: nessuno sa come si fa finché la vita non lo ammaestra, anche attraverso il dolore. Proprio come avviene durante il parto, in cui una creatura nuova viene alla luce: il dolore vitale, sia che si manifesti come bisogno dell'altro sia che si mostri come dono all'altro, è la soluzione che l'amore ha trovato per farsi conoscere in tutta la sua altezza, profondità e ampiezza.

Ingeborg

Dicono che l'amore sia l'unico balsamo per chi ha nel cuore un dolore inspiegabile, e quindi irraggiungibile. Paul Celan lo aveva imparato nei campi di sterminio, quel dolore. Una poetessa provò a prestargli l'alfabeto per dirlo, ma neanche la poesia riesce a trasformare il dolore in bellezza, se il dolore è muto. Un vecchio spasimante di Ingeborg Bachmann ricorda le sue passeggiate con lei – la seguì ovunque –, ma il cuore di Inge rimase sempre di un altro.

Ricordi, Ingeborg, le nostre passeggiate nel parco, a Vienna? Studiavamo all'università e quegli alberi erano il nostro rifugio nei momenti di leggerezza. Dopo tanti anni ci volli tornare insieme a te, quando passai da Vienna per lavoro, e tu accettasti di accompagnarmi. Volevo sapere se il mio amore per te era rimasto intatto e la tua distanza da me invariata. Mi portasti in una zona che non ricordavo, era la fine della primavera e l'estate si infiltrava già fra i rami e le nuvole. In fondo a un viale c'era un maestoso albero dai fiori lilla, che svettava sull'azzurro come un cantico di grappoli d'uva. È raro vedere un albero così grande tutto fiorito, come un gigantesco mazzo di rose.

«È una paulonia. Era il nostro albero.»

Capii che ti riferivi a Paul. Quando te ne innamorasti, avevi soltanto ventun anni, e lui sei più di te. Era sopravvissuto ai campi di sterminio, dove erano morti i suoi genitori e una parte di sé che non riuscì mai a recuperare e che cercò di raggiungere per l'ultima volta a cinquant'anni, gettandosi nella Senna.

Vi eravate conosciuti poco dopo la fine della guerra, quando si trovava a Vienna come rifugiato. Quel parco, con le sue foglie che tornavano a rinverdire ogni primavera, e la paulonia con la sua doppia fioritura, lilla in primavera, dorata in autunno, erano la vita a cui lui si aggrappava, perché negli uomini non la trovava più, né si fidava più di loro dopo ciò che aveva visto. E doveva chiedere scusa a se stesso per ogni riga che riusciva a strappare al silenzio, perché scrive solo chi spera e la speranza era un lusso di cui sentirsi in colpa. In quel silenzio cercasti di raggiungerlo, Ingeborg, tu che a Vienna ci eri nata ma che eri straniera in casa, dopo aver preso le distanze dalla tua famiglia nazista. Eri esiliata nella tua stessa città. Per questo vi riconosceste all'università e per questo cercavate un'oasi in quel parco, sotto i fiori della *paulonia tomentosa*, come la chiamano gli esperti. Mai nome fu più giusto, perché tale è la sua bellezza che provoca il tormento in chi la guarda, come la visione di un luogo che ci era destinato e che abbiamo perso, dimenticato, o ci è stato proibito per una colpa che non abbiamo commesso.

«I fiori furono sempre un nostro gesto. Come le poesie. Mi regalava i papaveri. E mi scriveva poesie che raccontavano di papaveri. Me lo ripeteva spesso in questo parco: è tempo che la pietra accetti di fiorire. E lui era la pietra, ostinata, dura, che non si dava la possibilità di fiorire. Le poesie che ci inviavamo e commentavamo erano il nostro modo di amarci, silenzi compresi, come tutti gli a capo di una poesia. Come chi scrive poesie ci dicevamo cose oscure e cose luminose.» O semplicemente come chi si ama, avrei aggiunto io ad alta voce se solo avessi saputo osare.

Passeggiando per i viali del parco viennese mi raccontasti della sua prima fuga da Vienna. Nel 1948. Fu allora che cominciaste a scrivervi lettere e il vostro amore fu più pieno, perché più letterario.

«Le parole determinano la lunghezza dello spazio e del tempo. Le nostre lettere erano un libro di poesia aperto, che si faceva giorno per giorno, come una lunga conversazione che non mira a nulla se non a se stessa, allo stare davanti a un camino aspettando che il vino e la legna si consumino, mentre il vento fuori batte le persiane.»

Ti ascoltavo volentieri, Ingeborg, avevi nelle parole la stessa pace del tuo sorriso, con il quale tentasti di far fiorire la pietra e di fermare la morte che come un cancro divorava Paul. Dio solo sa quanto avrei potuto amare quel tuo calore rivestito di ordine e apparente distacco.

«Non avevo capito che il segreto era la distanza, che la Musa aveva scelto per noi. Ci doveva bastare ricordare l'incanto di questo parco e la paulonia fiorita. Invece io lo raggiunsi a Parigi e finimmo con il toglierci l'aria a vicenda e rendere impossibile la scrittura del nostro alfabeto della distanza. Potevamo amarci solo come amici, cioè più di due amanti. Potevo essere solo la sua icona, non certo la sua donna in carne e ossa.»

Le vostre strade si divisero e vi scriveste come amici. La pietra smise di accettare di fiorire e anche la sua scrittura lentamente appassì, come le sue lettere.

«Forse esagero, ma tutta la sua poesia fu un dialogo con me. Senza, non avrebbe scritto una riga. Ogni giorno anche io desideravo scrivergli, ma poi mi dimenticavo perché avevo parlato con lui tutto il giorno ad alta voce. E poi lui nelle conferenze ripeteva che la poesia è un messaggio in bottiglia per un tu disposto a dialogare, a distanza di spazio e di tempo.»

Eri troppo intelligente, Inge, per pensare che questa fosse la verità e infatti, fermandoti un attimo davanti a una fontana in cui l'acqua zampillava scintille di sole, aggiungesti: «O semplicemente fummo quello che dovevamo essere: uno ispirazione dell'altra, finché servì. Eppure io speravo che la pietra fiorisse. Tentai di togliergli le pietre dal petto per sentirlo cantare. Ma lui scelse la via dell'acqua e la pietra nel fiume va a fondo».

Mentre raccontavi, una lacrima ti ammorbidì la guancia. Poi rimanemmo nel silenzio della sera e le tue ultime parole fecero irruzione in quel silenzio come una pietra scagliata nell'acqua calma: «Diceva che non avrebbe voluto perdere noi e io sapevo che significava soltanto: non voglio perdere me stesso. Nonostante questo io l'ho amato più della mia vita».

Dopo anni ho tra le mani, come un amante geloso, le vostre lettere, e leggerle mi sembra quasi un sacrilegio, ma ora che non ci sei più neanche tu, Inge, le leggo come fossero un libro di poesie.

"Solo una riga, che desidera ringraziarti di cuore per tutto. Ma perché mai allora abbiamo istigato mortalmente i nostri cuori per cose così insignificanti, Ingeborg! A chi abbiamo prestato ascolto, dimmi, a chi? Ora, però, verrò presto, non per molto tempo, per un giorno, per un altro ancora – se vuoi e lo concedi. Allora cercheremo il lume, Ingeborg, tu e io, noi. Paul" (Parigi, novembre 1957).

Cercare insieme il lume quando si è nella tenebra, questo è amarsi, Inge, e così finalmente riconoscervi come esseri rinati in un'altra forma: "A metà agosto sarò a Parigi, solo per qualche giorno. Non chiedermi il motivo, lo scopo, ma stammi vicino, per una sera, oppure due, tre... Portami a passeggio lungo la Senna, ci soffermeremo a guardare così a lungo nelle acque finché non saremo diventati dei pesciolini e ci riconosceremo. Ingeborg" (Vienna, giugno 1949).

Eppure tu, Inge, te ne sei andata a causa del fuoco, nell'incendio della tua casa romana in via Giulia, dove adesso sto passeggiando per darti il mio ultimo saluto. Avevi dimenticato la sigaretta accesa. E volevi morire accanto a Keats e Byron.

Morte per acqua e morte per fuoco. Poeti, creature elementari.

Inge, mi sei mancata tutta la vita, e non so se la paulonia fiorisca ancora due volte all'anno, ma so che le pietre non possono mai fiorire, se non nelle poesie in cui c'è lo spazio per dire parole di buio:

E io non ti appartengo
di noi due ora è il lamento
ma come Orfeo io so la vita al fianco della morte
e azzurro fiorisce a me
il tuo occhio chiuso per sempre.

Cose oscure da dire

Toccava a te la parte di Orfeo, perché tu eri rimasta viva e lui era sceso agli inferi. Lì avevi cercato di raggiungerlo da vivo, ma non ci eri riuscita. Allora vorrei chiederti adesso quello che non ho mai avuto il coraggio di chiederti: perché ti innamorasti proprio di lui, così oscuro, così freddo? La risposta l'ho trovata in una delle tue lettere, in cui provavi a rispondere a lui che, stupito che qualcuno potesse amare il suo dolore, ti aveva posto la stessa domanda: "Non so perché e a quale scopo" scrivevi.

Chi lo sa, Ingeborg, perché ama? Chi può mai conoscere la causa e il fine dell'amore? L'origine e la fine di ogni storia?

Camille

Nessuna donna modellò la pietra come Camille Claudel, e di questo si accorse lo scultore Auguste Rodin, che senza di lei non avrebbe potuto trasformare la pietra in carne e la carne in pietra. Il fratello di Camille, Paul, fu poeta, perché il demone creativo era di famiglia; è lui a raccontare come la sorella fu sacrificata sull'altare di pietra del più grande scultore del Novecento.

"C'è sempre qualcosa di assente che mi tormenta", così gli scrivesti una volta, Camille, definendo l'anima di ogni artista e forse di ogni uomo. Camille, sorella mia, tu eri la più bella di tutte, con occhi blu che esistono solo nei romanzi d'avventura e forse nel mare che lambisce qualche spiaggia inaccessibile, e avevi un talento all'altezza di quegli occhi, tanto che a dodici anni dichiarasti che avresti dato la tua vita per scolpire la pietra. Perché era la materia più dura, come quella del cuore della madre che ci aveva abbandonato, e riuscire a scolpire nel marmo muto del dolore per renderlo leggero avrebbe significato averla vinta sul dolore e rinnovare la vita. Camille, mia sorella amata, crisalide svuotata dal grande ladro che si impadronì del tuo talento per farne la sua ispirazione e trasformare così la pietra in amore perduto e cercato, in amplesso e lotta, in forma informe come è la vita. Io te l'avevo detto di stare alla larga dai grandi. E lui era il più grande.

Era il 1884, tu avevi neanche vent'anni e Auguste poco

più di quaranta. Possedevi un talento selvaggio e selvaggia bellezza, e lui se ne accorse subito e ti scelse in tutte le forme possibili: allieva, modella, amante. E Musa, aggiungo io, che di queste vicende ne so qualcosa, avendo dedicato la mia vita alla poesia. Lui era già sposato e aveva una figlia poco più giovane di te. I vostri corpi e le vostre anime si mescolarono alla ricerca di ciò a cui anime e corpi anelano quando giocano a fondersi: qualcosa che è oltre loro e che sfugge sempre. Ma la nostra ansia di costruire l'infinito sempre prevale sulle nostre anime e sui nostri corpi. La vostra scultura non diventò forse questo oltre da raggiungere? Tutte le volte che guardo le vostre opere, infatti, sento che c'è un punto di attrazione invisibile che risucchia le figure scolpite, rendendo lo spazio circostante parte della figura e del suo desiderio, cosicché la pietra diventa carne e la carne diventa spirito. L'amore dà la forma all'identità degli amanti, così come l'ispirazione alla pietra grezza. Tu facevi da soggetto a lui e lui a te. Poi l'equilibrio si spezzò e tu cominciasti a scolpire mani e piedi delle sue statue, rinunciando alle tue. Furono anni di apparente armonia, trovata solo nella pietra. Un bambino ti crebbe nel grembo, ma avevi già cominciato a sacrificarti a lui e alla sua ispirazione. Solo il marmo poteva avere e dare vita, non certo un grembo, e così decidesti di pietrificare il tuo grembo ed espellere il tuo bambino come una scoria dal blocco di marmo. Mentre la pietra diventava leggera sotto il suo scalpello rivoluzionando la scultura di fine Ottocento per inaugurarne una che sposava la forza di Michelangelo al tuo estro femminile, il tuo cuore e le tue membra diventavano di pietra. Più la pietra si liberava, più l'anima si imprigionava, come in quelle statue di Michelangelo che vengono chiamate "i prigioni" perché le figure cercano di scrollarsi di dosso la pietra ancora informe senza riuscirci, come se la loro carne ne fosse schiava.

Tu speravi che lui ti sposasse e che le vostre vite si fondessero in quel groviglio di pietra e carne che eravate diventati, ma lui aveva le idee chiare sin dall'inizio: imparare il tuo talento selvaggio e metterlo al servizio della sua arte.

Uno scultore, un poeta, Camille, ama solo ciò che lo porta all'opera e ciò da cui essa può sgorgare.

Quando vi allontanaste, tu, dopo aver scolpito il tuo dolore in ciò che di più bello la pietra abbia mai custodito, hai cominciato, come avevi fatto con il vostro bambino, a distruggere le tue opere, cioè te stessa: nulla doveva più nascere. Temevi che lui ti spiasse e ti rubasse le statue o le idee, e urlavi la verità della sua ispirazione, urlavi che le mani, i piedi, i fianchi, la sensualità della pietra erano opera tua. Ti concedesti a Debussy per far ingelosire Auguste, ma lui non si ingelosì e il musicista dalle note liquide scoprì l'amarezza dell'amore tra artisti: "Ora resta da sapere se lei contenesse tutto ciò che io cercavo! E se ciò non fosse il nulla" scriveva a un amico. "Malgrado tutto, piango sulla scomparsa del Sogno, di questo Sogno..." Camille, gli artisti sono predatori senza scrupoli. Così Auguste ti aveva preso l'anima e se n'era nutrito, sputando le tue spoglie dopo averti masticato. La tua ossessione non era che l'espressione di quanto era successo alla tua anima nel giro di dieci anni: altro che follia. Mettevi in scena la spoliazione che era avvenuta. Prima ti rifugiasti in casa, sola, con i tuoi gatti. Io cercavo di rianimarti, leggendoti i versi che componevo, incoraggiandoti a riprendere lo scalpello in mano perché la tua anima ritrovasse la via verso la realtà, ma la tua anima era ormai altrove, nella regione in cui la confinavano il tradimento, l'abbandono, lo sfruttamento.

Finite le statue volgesti il martello contro te stessa e quella che il mondo considerò pazzia era solo la coerenza di chi cerca di sentire la vita attraverso il sangue, di chi cerca di espiare le proprie colpe con la sofferenza che si infligge, come se si potesse espellere il male con il male. Il sangue o si rapprende in vita nuova o ingorga l'anima e il corpo.

Mi sono sempre chiesto perché amore della creazione e amore della distruzione confinino nel cuore di un artista, e forse in quello di ogni uomo, e la risposta è forse che ogni riva è ora approdo dolce ora aspra scogliera, che all'amore può corrispondere altrettanto disamore.

Il manicomio ti aprì le sue braccia. Lo scandalo di aver

attratto un uomo sposato ricadde tutto su di te, come si è sempre usato fare nella Storia. Nessuno venne più a trovarti, neanche noi. Eri la reietta della famiglia. Io in verità venivo di nascosto, ma nei tuoi occhi blu da romanzo non trovavo più nulla dell'avventura selvaggia della vita se non una crisalide svuotata, la muta secca del serpente. La tua immaginazione, la tua energia, la tua bellezza, prosciugate dal più grande scultore moderno, con il tuo folle consenso. Quando guardo le sue statue mi chiedo se rappresentino la lotta o l'amplesso e forse non trovo risposta perché sono la stessa cosa. L'amplesso è la ricerca dell'oltre che lo superi e renda eterno l'attimo d'estasi. La lotta è la delusione scaturita dal fatto che nell'amato non si trovi quest'oltre. Questa continua promessa disattesa è la dolce amarezza dell'amore. Allora forse la bellezza di quelle sculture sta proprio in questa sospensione irrisolta tra due poli, in cui lui svela il suo atto d'amore e disamore per te, Camille.

Lascia che ricopi per te quanto dice Platone al riguardo nel *Simposio*: "Non sembra assolutamente trattarsi del rapporto sessuale, come se stessero insieme l'uno accanto all'altro con tanta passione in vista di questa soddisfazione; in realtà è chiaro che l'anima di ciascuno dei due desidera qualcos'altro, che non sa esprimere".

Amo la statua di Auguste in cui i corpi di due amanti escono da una mano misteriosa che li custodisce. E chiedono con voce di pietra: "Dove sei, Amore? Fermati un attimo con noi. Vorremmo fossi la roccia della nostra vita".

Anche tu lo avresti voluto, Camille. Hai offerto il marmo perché tutto questo fosse possibile, la materia di questa ricerca fu la tua anima, svuotata come una cava. Raramente la Musa è stata così crudele, raramente si è servita dell'amore a questo modo per svuotare una donna della sua arte e della sua identità, per trionfare raddoppiata in un unico scalpello, quello di Auguste Rodin. Che Dio lo perdoni, per essere stato il più grande a spese tue, Camille. Tutte le volte che fisso lo sguardo sulla tua statua più terribile, quella che hai intitolato l'*Età matura*, vedo la verità crudele di tutto questo e il volto di Medusa che ha la Musa. In quella scultura tu sei implorante, umiliata, in ginocchio, come ogni donna usata dal disamore.

Sei morta sola, il 19 ottobre del 1943, dopo trent'anni di manicomio. Lui era morto da tempo. Le tue statue sono in una sala del museo dedicato a lui. Gli uomini, da sempre, celebrano i sacrifici che compiono, trasformandoli in trionfi. Ma è stato solo un sogno, Camille, o solo un incubo: "La mia vita è stata un romanzo... anzi un'epopea, come l'*Iliade* e l'*Odissea*, tanto che ci vorrebbe Omero per raccontarla. Io non vi impegnerò di più oggi e non desidero rattristarvi" avevi raccontato al tuo gallerista. "Io sono caduta in un baratro. Vivo in un modo così curioso, così strano. Del sogno che fu la mia vita, questo è l'incubo."

Solo la grazia è vera Musa, Camille, scriverò un libro su questo argomento e devo l'ispirazione a te e alla tua distruzione: la grazia è il dono che Dio fa agli uomini perché nascano sempre, perché nascano ogni giorno. La grazia di Dio è un grembo che sempre nutre e sempre dà vita. Ogni artista, senza saperlo, lavora in incognito per un "momento di grazia", ma se crede di esserne l'origine dalle sue mani esce solo il disamore. La grazia degli uomini è spesso crudele, Camille, si nutre della vita, sino a svuotarla da dentro come fanno i ragni con le loro prede, lasciando impigliata alla tela una carcassa di dolore.

Tu hai conosciuto il grembo del disamore: non come la pietra diventa carne, ma come la carne diventa pietra.

Friderike

Lo scrittore austriaco Stefan Zweig non sarebbe stato vivo senza la moglie Friderike. Infatti, quando la lasciò, di lì a poco fu morto.

Che cosa gli avrai detto quando vi siete trovati nel ristretto spazio di quell'ascensore, Friderike? Quando ci troviamo in ascensore con un estraneo tutto diventa improvvisamente interessante, purché non riguardi l'altro, persino la punta delle scarpe o le zigrinature delle chiavi, ma in questo caso in ascensore con te c'era il marito e genio dal quale avevi divorziato qualche anno prima, nel 1938, e che se ne era andato con la sua segretaria, che tu stessa gli avevi procurato perché lo aiutasse durante il suo soggiorno a Londra. Nei suoi occhi la speranza era spenta, un segno lugubre per un uomo che nella speranza aveva forgiato ogni riga delle sue opere, concepite sempre in un delirio di vigore e slancio che la Storia con accorta crudeltà aveva distrutto.

Era un giovane viennese di famiglia ebrea e colta in una Vienna cuore pulsante dell'Impero nei fasti di fine Ottocento: si dedicò alla bellezza e alla filosofia con tale dedizione da ospitare nella sua anima il grande sogno umanista, così come veniva intatto dal Quindicesimo secolo: l'uomo è *copula mundi*, l'anello tra la terra e il cielo, con la sua ragione può conoscere ogni cosa ed elevarsi a creatura angelica: "Che cosa è la cultura se non trarre con le lusinghe dell'arte e dell'amore dalla materia grossolana della vita ciò che essa ha di più bello, di più tenero e raffinato?" scriveva nel *Mondo di ieri*. Ma quella stessa ragione, assoggettata all'istinto e alla violenza, può farsi bestia, e questa parte della verità, come tutti gli umanisti angelici, lui non l'aveva presa in considerazione e due guerre mondiali si incaricarono di distruggere il sogno che la cultura salva l'uomo da se stesso, la speranza a cui è ancorata ogni sua pagina.

Metà dell'anima gli fu asportata dalla Prima guerra mondiale, che spazzò via una generazione e l'illusione di un mondo a misura della sua Vienna, l'altra metà dal nazismo, che prima bruciò i suoi libri e poi lo costrinse a lasciare l'Europa. In quel momento era uno degli autori più tradotti del mondo, e forse per questo il più convinto che le parole potessero riparare l'anima dell'uomo. Non solo non ripararono quella altrui, ma neanche la sua; per questo c'eri tu, Friderike, perché solo l'amore può arrivare dove anche la parola fallisce.

Che cosa gli avrai detto in quei pochi istanti e in quel luogo in cui non avresti mai pensato di incontrarlo? Il tuo portamento era quello di sempre nonostante gli anni, eretto ed elegante, come si conviene a una nobile e bella donna viennese. Il suo, invece, era cambiato: Stefan era curvo, anche negli occhi. Tu sapevi il perché: non aveva più una patria e quella delle lettere era minacciata dai nazisti, a causa dei quali era dovuto scappare dalla sua terra, in esilio, per rifugiarsi in Brasile, dove aveva cercato un Paese ancora vergine che non rinnegava il suo passato e una natura ancora più vergine che abbracciava genti di tutti i colori e confortava la speranza di un futuro. Forse lì il sogno dell'umanista poteva nascere di nuovo.

Lo guardasti negli occhi e non trovasti lo Stefan che avevi visto da lontano nell'immenso Bosco Viennese, nel cuore della città che egli aveva ritratto nel suo libro più bello, in cui aveva testimoniato che dopo una guerra mondiale non solo il mondo non sarebbe mai più stato lo stesso, ma anche il cuore dell'uomo: non ci sarebbe più stata la festa della vita, ma solo la tristezza di chi non riuscirà più a liberarsi della verità della violenza umana.

Il giorno in cui l'avevi conosciuto era intessuto di luce e acqua e accendeva i suoi occhi carbone più dell'abituale. Quello sguardo ti aveva portata nel suo grande sogno, nel mondo degli eroi dallo spirito indomito e dalla speranza inestinguibile, che lui sentiva compagni di stanza e di anima e che avrebbe evocato nei suoi libri e racconti, da Magellano a Dostoevskij, da Händel a Nietzsche.

In quel Bosco immenso vi riconosceste: eravate nati entrambi all'inizio degli anni Ottanta dell'Ottocento, entrambi ebrei non osservanti. Tu, forgiata nel fuoco dei libri, una delle prime laureate a Vienna e professoressa di letteratura francese e di storia, univi tutto quello che è necessario per essere una vestale del genio. Era il 1912, i tuoi trent'anni e un matrimonio infelice ti conferivano lo splendore ferito di cui si innamora ogni uomo devoto alla vera bellezza.

Quando la guerra che aveva aperto un baratro davanti alla vostra generazione era finita, senza riuscire a scalfire il vostro amore (forse per questo lui non si accorse di essere già morto a metà), vi trasferiste in una nuova dimora a Salisburgo che, da esiliati in patria, ribattezzaste "villa in Europa". Nel mondo dei profani si dice "marito e moglie", ma ciò che eravate davvero, in quella casa arroccata in alto come un tempio, senza luce elettrica, era un genio e la sua vestale, la sorgente da cui lasciar sgorgare un nuovo umanesimo, fatto di ragionevolezza, amicizia e modelli da imitare, come ogni classicismo che si rispetti. Tu stessa hai detto che in quegli anni fosti la "guardiana del suo mondo interiore" e avevi il compito di tenere il mondo esterno lontano, perché per lui contava solo quello interiore. Come avrebbe altrimenti potuto scrivere decine di opere in una dozzina d'anni, per un totale di quasi duecentomila pagine tra biografie, novelle e poesie? Quei libri dovevano far rinascere l'Europa e in quella villa l'Europa dava nuovi vagiti, perché eravate convinti che i libri servissero a "difendersi così dall'inesorabile avversario di ogni vita: la caducità e l'oblio" (*Mendel dei libri*).

Tu lo conoscevi bene, doveva operare nell'assoluto silenzio di cui eri stata custode e ancella. Nella vostra villa il tempo doveva essere sospeso perché la fantasia facesse il suo libero corso e tu dovevi proteggerlo dagli attacchi della vita quotidiana con tutti i suoi rumori e affanni: dai bambini ai postini. Avevi accettato il diktat dell'amante che vuole convivere con la Musa, la tua vocazione era confortare lui nella sua. Eri la sua lettrice e la sua redattrice, gli suggerivi temi, rispondevi alle lettere, traducevi le citazioni che gli servivano, facevi ricerche per le sue folgoranti biografie, prodigio di sintesi che sarebbe stato impossibile senza il tuo lavoro nascosto. Intanto crescevi le vostre due figlie, che senz'altro per lui erano meno importanti delle sue altre pro-creazioni. I figli muoiono, l'arte no. I figli danno pensieri, l'arte li fa.

Poi il nazismo, il rogo dei libri e la fuga dall'Austria fecero il resto. Il sogno del suo umanesimo non resse all'impatto con la violenza. Lo dicevi anche tu che ogni cosa nella vostra vita, ogni evento, portava su di sé l'imprimatur di un destino inevitabile, di una tragedia voluta e annunciata dalla scrittura, che non interpreta gli eventi ma li provoca, perché è la vita stessa dell'artista.

Tristezza e risate, rabbia e gioia in pochi istanti trasfiguravano il suo volto, Friderike, come accade a chi non può gestire il peso dell'esistenza quando ne vede l'assurdità, soprattutto nel male, e si esalta nella speranza folle di strapparle un senso attraverso la creazione. Gioiva e piangeva come Orfeo. Gioiva quando le cose rispondevano alla magia della sua penna, piangeva quando quelle stesse cose venivano spazzate via dalla violenza, e le ferite erano inferte anche alla sua anima come se fosse la pelle di quelle cose. E quando perse l'anima perse anche te e la luce in cui vi eravate trovati.

In quell'ascensore tu gli avevi già perdonato di essere andato via con Lotte, la segretaria, perché sapevi che non aveva fatto altro che aggrapparsi all'ultimo empito di vita e per il suo bene era meglio così. In fondo avevi provato a salvarlo dalla disperazione che tu sola conoscevi in profondità. E lo amavi così tanto che dopo la sua morte dedicasti gli anni americani a scrivere di lui e per lui. Il tuo ruolo di vestale non ebbe mai fine, perché era lui che amavi e lui era uno scrittore assoluto, incapace di altri amori se non ancillari.

Tu, dunque, ti eri salvata in tempo, mentre fu proprio di un'ancella, di una vittima sacrificale, che lui segnò il destino. Lotte ebbe un ruolo simile al tuo, ma scelse il momento peggiore, mentre tu contribuisti, con il tuo amore, a creare il migliore.

La sua fantasia gli fece prevedere che nulla ci sarebbe mai stato di buono nel futuro dell'Europa e decise di chiudere il sipario insieme a Lotte, avvolgendola nella sua disperazione il 23 febbraio del 1942, a Petrópolis dove si erano rifugiati, in vestiti eleganti, con un ultimo gesto estetico. Se anche gli scrittori smettono di sperare, il mondo versa in condizioni suicide, perché solo le parole consentono di abitare questa brutta locanda che è la vita. Come qualcuno ha detto, soltanto gli ottimisti si suicidano, quando non possono più esserlo. Gli altri, non avendo alcuna ragione per vivere, perché dovrebbero averne una per morire?

Aveva ragione sul fatto che tutto era destinato ad andare ancora peggio: la Grande Guerra aveva aperto una ferita nel cuore dell'uomo che sarebbe stato possibile suturare solo nel giro di qualche secolo; lui non avrebbe sicuramente visto quel giorno e sentiva che la sua scrittura non avrebbe affrettato i tempi, perché il cuore dell'uomo non si cura solo a parole, ci vogliono fatti per ripararlo da risentimento e odio. "Il sole splendeva forte e intenso. Tornando a casa osservai d'un tratto davanti a me la mia ombra, così come vedevo proiettata l'ombra dell'altra guerra dietro la guerra presente. Quest'ombra non mi ha più abbandonato da allora, ha sovrastato ogni mio pensiero, notte e giorno e forse il suo cupo profilo si è disegnato anche su molte pagine di questo libro. Ma ogni ombra in fondo è anche figlia della luce e solo chi ha potuto sperimentare tenebra e luce, guerra e pace, ascesa e decadenza, può dire di avere veramente vissuto" (*Il mondo di ieri*).

Ecco che cosa avevi visto nei suoi occhi in quell'ascensore, una tenebra senza più energia di riscatto, la profezia del gesto di un uomo che ha già deciso che la sua partita è finita, scoprendosi solo un dilettante nel gioco della vita, come scrisse nel suo ultimo racconto e testamento, non a caso dedicato agli scacchi: "'Chiedo venia anche ai signori. Ma li avevo avvertiti in anticipo di non aspettarsi troppo. Perdonate la brutta figura: mai più mi cimenterò negli scacchi'. Fece un inchino e si allontanò, nello stesso modo discreto e misterioso con cui era comparso la prima volta. Solo io sapevo perché quell'uomo non avrebbe mai più toccato una scacchiera, mentre gli altri restarono al loro posto un po' confusi e con la vaga sensazione di essere sfuggiti per un pelo a qualcosa di sgradevole e pericoloso" (*Novella degli scacchi*). Era finito il tempo di giocare, perché non c'era più un futuro da costruire.

In uno dei suoi racconti più belli aveva scritto: "Non c'è felicità maggiore nel destino di un uomo che scoprire, nel fiore degli anni e nel pieno dell'energia creativa, il compito della propria vita", e lui lo aveva scoperto e compiuto anche grazie a te, Friderike. Quando si allontanò da te un altro destino doveva compiersi: quello di chi si scopre senza più uno scopo, senza più energia creativa, senza più una donna per cui vivere, Musa o vestale. Non potevi che essere tu colei a cui pensò mentre si addormentava elegante e vittima di un'overdose di sonniferi, ché il sonno è l'unico modo per non sentire il dolore e per fare esercizio dell'orizzontalità definitiva: "Percepì una morte e un amore immortale: qualcosa gli si spezzò nel profondo dell'anima e, per la creatura invisibile, egli ebbe un pensiero incorporeo e appassionato, come per una musica lontana" (*Lettera di una sconosciuta*).

Avevate collezionato manoscritti di Bach, Mozart e Beethoven, ma ormai tutta la musica era ammutolita, la musica della speranza era finita, ne giungeva un'eco, insieme alla tua immagine. Sempre una donna amata è un'oltranza, ma se tradita si trasforma in oltraggio. Solo tu avresti potuto salvarlo dalla disperazione, ma aveva abbandonato te e l'Europa, e come lei precipitava nel suicidio dei senza amore.

Ottava sosta: la nostalgia

C'era un colle, e sul colle una radura perfettamente piana che un prato colorava di verde. Non c'era ombra in quel luogo; ma quando il poeta divino si sedette lì e toccò le corde sonanti, l'ombra venne in quel luogo: venne la pianta della Caònia, non mancò il bosco delle Elìadi, non il rovere dalle alte fronde, né i molli tigli né il faggio e il vergine alloro, né i fragili noccioli e il frassino buono per le lance, e l'abete senza nodi e il leccio che s'incurva per le ghiande, e il platano festoso e l'acero che trascolora, insieme ai salici che vivon sui fiumi e al giùggiolo che ama l'acqua, e il bosso sempre verde e le tamerici tenui, e il mirto bicolore e, cerulea di bacche, la lentàggine. E voi pure veniste, edere dai piedi storti, con le viti ricche di pampini e gli olmi ammantati di viti, e gli ornielli e le picee, e il corbezzolo carico del rosso dei suoi frutti, e le palme snelle, premio del vincitore, e il pino dall'ispido capo, con la chioma tirata su, il pino caro a Cibèle, la madre degli dèi, se è vero che Atti per lei si spogliò della sua figura di uomo indurendo in quel tronco.

Ovidio, *Metamorfosi*, X

Collis erat, collemque super planissima campi
area, quam viridem faciebant graminis herbae.
Umbra loco deerat; qua postquam parte resedit
dis genitus vates et fila sonantia movit,
umbra loco venit: non Chaonis abfuit arbor,

non nemus Heliadum, non frondibus aesculus altis,
nec tiliae molles, nec fagus et innuba laurus,
et coryli fragiles et fraxinus utilis hastis
enodisque abies curvataque glandibus ilex
et platanus genialis acerque coloribus inpar,
amnicolaeque simul salices et aquatica lotos
perpetuoque virens buxum tenuesque myricae
et bicolor myrtus et bacis caerula tinus.
Vos quoque, flexipedes hederae, venistis et una
pampineae vites et amictae vitibus ulmi,
ornique et piceae pomoque onerata rubenti
arbutus et lentae, victoris praemia, palmae,
et succincta comas hirsutaque vertice pinus,
grata deum matri, siquidem Cybeleïus Attis
exuit hac hominem truncoque induruit illo.

La radura da sempre ha un valore rituale, simbolico, magico. Rappresenta la dimensione interiore, un luogo raccolto e sicuro che si apre nell'intrico del bosco. Ed è proprio lì che Orfeo opera il suo incanto e incantesimo del mondo.

Con il suo arrivo la radura illuminata dal sole conosce l'ombra. Perché è nella parola, nel canto, nella musica, nel racconto, che un'ombra buona ripara gli uomini dai colpi del fato, dalla paura della foresta, dalla minaccia dell'ignoto. È nel cerchio magico del racconto che finalmente tutto acquista senso, tanto che persino le piante si avvicinano. Lo spazio intricato della foresta viene trasformato in dimora abitabile, in casa. Gli alberi si piegano su Orfeo, in un catalogo vegetale in cui Ovidio mostra tutto il suo virtuosismo e la passione enciclopedica dei poeti, che come scienziati amano classificare la meraviglia del mondo. Non a caso Leopardi a quindici anni scrisse un trattato di astronomia, e quasi non esiste poeta che non abbia dialogato con le stelle. Gozzano dedicò l'ultima parte della sua vita a studiare le farfalle, cercando di strappare alla natura il suo segreto. Flannery O'Connor allevava pavoni, e ne fece il simbolo della sua ricerca narrativa ed esistenziale. È come se la bellezza e la cura del suo mistero ci difendessero dal non-senso, dal dolore, dalla ferita mortale dell'essere qui ma non per sempre, e impegnassero la nostra libertà a rivolgersi alle cose con rinnovata fiducia. La perdita di uno sguardo irretito dalla meraviglia delle cose è la principale causa della disperazione.

In genere durante il periodo natalizio dedico qualche giorno al silenzio, come se mi ritirassi in una radura in cui domandarmi che cosa è accaduto dentro di me nell'ultimo anno, in modo da recuperare i tesori che si sono depositati sul fondo della mia vita interiore ed eliminare la zavorra inutile. Qualche tempo fa ho cercato questo ritiro in alto, nella quiete della montagna quando è avvolta nella coltre nevosa e il silenzio si può ancora imparare. Una mattina, chiuso in casa, guardavo la neve cadere, e chissà perché mi venne in mente l'immagine di un gabbiano che solca il cielo e si tuffa in mare; osservandolo, si scopre che per seguire qualcosa, per restargli fedele, bisogna rischiare, accettare di smarrirci anche noi. Lo stesso accadeva con la neve: cercavo di distinguerne il cadere e mi smarrivo nella coltre uniforme. Penetravo ogni singolo fiocco e mi perdevo, ripensavo a quella enciclopedia di fiocchi che guardati al microscopio sono uno diverso dall'altro a causa dell'altezza, delle correnti, della temperatura a cui si formano. Una grande pace si sedimentava nel cuore, come la neve sulla superficie della terra; non la pace sentimentale di una coltre che copre tutte le asperità e ovatta gli spigoli, ma la pace reale scaturita dalla consapevolezza che nel caos della caduta ogni fiocco conserva la sua struttura geometrica perfetta, una cattedrale in miniatura dotata di guglie e ricami di ghiaccio diversi. Se nel caos della caduta si nasconde l'intimo ordine di bellezza e unicità, che paura abbiamo noi di cadere nella vita? Come possiamo non percepire in questa bellezza che si prende cura di ogni singola cosa una misericordia divina?

Che cosa canta Orfeo? Naturalmente il dolore della sua doppia perdita. E la sua perdita è doppia non solo perché Euridice muore due volte, ma perché ogni donna è due donne. C'è Euridice della superficie e c'è Euridice dell'ombra. Ogni donna è la donna che si mostra alla luce, che splende nella festa e promette la gioia che non finisce. Ma ogni donna è anche l'ombra che è in lei, la parte oscura della sua personalità, quella che dello spazio di vita che ha dentro può fare uno spazio di morte. Orfeo racconta che per amare davvero una donna bisogna amare la sua figura solare e la sua ombra, perché solo insieme formano la donna reale. Solo chi le raggiunge entrambe trova Euridice e la strappa alla morte. La prima la si può solo rincorrere nella sua solare bellezza, la seconda è invece costretta a seguire l'uomo perché la aiuti ad accogliere in sé il lato oscuro. Ma l'uomo spesso vuole vederla direttamente, come si guarda la donna solare, e proprio quello è il momento in cui la perde, perché l'ombra non può essere guardata direttamente. Solo chi ama le ombre di una donna attraverso la sua luce riesce a far fiorire quell'amore. Altrimenti la donna muore due volte. Solo l'uomo che abbraccia tutta la donna, nella sua vicenda solare e in quella oscura, impara veramente ad amarla, perché ne accetta il limite e scopre che ogni riva è luogo di partenza verso il desiderio infinito d'amore, e i due limiti insieme salpano in direzione del porto della vita vera.

Nella radura Orfeo modula il suo canto. Canta che noi vogliamo la vita, la vita tutta, ma solo nel pianto trasformato in preghiera scopre quanto siamo incapaci di ottenerla da soli, e possiamo soltanto riceverla. Il disamore, cioè la nostra pretesa di imbrigliare l'oggetto d'amore con il controllo e magari la violenza, è la tentazione necessaria, è la strada che ci ammaestra, perché scopriamo che proprio nel tentativo di controllare perdiamo ciò che amiamo. Solo chi, amando, scopre di non saperlo fare, vede con chiarezza che stava vivendo da solo il miracolo dell'amore, che l'altro non era che un pretesto per liberare il proprio desiderio. Chi non arriva a conoscere il proprio disamore, difficilmente ne guarisce e si apre all'amore.

Quello di Orfeo è un canto di dolore per il suo doppio fallimento, ma proprio da lì comincia la rinascita. Dopo il fallimento potremmo precipitare nel disincanto della nostra mortalità, nella ripetizione del tempo orizzontale, nella decisione di abbandonare l'altro perché ha delle ombre e nella ricerca seriale di persone fatte solo della luce dell'incanto, senza però mai trovare la porta che possa aprire un varco verticale nel tempo. Per questo leggiamo nei momenti in cui la nostra anima è più in pericolo, più assetata, perché cerchiamo il riscatto della speranza nella parola che sappia "dire bene" le cose del mondo, che riesca a "benedire" ancora la vita, e quindi a regalarci la speranza di poterla amare di nuovo. Paul Celan definiva la poesia la "patente d'infinito" data a chi è nulla. In quelle parole, in quel canto, tutte le cose sentono di essere destinatarie di una salvezza, perché anche loro sono ferite dalla debolezza originaria, esserci adesso e poi non esserci più. La seduzione della bellezza convince anche le cose inanimate o parzialmente animate, il nostro cuore spento, che vale la pena vivere in eterno. Ma Orfeo mai avrebbe potuto levare questo canto se non avesse perso Euridice, se non avesse voluto perderla guardandola. Ogni artista con una mano avvicina e con l'altra allontana, con una afferra ciò che potrebbe procurargli la felicità e con l'altra lo scaglia via per poter trasformare l'esperienza della morte nel canto estremo, nel dolcissimo canto del cigno che la leggenda vuole si levi proprio poco prima della sua morte. Ogni artista sperimenta nel cuore la ferita aperta tra il limite che è in lui e nelle cose e il desiderio di infinito. La bellezza che egli crea è esattamente la sutura tra il mortale e l'eterno.

Se Orfeo si fosse limitato a cantare l'amore per Euridice viva, non avrebbe aggiunto molto a chi conosce già la festa della vita. Il suo è un canto doppio, come doppia è la donna: luce e ombra. Solo ora il suo canto è diventato pieno e credibile. Solo chi sa cantare la morte come sorella ha una buona notizia da dare a un mondo che inesorabilmente muore. Orfeo sa che questo è l'unico modo che ha di chiedere perdono a Euridice per il suo gesto, per non averla saputa amare fino in fondo, per non essere riuscito a salvarla, per essere stato soltanto un uomo che ancora non capisce come ci si procura la vita che non muore.

Questo è il segreto custodito nella radura. Perduto è l'uomo che non ha la sua radura interiore, dove ogni parola diventa vera, ogni racconto preghiera, ogni dolore ricerca. Dove l'affermazione originale dell'essere qui diventa un dato di fatto di cui fidarsi più di quanto impaurisca l'idea che un giorno moriremo. Dove finalmente l'uomo esiliato dalla solitudine scopre chi e cosa può riempire la sua ansia di infinito, senza fine. Nella radura scopriamo che il nostro desiderio più profondo è nascere.

Georgie

Georgie Hyde-Lees fu ribattezzata dal marito poeta, William Butler Yeats, con il nome di George. La differenza può sembrare minima, ma non dal punto di vista metrico. Forse il loro amore fu solo una questione di rima.

C'è una storia che forse non conosci, Georgie, breve quanto una strofa, ma sufficiente per svelare la relazione tra un poeta e sua moglie, o addirittura tutta la sua biografia. È la tua, Georgie.

Avevi un padre alcolizzato e per questo sei cresciuta senza sapere come fosse avere un padre. Forse qualcosa di simile a una figura paterna ti apparve al British Museum, quando avevi diciassette anni: un quarantacinquenne irlandese con gli occhi malinconici, come se avessero visto qualcosa che non riuscivano più a ritrovare. Era molto serio, ma si trattava della corazza con cui proteggeva il bambino che era rimasto, nonostante l'età. Sembrava un elfo uscito dai boschi di Sligo, la città di sua madre, narratrice insuperata di fiabe e incantesimi, in cui lui credette sempre con la fede naturale dei fanciulli.

Passarono sette anni e quello stesso uomo ti chiese in sposa, dopo essere stato rifiutato dalla donna che aveva amato invano per anni, perché lei credeva nel Dio dei cattolici e lui nelle fiabe e nella magia. O forse semplicemente perché, affetto dalla sindrome di Asperger, era silenzioso e solitario, e a volte si perdeva negli spazi celesti, fra l'astronomia e l'astrologia, in cerca della porta che lo immettesse di nuovo nel mondo della magia.

Ti aveva sempre affascinato per quel suo silenzio da cui volevi liberarlo. E poi era amico di Eliot, Joyce, della Woolf e il suo segretario era Ezra Pound, che con lui fece il suo apprendistato.

Così vi sposaste e tu, Georgie, nel tentativo di salvarlo dalla sua prigione di silenzio e di dolore, lo iniziasti al mistero della scrittura automatica, trasformandolo nel poeta visionario che fu, o forse dandogli solo il coraggio di raccontare ciò che vedeva con i suoi occhi incantati. Voleva entrare a tutti i costi in quel mondo magico ed esoterico che prometteva luce totale e si mostrava con simboli.

Per questo fosti costretta a essergli non solo moglie, ma anche madre, sorella, segretaria, musa, infermiera (quando ti sposò lui aveva cinquantadue anni e tu meno della metà).

Di lì a poco decise di cambiarti il nome, perché diceva che Georgie era insopportabile, e ti ribattezzò George. Glielo si può perdonare, anzi, il dettaglio mostrerebbe la tenerezza tipica degli amanti che si danno soprannomi e vezzeggiativi. Ma la vera ragione, malignano alcuni, era che non esisteva parola inglese che rimasse con Georgie, mentre George era perfetta per *forge,* come dimostra quanto scrisse nel 1918, dedicandoti l'antica casa turrita, il Ballylee Castle nella contea di Galway, una torre sul fiume Streamstown che fece restaurare e che più di ogni altra cosa lo aiutava a scrivere i suoi versi, tanto da intitolarne la raccolta più importante, *La torre,* e farne un simbolo del suo lavoro di poeta:

I, the poet William Yeats
With old mill boards and sea-green slates
And smithy work from the Gort forge
Restored this tower for my wife George,
And may these characters remain
When all is ruin once again.

Io, il poeta William Yeats,
con vecchie assi di mulino e ardesia verde-mare
e le opere di forgia della fucina di Gort,
restaurai questa torre per mia moglie George;
e possa questa scritta rimanere
quando tutto sarà un'altra volta in rovina.

Ai poeti interessa solo far la rima, soprattutto a uno che aspira al Nobel e lo ottiene nel 1923. Georgie-George, tu gli avevi messo la vita in ordine e gli fosti compagna di vecchiaia e madre di due figli. Tutto per entrare in una rima? Forse sì, forse no. La verità rimarrà nei vostri cuori consunti dalle stagioni, a noi resta una bella storia da raccontare. Sulla scena rimangono solo i vostri personaggi, come dice la strofa scolpita sulla facciata della vecchia torre del Quindicesimo secolo, nella quale vi dedicavate a riti esoterici convincendovi che la scrittura è soltanto una reliquia sfuggita all'aldilà. Non importa che tu abbia avuto o no consistenza reale, Georgie-George, forse sei stata solo il suo personaggio più bello, la sua porta per l'altro mondo. In fondo nella vostra lingua il termine per indicare un personaggio o il carattere dell'alfabeto è lo stesso; nel tuo caso cambiando una lettera cambia il personaggio.

Indugia di più la fantasia su una donna
conquistata o su una donna perduta?

Eri necessaria per completare il verso, ma forse anche questo fu solo un gioco di parole, perché il suo amore rimase per tutta la vita la donna che lo aveva rifiutato, come rivelano questi versi di *La torre*. E sempre a lei aveva dedicato le sue righe più struggenti, come queste di *Vorrebbe avere le stoffe del cielo*:

Se avessi le stoffe ricamate dei cieli,
lavorate con luce d'oro e d'argento,
le stoffe azzurre e le opache e le oscure
della penombra, della luce e del buio,

le stenderei sotto i tuoi piedi:
ma sono povero, e non ho che i miei sogni;
ho steso i sogni sotto i tuoi piedi;
cammina piano perché calpesti i miei sogni.

Katherine

Pedro Salinas ha scritto il più bel canzoniere d'amore in lingua spagnola del Ventesimo secolo, semplicemente perché si era procurato un amore impossibile, in quello stesso secolo.

La voce a te dovuta, Ragioni d'amore e *Lungo lamento* sono i tre tempi dell'amore tradotto in una lingua romanza. Le tappe della trasformazione di un uomo in un assoluto essere desiderante e quindi cantante, come Orfeo nelle sue tre tappe: innamoramento, perdita, lamento. La causa di questi versi, che chiunque voglia sapere qualcosa dell'amore dovrebbe imparare a memoria, sei stata tu, Katherine Reding, che quando ricordavi quell'amore ne sintetizzavi così l'essenza: "Il mio amato Pedro, con il suo amore e la sua nostalgia, inventò realmente il suo infinito".

Eppure tu fosti il lampo di qualche mese, perché Pedro era un marito e un padre affettuoso e fedele, tu fosti l'eros di quei tre libri, che molti immaginarono dedicati a sua moglie o a un amore platonico, i due poli che tutti sogniamo perché l'amore possa abitare il mondo, nelle ore diurne. Invece tu, Katherine, venivi da lontano e appartenevi alle ore notturne, quelle delle sue telefonate segrete per non farsi scoprire dalla moglie. Neanche quando lei cercò di suicidarsi e fallì lui smise di scriverti ogni giorno. Tu ti allontanasti per non causare altro dolore, lui continuò a scriverti e sognarti, perché ne andava dell'ispirazione per quelle tre raccolte. Prima che marito era poeta e tu eri ciò che c'era da perdere e sognare, l'infinito promesso e mai raggiunto, la misura del desiderio che fa di quei libri i più belli, i più autentici, i più grandi. La Musa ancora una volta aveva stabilito il copione, perfetto per un uomo che definiva così la sua essenza sin da giovane: "Sognavo di nascondermi dentro una lettera e viaggiare per il mondo".

Non è infatti un caso che a Margarita Bonmatí, sua moglie, avesse scritto più di seicento lettere durante i tre anni di fidanzamento, dal 1912 al 1915, un numero sospetto per chiunque altro, ma non per un poeta che vi nascondeva dentro il suo laboratorio creativo, il suo modo di percorrere il mondo, alternando confidenze letterarie, versi e sogni. Fu quel primo amore a far nascere in lui la voce del poeta, a renderlo l'essere desiderante e inquieto che il poeta deve essere. Egli, a differenza degli altri uomini, conosce il motivo della sua nostalgia, l'amore così come dovrebbe essere, e la carta non è altro che la mappa su cui tracciare la via del ritorno a casa.

Anche Margarita, pur essendo spagnola, abitava lontano, in un paesino dell'Algeria, perché suo padre commerciava con i suoi abitanti lo sparto. La distanza era doppia: Margarita parlava il francese e abitava in Algeria, lui a Madrid ma era professore e traduttore di Proust. Le sue lettere servirono a insegnarle il castigliano e a colmare la distanza. Il corteggiamento e la poesia sono la stessa cosa: riduzione di distanze abissali tra un io e un tu che si riconoscono o credono di farlo.

Si erano conosciuti il 22 luglio del 1911 durante un'estate a Santa Pola, da dove venivano i genitori di Margarita, e dove l'aria ricca di iodio aiutava a respirare meglio. In quelle occasioni Pedro imparò l'arte del "tu", senza il quale non solo non c'è amore, ma non c'è letteratura, dal momento che la letteratura non è altro che una conversazione silenziosa con il tu che di volta in volta lo scrittore sceglie. E a Margarita, che gli chiedeva di ridurre realmente la distanza sposandola e strappandola alla clausura algerina nel giardino vista mare del suo villaggio, lui opponeva la voce del poeta: "Il mio cuore non può amare una cosa soltanto, albergare un solo amore. Amando tutte le cose, che diventano per me tue sorelle (come per san Francesco d'Assisi) amo te: anima, sposa, sorella".

Pedro leggeva il *Cantico spirituale* di san Giovanni della Croce, il più grande poeta spagnolo dell'amore per Dio, tenero e tremendo, e ne proiettava l'esperienza su Margarita, avvicinandosi a lei per analogia, come il credente fa col suo Dio, attraverso la vita nascosta nelle cose, rese vive dalla presenza di lei.

Intanto era diventato poeta: "I miei versi sono tuoi, come tutta la mia vita. Due settimane fa ho pensato di scrivere un libro che li contenga: sto pensando di metterli in ordine. Quando finirò li infilerò in una busta e te li invierò. Se tu vuoi che siano solo per noi due, strappali, gettali nel fuoco. Se invece desideri che si pubblichino, me li restituirai, e io ne farò un libro". In fondo aveva la schiettezza di chiedere alla vera autrice il copyright, o quanto meno di accettarne la causalità primaria, e alla fine del percorso decise anche di sposarla, non solo sulla carta. Il suo primo libro, che vedrà la luce nel 1923 col titolo di *Presagios*, non è altro che il distillato di quelle seicento lettere e di quell'amore.

E adesso entri in scena tu, Katherine, con un tempismo perfetto sulla scaletta, in un cuore doppiamente occupato: dalla Musa e da Margarita. Madrid, estate 1932: Pedro è professore e tu sei una studentessa americana, venuta dal Kansas a conoscere la letteratura spagnola. Ogni cosa sembra suggerire la necessità di una distanza tra voi due, anche il fatto che arrivi tardi alla prima lezione e l'unico posto rimasto libero è nell'ultima fila. Solo lui può scorgerti dalla sua cattedra rialzata, ed è proprio quella distanza oceanica che ancora una volta deve essere ridotta. Dall'eros o dalla penna? Non c'è differenza.

Sei il nuovo tu impossibile, necessario a una nuova conversazione, epistolare (questa volta basteranno poco più di trecento lettere, scritte fra il 1932 e il 1947) e poi poetica, alla ricerca di una voce interiore, come tradirà il primo dei tre libri a te dedicati, *La voce a te dovuta*: "La poesia che è in te, Katherine, io l'ho sentita in ogni parte di te, lo sai? L'ho respirata nella tua voce, l'ho vista nei tuoi gesti, l'ho baciata sulle tue labbra".

La tua presenza-assenza, chissà se mai giunta oltre un bacio, trasforma l'io di Pedro e lo apre a un infinito che ha bisogno di mezzi nuovi per essere vissuto, di un nuovo linguaggio, meticoloso e proteso verso tutto; di questo infinito tu sei la mediatrice, Kate, la porta che lo mette in comunicazione con ogni minima cosa, tu sei, come ogni donna, "la esencialmente relacionable. Tú me relacionas con todo": "la relazione essenziale. Tu mi metti in relazione con tutte le cose". Non ti poteva perdere, o avrebbe perso la sua poesia. Se Margarita era stata creatura di luce e madre (aveva sette anni più di lui) tu fosti creatura della notte e amante (ne avevi quasi sette meno di lui, in perfetta simmetria del desiderio). Solo in questo nuovo smarrimento notturno, come Orfeo nell'Ade, si può trovare un nuovo canto, più oscuro forse, ma più profondo, minacciato com'è dalla morte, come accade a ogni amore romantico che si rispetti, proprio perché si esalta nel suo essere impossibile.

È nelle sue lettere a te, Kate, che raggiunge il confine estremo della prosa prima di frantumarsi per eccesso di verità, definendoti così: "Tú eres lo que me está pasando siempre", "tu sei ciò che sempre mi accade", definizione perfetta dell'amore: oltre si entra nel territorio della poesia, che ora voglio attraversare con te, Kate, perché tu lo hai generato, percorrendo la sua prima raccolta per te, *La voce a te dovuta*.

Lui non era altro che un'ombra, come accade a ogni amante prima di conoscere la sua amata, il cui sguardo trasforma l'ombra in carne, al contrario dello sguardo di Orfeo su Euridice:

E mai ti sei sbagliata,
solo una volta, una notte
che t'invaghisti di un'ombra
– l'unica che ti è piaciuta –.
Un'ombra pareva.
E volesti abbracciarla.
Ed ero io.
[I]

Tutto si verifica in un attimo, un bagliore di sguardi denso come le polveri incandescenti che generano una stella:

Non ho bisogno di tempo
per sapere come sei:
conoscersi è luce improvvisa.
[XII]

Poi vengono il dialogo e le parole che devono costruire l'amore, costrette a stare dentro i confini di una lingua mortale, con tutta l'inesattezza che ciò comporta:

E quello che lei mi disse
fu in una lingua del mondo,
con grammatica e storia.
Così vero
che sembrava menzogna.
[V]

E di pari passo l'intuizione che l'amore è sempre oltre l'amore:

Abbandonandoci alla cieca
[...]
al grande abisso del caso
che irresistibilmente
sta
cantandoci con grida
fulgide di futuro:
"E questo non è niente.
Cercate, c'è dell'altro".
[XIX]

L'io si sente vivere oltre sé pur rimanendo in sé, come nella vera estasi, sino quasi a poter sconfiggere la morte grazie a questa duplicazione dell'io in un tu, con un tu:

Che allegria, vivere
e sentirsi vissuto.

[...]
La vita – che slancio ora! –, ignoranza
degli atti miei, che lei compie,
in cui lei vive, duplice, sua e mia.
E quando mi parlerà
di un cielo scuro, di un paesaggio bianco,
ricorderò
stelle che non ho visto, che lei guardava,
e neve che nevicava dal cielo.
Con la strana delizia di ricordare
di aver toccato ciò che non toccai
se non con quelle mani
che non raggiungo con le mie, distanti.
[...]
Morire nell'alta certezza
che la mia vita non era solo
la mia vita: era la nostra.
E che un altro essere mi vive
di là dalla non morte.
[XXI]

E lentamente riuscire a riconoscere l'altro così come è, e non volerlo diverso, e magnificarlo nella sua imperfetta perfezione, facendogli sentire che lo ricreeremmo tale e quale se non esistesse:

E guarda il mondo. E riposa
senz'altro impegno che aggiungere
la tua perfezione ad un altro giorno.
[...]
Questo è il tuo destino: viverti.
Non devi fare nulla.
La tua opera sei tu, niente altro.
[XXIV]

E accettare il dolore che comporta amare, perché lo sguardo amante trasforma l'altro e lo spinge a superarsi, ad abbandonare le certezze del suo io, per abbracciare spazi più ampi del cuore e della vita. Come ogni esodo questo comporta lacerazione, ma solo per raggiungere una gioia più piena, in cui il passato e il futuro dell'amato sono unificati nello sguardo dell'amante, e si può non aver paura di quel dolore d'ascesa da sé:

Perdonami se ti cerco così
goffamente, dentro
di te.
Perdonami il dolore, qualche volta.
È che da te voglio estrarre
il tuo migliore tu.
Quello che non vedesti e che io vedo,
immerso nel tuo fondo, preziosissimo.
E afferrarlo
e tenerlo in alto come trattiene
l'albero l'ultima luce
che gli viene dal sole.
E allora tu
verresti a cercarlo, in alto.
Per raggiungerlo
alzata su di te, come ti voglio,
sfiorando appena il tuo passato
con le punte rosate dei tuoi piedi,
tutto il corpo in tensione d'ascesa
da te a te.

E allora al mio amore risponda
la creatura nuova che tu eri.
[XLI]

Il tu diventa l'attraverso per raggiungere ogni spazio conosciuto e magari aprirsi a terre nuove:

Perché so che là dove sono stato
né ali, né ruote, né vele
conducono.
Hanno tutte smarrito il cammino.

Perché so che là dove sono stato
si giunge solo
con te, attraverso di te.
[LIX]

L'io grazie al tu conosce il suo nome:

Quando tu mi hai scelto
– fu l'amore che scelse –
sono emerso dal grande anonimato
di tutti, del nulla.
[...]
Ma quando mi hai detto: "tu"
– a me, sì, a me, fra tutti –
più in alto ormai di stelle
o coralli sono stato.
E la mia gioia
ha preso a girare, avvinta
al tuo essere, nel tuo pulsare.
Possesso di me tu mi davi,
dandoti a me.
Ho vissuto, vivo. Fino a quando?
So che tu tornerai
indietro. E quando te ne andrai
ritornerò a quel sordo
mondo, indistinto,
del grammo, della goccia,
nell'acqua, nel peso.
Sarò uno dei tanti
quando non ti avrò più.
E perderò il mio nome,
i miei anni, i miei tratti,
tutto perduto in me, di me.
Ritornato all'ossario immenso
di quelli che non sono morti
e non hanno più nulla
da morire nella vita.
[LXII]

Chi non è amato e non ama non ha più nulla da morire nella vita, torna nell'anonimato degli elementi della tavola periodica, la cui unità è data solo dai legami d'amore. Paradosso, Kate: amando si impara a morire, proprio come Euridice, amando si diventa mortali, si accetta di essere unici, ma purtroppo finiti: moribondo e amante sono sinonimi.

E anche quando rimarrà solo il dolore dell'assenza, anche quello sarà trasformato in presenza perché darà la misura di quanto si ama, e così dolore e distanza saranno sconfitti ancora una volta dal senso che li ha originati:

Non voglio che ti allontani,
dolore, ultima forma
di amare. Io mi sento vivere
quando tu mi fai male.
[...]
La tua verità mi assicura
che niente fu menzogna.
E fino a quando ti potrò sentire,
sarai per me, dolore,
la prova di un'altra vita
in cui mi dolevi.
La grande prova, lontano,
che è esistita, che esiste,
che mi ha amato, sì,
che la sto amando ancora.
[LXIII]

Quando vi vedeste per l'ultima volta, nel 1951, dopo tanti anni e lettere, fosti tu a dire la cosa più vera sul tuo allontanamento: «Non capisci che doveva andare a finire così?». Lui continuava a illudersi che potesse essere diversamente, ma era stata proprio la gelosia poetica, prima ancora che quella affettiva, a rendere non solo opportuna – come direbbe la morale –, ma necessaria – come direbbe la scrittura – la vostra distanza, senza la quale neanche una riga sarebbe stata scritta di quei canzonieri d'amore. La voce a te dovuta, Kate, non era altro che la voce della Musa, che ne uscì ancora una volta vittoriosa mentre tu ritornavi nelle tenebre della distanza. Alla tua domanda lui rispose con parole troppo poco poetiche per essere sue: «No, la verità è che non capisco. Un'altra donna, al posto tuo, si sarebbe ritenuta molto fortunata». Invece, Kate, quello fortunato era stato lui, che grazie alla tua distanza imparò a scrivere d'amore.

Ma ad amare imparò mai?

Caitlin

Dylan Thomas si innamorava di tutte, ma di Caitlin si innamorò in particolare perché stava con il suo amico e pittore, Augustus John, il che era insopportabile per un poeta come lui: il desiderio si accende soprattutto quando si tratta di avere la donna d'altri. Ed è proprio John a raccontare quanto quel poeta e amico fosse un invidioso bastardo.

I più colpevoli scelgono l'alcol per noia, più innocenti sono quelli che lo scelgono come fuga e protezione. Resta pur vero che in ogni dipendenza c'è una madre perduta e mai risarcita, ma nel caso di tuo marito, Caitlin, che tu definivi un bastardo che a causa del dio etilico aveva distrutto la vostra e la sua esistenza – a soli trentanove anni –, l'alcol fu corazza per un'innocenza troppo esposta. Come un bambino che crede di non essere visto perché chiude gli occhi.

Tu, irlandese dai tratti troppo simili a lui, eri l'unica capace di tenere testa a quel ragazzino gallese, e dirgli che ubriacarsi, o tradirti con l'ennesima donna disposta a salvare il bambino che si era smarrito per strada, non serviva a nascondersi. Ma i bambini cresciuti – si sa – sono come i gatti; seducono per mangiare. E lui nelle sue lettere ti chiamava "Cat", perché parlava sempre e solo di se stesso.

In fondo era stato l'alcol a farvi incontrare, perché la Musa non conosce oggetti profani, nelle sue mani tutto diventa poetico, se porta alla poesia. E così anche l'alcol divenne poesia. Accadde in un pub londinese, era il 1936, e avevate entrambi ventun anni. Tre volte sette, la perfezione moltiplicata alla pienezza. Solo promesse simboliche.

Per questo venni alle mani con quel porco di un gallese: aveva messo gli occhi su di te, che eri la mia ballerina e modella di ritratti. Quel bastardo, hai ragione tu, non si innamorò di te o della tua bellezza, ma era semplicemente invidioso che io ti avessi. Fu acceso dal desiderio di possedere lo stesso oggetto che mi aveva ispirato, per servirsene anche lui. Così accade tra amici: desiderano le stesse cose e per questo si amano e si odiano con violenza sorprendente. Ma lui aveva dalla sua la retorica e il suo viso da bambino smarrito. E tu preferisti lui, o forse fui io a consegnarti a lui quando te lo presentai quella notte. Il resto lo fecero l'alcol e i pugni.

Poi vennero le lettere. I tuoi tratti così simili ai suoi fanno pensare che le scrivesse a se stesso per sentirsi dire certe cose e per dirle da poeta, tanto che a volte quelle indirizzate a te sono superiori alle sue poesie, e a un certo punto smise di scrivere versi, che richiedevano troppa fatica, e si dedicò solo alle lettere, quasi tutte d'amore. Ma per farlo occorreva procurarsi l'amore, e lui lo faceva allo stesso modo in cui cercava una bottiglia quando era a secco.

Creò così una retorica epistolare amorosa insuperabile e insuperata. E poiché ogni amore – oltre alla sua religione – costruisce la sua retorica, che poi gli sopravvive, continueremo a usare le parole smaltate dello Stilnovo, quelle adamantine di Petrarca, quelle opalescenti di Shakespeare. Dopo di loro i sussulti verbali in tema d'amore sono pochi, Caitlin, e tra questi ci sono le lettere di tuo marito, con tutti i cadaveri che questo comporta.

"Ho fatto un sacco di buffi sogni [...] sogni dove c'eri sempre tu, e tremendi orologi ticchettanti, e vampiri, e donne dalle braccia lunghe che spegnevano la luce, e amichevoli cani neri che se ne stavano semplicemente seduti su di noi. [...] Desidero che tu sia con me; puoi avere tutti gli spazi fra le case, e io posso avere una camera senza finestre; faremo una casa a metà strada; mi puoi insegnare a camminare per aria e io ti insegnerò a fare dei bei suoni sul pianoforte senza nessuna musica; avremo un letto in un bar, come abbiamo deciso, e non avremo nemmeno un soldo. [...] Voglio essere con te perché ti amo. Non so cosa vuol dire ti amo, solo che è così. [...] Dimmi che anche tu mi ami; se non lo fai mi taglierò la gola o andrò al cinema. [...] Tutto il mio amore ora e per sempre, per ogni sempre in cui ci sarà Dylan" (luglio 1936).

Vi eravate conosciuti all'inizio dell'anno e prima di sposarvi, cosa che avvenne esattamente un anno dopo questa lettera, lui costruì un corteggiamento di parole nuove. Se l'amore si potesse paragonare a un ventaglio, lui ne avrebbe esaurito ogni piega, aprendolo per intero e trasformando ogni sezione in una lettera: tragico, comico, drammatico, romanzesco, umoristico, sacro, erotico, fantasmagorico, profano, farsesco, quotidiano...

"Non ti voglio per un giorno. [...] Un giorno è quanto dura la vita di un moscerino: ti voglio per tutta la vita di un animale grosso e selvaggio, come un elefante. [...] Non ti lascerò mai diventare assennata, e io non lo diventerò mai, non mi lascerai mai diventare assennato, e saremo sempre giovani e dissennati insieme. Agli occhi di Loro penso ci sia una sorta di dolce pazzia che ci circonfonde, una sorta di matta meraviglia e stupore indifferente ai Maligni e ai Meschini; sei la sola persona, certo sei la sola persona da qui ad Aldebaran e ritorno, con cui mi sento completamente libero; e penso che sia perché sei innocente come me. Oh, so bene che non siamo santi o vergini o pazzi; conosciamo tutte le voglie e le barzellette dei cessi, e quasi tutti gli sporcaccioni; sappiamo prendere l'autobus e contare il resto e attraversare la strada e dire frasi sensate. Ma la nostra innocenza è terribilmente profonda, e il nostro segreto scandaloso è che non sappiamo niente di niente, e il nostro brutto segreto *interiore* è che non ci importa di non sapere. [...] Ti amo così tanto che non sarò mai capace di dirtelo; mi spaventa dirtelo. [...] Le canzonette hanno sempre ragione: ti amo corpo e anima, e immagino che corpo voglia dire che voglio toccarti e stare a letto con te, e immagino che anima voglia dire che posso sentirti e vederti e amarti in ogni singola, minima cosa, in tutto il mondo nel sonno e da sveglio" (novembre-dicembre 1936).

Eppure, Caitlin, a gennaio aveva già un'altra amante, un'americana di quindici anni più grande di lui, con cui "abbagliare la notte inglese con uno splendore gallese-americano", a cui scriveva: "Dormi? Vorrei dormire come un sasso accanto a te, nel calore, e sognare gli uccelli bianchi dell'eden e le capre blu della Gehenna; e mi piacerebbe (in questo attimo di tempo che non tornerà finché il tempo non si fermerà e poi comincerà a riavvolgersi dalla Resurrezione alla Genesi, dall'ultimo squillo di Tromba al primo Verbo, dall'oscurità del Giudizio alla Luce) che mi stessi svegliando al tuo fianco, girandomi lentamente per vedere il tuo viso nella prima luce del mattino chiaro e nevoso" (a Emily, gennaio 1937).

Ma già a maggio tornava da te: "Non avrai dubitato, per un minuscolo bruscolo del giorno o della notte, che giorno e notte penso a te, ti amo, ricordo tutto il tempo, e so sempre che saremo insieme di nuovo – Dio sa dove – perché così deve essere. Ma non voglio scriverti parole parole parole parole. Devo vederti e sentirti; [...] pensare che sei veramente la mia Caitlin in carne e ossa che amo più di quanto chiunque abbia mai amato, e poi trovare una Caitlin di legno come una bambola o una Caitlin lunga e sottile come una penna stilografica o una Caitlin mummia fatta prima della Bibbia, tanto vecchia che un soffio può portarsela via. [...] Se perdessi una mano quando non sei con me, al tuo ritorno mi ricrescerebbe, più forte e più lunga che mai. [...] Ancora parole, ma ti amo e ti amo [...] amore che non potrebbe scriversi anche se si potesse, per scriverti e dirti: Forse sto morendo, vieni a trovarmi presto, subito, con uva spina e baci per me. [...] Non devo assolutamente bere".

Poi fu la volta di Ruth, quando la guerra era già scoppiata: "Ruth mia cara, ti ho mancata; e penso di aver *voluto* mancarti quella sera dopo il teatro, non con il mio io pensante (qualsiasi cosa possa valere quel grumo vanitoso di colla e cotone del mio io) [...] penso di aver voluto il mio ritardo e la mia debolezza. [...] So essere naturale – il mio comportamento, allora, nelle strade nere era naturale quanto lo consentiva l'ubriacatura e lo stordimento di rivederti – ma forse la mia stessa natura è artificiosa e tu tirami fuori da queste complicazioni, tu Ruth nel pozzo" (agosto 1942).

Ma l'unica che riusciva a tirarlo fuori dal pozzo eri tu, Caitlin: "Non c'è niente da fare senza di te", solo la scrittura ripara la distanza, il vuoto: "È orribile scriverti perché, anche se amo scriverti, ti porta così vicino a me che potrei quasi toccarti e allo stesso tempo so che *non posso* toccarti, sei così lontana [...] e io sono nell'insipida Barnet in un pub sulla strada con niente che tenga compagnia al mio cuore tranne la tua assenza e la tua distanza" (1945).

L'adorazione di te, Caitlin, cresce in proporzione alla distanza geografica, come dimostrano le sue lettere dall'America, sterminata come un labirinto di cui tu, come Arianna, tieni il filo, un labirinto la cui complessità è proporzionata alla tua invisibilità e alla sua solitudine: "*Mia unica unica*, carissimo amore che Dio e il *mio* amore e il *tuo* amore per me ti proteggano, mia dolce moglie, mia cara, mio cuore irlandese, mia stupenda, stupenda ragazza che è con me invisibilmente ogni secondo di questi giorni terribili, sveglio o insonne, che è per sempre e per sempre con me ed è la mia unica vera amata, amen. [...] Qui, in questo orrore vasto e pazzo, che non conosce le sue misure, o la sua forza, o la sua debolezza, o la sua barbarica velocità, stupidità, sicumera, il suo baccano, questa Babilonia cancerosa, qui avremmo potuto tenerci abbracciati, sani di mente, sicuri e caldi, e affrontare, insieme, tutto. TI AMO" (Washington, marzo 1950) e ancora da Chicago: "Non c'è un momento di ogni orribile giorno in cui non mi dica: Tutto andrà a posto. Andrò a casa. Caitlin mi ama. Io amo Caitlin" (marzo 1950) e ancora da San Francisco: "Tornerò vivo e innamorato di te profondamente quanto il tuffo di un cormorano, la crescita di un anemone, il respiro di Nettuno, il fondo del mare" (aprile 1950).

Ma a chi parlava, Caitlin? A te o all'immagine che creava di se stesso attraverso la distanza, a te o alla bottiglia d'alcol che mai avrebbe saziato la sete folle che aveva nel cuore?

Oppure, Caitlin, scriveva così nella misura in cui ti tradiva. Infatti, proprio in quei mesi americani, intrecciò una relazione con Pearl, le cui lettere finirono nelle tue mani quando lui tornò in Inghilterra e continuò a intrattenere una corrispondenza con lei. Lo trattasti duramente e lui ammise tutte le sue menzogne, cioè tutta la sua letteratura: "La tristezza che provo non posso ripararla, o spiegare la tristezza che ti ho procurato col mio tentativo crudele di scrivere della letteratura-farsa del tipo più viscido" (1952). E ancora una volta lo perdonasti e gli desti la possibilità di trasformarti nella sua salvezza: "Sei sempre con me, Cat, come Dio con i credenti" (maggio 1953). Tu eri l'unica che poteva salvarlo dal nulla.

Ma un altro amore era dietro l'angolo, di nome Liz, triste per due matrimoni già falliti, ma bella nei suoi trentatré anni: "Liz amore, mi manchi terribilmente" le scrisse nel giugno del 1953 e, memore degli errori recenti, le diede un indirizzo di posta più sicuro rispetto a quello ufficiale. Con lei, Caitlin, passò gli ultimi giorni della sua vita e c'è chi dice che lei e il suo medico nel tentativo di curarlo gli diedero il colpo di grazia. Ma la grazia gliela fece l'alcol liberandolo dalla sua innocenza, facendogli esplodere il cervello come un fiore che marcisce dopo aver dato al mondo il profumo intenso di qualche decina di pagine di poesie uniche, come *Specialmente se il vento d'ottobre,* in cui ammetteva la sua colpa di Orfeo impenitente:

Rinchiuso in una torre di parole,
traccio sull'orizzonte che cammina con gli alberi
verbali forme di donne...

In realtà il tuo Orfeo ubriacone, pur essendosi voltato a perdere la donna che diceva di amare, chiedeva che fossi tu a salvarlo, perché lui da solo non poteva di certo farcela.

Nel 1951, mentre suo padre moriva di cancro, scrisse, forse presagendo anche la propria fine, il grido di ogni uomo che perde ciò che ama:

Non andartene docile in quella buona notte,
infuria, infuria, contro il morire della luce.

"Rage, rage, against the dying of the light", così ripete, come una litania, guardando fisso il dio degli inferi e sfidandone la voracità. Se non avesse conosciuto quelle tenebre e non le avesse fatte sperimentare a te, mai avrebbe potuto scrivere un verso così, privo di ogni romanticismo, con gli occhi fissi sul grande nemico, che né l'alcol né l'amore avevano potuto sconfiggere. Rimaneva la parola, ancora una volta, l'unica difesa che lui conosceva, la parola decisiva della poesia, capace di infuriare contro la notte e di urlare la debolezza dell'uomo. E sono versi che dureranno per sempre.

Ma cosa te ne fai tu, Caitlin?

Il bilancio del vostro incontro fu per te: un matrimonio, tre figli, innumerevoli bevute, risse e un morire e rimorire continuo, con la retorica amorosa di lettere in cui a promesse infuocate corrispondevano proporzionati tradimenti e abbandoni.

Versi indimenticabili e una compagna capace di amare la sua distruttiva innocenza, il bilancio per lui.

Per un bastardo non è poco.

Per un poeta è tutto.

E per una donna?

Nona sosta: il sacrificio

Con questo canto Orfeo, il poeta di Tracia, ammaliava le selve e l'animo delle bestie, e attirava anche le pietre. Quand'ecco che le donne dei Cìconi, con i petti deliranti coperti di pelli d'animali, dall'alto di un colle lo scorsero mentre associava il canto al tocco delle corde.

E una di esse, scuotendo la chioma nell'aria leggera, gridò: «Eccolo, eccolo, colui che ci disprezza!», e contro la bocca melodiosa del cantore apollineo lanciò il suo bastone, il quale, essendo in cima fasciato di frasche, gli lasciò un segno, ma non lo ferì. Un'altra usa come proiettile un sasso, ma questo, mentre ancora vola, rimane estasiato dai soavi concenti, della voce e della lira, e gli cade dinanzi ai piedi, quasi a chieder perdono di quell'ardire folle. Ma ormai la sconsiderata battaglia cresce e divampa sfrenata, impera la Furia impazzita. In verità, tutte le armi avrebbero potuto essere ammansite dal canto; ma il gran clamore e i flauti berecinzii dalla canna storta, e i tamburelli e i battimani e gli ululati bacchici sommersero il suono della lira. E così alla fine i sassi si arrossarono del sangue del poeta, che non si udiva più.

Allora le Baccanti dapprima fecero strage degli innumerevoli volatili, ancora incantati dalla voce del cantore, e dei serpenti e delle schiere di quadrupedi che erano la dimostrazione vivente della grandezza di Orfeo. Poi con le mani grondanti di sangue si rivolsero direttamente contro di lui, accalcandosi come gli uccelli se vedono svolazzare di giorno il rapace notturno. E il poeta pareva il cervo destinato a perire al mattino nell'arena, nel chiuso dell'anfiteatro, preda dei cani. Esse lo assalgono e gli lanciano contro i loro bastoni verdeggianti di foglie, i tirsi non fatti per un simile uso. Queste scagliano zolle, quelle rami strappati dagli alberi, e altre ancora pietre. Per caso – tanto perché al loro furore non mancassero armi – c'erano per lì dei buoi che rivoltavano la terra tirando il vomere ben affondato, e non lontano, preparandosi con molto sudore i mezzi di sostentamento, dei muscolosi contadini vangavano i duri campi. Questi fuggirono al vedere quella torma, abbandonando le loro armi – gli attrezzi –, e per la campagna divenuta di colpo deserta rimasero sparsi sarchielli e pesanti rastrelli e lunghe zappe. Le forsennate si precipitarono a prendere questi oggetti, e fatti a pezzi i buoi che le minacciavano con le corna, tornarono di corsa a uccidere il poeta che, protendendo le braccia, per la prima volta pronunciava parole senza effetto e nulla riusciva ad ammaliare con la voce. Lo ammazzarono, sacrileghe, e da quella bocca ascoltata perfino dai sassi e compresa dalle bestie commossa, o Giove!, l'anima si disperse, con l'ultimo respiro, nel vento.

Ovidio, *Metamorfosi*, XI

Carmine dum tali silvas animosque ferarum
Threïcius vates et saxa sequentia ducit,
ecce nurus Ciconum, tectae lymphata ferinis
pectora velleribus, tumuli de vertice cernunt
Orphea percussis sociantem carmina nervis.
E quibus una, leves iactato crine per auras,
«en», ait «en, hic est nostri contemptor!» et hastam
vatis Apollinei vocalia misit in ora,
quae foliis praesuta notam sine vulnere fecit.
Alterius telum lapis est, qui missus in ipso
aëre concentu victus vocisque lyraeque est,
ac veluti supplex pro tam furialibus ausis
ante pedes iacuit. Sed enim temeraria crescunt
bella, modusque abiit, insanaque regnat Erinys.
Cunctaque tela forent cantu mollita, sed ingens

clamor et infracto Berecyntia tibia cornu
tympanaque et plausus et Bacchei ululatus
obstrepuere sono citharae. Tum denique saxa
non exauditi rubuerunt sanguine vatis.
Ac primum adtonitas etiamnum voce canentis
innumeras volucres anguesque agmenque ferarum
Maenades Orphei titulum rapuere triumphi.
Inde cruentatis vertuntur in Orphea dextris
et coeunt, ut aves si quando luce vagantem
noctis auem cernunt; structoque utrimque theatro
ceu matutina cervus periturus harena
praeda canum est, vatemque petunt et fronde virentes
coniciunt thyrsos non haec in munera factos.
Hae glaebas, illae direptos arbore ramos,
pars torquent silices. Neu desint tela furori,
forte boves presso subigebant vomere terram,
nec procul hinc multo fructum sudore parantes
dura lacertosi fodiebant arua coloni.
Agmine qui viso fugiunt operisque relinquunt
arma sui, vacuosque iacent dispersa per agros
sarculaque rastrique graves longique ligones.
Quae postquam rapuere ferae cornuque minaces
divulsere boves, ad vatis fata recurrunt,
tendentemque manus atque illo tempore primum
irrita dicentem nec quicquam voce moventem
sacrilegae perimunt; perque os, pro Iuppiter!, illud,
auditum saxis intellectumque ferarum
sensibus, in ventos anima exhalata recessit.

Il canto nella radura racconta l'amore per Euridice e le altre donne non tollerano un amore così, ne sono invidiose. Meglio distruggere chi lo rappresenta. Gli antropologi lo chiamano "desiderio mimetico": desideriamo ciò che un altro ha e siccome non lo possiamo avere precipitiamo nell'invidia fino a voler distruggere chi è portatore di ciò che vorremmo anche noi. Le parole delle donne rese folli dai loro riti bacchici sono indicative: "Eccolo, eccolo, colui che ci disprezza". Orfeo non disprezza nessuno, cerca solo di preservare

Euridice e di non ucciderla una terza volta, dedicandosi ad altre donne, ma custodendola nella sua solitudine tutt'altro che solitaria. Le donne impazzite – niente è terribile come l'invidia femminile – distruggono la radura e tutti gli esseri viventi incantati dalla poesia di Orfeo. La scena è chiaramente quella di un sacrificio umano: una radura, un incantesimo, una vittima innocente, sulla quale si abbatte la violenza delirante di chi è sordo o non è disposto a sentire.

Quando qualcuno canta la formula per vincere la morte, si può pensare che strappandogliela ci si impadronirà del suo segreto, e se quello si rifiuta meglio sacrificarlo, divorarlo, distruggerlo. Il disamore si illude di procurarsi la salvezza sacrificando. Strepita, urla, per non sentire più il canto, e così lo rende inutile, inefficace. Non è un caso che la parola "assurdo" abbia dentro la parola "sordo": l'assurdo è frutto del non ascolto della realtà. Il sangue scorre e quel sangue soddisferà l'ansia di redenzione, ma l'inganno è totale. Ci illudiamo di impadronirci di ciò che un altro ha annullando lui, invece dovremmo ascoltarlo, proprio perché possiede quella formula, e imparare che il desiderio va coltivato in noi e non distrutto negli altri. Invece noi vogliamo tutto per noi, per questo divoriamo il corpo (a volte semplicemente con il sarcasmo, che letteralmente significa "mangiare la carne") di chi ha la formula per vincere il dolore, la morte, il corpo di chi mostra di aver avuto un solo grande amore. Tutti vogliono un amore così, e non sopportano chi lo possiede. Preferiscono far finta di niente, non ascoltarlo, non accettano di essere interpellati dalla sua presenza, dalla sua assoluta innocenza. Deve morire chi sostiene che per non morire bisogna morire a se stessi e non far morire l'altro. Chi vuole sentirsi dire che l'amore non è solo bisogno, ma dono e sacrificio?

Credo che in amore arrivi sempre il momento in cui sembra tutto assurdo, ci si convince di essersi sbagliati, non si riconosce più l'altro come la fonte di quell'incanto che ci aveva sedotto. È il momento in cui si diventa appunto "sordi" all'altro e alla sua presenza, e si vorrebbe quasi evitarlo, se non toglierlo di mezzo. Invece è proprio allora che bisogna impegnare la nostra libertà per lui, ascoltarlo con più attenzione e cercare di cogliere dove e quando abbiamo smesso di farlo. L'amore non finisce, semplicemente cresce, e se non cresce torna indietro, regredisce. Per crescere è chiamato ad approfondirsi, e si approfondisce sì tramite la conoscenza dell'amato, ma soprattutto grazie a quella di se stessi, in un circolo virtuoso in cui conoscenza e amore si alimentano a vicenda. Chi fugge dall'assurdo della vita finisce col sacrificare l'altro, incolpandolo di quella perdita di senso; a ben vedere, però, ci troviamo di fronte alla manifestazione della storicità dell'uomo, che vince il tempo solo se ne accetta pienamente la ripetitività. L'altro non ha smesso di cantare la sua presenza e bellezza, siamo noi che non lo stiamo più ascoltando e non stiamo più ascoltando neanche noi stessi.

A poco a poco il canto di Orfeo si affievolisce e perde efficacia; è il momento di fare a pezzi il nemico. Le donne impazzite e assetate di sangue si procurano il coltello sacrificale, trasformando un vomere in arma. Ciò che serviva per lavorare la terra, chiederle con il sudore e il lavoro di dare frutto, diventa arma per dare la morte. Il corpo di Orfeo viene spezzato e tagliato. La bocca che aveva ammansito persino le pietre è resa inerme dalla violenza, che non sopporta mai la verità, perché la verità non è questione di forza. Per quanto la violenza infuri contro la verità, cercando di farla a pezzi, essa rimane intatta. L'amore non finisce, l'amore chiede di crescere. Quando sento il mio amore scemare trascorro lunghi momenti in silenzio ricordandone origine, passi, doni, gioie... e mi rendo conto che tutto ciò è molto più vero e reale di un momento di stanchezza, di sordità.

Orfeo fa propria la sorte di Euridice perché la subisce anche lui. Questa tappa dell'amore è l'intuarsi, arrivare a conoscere il tu amato condividendone il dolore, il fallimento, i difetti, la caduta: il limite. Come se un padre, per salvare il proprio figlio dalla droga, si sostituisse a lui morendo di overdose, come se un uomo scegliesse di prendere su di sé il cancro della moglie, come se qualcuno accettasse di perdere il lavoro per farlo trovare a un amico. Per intuarsi bisogna sposare il tu dell'altro fino in fondo, solo così l'amore si sviluppa in tutte le sue potenzialità e si apre la via verso l'infuturarsi e l'insemprarsi. Solo perdonando all'altro il suo tu ferito, in ogni aspetto, l'amore può salvare. Adesso Orfeo sa il tu di Euridice, perché ne è diventato veramente *con-sorte*, ha conosciuto la sua stessa sorte mortale. Può infuturarsi solo un amore che diventa consorte.

Ho conosciuto coppie, amici, fratelli, che hanno reimparato ad amarsi solo dopo un grande dolore, altre invece proprio a causa di quel dolore si sono allontanate. Nel primo caso il dolore è servito a trovarsi su un altro piano, quello del noi che sconfigge persino la sofferenza, perché l'uno è impegnato a curare il dolore dell'altro, nel secondo invece ciascuno è rimasto sordo al dolore dell'altro e si è concentrato solo sul proprio.

Dopo l'esplosione della violenza, del disamore, cala il silenzio. La distruzione, con l'ebbrezza che l'accompagna, ha lasciato una scia di cadaveri. Quando la sete di sangue si placa restano solo l'odore acre e i pezzi di carne sparsi. Il sangue della vittima non ha mai dissetato nessun carnefice, perché è un sangue ottenuto con la forza. Solo il sangue donato può dissetare un assassino, perché, mentre lo riceve gratuitamente, scopre quanto sia inutile essere carnefice.

A questo proposito mi torna sempre in mente la scena dell'omicidio del professore di religione della mia scuola superiore: don Pino Puglisi. Il suo assassino, Salvatore Grigoli, detto "il Cacciatore", lo ferma sotto casa insieme a un altro che gli dice: «Questa è una rapina». Prima di sparare Grigoli vede il volto di don Pino aprirsi in un sorriso inatteso, accompagnato da parole pronunciate con incomprensibile dolcezza: «Me l'aspettavo». A causa di quel sorriso Grigoli comincia a non dormire la notte: implacabile killer che a trent'anni aveva già compiuto una cinquantina di omicidi, decide di costituirsi, cambiare vita e identità. Ho scritto il mio terzo romanzo, *Ciò che inferno non è*, proprio per scoprire il segreto di quel sorriso, scaturito da zone interiori misteriose, totalmente libere. Volevo capirne e viverne le ragioni attraverso la narrazione. Quel sorriso mostra un amore che ama anche il proprio nemico e gli consente di sentirsi amato. Solo questo amore trasforma l'altro, solo questo amore vince la morte.

Chi sa e può amare così è sempre libero, non si lascia ingabbiare da nessun odio o caduta, da nessuna ferita e/o fallimento. Questo è l'amore che voglio, questo è l'amore con cui voglio amare.

Solo così posso guarire dal disamore che mi porto dentro.

Sien

Vincent Van Gogh cercò l'amore per tutta la vita, ma mai riuscì a trovarlo, neanche quando si innamorò di una prostituta che volle salvare dall'abisso. Lui precipitò nell'abisso, e lei lo seguì qualche tempo dopo.

Dove va a finire tutto il dolore delle donne, Sien, quando non ha speranza alcuna di essere riscattato? Dove trova requie anche solo per un attimo? La risposta la cercavi nelle tue passeggiate vicino all'acqua. Avevi solo trent'anni e sembravi già vecchia.

L'acqua dei canali dell'Aia lungo i quali camminavi all'alba scorre lenta, come un colloquio blando tra due persone che si riposano e si accontentano della reciproca presenza più che concentrarsi sul contenuto della conversazione. Cercavi consolazione nell'alba grigia e liquida, dopo una notte in cui il tuo corpo era stato usato da marinai stanchi di stare soli e che si illudevano di esserlo meno con la più sola delle donne. Speravi che un marinaio diverso dagli altri potesse salvarti e portarti in una terra calda e lontana, dove la miseria sarebbe stata solo un ricordo. Tutti ti chiamavano Sien, era più facile da pronunciare nella foga, ma il tuo vero nome era Clasina Maria Hoornik. Le tue passioni erano il figlio che portavi in grembo, quella che tenevi per mano, e l'alcol; le tue credenziali il vaiolo e la tristezza.

In quelle stesse strade si aggirava un'altra straordinaria

solitudine, quella di Vincent, anche lui con i suoi trent'anni che sembravano sessanta; aveva bisogno di sperimentare tutta la sofferenza delle cose per poterla dipingere, sia che si trattasse della natura umana, da raggiungere nelle sue estreme periferie di dolore, che di madre natura, di cui toccava la profondità dipingendo inginocchiato nel fango in una giornata di pioggia. In questo modo sentiva il dolore di quella carne e di quelle zolle prima nel cuore e solo dopo la tela ne diventava il lascito.

Così cercò e trovò te, Sien o, come amava chiamarti lui nelle sue lettere, Christien.

"Voglio conoscere le gioie e i dolori della vita coniugale per poter disegnare ciò che ho vissuto in prima persona. Quando sono tornato da Amsterdam ho avvertito che il mio amore che era sincero e forte, è stato letteralmente *ucciso* – ma dopo la morte, dalla morte si resuscita. *Resurgam*. Allora ho trovato Christien" (lettera al fratello Theo, maggio 1882).

Allo stesso modo cercava e trovava un bosco.

"Ieri sera sono tornato dal bosco con uno studio e tutta la settimana sono stato concentrato molto sulla questione dell'intensità del colore. [...] Il bosco comincia ad avere un'aria autunnale – ci sono effetti di colore che non vedo se non molto di rado nei quadri olandesi. Ieri sera stavo dipingendo il terreno coperto di foglie di faggio decomposte e secche di un bosco un po' in pendio. La terra era di un marrone rossiccio più chiaro e più scuro, anche per le ombre degli alberi che proiettavano strisce più tenui o più forti, in parte sfumate. Il problema, che ho trovato molto complesso, era ottenere l'intensità del colore – la forza enorme e la solidità di quel terreno – solo mentre dipingevo mi sono reso conto della quantità di luce che c'era ancora in quell'oscurità. Volevo riuscire a mantenere la luce e al tempo stesso il bagliore, l'intensità di quel colore ricco, perché non è immaginabile un tappeto meraviglioso come quel profondo marrone bruciato nel bagliore del sole autunnale al tramonto, anche se filtrato dal bosco. [...] Dipingerlo è stato faticoso. [...] Mi ha colpito quanto fossero ben piantati nella terra quegli alberelli – ho iniziato con il pennello – ma siccome il terreno era già impastato – una pennellata sprofondava nel nulla – allora spremevo le radici e i tronchi direttamente dal tubetto – e poi li modellavo un po' col pennello. Sì – eccoli che spuntano – sono profondamente radicati. [...] vedo che la natura mi ha raccontato qualcosa, che mi ha parlato e ho preso appunti in stenografia. Nella mia stenografia ci possono essere parole non decifrabili – errori o spazi vuoti – però è rimasto qualcosa di quello che il bosco o la spiaggia o la figura dicevano – e non è una lingua ammansita o convenzionale che non deriva dalla natura stessa ma da un metodo imparato o da un sistema" (a Theo, settembre 1882).

Se avessi potuto leggere le sue lettere, Sien, ti saresti resa conto che tutto per lui era materia di ispirazione, tutto era ricerca dell'alfabeto usato da Dio per creare le cose e carpirne la verità. Tu, Sien, eri come quegli alberi da tradurre sulla tela. Lo erano il tuo dolore, il tuo grembo pregno di vita senza speranza di futuro, la tua miseria, il tuo corpo butterato. Vincent doveva conoscere tutto fino in fondo, viverci dentro e subirlo, *en plein air*, nella vita come nella natura, per poterlo poi dipingere.

Così ti convinse a posare per lui. E poi a vivere con lui, a rischio di perdere l'aiuto economico di amici e familiari, per lo scandalo che avrebbe suscitato quella relazione con una donna di strada come te. A lui, però, non importavano le convenzioni, a lui interessava aiutarti, ma soprattutto gustare il tuo dolore fino in fondo per poterti dipingere fino in fondo, il dolore dei reietti, di chi è escluso dalla misericordia e cerca soltanto una carezza.

"A me interessa una cosa sola: disegnare, e anche lei ha un lavoro fisso: posare. [...] Dovessi anche andare a vivere in una stamberga, preferisco una crosta di pane in casa mia, per quanto misera, che dover vivere senza sposare lei. Lei sa cos'è la povertà, anch'io [...] Nonostante la povertà noi osiamo. I pescatori sanno che il mare è pericoloso e che può scoppiare una tempesta ma i pericoli *non sono mai stati il motivo per cui si sono fermati a riva con le mani in mano*. [...] Arriva la tempesta – cala la notte – che cos'è peggio, il pericolo o la paura del pericolo? Tanto vale affrontare la realtà, il pericolo stesso" (a Theo, maggio 1882).

Furono mesi difficili, ma di un amore che tu, Sien, non avevi mai conosciuto. Finalmente c'era un uomo disposto a prendersi cura di te, ad accettare tutto di te, anche la malattia sessuale, che gli trasmettesti dopo averla contratta da chissà quale viaggiatore di terre esotiche. E poi il tuo bambino aveva bisogno di cure, così come la tua bambina, nata anni prima, chissà da chi.

Rischiasti di morire per darlo alla luce, quel bambino, ma sapevi che c'era un motivo per resistere, adesso. Avresti preferito morire di parto, solo qualche mese prima, ma ora c'era un uomo che ti aspettava a casa per farti da marito e ti descriveva così al fratello: "Quando sarà uscita dalla miseria di un tempo inizierà un periodo totalmente nuovo nella sua vita e se non riavrà la sua primavera, che è passata ed è stata solo desolazione, la sua *seconda fioritura* potrebbe essere ancora più florida. Sai come gli alberi nel cuore dell'estate, quando il caldo torrido è passato, cominciano a produrre giovani getti freschi, un nuovo strato verde copre il vecchio sbiadito dal tempo" (a Theo, luglio 1882).

Così nacquero i quadri in cui tu, madre, donna, sposa, figlia, domestica, diventavi la Madonna quotidiana di una storia sacra e primaverile: "Quando sono con lei mi sento *a casa*, è come se lei fosse il mio '*focolare*', una sensazione che le nostre due vite si siano intrecciate" (a Theo, luglio 1882).

Tutto finalmente si trasforma, Sien, e diventa caldo e accogliente e fecondo. Per te e soprattutto per la sua pittura: "Ora quando verrai, non mi troverai scoraggiato o malinconico – arriverai invece in un ambiente che credo ti piacerà, o almeno ne sarai soddisfatto. Un nuovo atelier, una famiglia nuova in piena operatività. Non un atelier occulto o misterioso ma radicato nella vita reale. *Un atelier con una culla e un seggiolone*, dove non c'è alcun ristagno ma ogni cosa si muove e incalza e genera attività. [...] Per me è chiaro come il sole che bisogna sentire ciò che si fa, che bisogna vivere nella realtà della vita familiare, se si vuole esprimere in modo intimo una vita familiare – una madre con un bambino – una lavandaia – una sarta, chiunque" (a Theo, luglio 1882). Quel corsivo nella sua lettera, Sien, sembra già il titolo di un quadro: tutto gli serve per metterlo dentro a una cornice.

Il suo sistema era piuttosto chiaro: sentire, fare. Sentire veramente, e trovare i mezzi per fare veramente: i soldi per comprare tele e colori, che deponeva sulla superficie come se stesse impastando il mondo daccapo.

Grazie a quel duro lavoro, Sien, grazie al tuo cuore di donna, germinarono in lui quadri nuovi. Lui che definiva il pittore una sentinella smarrita, uno che aspetta e veglia, ma non sa bene cosa aspettare e chi vegliare, fu visitato in quei mesi dalla grazia e nuovi quadri e nuovi mezzi riuscirono ad assottigliare quel muro di ferro che separa sentire e fare, verità e rappresentazione. Vincent considerava l'amore non un sentimento, ma un'azione che richiede impegno e sforzo, come quando si dipinge un quadro, così da far coincidere fare e sentire.

Ma i suoi nervi non ressero alle responsabilità di una famiglia con due figli, arrivati quasi dall'oggi al domani, alle preoccupazioni economiche, all'abbandono dei galleristi e dei pittori perbene, alle minacce di farlo internare, alla malattia. Gli altri non capivano la vera ragione del suo amore, Sien. E chissà se la capivi tu, che almeno per un anno ti illudesti di poter vivere con lui il resto dei tuoi giorni. Ma proprio col passare di quei giorni tutto mostrò il suo volto "vero": "Per me non è un amore tutto rose e fiori e chiaro di luna ma prosaico come un lunedì mattina. [...] Ora, la mia donna non cammina più su una strada di fiori come quando era più giovane [...] ma la vita è diventata più spinosa per lei, una strada di lacrime [...] A volte però c'è una crisi – soprattutto quando oso criticarla [...] Anch'io devo cambiare tante cose di me" (a Theo, maggio 1883).

A tutto questo si aggiunsero gli attacchi della tua famiglia: "Il motivo per cui la famiglia le consigliava di lasciarmi era che guadagno troppo poco e non vado bene per lei e secondo loro sono solo interessato a farla posare per me ma che prima o poi la pianterò in asso. [...] Io le ho detto: decidi come vuoi, ma io non ti abbandonerò a meno che tu non torni alla tua vita di prima" (a Theo, giugno 1883).

A poco a poco il tuo nome, Sien, sbiadisce nelle sue lettere: "Avevo parlato con la donna [...] sentivamo che per noi non c'era un futuro, nel senso che ci saremmo resi infelici a vicenda, ma avvertivamo tutti e due quanto siamo legati l'uno all'altra. A quel punto sono uscito e sono andato lontano, per parlare con la natura. [...] Sì, il dramma della tempesta nella natura, il dramma del dolore nella vita è ciò che mi colpisce di più. Certo, un giardino idilliaco è bello, ma il Getsemani è ancora più bello. Oh, un pezzetto di cielo, un briciolo di felicità dev'esserci, ma soprattutto per far sentire la forma, per far risaltare le linee del contorno. Ma tutto l'insieme può tranquillamente essere triste" (a Theo, settembre 1883).

Come vedi, tutto torna sempre a confondersi e ad avere un unico fine: la pittura. E il Getsemani di ogni uomo, di ogni donna, è la materia della tela, anche quando sembra che la tela possa ridare vita alla vita rinunciando alla pittura: "Avevo comprato un pezzo di tela tempo fa per farne tele per studi e ora l'ho data a lei per cucire della biancheria per i bambini".

La tela diventa biancheria, Sien. È finita: "Quando dico ci separiamo da *amici*, è vero – ma ormai è deciso che ci lasciamo e me ne sono fatto una ragione più di quanto non pensassi perché i suoi difetti sono tali che alla fine sarebbe stato fatale sia per lei sia per me se fossimo rimasti legati, dato che ognuno è per così dire responsabile dei difetti dell'altro. Solo mi preoccupo – che ne sarà di lei tra un anno? – Con me in casa di sicuro *non* la prendo più, ma non volevo nemmeno perderla di vista del tutto perché voglio troppo bene a lei e ai bambini. Proprio perché è stato qualcosa di diverso da una passione, questo sarà possibile".

E che cosa è stato, allora, Sien? Da te io vorrei saperlo. Intanto per lui non c'è più materia di ispirazione, si deve aprire una nuova stagione, ciò che c'era da sentire e quindi da fare è stato sentito e fatto: "Ho intenzione di lavorare molto, sarò costretto a farlo per rinnovarmi. [...] per il momento ho intenzione di aiutare un po' la donna, aiutarla molto non mi è *possibile*, e a dire la verità *non ci riesco*, ma di questo non parlo a *nessun* altro. E ciò che ti dico è che qualunque cosa le accada, io non posso né voglio più vivere in una stessa casa con lei, ci puoi contare, perché è proprio incapace di fare il suo dovere. [...] *Spero* che tutto finisca bene ma vedo cupo il suo futuro così come il mio. Credo che in lei si risveglierà ancora qualcosa ma il punto è che *avrebbe già dovuto* risvegliarsi e che adesso le sarà difficile seguire i suoi pensieri migliori se non ha nessuno che la sostenga".

Che ne è stato di te, Sien, dopo quella separazione? Lui si augurava che potessi finalmente trovare l'uomo giusto, un marinaio dalle braccia forti e non una sentinella smarrita. La tua famiglia ti spingeva a tornare a lavorare in un bordello, mentre lui voleva che rifiorisse in te la vita, perché voleva la stessa cosa per sé, e solo prendendosi cura di te poteva imparare a fare altrettanto con se stesso. Cercò di amarti, di avere tutta la pietà che gli fosse possibile e così scoprì il limite del suo cuore. Si gettò a capofitto nel lavoro, perché era l'unica cura che conosceva contro la malinconia e per questo, per sopravvivere, diventò un grande pittore. Ma non fu sufficiente a evitargli di spararsi un colpo di pistola nel cuore in mezzo ai campi in cui dipingeva. Non smise mai di pensarti: "Quando sono nella brughiera e vedo una povera donna come lei con un bambino in braccio o al seno, mi vengono le lacrime agli occhi. [...] Quante tristezze nella vita" (a Theo, settembre 1883).

Passarono dieci anni dalla vostra rottura e tu, Sien, ti lasciasti afferrare dal demone della malinconia: trovasti un altro marito, era il 1901, ed era proprio un marinaio dalle braccia forti, che poté sostenerti, come Vincent si augurava, ma soltanto per tre anni.

Lui sapeva, però, che la tristezza era la tua essenza, e con il tratto semplice di un gesso ti aveva colta con i suoi segni vigorosi, piegata su te stessa, nuda e vestita solo della tua malinconia: *Tristezza* era il titolo di quel disegno, in gesso, un mezzo per lui dotato d'anima e vita. Forse avevi in mente proprio quel disegno quando, una notte di novembre del

1904, a cinquantaquattro anni, passeggiando come di consueto lungo il fiume Schelda, decidesti che l'acqua sarebbe stata la lapide migliore, come accade a molti esseri tristi. Una morte annunciata in quegli anni passati insieme, in cui lui aveva riconosciuto in te se stesso e la sua esclusione dalla felicità di tutti gli altri, la solitudine corposa come la pasta dei colori nelle sue tele, la stessa tua inguaribile solitudine per la quale avevi già chiara una soluzione: "Sì, io sono indifferente e pigra" gli dicevi spesso, "e lo sono sempre stata e non c'è niente da fare al riguardo. Sì, sono una puttana, e il mio destino è farla finita saltando in acqua". Lui aveva scelto un campo di grano con corvi, tu l'acqua scura. Due facce della stessa malinconia, addolcita per qualche mese dal tuo posare e dal suo disegnarti.

Quel che ne resta è una rivoluzione pittorica eterna, le tue spoglie nessuno le ha mai trovate. Ed è forse quello che volevi disperdendoti nelle acque del dolore: chiunque doveva ricordarti come lui ti aveva dipinto vent'anni prima, intitolandoti *Tristezza.*

Ripeteva spesso quei versi di Longfellow che gli piacevano tanto: "In ogni vita un po' di pioggia deve cadere / e ci devono essere giorni bui e tristi".

Ma quanti, Sien, quanti?

Nadežda

Osip Mandel'štam osò sfidare il regime comunista con la sua poesia. Il regime lo distrusse fisicamente in un gulag, spiritualmente bruciando tutti i suoi scritti. Come sono arrivati a noi? Sua moglie li aveva imparati a memoria e li ripeteva tutte le notti. Per questo chi racconta, pur essendo un funzionario del regime, ha capito che la verità risiede nell'amore più che nello Stato.

Nadežda, il tuo nome vuol dire speranza. La speranza di un segnalibro, la misura di ciò che non possiamo perdere, perché ne andrebbe di noi stessi.

Ti ho vista due volte, Nadežda Jakovlevna, quando controllavo gli intellettuali per conto del ministero della Cultura. Eri nella penombra in un'epoca di lupi. La prima volta fu nel 1919 in un locale in cui parlavamo di poesia, di libri, di politica e di rivoluzione. Tu avevi i capelli che si accendevano agli incerti bagliori delle lampade e i tuoi occhi puliti sembravano lavanda in un mazzo di calle, perché avevi la pelle chiara in quella notte di ferro. Io ti guardavo, cercando il tuo consenso, ma tu eri tutta concentrata su di lui. Lo stavi già aspettando. Io mi chiedevo cosa ci trovassi in uno che parlava così lentamente, aveva le spalle incurvate e le gambe troppo lunghe. Era troppo magro per la tua bellezza. Troppo serio per i tuoi occhi incantati. Ma tu con quegli occhi seguivi le sue labbra, era il segno che non c'erano speranze. Lo so che quando una donna guarda le mani e le labbra di un uomo quell'uomo è già stato scelto. E tu gli guardavi le labbra, da cui uscivano parole gravi, simili ai metalli nelle miniere. Rilucevano nella tenebra e veniva subito voglia di incastonarle in un gioiello, tanto erano pure e grezze al tempo stesso, originarie e originali. Contenevano tutto lo spessore del mondo, fino al centro della terra e ritorno. Per questo dovevano essere conservate e tu avevi già deciso di incaricarti di quel compito. Per questo eri così attenta a intercettare le sue parole in mezzo a tutti quei suoni virili e notturni e riuscivi già a distinguerle perfettamente, come se avessi affinato quell'abilità con una lunga pratica. A qualcuno che ti suggeriva di startene al sicuro, tu rispondesti che non volevi stare al sicuro ma volevi stare con lui, e così nel 1921 eravate marito e moglie e un anno dopo Mosca vi spalancò le braccia. Perciò la seconda volta che ti ho vista eri sua moglie, e io lo tenevo d'occhio perché sapevo che credeva più nella poesia che nel regime, ed era forse il più bravo, anche se scriveva versi falsi, o così almeno credevo a quel tempo. Eravamo in un teatro, per una lettura di poesia. C'erano tutti i migliori. Non poteva mancare l'uomo dai versi di pietra e di cristallo, di carbone e diamante, di metallo e di terra. C'erano già troppi occhi offuscati dalla menzogna e dall'ideologia, e la poesia faticava a farsi largo in quel silenzio falso. Tu eri lì a guardarlo e ad ascoltarlo, il tuo corpo si sporse in avanti quando entrò sulla scena pronto a leggere la poesia che aveva scelto. Nessuno sapeva quale, neanche tu. Per questo eri così curiosa. Aveva scelto una poesia su Dio, forse quella contenuta in *Tristia*, che dice:

«Gesù!» – dissi per sbaglio, e nemmeno
pensai che a dirlo erano le mie labbra.
Il nome divino, come un grande
uccello s'è involato dal mio petto.

Mentre lo ascoltavi i tuoi occhi si velarono di lacrime, quella poesia così bella suonava come un'autocondanna a morte. Almeno tu e io lo capimmo subito, anche se da prospettive opposte.

Alla fine della serata glielo hai chiesto: «Osip, sai cosa ti faranno? Fra tante perché proprio quella?». Lui ti ha guardato con lo stupore del bambino che non capisce il mondo perché sa solo giocare. E ti ha risposto: «Perché è molto bella». Sapeva che la caduta della bellezza era l'inizio di ogni abiezione, imparava l'italiano per scoprire Dante nella sua lingua, e aveva letto nell'ultimo canto dell'*Inferno* che proprio perché Lucifero era la più bella delle creature di Dio, la sua bruttezza era la fonte di tutto il male dell'universo. Solo i poeti sanno che la bellezza salva il mondo dalla disperazione e quindi dalla morte. Ce n'era già abbastanza per arrestarlo, chi parla di Dio è incompatibile con la grande cavalcata della Storia, si ostina ad andare a piedi.

Mentre tornavate a casa tu non hai aggiunto altro, sei rimasta in cucina quando lui era già andato a letto e l'hai imparata a memoria, quella poesia, perché era proprio bella e sarebbe stato necessario ricordarla per due motivi: per rimanere buoni, e per quando avrebbero bruciato le sue carte e le sue labbra. Da quella sera non hai più smesso. Come un conto alla rovescia accadde inesorabile ciò che doveva accadere e la causa fui io. Nei regimi succede sempre questo alla bellezza: se la lasci libera li sgretola in un attimo, perché sempre dietro la bellezza vengono verità e speranza. E i regimi perciò la temono e la frantumano. Ebbe l'ardire di canzonare il regime nei suoi versi, non serviva altro, e nel 1938 Stalin decise di farla finita.

Prendemmo lui, non le sue carte. Con sé portò solo la *Divina commedia*, che stava leggendo da autodidatta. Gli piaceva l'italiano e aveva capito che dopo e oltre Dante era rimasto poco da dire. Ficcasti quelle carte in un baule, che portavi con te a ogni trasloco, anche quando il freddo avrebbe richiesto di bruciarle per scaldarti un po' il corpo. E le imparavi a memoria, prima che qualcun altro le bruciasse. Scandendo quei versi, soprattutto la notte, ti univi a lui e ne proteggevi l'essenza di uomo: la sua impalcatura di ossa, la sua struttura di carne, il suo cuore, il suo cervello e l'indistruttibile spirito che era rimasto incastrato felicemente in quei versi. Le tue lettere non avevano risposta. Chissà dov'era, chissà se aveva freddo, chissà se aveva una matita per scrivere, chissà se aveva ancora il suo Dante per non morire. Poi presero anche le sue carte e le bruciarono, perché nulla rimanesse di lui. Le tue lettere cominciarono a tornare indietro. Fu allora che lo facesti risorgere ripetendo ogni notte le sue poesie, per anni, per paura di dimenticarle. Non ci fu il tempo per piangerlo, perché era troppo il lavoro da fare per tenerlo in vita, sapergli l'anima e il corpo a memoria. E adesso io dalla stanza accanto alla tua, quella da cui spio i tuoi movimenti per scovare altri nemici, nella quiete della notte, quando la vita degli uomini è finalmente disposta a tradirsi, sento la tua voce di speranza. Pronunci quei versi con le tue labbra ancora belle anche se invecchiate per la stanchezza e il freddo, per un amore troppo breve ma così profondo da riaffiorare ancora oggi sulla tua bocca, come i fiumi sotterranei che si fanno strada nella roccia per dissetare uomini a chilometri e chilometri di distanza dalla loro origine. Per questo ho deciso di tacere e di imparare anche io quei versi. Ho deciso di tradire il regime e non te.

Ho letto tutta la vostra corrispondenza e ne conserverò il segreto per voi due. Piansi quando lessi quello che gli scrivevi: "Ora non guardo nemmeno più il cielo. A chi mostrare le nuvole che scopro? [...] Ricordi com'è buono il pane quando compare per un miracolo e lo si mangia in due?".

Con la tua voce, con le tue labbra, lui era al sicuro. E quando leggo i suoi versi ancora oggi è la tua voce che sento, io che di lui non so neanche quale sia l'ultima cosa che ha visto (la neve, un cielo azzurro o la luna?) e che terribili torture gli sia costata, anche per colpa mia, la sua *bella* poesia su Dio. Nadežda, io vorrei che una donna mi amasse con la tua stessa voce, tanto da farmi esistere con quella, tanto da farmi vivere per sempre. Imparandomi a memoria. Parola per parola. Semplicemente per lo stesso motivo per cui lui morì: per la bellezza. A quel Dio a cui dedicò la sua condanna io chiedo pietà e misericordia per un uomo che non si è dimenticato di lui in tempi oscuri, per una donna che non si è dimenticata di lui in tempi disperati.

Sappi, Nadežda, che gli hai salvato la vita. Anche quando noi lo abbiamo distrutto, sapeva che tu lo stavi salvando, anche dalla sua prigionia: "Mi sei diventata così vicina che parlo tutto il tempo con te, ti chiamo, mi lamento con te".

Eppure tu a chi sei stata fedele? A lui o alla sua Musa? E c'è differenza? Il tuo amore salvò ciò che lui aveva ed era. E amare non è forse essere custodi del destino di un altro?

Un regime non vale un amore come il vostro.

È proprio la Storia che noi avevamo trasformato in una religione ad avervi dato ragione, Nadežda.

Antonietta

Luigi Pirandello ebbe tre figli, tutti condannati a fare i conti con un padre geniale. Uno di loro, Fausto, che qui racconta, era pittore e in un quadro raffigurò la madre, Antonietta Portulano, che impazzì forse proprio per consentire al marito di svelare a tutti che la pazzia è il meccanismo narrativo del mondo moderno.

In principio era Caos e anche alla fine, perché nel principio è la fine e nella fine il principio. Vicino alle rovine dei templi, Caos era il nome della contrada in cui si trovava la villa dove nacque e crebbe tuo marito, madre, e da cui tu lo tirasti fuori, portandolo a Roma per vivere il vostro amore bello e tranquillo. Ma come si fa ad amare il signor Uno nessuno centomila? Balzac diceva: "Dio preservi le donne dallo sposare un uomo che scrive libri", figuriamoci se quell'uomo scrive libri in cui i personaggi dubitano della loro stessa esistenza. Non si distingue più cosa è vero e cosa falso.

"In me son quasi due persone" ti scriveva. "Tu già ne conosci una; l'altra, neppur la conosco bene io stesso. Soglio dire, ch'io consto d'un *gran me* e di un *piccolo me*: questi due signori son quasi sempre in guerra tra di loro; l'uno è spesso all'altro sommamente antipatico. Il primo è taciturno e assorto continuamente in pensieri, il secondo parla facilmente, scherza e non è alieno dal ridere e dal far ridere. [...] Io son perpetuamente diviso tra queste due persone. Ora impera l'una, ora l'altra. Io tengo naturalmente moltissimo di più alla prima, voglio dire al mio *gran me*; mi adatto e compatisco la seconda, che è in fondo un essere come tutti gli altri, coi suoi pregi comuni e coi comuni difetti. Quale dei due amerai di più, Antonietta mia? In questo consisterà in gran parte il segreto della nostra felicità."

Quale dei due hai amato, madre? Probabilmente nessuno dei due, non riuscisti a scegliere, finisti con l'essere travolta dal Caos in cui tutto era cominciato. Quel caos che si era inabissato nei primi anni di amore tranquillo, silenzioso, sereno e laborioso e che poi esplose nel 1903, con la rovina economica della zolfara Pirandello. Allora la tua gelosia prese il sopravvento, vedevi rivali ovunque: nelle sue allieve, nelle sue uscite, nelle sue ore di lavoro, ma soprattutto in tutti i personaggi femminili che creava e che amava più di te. Di chi ti eri innamorata? E di chi si era innamorato lui? Dopo neanche un anno usciva il suo strambo capolavoro narrativo, *Il fu Mattia Pascal*: chi era morto, Mattia, Luigi o tu, madre? Dove eri finita tu o dove stavi finendo?

Gli rimproveravi di guardare spesso la tua immagine da giovane, eri gelosa persino della ragazza che eri stata, come fosse un'altra. Le identità si moltiplicavano e nessuno sapeva più chi aveva amato chi. Chi diventiamo strada facendo? E se tutto in noi cambia, chi abbiamo amato in origine, e chi ameremo dopo? Ed è l'amore che cambia le cose o il tempo? Ed è possibile amare ogni giorno un uomo e una donna diversi? Non basta scegliere di amare, se poi bisogna amare uno nessuno o centomila persone. Alle tue accuse sulla foto di te giovane lui rispondeva: "La tengo perché lei, e non tu, lei mi ha reso felice". E allora chi c'era adesso al posto tuo? Eppure nessuno fu più fedele di lui, che riconosceva nella tua pazzia "un'ispirazione", ciò che lo avrebbe portato dritto dritto al Nobel. Non si trasformano il teatro e la narrativa se non si ha una moglie pazza e mille persone dentro di sé da conciliare. Pazzia come colpa, scriveva a un amico: "Ho la moglie [...] da cinque anni pazza. E la pazzia di mia moglie sono io – il che dimostra senz'altro che è una vera pazzia – io, io che ho sempre vissuto per la mia famiglia, esclusivamente, e per il mio lavoro, esiliato del tutto dal consorzio umano, per non dare a lei, alla sua pazzia, il minimo pretesto d'adombrarsi. Ma non è giovato a nulla, purtroppo; perché nulla può giovare! I medici hanno dichiarato, che è una forma irrimediabile di paranoja, del resto ereditaria nella sua famiglia".

Pazzia come benedizione e ispirazione, scriveva a un altro amico: "Mi trovo in tristissime angustie. Non nego che queste, per un sincero umorista, siano la manna; tanto è vero che io, ringraziando il buon Dio che me le manda, scrivo e scrivo e scrivo, di questi tempi, con gran fervore e di gran lena; ma v'assicuro che la grazia è troppa e volentieri vi rinunzierei. Sarebbe veramente piacevole, se *Il fu Mattia Pascal,* che uscirà in volumi sui primi del prossimo ottobre, uscisse con questo frontespizio: '*Il fu Mattia Pascal,* romanzo del fu Luigi Pirandello'".

Gli contavi i soldi in tasca, di notte ti trovava con gli occhi neri che aveva tanto amato accesi come quelli di una civetta su di lui che cercava di riposare. Nei rari momenti notturni di quiete scriveva guardandoti e così sgorgò dalla sua penna l'altro capolavoro assai strambo: *Sei personaggi in cerca d'autore*. Guardando te trovò il segreto dell'essere simulacri, fantasmi, pulviscolo di identità. Dell'Antonietta che aveva amato follemente, era rimasto solo il *follemente,* la follia di te, incapace di riconoscere quel tenero e delicato amante che lui era stato. Ma se quella follia non fosse altro che ciò che lui aveva da sempre cercato, madre? Se ti avesse scelto proprio perché l'aveva riconosciuta in te per guarirne lui? Altrimenti perché avrebbe detto che la tua pazzia era lui stesso, perché avrebbe sostenuto che quella follia fu la sua benedizione, di cui rendere grazie a Dio? In fondo prima del 1903 era stato un bravo scrittore e professore, nulla più. Con i primi segni della tua malattia è iniziato il suo periodo letterario più fecondo e rivoluzionario. Solo chi non riesce a riconoscere più sua moglie, o non riesce a essere riconosciuto più da sua moglie, dopo un amore vero, sincero, tenero, armonioso, quotidiano, fecondo, solo costui può cogliere il mistero della maschera e del volto.

Dal 1919 sei stata ricoverata in un istituto psichiatrico

dove ti venivo a trovare: quarant'anni di manicomio. Lui se ne andò per una polmonite nel 1936, dopo aver assistito con lo stupore di un bambino alle riprese del *Mattia Pascal* per il cinema. Nel 1921 aveva rivoluzionato il teatro portandovi la follia dei suoi simulacri senza autore. Nel 1934 aveva vinto il Nobel. Tutto quello che si doveva fare era stato fatto. Mentre tu, madre, chiusa nel tuo manicomio, non riconoscevi più in lui nessuno, né "il gran Luigi" della letteratura e del Nobel, né "il piccolo Luigi" della quotidianità. Non c'era più nessuno, perché non eri più nessuno, o eri tutte le cose, come il protagonista di quell'altro bizzarro romanzo di tuo marito.

Tu che lo avevi catturato facendo di tutto per non piacergli, dismettendo la maschera delle civetterie e della seduzione. Il resto lo fece lui con la letteratura, rivestendo di finzione un amore impossibile, per mancanza di amanti. È stata proprio la sua ossessione per la finzione a renderti pazza, madre, perché lui ne aveva bisogno per riscrivere dalle basi la letteratura: "Trovarsi davanti a un pazzo sapete che significa? trovarsi davanti a uno che vi scrolla dalle fondamenta tutto quanto avete costruito in voi, attorno a voi, la logica, la logica di tutte le vostre costruzioni!" (*Enrico IV*).

Il vostro era stato un matrimonio combinato – in cui fosti tu a portare la dote e tu a crescere tre figli mentre lui era libero di dedicarsi ai salotti culturali – che la sua penna ammantò di perfezione letteraria: i tuoi quarant'anni di manicomio non valgono certo un Nobel, eppure le cose sono andate così. Ora, madre, riposa in pace. Il caos è finito. Per questo nei miei quadri terrai sempre gli occhi bassi, per non incontrare lo sguardo mortale di Orfeo.

Sei stata una delle tante vittime di Orfeo, uno dei suoi pretesti, come è accaduto dopo anche con la bellissima attrice Marta Abba, che parimenti lui definì "sua creatura" e a cui dedicò ogni riga dopo averla incontrata: "Ora, nel caso nostro, la *verità vera* è questa: che il tuo vero padre sono io, sono io, e che Tu sei la creatura mia, la creatura mia, la creatura mia di cui tutto il mio spirito vive con la potenza stessa della mia creazione, tanto che *è diventata cosa Tua e tutta la mia vita sei Tu"*. Non la sfiorò mai con un dito, salvo caricare la sua stilografica con il sangue di lei: "Non potrei più andar avanti d'una parola, se la Tua divina Immagine ispiratrice m'abbandonasse per un istante. [...] Scrivimi, fatti viva, ho tutta la mia vita in Te, la mia arte sei Tu; senza il Tuo respiro muore".

O forse anche lui, madre, cercava quello che tutti cerchiamo, senza trovarlo mai: quel po' di felicità che la vita ci promette, e un po' di purezza. Per questo della vita a volte è necessario vendicarsi, magari diventando scrittori: "Uomo, ho voluto dire agli uomini qualche cosa, senz'alcuna ambizione, tranne forse quella di vendicarmi dell'esser nato" scriveva a Domenico Vittorini. "Ma pure la vita, anche per tutto quello che m'ha fatto soffrire, è così bella!"

Posso dirti, madre, che aveva un cuore tanto grande quanto infelice, perché le due cose coincidono. Cercò l'innocenza di un bambino per tutta la vita, senza trovarla. La sua immensa solitudine fu il convesso di cui la tua follia era il concavo.

Forse per questo, ovunque tu sia, lo perdonerai.

Decima sosta: la sopravvivenza

Gli uccelli afflitti ti piansero, Orfeo, ti piansero le schiere di animali selvatici, e i sassi duri, e le selve che spesso avevano seguito il tuo canto: gli alberi, deposte le loro chiome, rimasero rasi, in segno di lutto. E dicono anche che i fiumi crebbero a furia di piangere, e che le Nàiadi e le Drìadi misero manti neri sui loro veli e andarono con i capelli scompigliati. Le membra giacciono sparse qua e là. Tu, fiume Ebro, accogli la testa e la lira. Ed ecco (prodigio!), mentre filano via in mezzo alla corrente, la lira suona un non so che di triste, la lingua morta mormora tristemente: triste l'eco risponde dalle sponde. E portate finalmente al mare lasciano il fiume della loro Tracia, e vanno ad arenarsi sulle coste di Lesbo, dove è la città di Metimna. Qui, un feroce serpente si avventa contro la testa sbattuta su quella spiaggia straniera, contro i capelli grondanti di stille rugiadose; ma all'ultimo istante Febo interviene, e blocca il serpente che si appresta a mordere, congelandone in pietra le fauci spalancate, indurendolo così com'è, a bocca aperta.

Ovidio, *Metamorfosi*, XI

Te maestae volucres, Orpheu, te turba ferarum,
te rigidi silices, tua carmina saepe secutae
fleverunt silvae; positis te frondibus arbor
tonsa comas luxit; lacrimis quoque flumina dicunt
increvisse suis, obstrusaque carbasa pullo

Naides et Dryades passosque habuere capillos.
Membra iacent diversa locis; caput, Hebre, lyramque
excipis, et (mirum!), medio dum labitur amne,
flebile nescio quid queritur lyra, flebile lingua
murmurat exanimis, respondent flebile ripae.
Iamque mare invectae flumen populare relinquunt
et Methymnaeae potiuntur litore Lesbi:
hic ferus expositum peregrinis anguis harenis
os petit et sparsos stillanti rore capillos.
Tandem Phoebus adest morsusque inferre parantem
arcet, et in lapidem rictus serpentis apertos
congelat et patulos, ut erant, indurat hiatus.

E se Orfeo avesse compreso che solo il canto e la distruzione di sé gli avrebbero consentito di ricongiungersi all'amata e riparare al proprio errore? Il sacrificio di sé, prospettato agli dèi inferi per aver indietro la sua sposa, si era infine compiuto. Fedele a Euridice, rifiutando altre donne, aveva imparato che non è dominando l'oggetto del proprio amore che si vince la paura di vivere, ma sacrificandosi per lui, perché diventi soggetto amato e ri-generato, non oggetto capace di soddisfare il desiderio. Il suo sangue infecondo per le donne sorde e impazzite sarebbe stato fecondo per ritrovare Euridice? Il suo canto si sarebbe trasformato da elegia in inno? Ovidio, e ancora prima il mito che egli cerca di reinterpretare, mostrano che quel canto di ciò che si è perduto non può finire, così la lira e la voce continuano a cantare autonomamente. Chiunque, per amore, trovi il coraggio di morire per qualcuno immette nel mondo un canto perenne e nulla e nessuno può più cancellare quella storia: così è stato per Orfeo, così è per ogni uomo e ogni donna che trovino il coraggio di impegnare la propria libertà e il proprio spazio-tempo per qualcuno, cioè di amare sino in fondo. Per questo ammiriamo sempre gli amori fedeli e duraturi, in grado di resistere ai colpi della vita perché hanno approfondito le loro radici, come accade agli alberi quando hanno bisogno di ricevere più luce.

La testa di Orfeo vaga nei flutti e ripete il nome di Euridice, l'unico nome per cui le sue membra separate continuano a vivere, l'unico nome che le tiene unite al di là della morte. La vicenda di questo corpo devastato che ancora vive e canta mostra – almeno nel desiderio poetico – che solo l'amore può animare un cadavere, solo l'amore può sconfiggere la morte. Alcuni hanno detto che questa è la dinamica classica del sacrificio umano, in cui la vittima, dopo essere stata distrutta, viene immediatamente divinizzata dagli stessi assassini. Che l'origine del racconto sia questa o no, adesso non importa. Ciò che importa è che il racconto sia stato così tramandato, a mostrare che contiene una verità che l'uomo non può permettersi di dimenticare: in amore o ci si sacrifica per l'altro o si finisce per sacrificare l'altro. L'amore vero non è dipendenza, ma appartenenza, l'amore vero non è ricerca del completamento di sé ma messa a servizio della propria completezza: solo chi è qualcuno può donarsi a qualcuno. Vedo falsi amori costruirsi sullo schiacciamento dell'altro, che dispone dell'amato come fosse una sua proprietà, tanto che, se l'amato cerca di scrollarsi di dosso quella dipendenza, rischia di subire violenza fino alla morte. Nulla a che vedere con la vicenda di Orfeo: Orfeo ha trovato pienamente se stesso proprio nell'amore fedele a Euridice e per lei affronta due volte le vie della morte.

Questo è il prodigio che Ovidio ha raccontato: il fiume del tempo accoglie la testa e la lira. Le accompagna nel grande mare come in un ulteriore viaggio che l'amore costringe a compiere. È un movimento apparentemente vano, il movimento passivo di un morto. Ma in realtà, il corpo continua a cantare nonostante sia stato diviso: è l'amore a unificare ciò che appare disperso e caotico. C'è vita in chi muore per amore di un altro. Una vita prodigiosa. È proprio quando impariamo a sacrificarci per gli altri, scegliendolo liberamente, che nulla può più ucciderci, perché la verità dell'amore non può essere più scalfita, rimane scritta nella Storia, liberando forze vitali insospettate.

Il viaggio continua e la testa di Orfeo approda in una terra straniera: ancora una volta è stato condotto dove non immaginava, in un futuro non prevedibile ma accolto con abbandono totale, senza più alcun controllo. Il viaggio si compie dove era cominciato: faccia a faccia con il nemico che ha interrotto la festa.

Ecco infatti ricomparire il serpente. Quel serpente da cui era cominciata la distruzione, quando aveva morso il tallone di Euridice. Il serpente, invidioso della felicità degli uomini, morde la donna felice del suo amore appena inaugurato. E per lo stesso motivo vuole divorare la testa che continua a cantare il nome di Euridice, quasi che la felicità gli sia rimasta incastrata dentro oltre la morte, come se avesse potuto scavalcare la morte. Il serpente vuole divorare quel segreto, come avevano tentato di fare le donne furiose, il segreto dell'essere vivi e del vivere solo per l'amore che si nomina. Ma il dio del canto e della poesia protegge quella testa, quella voce, quel nome, pietrifica le fauci del serpente e le blocca in una smorfia. Il serpente sembra essere stato sconfitto dall'intervento del dio della bellezza. In realtà è tutto merito di Orfeo, che ha superato la morte lasciando che il suo corpo venisse squartato proprio mentre cantava la propria incapacità di amare, mentre cantava tutto il dolore dell'amore perduto. Forse se noi uomini avessimo la forza di fare altrettanto, se sapessimo dare la vita per amore, allora l'intervento del dio della luce, della poesia, della bellezza, non sarebbe altro che la naturale conseguenza della forza dell'amore.

Regine

Se andrai a visitare il cimitero di Nørrebro – stai attento al ghiaccio d'inverno – sosta davanti alla tomba di Søren Kierkegaard, ma non dimenticare di cercare, lì accanto, quella della donna che l'amò invano, Regine. Anche lui la amò invano, ma follemente. Il custode di quelle tombe racconta a chiunque glielo chieda come si possa amare così tanto, ma invano.

Ero un professore di filosofia, ma non perché avessi la vocazione all'insegnamento. Ho studiato i pensieri degli uomini perché credevo fosse l'unico argine al mistero, ma poi, quando entrai in classe, capii che al mistero ci si può solo accostare, si può addentrarsi nei suoi territori e quindi abitarlo, non certo porvi un argine: "La differenza tra un pensatore essenziale e un professore: il primo spinge sempre la cosa agli estremi, poi viene il 'professore' che elimina il 'paradosso'". Ecco perché ho lasciato tutto dopo un anno e mi sono impiegato come custode di questo cimitero, dove è sepolto l'uomo che, quando lessi le sue parole, mi spinse verso la filosofia: "L'esistenza è come il movimento. [...] Se li penso li abolisco e quindi neanche li penso più". Anche io volevo pensare la vita, il mistero della vita, ma senza abolirlo. E un cimitero è il posto migliore per farlo, perché in un cimitero la vita non si maschera più; in fondo la filosofia, dicevano bene gli antichi, non è altro che meditazione sulla morte. Chi riesce a stare di fronte alla morte senza abolirla scopre il segreto della vita. In questo cimitero ci sono due tombe che curo in modo particolare. Quella di Søren Kierkegaard e, poco oltre, quella di Regine Olsen, e questa seconda l'amo più della prima, perché da essa dipende la grandezza dell'altra.

Per un abbandono assoluto ci vuole un amore assoluto. E così ci si può legare a una donna che si adora nella città che si adora e poi dopo un anno abbandonare tutto: lei e la città. A un trasporto assoluto corrisponde il più fecondo degli addii. Ci si può trasferire in un'altra città, scrivere per dieci anni senza sosta e poi morire, dopo aver fatto sgorgare la corrente filosofica più vivace per il tempo a venire. Tutto a tue spese, Regine. Søren, in una delle lettere a te indirizzate, traccia un disegno, l'unico che ci ha lasciato. Nel disegno c'è lui stesso sospeso tra due linee, quella del cielo e quella della terra, che scruta lo spazio vuoto e infinito con un telescopio in mano, in cerca della fidanzata. Gli occhi sono crudeli protagonisti, come nel caso di Orfeo, ma qui c'è tutto il peso della distanza voluta e provocata. Un amore che cerca nel vuoto la sua interlocutrice, come un astronomo cerca il pulsare della sua stella lontana. E mentre scruta, la difficoltà a focalizzare l'oggetto innesca i pensieri necessari a costruire una filosofia della distanza, della sete, dello slancio inesausto, perché l'istante si dilati e divenga eterno. L'oggetto esiste, ma è irraggiungibile, si può solo accorciare la distanza con i pensieri, con le preghiere, con tutto ciò che risponde nell'uomo all'infinito che si è insediato, come un inquilino abusivo, nel suo cuore.

Avevi la pelle chiara, Regine, il viso incastonato in una corona di capelli scuri e le labbra dolci. Quando ti incontrò per la prima volta avevi quattordici anni e lui dieci di più. Era una primavera senza troppe pretese estive come accade spesso a Copenaghen, il mare scagliava brezze ancora rigide e l'estate sembrava solo un nome inventato nei romanzi degli italiani e dei francesi.

Eppure lui vide l'estate nei tuoi occhi, Regine, e tu l'assoluto nei suoi: uno slancio troppo grande per stare in un corpo di uomo. Tutti i feriti dall'infinito seducono le donne con il loro sguardo volto al futuro e fortunata è colei che riesce a convincerli che l'infinito ha bisogno di una casa per poter essere accolto, che l'oltre ha dimora in una donna. Solo una donna sa proteggerli dalla malinconia che afferra il loro cuore, convinto che la vita non è altro che un'immortalità ferita.

Lui provò a credere ai tuoi occhi estivi, Regine, e a settembre del 1840 ti chiese a tuo padre come fidanzata: "Era una fanciulla deliziosa, una natura amabile, quasi fatta apposta perché una malinconia, come la mia, potesse trovare l'unica gioia nell'incantarla". Il centro non sei tu, ma la sua malinconia. Che magma nell'anima di quell'uomo del Nord, che subito si era pentito di ciò che quella scelta comportava: limitare l'infinito dentro i codici umani e le strettoie del quotidiano. Rischiava così di sparire la sua malinconia e tutto ciò che gli serviva a scrivere le parole della sua opera filosofica. L'infinito non risiede nel piacere infinito del seduttore, non è nel lavoro infinito del borghese. Tutte parvenze e bagliori d'infinito. L'infinito è solo nel cielo stellato che Dio ha additato ad Abramo come segno della sua alleanza: non è l'uomo che può raggiungere l'infinito ma è l'infinito che deve chinarsi sull'uomo e l'uomo abbandonarsi a lui, impegnando in quella vertigine tutta la sua libertà, a ogni costo.

La solitudine è quindi l'unica disciplina che il desiderio deve darsi, per rimanere intatto. E così l'11 agosto dell'anno successivo, in piena estate, lui rinuncia ai tuoi occhi estivi, Regine, dopo un anno di lettere contraddittorie e di ricerche telescopiche. La sua era un'anima invernale o autunnale e l'estate doveva essere solo un'ipotesi cui anelare, da lontano, come una regione vergine e cancellata dalle mappe, come un'infanzia felice e abbandonata nei ricordi. Proprio perché l'amore sarebbe stato perfetto, perfetto fu anche l'abbandono. Per una scrittura perfetta ci vuole un dolore perfetto e per un dolore perfetto un abbandono perfetto, come quello di Euridice da parte di Orfeo.

Per questo tu non capivi, Regine: l'amore era vero e autentico. E proprio questo lo condannò alla sua intensa impossibilità. L'assoluto non tollera rivali, né tanto meno amanti. La felicità è cosa per i mediocri: l'esistenza per farsi filosofia deve procurarsi la sete, solo così acquista gli strumenti e le parole per diventare anelito di libertà: essenza dell'uomo dell'istante. Per abitare la malinconia bisogna conoscerla, e lui era un maestro nel procurarsela, come quella volta che ti invitò a fare una passeggiata e quando scorgesti la carrozza sulla quale era venuto a prenderti lui disse al vetturino di tornare indietro.

L'abbandono non estinse la tua sorgente, ma la intorbidò, e ci volle molto tempo prima che un uomo potesse bere nuovamente la tua acqua. Così sei anni dopo la rottura del fidanzamento con Søren, nel 1847, finisti per sposare un uomo solido e più vecchio.

Partisti per le Antille danesi con tuo marito, governatore di quei posti esotici, inaugurando una vita tranquilla e giusta, ma certo senza slanci. Lui ti scriveva lettere che tuo marito non ti fece pervenire. Faceva parte del progetto del filosofo: slanci mai soddisfatti, distanze abissali ed esotiche mai colmate, tenere viva la fiamma dell'assoluto abbandono per scrivere la ricerca dell'assoluto e la sua redenzione. Dio è un amante geloso e non sopporta altri dèi o idoli. E ogni amore è una religione che ha come dea colei che si ama, Regine.

Quando tu tornasti, nel 1860, lui era morto da cinque anni e aveva scritto tutte le sue opere, con febbrile fecondità. Ti aveva lasciato in eredità i pochi spiccioli di una vita dedita alla filosofia, nominandoti nel testamento come la sua fidanzata di un tempo e rendendoti di fatto l'unica interlocutrice valida per le parole che aveva scritto: custode e casa.

E io che curo questo piccolo cimitero dalle lapidi sferzate dai venti del Nord, spesso vengo a sostare sulle vostre due tombe. C'è la tua, vicina a quella di tuo marito, lui morto nel 1896 e tu nel 1904. E poco distante c'è quella di Søren, Regine, che morì nel novembre del 1855, proprio l'anno della tua partenza dalla Danimarca. Una vicinanza che non richiede più nessun telescopio. Tutte le parole che scrisse dopo averti voluto perdere servirono proprio a raggiungerti. Forse fosti lo stesso casa per l'infinito, ma secondo le regole del demone filosofico, della Musa della sapienza e del rigore protestante. Non fosti una casa di legno con le finestre aperte sul mare, ma una casa di parole spalancate sull'infinito. E l'eredità a te lasciata è stata una disperata richiesta di perdono, o quanto meno l'ammissione di un debito inestinguibile, altrimenti Søren non avrebbe confessato la regola che lo governò: "La legge di tutta la mia vita è che lei ritorna in tutti i punti decisivi". Parlava di te, Regine.

E così tra questi ponti e queste case, in questo cimitero di Nørrebro che ospita altre anime in cerca dell'assoluto, come quelle di Andersen e Bohr, vedo ogni giorno che l'uomo è una corda tesa tra noia ed eroica ricerca del tutto. E l'amore non nasconde mai all'uomo il Nord dell'esistenza.

In questo luogo di pietra e di ghiaccio tu me lo ricordi tutte le mattine, Regine.

Pilar

Antonio Machado in amore non fu fortunato, per questo lo fu in poesia. Perse la prima moglie troppo presto e dopo non volle concedersi altri dolori inconsolabili. Solo Pilar de Valderrama riuscì a lenire la sua ferita. Suo fratello, José, racconta come avvenne.

La differenza di età degli innamorati aiuta a comprendere quanto sia l'amore a segnare il tempo e non viceversa.

Quando si innamorò di te, Pilar, era il giugno del 1928, tu avevi trentanove anni e lui cinquantatré. L'asimmetria anagrafica era giustificata da troppa consuetudine con il dolore: tu non dovevi mai morire, non prima di lui.

Aveva perso la moglie dopo tre anni di matrimonio, era accaduto in una Parigi da cartolina: mentre lui dedicava qualche ora del suo tempo libero ad ascoltare Bergson, Leonor ebbe un'emorragia che la portò rapidamente alla morte. Quando si erano sposati lei era giovanissima, tanto da suscitare i commenti più malevoli sul conto del poeta: aveva quindici anni e lui trentaquattro. Forse già allora lavorava dentro di lui la paura che le cose belle possano morire anzitempo, e la vita gli diede presto ragione.

Quel dolore gli aveva tolto tutto, infatti nella raccolta che pubblicò quello stesso anno per richiamare in vita la sua Euridice (*Campos de Castilla*), si lamentava con Dio di avergli strappato ciò che amava e aggiungeva che gli restavano solo il suo cuore e il mare. Quel mare che nelle sue poesie è rigorosamente donna (privilegi di alcune grammatiche) come Teti, dea del mare, osservando il quale suo figlio Achille piangeva la propria gloria ferita. Come scrisse in una poesia di quella raccolta:

Y cuando llegue el día del último vïaje,
y esté al partir la nave que nunca ha de tornar,
me encontraréis a bordo ligero de equipaje,
casi desnudo, como los hijos de la mar.

E quando il dì verrà dell'ultimo mio viaggio
e salperà la nave per non più ritornare,
mi troverete a bordo leggero di bagaglio
e sarò quasi nudo, come i figli del mare.

Ma i contorni della sua prima Euridice con il tempo erano svaniti, perché troppo l'aveva guardata nell'aldilà. C'era bisogno di perdere nuovamente qualcosa per poterlo cantare. Pilar, tu fosti un nuovo dono da perdere, quell'amore intempestivo e fuori stagione che consentì al poeta di dare nuovo frutto, perché non basta ai poeti morire una volta sola per cantare tutta la vita, tranne qualche rara e fulminea eccezione alla Rimbaud.

Al suo dolore rispondeva simmetricamente il tuo: avevi scoperto che tuo marito aveva una giovane amante, che si era suicidata per la vergogna o per l'impossibilità di quell'amore. Anche tu eri poetessa, e riconoscesti negli occhi di Antonio la formula per un antidoto al dolore. C'era qualcosa di nuovo da perdere, qualcosa di nuovo da piangere, qualcosa di nuovo da cantare.

Lui, originario di Siviglia, abitava a Segovia, vicino a Madrid, dove insegnava letteratura e dove cenaste insieme, e questo vi bastò: a te per trovare in lui un amore che non tradisce e a lui per trovare in te un amore che non muore. Ma tu eri sposata e la vostra poteva essere solo un'amicizia. E così vi concedeste incontri furtivi nella capitale, dove passeggiavate in un giardino o vi rifugiavate in un bar che avevate ribattezzato "il nostro angolino". Fingevate scorribande da turisti, come amici che si trovano in una città straniera e si concedono il lusso di poter almeno essere amici, pur essendo l'uno innamorato dell'altro. Era il modo in cui potevate permettervi vicinanza, senza che il contatto fisico si vendicasse di un amore impossibile, rendendolo troppo vero.

Poi fu già tempo di partire e separarsi a causa della guerra civile: era il 1936 e dopo un periodo a Palencia tuo marito ti portò in Portogallo, vicino a Lisbona. Non restava che scriversi e così decideste di incontrarvi in un luogo immaginario, che chiamavate il "terzo mondo", sempre alla stessa ora: tra le undici e le dodici. L'immaginazione avrebbe consentito di bruciare distanze di spazio e di tempo, per inventare un tempo e uno spazio dove tutto era possibile, perché tutto era assente. In fondo due amanti creano sempre un terzo mondo, che vorrebbero eterno. Per voi era solo immaginario: così tutto sarebbe stato cantabile, perché i poeti parlano solo del terzo mondo, il mondo dell'assenza, l'eden riscattato dalla parola, ricucito dall'immaginazione dopo le ferite infertegli dai primi due mondi.

Solo le lettere provano a risarcire la distanza, accorciata da impossibili azzardi linguistici in cui il possesso si fa superlativo assoluto e si firma: "tuo, tuissimo, arcituo".

Quella nuova estate del suo cuore lui l'aveva già trasformata in una raccolta di versi, che nel 1929 era stata salutata come un canzoniere capace di raccontare in versi una donna ideale, quell'amore a cui tutti aneliamo ma che questa vita non ci concede mai, perché questa vita e quella perfezione sono due rive tra le quali cerchiamo invano un guado impossibile.

Tu sapevi a chi erano dedicate quelle *Canciones a Guiomar*, tu sapevi che il tuo nome, Pilar, era nascosto dentro quel soprannome poetico, che conteneva anche il suo mare femminile. Niente fu più musicale della sua poesia, nella nostra lingua.

Ma la guerra è più profonda del mare e rende insuperabile la distanza tra Estoril, nella punta più a ovest del Portogallo, dove ti eri rifugiata per le tue idee politiche, e le repubblicane Valencia e Barcellona, dove si era trasferito lui.

Il sogno di un terzo mondo diventa sempre più necessario. Egli vagheggia ogni dettaglio di questo amore, persino l'amante e l'amata:

Ogni amore è fantasia;
egli inventa l'anno, il dì,
l'ora e la sua melodia;
inventa l'amante e in più
l'amata. Nulla prova
contro l'amore che mai
sia esistita l'amata.

Conservi le vostre lettere, più di duecento, ma quando decidi di pubblicarle, lontana ormai dal rischio di essere stata amante di un repubblicano durante un regime militare, ne scegli solo quaranta, sulla cui carta cancelli con la chimica ciò che sentivi più intimo del vostro rapporto. Ma la chimica anni dopo ti tradisce, restituendo al tempo ciò che avevi cercato di sottrargli. Forse cercasti fama, Pilar, pubblicando quelle lettere. Tu, l'amante di Machado, tu poetessa mai troppo poetessa, eri forse caduta nel solito tranello dell'amore, atto solo a ringiovanire un cuore vecchio, perché avesse materia di canto? Dopotutto era stato lui a scrivere questo ritornello rivelatore su un immaginario ventaglio poetico che ti avrebbe regalato, da aprire e chiudere all'infinito:

Scriverò sul tuo ventaglio:
t'amo per dimenticarti,
ti dimentico per amarti.

Io la risposta non la so, Pilar, ma forse è contenuta nel taschino della giacca di mio fratello, vicino a quel cuore di carne che non resse alla fuga dai militari dell'esercito nazionalista da Barcellona alla Francia. Si spaccò poco dopo il confine per troppa amarezza e stanchezza nel bel mezzo di quel freddo inverno del 1939. Aveva dovuto abbandonare la sua valigia di versi e scritti lungo il cammino e gli era rimasto solo il foglio che trovai nel suo cappotto vicino al cuore, a custodire il segreto di una vita. I poeti si portano sempre addosso il loro testamento.

Vi aveva scritto tre frasi, che forse sono il segreto di ogni uomo, con una matita che mi aveva chiesto qualche giorno prima di morire.

Ser o no ser. La frase di Amleto: quale, per te che vivi, il motivo del vivere?

"Questi giorni azzurri e questo sole dell'infanzia." L'ultimo verso nuovo scritto da lui, con il quale ricordava la sua infanzia incantata in una Siviglia vergine, in dialogo continuo con *la mar* di cui si era sentito orfano per troppo tempo.

E, tra le migliaia di versi che aveva scritto, proprio alcuni che ti riguardano, Pilar:

E ti darò la mia canzone:
"Si canta quel che si perde",
con un pappagallo verde
che la dica al tuo balcone.

Si tratta di una variante a una delle *Otras canciones a Guiomar* già pubblicate. Aveva mutato in *daré* i precedenti *enviaré* e *mandaré*, che ricordavano troppo la realtà di lettere scambiate nel vostro amore epistolare, quando invece era il dono della poesia ciò che contava. Al posto della testa di Orfeo che, scivolando nelle acque del fiume, all'infinito ripete "Euridice, Euridice", c'è un verde pappagallo che all'infinito ripete il tuo nome, Pilar, o forse meglio, ripete il segreto della poesia di cui tu eri solo il soprannome: si canta quello che si perde, si canta quello che si perde...

Non importa quanti anni tu abbia avuto, quanto ti abbia amato, quanto tu sia stata reale, Pilar. Importa solo quanto tu sia stata Guiomar.

D'altra parte non poteva sfuggirgli che il tuo cognome, de Valderrama, letto al contrario faceva coincidere *amar* e *mar*. I poeti sono attenti a queste cose. Forse solo a queste.

Fanny

Antonio Ranieri, che racconta, ospitò Giacomo Leopardi nella sua casa napoletana fino al chiudersi dei suoi occhi voraci. Ne raccolse le ultime confidenze e versi, e forse era stato lui stesso la causa del più grande dolore sperimentato dal poeta, l'amore non corrisposto per Fanny Targioni Tozzetti. Però, nell'ordine della poesia, l'amore non corrisposto ha sempre generato grandi scoperte.

Si dice che alla richiesta di spiegazioni sul perché tu abbia allontanato Giacomo, nonostante i suoi regali e la sua devozione sincera, tu abbia risposto: "Perché puzza". Non so se tu sia arrivata a tanto, ma certo è che di profumo, Fanny, la vita vera non ne ha mai avuto. Infatti io non divenni mai poeta e ti fui amante sincero. Rimasi accanto a Giacomo fino alla morte perché volevo carpire il segreto per essere poeta come lui. E lo scoprii: bisogna amare solo la poesia e la sua ricerca, che non sopporta tradimenti. E io non ero adatto per questa religione, ma ero votato a quella più ordinaria degli amanti, che richiede meno rinunce e meno devozione.

Attraente per bellezza e per intelligenza, avevi affinato l'arte del gesto fino a raggiungere il totale controllo del corpo, che usavi per sedurre ed essere corteggiata, come il pavone con la sua coda. Così potevi procurarti le migliori compagnie del tempo, qualcuno che non ti annoiasse subito: le donne intelligenti hanno nella noia un acerrimo nemico.

Nella rete cadde anche lui, era il 1830, Firenze prometteva casa a ogni letterato e il tuo salotto di donna colta e mondana ne era una dépendance di rilievo. Tu, Fanny, colta e sposata, avevi tutte le caratteristiche perché lui trovasse in te ciò che gli serviva per dare nutrimento al cuore e quindi un nuovo passo alla sua poesia, quando ormai ogni cosa lo aveva deluso – la politica, la gloria, il mondo delle lettere – e rimaneva solo l'amore come antidoto all'infelicità: "Cara Fanny, trovo molto ragionevole l'usanza dei Turchi e degli altri Orientali che si contentano di sedere sulle loro gambe tutto il giorno, e guardare stupidamente in viso questa ridicola esistenza" (dicembre 1831).

La vostra corrispondenza e affinità riaccendeva l'ultima delle consolazioni della vita, l'amore: "Io non ho bisogno di stima, né di gloria, né d'altre cose simili; ma ho bisogno d'amore", così Giacomo scriveva a un'amica in una lettera di qualche anno prima. E tu eri perfetta, perché amabile ma impossibile da amare. Proprio ciò che deve fare un'illusione, rilanciare all'infinito il desiderio fino a sentire la malinconia dell'impossibilità. Tu, Fanny, lo vedevi come l'ennesima vittima della tua vanità e il mezzo per ottenere altri autografi di intellettuali del secolo, ma la Musa si serve di tutto, anche di queste dissimulazioni per dare ai suoi schiavi l'opportunità di rinnovare i loro versi. Così lo irretisti nell'incanto di una corrispondenza capace di pacificare un cuore che non sa dove riposare, un cuore che riconosce nell'amore l'ultima requie disponibile su questa terra, prima di quella definitiva.

Noi due non avevamo bisogno di tutte queste complicazioni, io ho il cuore schietto, Fanny, e a volte penso che essere poeti non significhi altro che essere condannati a perdere tutte le cose umane per poterle cantare. Nelle loro parole tutto corrisponde alla perfezione: prendere e allontanare, essere presi ed essere allontanati. L'illusione dell'amore è meravigliosa, e si sa che la meraviglia è l'inizio della conoscenza, sia di quella scientifica che di quella poetica. Così per Giacomo nasce un ciclo di poesie nuovo. L'incanto d'amore genera la tua maschera, Fanny, e catalizza l'ispirazione di alcuni Canti.

Per Giacomo tu eri l'eccezione all'infelicità di tutte le cose, e di ogni loro atomo e cellula. L'infatuazione crea la sua stessa illusione, fa sentire all'uomo prima la sua condizione di incompletezza e poi gli offre una soluzione che è solo un miraggio, tutti movimenti del cuore che lui aveva descritto, ma che al momento di innamorarsi aveva prontamente voluto dimenticare: "Il tuo cuore agitato, sente sempre una gran mancanza, un non so che di meno di quello che sperava, un desiderio di qualche cosa anzi di molto di più" (*Zibaldone*, giugno 1820).

Certo aveva ragione sulla crudeltà della Natura. A noi due bastò poco per accenderci d'amore e corrisponderci, ma per amare lui ci sarebbe voluto un bel coraggio: malinconia, veglie notturne, dolori, silenzi inscalfibili... Io che gli fui amico lo so, per questo in fondo posso capirti. La tua bellezza, Fanny, gli servì per sperare che non tutto fosse perduto, se non per lui almeno per la sua poesia: "Ma io ho torto di scrivere queste cose a voi, che siete bella, e privilegiata dalla natura a risplendere nella vita, e trionfare del destino umano. So che ancor voi siete inclinata alla malinconia, come sono state sempre e come saranno in eterno tutte le anime gentili e d'ingegno. Ma con tutta sincerità, e non ostante la mia filosofia nera e disperata, io credo che a voi la malinconia non convenga, cioè che quantunque naturale, non sia del tutto ragionevole. Almeno così vorrei che fosse" (dicembre 1831).

Almeno così vorrei che fosse, ti dice, e così può essere solo in arte, che è il mondo del possibile, il mondo in cui si rifà il mondo come sarebbe potuto essere, in cui si raccontano le cose come sarebbero potute andare. L'arte forse è solo questo, Fanny: il singhiozzo dell'eternità perduta. E la bellezza l'unica consolazione alle lacrime delle cose.

Il deserto che la ragione ha determinato nella sua vita trova la propria pioggia feconda, l'incanto della stagione estiva degli *Idilli*, che prometteva e permetteva l'infinito di là dall'ostacolo, si era tramutato nell'inverno del disincanto, nella gelida ironia delle *Operette*, e poi nel malinconico autunno dei nuovi Canti, i pisano-recanatesi, in cui l'idillio è evocato nostalgicamente, come promessa bellissima ma impossibile. Eppure una nuova primavera si affaccia, come in ogni innamoramento, perché innamorarsi è volersi collocare stabilmente in uno stato di veglia e tensione dell'essere, che si apre alla realtà come un amante all'amata.

Ma questa volta l'illusione non corrisposta non lascia spazio ad alcuna possibilità di remissione: "Addio, bella e graziosa Fanny. Appena ardisco pregarvi di comandarmi, sapendo che non posso nulla" (agosto 1832).

Come ti devi essere sentita importante, Fanny, capace di resuscitare uno dei cuori più ricchi del secolo, insieme a quelli dei due poeti del Nord, Keats e Hölderlin. Loro sono la trinità poetica del Diciannovesimo secolo. Sarebbe mai stato possibile un amore tra te e Giacomo, che non fosse solo un massaggio cardiaco a fini poetici? Non credo. Tu lo allontanasti e la Musa ottenne quello che voleva: il *Ciclo di Aspasia*, dove si canta come ci si inventa l'amore che si perderà e si impara ad abitare il dolore del sentimento non corrisposto e il disincanto più crudele si muta in canto. Così sgorgano dal dolore dell'inganno, dell'abbandono, della verità, parole mai scritte prima, simili a melodie che scandalizzano le orecchie del proprio tempo. La novità non è parlare al cuore: lo aveva fatto già Odisseo ai primordi della poesia occidentale, proprio quando rischiava di morire dopo il suo ultimo naufragio. La novità è nel chiedere al cuore di fermarsi, di non essere se stesso, di smetterla di illudersi che al mondo qualcosa contenga l'infinito per cui è fatto e dare forma al dolore in versi e enjambement mai uditi sino a quel momento.

Or poserai per sempre,
stanco mio cor. Perì l'inganno estremo,
ch'eterno io mi credei. Perì. Ben sento,
in noi di cari inganni,
non che la speme, il desiderio è spento.
Posa per sempre. Assai
palpitasti. Non val cosa nessuna
i moti tuoi, né di sospiri è degna
la terra. Amaro e noia

la vita, altro mai nulla; e fango è il mondo.
T'acqueta omai. Dispera
l'ultima volta. Al gener nostro il fato
non donò che il morire. Omai disprezza
te, la natura, il brutto
poter che, ascoso, a comun danno impera,
e l'infinita vanità del tutto.

A se stesso

Tutto deve spegnersi: e lo fa in un perfetto pianto di sedici versi, uno in più dell'*Infinito*, dalle simmetrie nascoste, perché il dolore mai è simmetrico, è caotico, al contrario della poesia, che gli impone un ordine e fa il miracolo di renderlo abitabile. Il cuore, muscolo involontario che batte senza il nostro consenso, poeticamente viene costretto all'infarto: è la prima volta che accade. Come una scoperta scientifica da cui non si possa più tornare indietro. Tu, Fanny, ti sarai sentita più forte, come a ogni rifiuto amoroso che dispensavi, ma fu la Musa a servirsi di quel rifiuto per creare le condizioni di una nuova poesia: frantumata, spezzata, costellata di termini aspri e netti, che con Petrarca e Tasso non avessero più a che fare, se non per una memoria sconfessata. Bisognava portare avanti il discorso amoroso, erano ormai troppi secoli che stagnava nella tradizione. Il "fingo" del pensiero che creava l'infinito diventa "fango", all'infinito in cui naufragava l'io dolcemente si somma un verso in più, il sedicesimo, in cui di infinito c'è solo la vanità, il vuoto di ogni cosa che promette senza mantenere, chiama senza rispondere. L'amore in testa. Venne a cercarti nell'aldilà, quando non gli corrispondesti, Fanny, ma per restarci, non per tirarti fuori. Ciò che era resuscitato, il cuore, doveva definitivamente morire. Si poteva cantare soltanto la caduta di ogni illusione di felicità: "E pure certamente l'amore e la morte sono le sole cose belle che ha il mondo, e le sole solissime degne di essere desiderate. Pensiamo, se l'amore fa l'uomo infelice, che faranno le altre cose che non sono né belle né degne dell'uomo" (agosto 1832).

Fanny, la tua civetteria posso scusarla, perché è servita a

qualcosa. Senza di te, nessuno avrebbe mai provato a creare l'infarto poetico, l'ateismo positivo del cuore. Qualcosa che solo chi era passato per il crogiolo del disincanto poteva trasformare in versi e paradossalmente in un nuovo canto. Orfeo continuò a cantare il nome di Euridice, anche quando la sua testa fu spiccata dal corpo. Giacomo si spiccò il cuore dal petto, Fanny, perché la smettesse di dire quel nome, perché quel nome rimanesse senza suono. Lui era poeta come Orfeo e continuò a cantare, anche senza cuore, perché ai poeti – che amino o perdano l'amore – resta sempre la poesia. E se Giacomo Leopardi ebbe il coraggio di dire che tutto quello per cui viviamo è un'illusione, lo dobbiamo a te, Fanny. Ma a lui – o alla Musa? – dobbiamo il coraggio di aver trasformato anche questo insensato dolore in bellezza.

Solo la poesia e la grazia trasformano il dolore in bellezza, la morte in vita. Sono cose per sopravvissuti.

L'arrivo: la metamorfosi

L'ombra di Orfeo discende sottoterra. Egli riconosce uno per uno i luoghi che già ha visto una volta e, cercandola per i campi delle anime pie, ritrova Euridice, e la abbraccia appassionatamente. E qui passeggiano insieme: a volte accanto; a volte, lei lo precede e lui la segue; altre volte è Orfeo che cammina davanti e ormai senza paura di perderla si gira indietro a guardare la sua Euridice.

Ovidio, *Metamorfosi*, XI

Umbra subit terras, et quae loca viderat ante,
cuncta recognoscit quaerensque per arva piorum
invenit Eurydicen cupidisque amplectitur ulnis.
Hic modo coniunctis spatiantur passibus ambo:
nunc praecedentem sequitur, nunc praevius anteit
Eurydicenque suam iam tutus respicit Orpheus.

Si chiude così la vicenda di Orfeo ed Euridice, e il finale è ciò che dà senso non solo alle singole storie, ma alla Storia, quella del mondo, o almeno ci prova. Aristotele scrisse che la differenza tra la storia e l'arte è che la storia ci racconta le cose come sono, l'arte come potrebbero essere. In quel "potrebbero" c'è tutta la forza dell'istinto creativo e specificamente narrativo dell'uomo: le storie che inventiamo e sopravvivono nel ricordo si mescolano al nostro vivere quotidiano come una ipotesi per abitare il caos del mondo, come un filo che consente di affrontare il labirinto della vita dandogli un senso. Senza storie impazziremmo, ci troveremmo investiti da dati e immagini senza alcuna possibilità di leggerli e comprenderli. Le narrazioni non spariranno mai se non nel giorno in cui l'uomo avrà rinunciato ad avere un futuro.

La storia di Orfeo ed Euridice si chiude nell'aldilà e potrebbe perciò sembrarci una fuga dalla realtà, ma l'aldilà nelle storie è sempre un aldiquà: basti pensare al poema di Dante. La storia di Orfeo ed Euridice non ci parla di qualcosa che accadrà dopo, ma di ciò che *potrebbe essere* l'amore, adesso e in ogni momento, e poiché si tratta del desiderio più radicale dell'uomo lo colloca nel tempo che rende assoluta ogni cosa: dopo la morte, dove le cose finalmente si fissano e ogni tensione trova il suo appagamento. Tutte le grandi storie ci aiutano a riconoscere i nostri desideri più profondi e li portano allo stato di veglia, attraverso i protagonisti in cui ci immedesimiamo, e aggiungono un filo alla trama breve della nostra vita. Un racconto sopravvive nel tempo proprio perché rende la trama della nostra vita più forte, comprensibile, vivibile, desiderabile.

Nel finale incontriamo l'amore come potrebbe essere, e non è un caso che sia ambientato nei campi dei beati. Ovidio, nella sua personale interpretazione del mito, intuisce che la beatitudine passa attraverso l'amore che ha conosciuto la morte. Non dimentichiamo poi che il poema parla di metamorfosi, racconta cioè storie di "mutamenti". E quale sarebbe il mutamento se i due sposi rimanessero in tutto e per tutto umani, a differenza che nelle altre storie, dove gli umani si trasformano in oggetti, piante, animali? Qualcuno ha detto che le metamorfosi nella storia di Orfeo ed Euridice riguardano i personaggi secondari, materia del canto di lui, pura funzione narrativa, ma è una risposta insoddisfacente. La verità è che la metamorfosi in gioco qui è proprio quella per antonomasia, la trasformazione operata dall'amore: i due diventano pienamente vivi, cioè beati, passando attraverso il cambiamento radicale che l'amore impone con il suo accadere: imparare a essere anche morti, cioè darsi all'altro, costi quel che costi. È la metamorfosi più ordinaria e straordinaria di tutte, quella che rende l'uomo più uomo, la donna più donna, o meglio, l'uomo pienamente uomo, la donna pienamente donna, l'uno attraverso l'altra, l'una con l'altro. L'amore non è soltanto un'emozione, ma una forma del conoscere: riconoscere. L'amore non è soltanto un'emozione, ma la forma stessa del vivere: crescere. L'amore è emozione solo come conseguenza del riconoscere e del crescere, infatti non emoziona più se non si nutre di questi due verbi. Gli sposi sono diventati, per via amorosa, esattamente ciò che potevano diventare: l'uno in cerca della gioia dell'altro, totale appartenenza e totale libertà, essere insieme come campo di forza tra un io e un tu irripetibili, capace di attrarre e trasformare ogni imprevisto esistenziale e rischio vitale in un continuo "noi". L'amore non è semplice completamento di ciò che c'è già, in cerca di equilibrio, ma aggiunta dell'inedito, introduzione nel mondo del mai visto, del nuovo. Le storie non raccontano mai l'equilibrio, ma proprio la sua rottura in vista di una nascita.

La tappa definitiva dell'amore è l'insemprarsi, entrare in una dimensione oltre lo spazio e il tempo e costruire un'eternità fatta non di una sovrabbondanza quantitativa delle cose che più desideriamo, ma della profondità qualitativa dell'amare e del sentirsi amati continuamente e sempre di più in ogni istante, a ogni passo che si compie. In questa dimensione la morte non può entrare, perché, pur calati ancora nel tempo, si conosce la formula per affrancarsi dal tempo, com'era il canto di Orfeo.

L'eternità è il contrario dell'immobilità, è puro movimento di amore dato e ricevuto, come un "ti amo" detto in continuazione e ascoltato come fosse il primo. Non ci sono più dolore, stanchezza, ripetizione, lacrime, e se ci sono diventano nutrimento necessario. Si vede l'altro nella sua pienezza e bellezza e ce ne si innamora continuamente. Per questo Ovidio colloca il secondo incontro tra Orfeo ed Euridice nei campi dei beati, non più nelle terre oscure dei morti.

Il poeta sottolinea inoltre che qui Orfeo è già stato. Solo

chi ha amato fino in fondo conosce le vie della morte, i suoi labirinti, ma proprio lì in mezzo trova anche la via per i campi dei beati. Ed è lì che riconosce la sua sposa, finalmente la guarda negli occhi e la abbraccia. Tralasciamo il fatto che si tratta solo di ombre, non importa a livello narrativo, sono proprio loro due, adesso il tempo è vinto, non è quello della ripetizione e del dolore, c'è un tempo di pienezza, in cui si passeggia senza alcun timore e non ha importanza chi preceda e chi segua. Non ci sono più vincoli o leggi. Al massimo dell'essere amati corrisponde il massimo dell'amare.

Quando infine Penelope riconosce Ulisse, Omero paragona il suo abbraccio al marito a quello di un naufrago scampato alla morte, che finalmente tocca terra e vi si aggrappa. Per tutto il poema il naufrago è stato Ulisse; ora Penelope, che con gli occhi non lo ha riconosciuto, solo dopo aver ascoltato il racconto delle sue disavventure lo riconosce e prende su di sé il suo dolore di naufrago sopravvissuto, condividendolo, diventandone a tutti gli effetti con-sorte. L'uno diventa terra per l'altra, e viceversa. L'amore è scampare alla morte come un naufrago e aggrapparsi al perimetro di un abbraccio, riconoscere il dolore dell'altro e farlo diventare anche il proprio. In questo continuo perdono della mortalità, dell'insufficienza, del limite altrui, l'amore dà scacco al tempo, e quindi alla morte. Ed è sempre in un racconto che questo accade: il racconto di Ulisse, il racconto di Penelope, il racconto di Omero.

Lo stesso succede a Orfeo ed Euridice: finalmente possono guardarsi per sempre senza paura di perdersi perché non c'è più niente da perdere, perché tutto è stato guadagnato, essendo stato tutto riscattato da ciascuno e insieme. È scomparsa la grande nemica di ogni vita amorosa: la paura. La paura di non avere il controllo, la paura di stancarsi, la paura di perdere l'altro o se stessi, andando quindi contro ciò che l'istinto naturale detta a chi ha un bene in scarsa quantità: tenerlo per sé. Ma proprio questo gesto trasgressivo apre lo spazio e il tempo della beatitudine. Non c'è più spazio per la paura se si ha tutto e nulla può esserci tolto. Al massimo dell'appartenenza corrisponde il massimo della libertà.

Questa meravigliosa descrizione dell'amore è un'ipotesi che ogni amante sa di meritarsi, senza però avere idea di come fare a realizzarla. Eppure io credo che si possa imparare. È strano: siamo disposti all'apprendimento in tanti ambiti, ma ci aspettiamo che l'amore si manifesti al suo meglio spontaneamente, senza il nostro intervento. Temo che l'interpretazione romantica dell'amore come suprema emozione abbia finito per danneggiarci. L'amore si può imparare, proprio perché è sempre una storia, cosa che un'emozione non è.

Il gesto quotidianissimo del passeggiare insieme in una dimensione piena di senso – in cui l'uno guarda l'altro e se ne bea come della cosa più bella che gli sia capitata proprio perché gli ha indicato la strada per la trasformazione e definizione di sé – è il momento più significativo nella chiusa di Ovidio. La stessa sensazione di compimento la provo quando vedo i miei genitori tenersi per mano dopo più di cinquant'anni di matrimonio, mentre passeggiano per una via di New York o su una spiaggia siciliana, magari al termine di un dibattito animato con punti di vista opposti su qualcosa. Le loro differenze con il tempo non si sono smussate, anzi forse si sono acuite, ma ciò che conta è che hanno imparato a donarsele reciprocamente e reciprocamente ad accettarle. Sono diventati ancor più loro stessi e per questo sono ancor più innamorati. Questo campo di forza coinvolge in modo misterioso anche me, che mi sento confermato nel mio essere chi sono: generato e rigenerato dalla loro relazione.

L'abbraccio appassionato di Orfeo ed Euridice è ormai inscindibile, l'eros è interno al gesto più quotidiano e fare l'amore è fare insieme ogni cosa, anche la più banale. Fare l'amore. Se noi conoscessimo veramente le implicazioni del verbo "fare", l'amore sarebbe un'altra cosa. C'è un fare che indica un mero trasformare il già dato, e c'è un fare che indica un realizzare il nuovo, l'inedito, a partire dal già dato. Nella seconda accezione fare l'amore vuole dire rendere l'amore reale, così reale che va oltre la somma degli addendi. Solo quando l'amore crea il suo oltre lo facciamo realmente, altrimenti rischia di essere solo un disfare l'amore.

A questo aspira ogni storia d'amore: dare forma a una quotidianità che si solleva su se stessa e non si lascia irretire da ripetitività, anonimato, noia, consuetudine, pur conoscendole. L'amore aspira alla novità nel quotidiano. Una novità che può scaturire solo dal viaggio di conoscenza dell'altro, potenzialmente inesauribile. Solo così il quotidiano si colma di senso, grazie all'apertura del tempo verticale. L'amore non è la proiezione romantica di relazioni tanto perfette quanto illusorie, come quelle proposte dalle favole o dalla "rete". Piuttosto è l'accettazione di tutto ciò che sfugge al nostro controllo, che apre alla sorpresa, per la quale vale la pena rischiare, giorno per giorno. Un amore che non fugge più dalla quotidianità ma se ne nutre e la abbraccia trasformandola in beatitudine, anche se si tratta di rifare un letto, di dare una carezza, di curare una malattia... Tutto si trasforma in un'unica sorprendente passeggiata, in cui uno ora segue ora precede, a seconda delle necessità e dell'imprevedibile avventura del quotidiano. Un amore così può trasformare l'accidentata intermittenza della nostra capacità di attenzione e di desiderio in un cammino sensato nel disordine del tempo e dello spazio. Solo in questo modo la prosa di tutti i giorni diventa poesia, perché l'amore non fugge dal tempo ma vi entra e se ne nutre, da dentro lo vince e si eleva al di sopra di esso, mostrandosi così più forte, forse persino della morte stessa.

Orfeo abbandona la sua lira e il suo canto, che era stato la causa della seconda morte di Euridice. Non ha più bisogno di nulla ora che ha lei, e d'altronde ha imparato ad abbandonare tutto per lei, come fa chi deve alleggerire il carico quando la nave rischia di affondare.

Ecco il paradosso salvifico dell'amore. Non tutti sono disposti ad accettarlo, c'è chi sceglie la via del disamore e la percorre finché può, godendo delle momentanee ebbrezze, dell'effimera sensazione di permanenza e di immortalità, o addirittura della violenza con cui controlla l'oggetto dell'amore. C'è invece chi supera se stesso e scavalca la mortalità accettandola, cioè mettendola al servizio di chi ama. E solo così lo genera e rigenera: lo salva. E allo stesso tempo, non si sa bene come, salva se stesso, attingendo a una vita altra, che si può solo ricevere, perché l'amore non si può controllare, ma ci può trasformare.

Ed è per sempre, nel poco tempo che abbiamo.

Edith

Sulla tomba di J.R.R. Tolkien e sua moglie si leggono i nomi dei protagonisti del suo racconto più bello, Beren e Lúthien, perché non c'è mito più vero di una storia d'amore, nella buona e nella cattiva sorte, finché morte non li unisca.

Le tombe in cui la lapide riporta i nomi dei due amanti appaiati sconfiggono il luogo comune che si muore da soli. Che si muoia da soli è vero, perché nessuno può farlo al posto nostro, ma è anche vero che c'è chi riesce a morire mano nella mano, creando una terra a metà tra il mondo di qua e quello di là. Così è stato per voi e così testimonia la vostra tomba, Edith, nel cimitero di Wolvercote, a Oxford, dove il cielo è basso, il freddo penetra nelle fessure tra la sciarpa e il collo e, anche quando non cade una goccia, è come se piovesse sempre.

Tuo marito non avrebbe potuto inventare niente senza di te, anche perché quando vi sposaste lui aveva ventiquattro anni e tu ventisette, e la sua passione per i mondi invisibili doveva ancora fiorire. Era il primo giorno di primavera del 1916, un giorno di luce azzurra e pulita, come accade da quelle parti quando la pioggia lascia qualche ora al sole e le nuvole si dispongono in fila secondo la prospettiva perfetta dei quadri rinascimentali.

L'immaginazione di quasi ogni ragazzo del Ventesimo secolo è stata influenzata dal mondo inventato da tuo marito, un mondo intrecciato al nostro, ma non meno vero del nostro. Per quanti *Il Signore degli Anelli* è stato il libro magico, il libro apriporte, il libro che garantisce che la realtà non è solo quella che si vede? Eppure molti guardano con sospetto a chi scrive di elfi e draghi, perché credono si tratti solo di una fuga dalla realtà, dimenticando che nessuno ha mai trovato una verità imperitura senza prima essersi abbandonato a un'illusione in cui non credeva nessuno. Che puoi dirmi, Edith Bratt, di questo creatore di mondi? Il vostro amore è stato un fantasy?

In quel cimitero oxfordiano c'è un'unica lapide con i vostri nomi e i vostri ottantadue e ottantun anni, ma anche e soprattutto con i vostri soprannomi. Quelli che lui aveva inventato trasfigurando le vostre vite in una storia epica e primordiale: quella di Beren, guerriero umano, e Lúthien, la più bella delle figlie del dio creatore del mondo, Ilúvatar, la quale, innamorata di lui, rinuncia al privilegio dell'immortalità per amarlo.

Quando hai conosciuto il tuo futuro marito, lui aveva solo sedici anni e tu già diciannove, ma la sua mente era acuta e rapida. Tu suonavi il pianoforte e i tuoi occhi neri non lasciarono spazio all'immaginazione: c'era dentro troppo futuro per non guardarli ancora e ancora. Tu eri protestante, lui cattolico. Tu maggiorenne e maggiore, lui minorenne e minore. Il suo precettore gli vietò di frequentarti sino ai ventun anni e tu intanto, pensando si fosse dimenticato di te e fosse solo un sognatore di mondi inventati, ti eri trasferita lontano e fidanzata ufficialmente con un altro ragazzo. Ma lui per te diventò un guerriero e i guerrieri sanno il fatto loro: ti scrisse una lettera il giorno del suo ventunesimo compleanno, in cui ti chiedeva di sposarlo. Rifiutasti. E allora lui viaggiò per venirti a prendere e quando sotto un ponte ferroviario i vostri occhi si riconobbero, tu decidesti di rinunciare al tuo fidanzamento, perché il guerriero aveva mappe e sogni negli occhi, e si era dimostrato più realista di qualsiasi inventore di storie, o forse inventava storie proprio perché era più realista di tutti.

Chiunque passeggi nei luoghi dove lui ha scritto le pagine

del *Signore degli Anelli*, vedrà la campagna di Oxford stendersi a perdita d'occhio come dipinta da un artista, alternando strati più densi per boschetti e macchie di arbusti ad ampie e uniformi campiture di verde. Una vecchia chiesetta con il silenzio di Dio a riempirla. La pioggia d'estate non riesce a bagnare i capelli, ma è presente ovunque perché le foglie degli alberi rispondono docilissime al suo tocco ininterrotto. In mezzo a questi boschi e a queste radure è accaduta la favola di Beren e Lúthien e lui era riuscito a vederla, dove tutti gli altri scorgevano solo il dolce paesaggio bagnato e lunare dell'Oxfordshire, magari affacciandosi alla finestra dopo aver letto un libro vicino al camino, con la pipa accesa.

In una notte di luna, Beren aveva sorpreso Lúthien, l'elfa immortale, a danzare tra gli alberi. La sua grazia gli era entrata negli occhi e nel cuore, non c'era altra al mondo che avrebbe voluto al suo fianco. Allo stesso modo John ti contemplò, Edith, e si avvicinò a te, giorno dopo giorno, perché eri una terra consacrata, bisognava togliersi i calzari e andare a piedi nudi e inginocchiarsi e avvicinarsi a poco a poco, come fa l'uomo con Dio. L'amore di Beren divenne così grande che osò chiedere al padre di lei di sposarla, ma lei era divina e lui un comune mortale e così suo padre, ritenendolo pazzo a sufficienza, per toglierselo di torno gli chiese di compiere un'impresa impossibile per un uomo: conquistare una gemma che solo esseri divini possedevano. E lui che era pazzo portò a termine quell'impresa, lasciandoci prima una mano e poi la vita. Ma Lúthien col suo canto riuscì a commuovere gli dèi che serravano le porte degli inferi e a concedere una nuova vita a Beren, che in fondo la vita per lei l'aveva data. Le parti si invertono: lui muore pur di averla, lei canta pur di riaverlo. E in gioco c'è sempre la vita, perché a quel punto il padre dovette tenere fede alla sua promessa e Lúthien si fece mortale per stare con lui e abitarono una terra bellissima e solitaria. Lui, che era mortale, era tornato alla vita dopo averla persa, lei, che era immortale, aveva perso la propria divinità per poter avere la sua vita con lui. Per questo l'inventore di terre fantastiche la chiamò "La terra dei morti che vivono".

Passarono cinquantacinque anni da quel primo giorno di primavera in cui vi sposaste, Edith, e ne ricordaste ogni dettaglio festeggiando per l'ultima volta l'anniversario nelle nozze di smeraldo. Lui ti lesse ad alta voce quel racconto che aveva scritto per voi. E tu, ormai canuta e zoppicante, sorridevi con la pienezza dell'amore scavata nel viso. Ogni tua ruga era al suo posto, eppure tu eri quella ragazza leggera e immortale che danzava sotto la luna: "Lúthien danzava sull'erba sempre verde nelle radure lungo le rive dell'Esgalduin. Ed ecco il ricordo di tutte le sue sofferenze abbandonò Beren, ed egli cadde in preda a un incantesimo, poiché Lúthien era la più bella di tutti i Figli di Ilúvatar. Azzurro era il suo abito come il cielo senza nubi, ma grigi i suoi occhi come la sera stellata; il suo mantello era contesto di fiori dorati, ma i capelli erano scuri come le ombre del crepuscolo. Simili alla luce che resta sulle foglie degli alberi, alla voce di acque chiare, alle stelle che stanno sopra le brume del mondo, tali erano il suo splendore e la sua grazia; e il suo volto era luminoso".

Lui leggeva con la sua voce grave e pastosa, mentre nell'aria aleggiava l'odore di tabacco e l'eco antica e nuova di una storia che sempre rinasce. Lui, il tuo guerriero, Beren, che aveva viaggiato per venirti a conquistare come facevano gli hobbit nelle sue storie. Uomini piccoli ma capaci di cose grandi. Anche quel giorno quando ti guardò cadde preda di un incantesimo. E capì che, sebbene stessi diventando figlia del crepuscolo, mai e poi mai sareste stati divisi, neppure dopo la morte. Eravate degni di un mito e delle storie che lui inventava, proprio perché insieme avevate vinto la fatica della storia: i cinque anni di silenzio dal primo incontro, il rivale, il viaggio, la fede del papa contro quella di Enrico VIII, il fronte della Prima guerra mondiale e poi le minacce della Seconda, gli inciampi di ogni amore, la fatica di crescere dritti quattro figli...

Quel giorno, Edith, o Lúthien, ascoltando, capisti che tutto era compiuto e di lì a poco decidesti di abbandonarti alla vita eterna. Lui ti seguì poco più di un anno dopo, intraprese lo stesso viaggio che aveva fatto per sposarti e ancora una volta lo strappasti dal silenzio in cui precipitano gli uomini senza amore, anche se sono guerrieri.

"Vi fu un momento, poco prima dell'alba, la vigilia di primavera, che Lúthien danzava sopra un verde colle; e d'un tratto prese a cantare. Acuto tanto da trapassare il cuore era il suo canto, simile a quello dell'allodola che si leva dalle porte della notte e riversa la propria voce tra le stelle morenti, lei che scorge il sole dietro le mura del mondo; e il canto di Lúthien sciolse i vincoli dell'inverno, e le acque gelate parlarono e fiori balzarono su dalla fredda terra là dove si erano posati i suoi piedi. Allora Beren fu liberato dall'incantesimo del silenzio, ed egli la chiamò, invocando Tinúviel; e i boschi echeggiarono del nome. Lúthien si arrestò meravigliata e più non fuggì, e Beren venne a lei."

Mentre passeggia nella campagna che fu teatro di questa storia, chi guarda la vostra lapide si chiede che cosa sia più vero, se i vostri nomi, Edith e John, o quelli che lui inventò per voi e che compaiono sotto, Lúthien e Beren: ma che differenza fa? Una è la storia segnata dal tempo delle clessidre, l'altra è l'essenza di quella storia, la trama che sorregge tutto il disegno faticoso dei giorni, quella che va ricordata, quella che va raccontata.

Lui non sopportava la tradizione romantica che aveva trasformato la donna in un idolo: "Distoglie, e ha distolto in passato, gli occhi del giovane dalle donne così come sono veramente, compagne nelle avversità della vita e non stelle-guida. [...] Uno dei risultati è quello di far cercare ai giovani un 'amore' che li tenga sempre al caldo, riparati da un mondo freddo, senza che debbano sforzarsi in nessun modo". Sconfessava ogni favola d'amore perfetto, perché sapeva che il genere a cui appartiene l'amore più vero è l'epica, e non esiste eroe di poema che non abbia sofferto. Se c'è una cosa che si impara è proprio l'amore, mentre il romanticismo di bassa lega ci ha convinto che tutto avverrà spontaneamente e sarà bellissimo: "Moltissime poesie e moltissimi racconti sono stati scritti su questo argomento, probabilmente più numerosi che le storie d'amore reali. [...] In questi grandi amori, spesso amori a prima vista, cogliamo la visione, suppongo, di quello che sarebbe stato il matrimonio in un mondo incorrotto" (lettera al figlio Michael).

In un mondo in cui l'uomo è debole, e nel cuore alberga il disamore, l'amore vero è cosa per gente coraggiosa, anche se imbranata, Edith, per questo amiamo tutti così tanto i suoi hobbit, che nacquero una sera mentre correggeva i compiti dei suoi studenti e, per noia, scrisse: "In fondo ad un buco abitava un hobbit". Avrebbe poi passato tutta la sua vita letteraria a giustificare quella frase, anche se in primo luogo le sue storie servirono semplicemente a incantare gli occhi dei vostri figli per farli addormentare. I veri padri raccontano sempre la propria storia ai loro figli, ciascuno secondo il genere che gli è più congeniale. Era stato l'amore a tirarlo fuori dalle sue comode certezze, dalla sua tana sicura. Così quell'hobbit era diventato un eroe per amarti, Edith, e questo voleva trasmettere ai suoi figli e ai figli dei suoi figli.

"Mi sono innamorato di tua madre quando avevo circa diciotto anni" scrisse tuo marito al vostro secondo figlio offrendogli la sua educazione sentimentale. "Profondamente, come si è dimostrato – anche se naturalmente difetti di carattere e di temperamento hanno fatto sì che spesso io sia sceso al di sotto dell'ideale che mi ero proposto. [...] Avendo ricevuto un'educazione romantica, presi seriamente quella che era una cosa da ragazzi e ne feci fonte di ispirazione e motivo del mio comportamento. Pur essendo un codardo fisicamente, nel giro di due stagioni, da timido coniglio disprezzato in una squadra di casa, passai a vestire i colori della squadra della scuola. L'amore mi fece fare tutto questo tipo di cose. Tuttavia, nacquero delle difficoltà: e io dovetti scegliere tra disobbedire e addolorare (o ingannare) un tutore che per me era stato come un padre, più di un padre vero, pur senza esserci stato obbligato, o lasciare cadere quella relazione finché non avessi compiuto i ventun anni. [...] Per quasi tre anni non vidi né scrissi al mio amore. Fu molto duro, doloroso e amaro, specialmente all'inizio. Le conseguenze non furono del tutto buone: caddi a capofitto nella pazzia e nella negligenza e sciupai molto tempo nel mio primo anno al College. [...] Nella notte del mio ventunesimo compleanno scrissi di nuovo a tua madre – il 3 gennaio 1913. L'8 gennaio andai da lei e ci fidanzammo, informando la sua esterrefatta famiglia. Mi rimboccai le maniche e lavorai molto (troppo tardi per salvare dal disastro la lode nel primo esame di baccellierato in lettere classiche), e poi l'anno successivo scoppiò la guerra, quando avevo ancora un anno da fare al College. In quei giorni i ragazzi si arruolavano e quelli che non lo facevano venivano biasimati pubblicamente. Era un brutto momento, specialmente per un giovane con troppa immaginazione e poco coraggio fisico. Niente laurea; niente soldi; fidanzato. Resistetti alla vergogna e alle allusioni sempre più esplicite dei miei parenti, passai le notti a studiare e superai con onore gli esami finali nel 1915. Mi precipitai ad arruolarmi: luglio 1915. Trovai insopportabile la situazione e mi sposai il 22 marzo del 1916. A maggio attraversavo la Manica (ho ancora i versi che scrissi per l'occasione) diretto alla carneficina della Somme.

Pensa a tua madre! [...] Lei mi sposò nel 1916 e John nacque nel 1917 (la gravidanza iniziò e venne portata avanti durante l'anno della grande fame, il 1917, e della grande campagna degli U-Boat) proprio nel periodo della battaglia di Cambrai, quando la fine della guerra sembrava tanto lontana quanto sembra adesso."

Così il tuo John, un ragazzo qualsiasi, si era trasformato in un pazzo disposto a qualunque cosa pur di averti al suo fianco. Ma lui sapeva anche che la resistenza di un amore non dipende soltanto dal coraggio degli uomini, ma da quel Dio che vuole che un uomo e una donna arrivino insieme al suo Amore l'uno attraverso l'altra, e per questo rivelava a vostro figlio il segreto per trasformare la vita in un poema epico: "Al di là di questa mia vita oscura, tanto frustrata, io ti propongo l'unica grande cosa da amare sulla terra: i Santi Sacramenti. [...] Qui tu troverai avventura, gloria, onore, fedeltà e la vera strada per tutto il tuo amore su questa terra, e più di questo: la morte. Per il divino paradosso che solo il presagio della morte, che fa terminare la vita e pretende da tutti la resa, può conservare e donare realtà ed eterna durata alle relazioni su questa terra che tu cerchi (amore, fedeltà, gioia), e che ogni uomo nel suo cuore desidera".

Questo era il suo segreto per vincere la morte, quello che ogni eroe cerca nelle sue scorribande fra le righe dei poemi chiamandolo ora Graal, ora Anello, ora Gemma, ora Spada, ora Fonte... Tutte le forme che assume l'Amore quando la penna si mette all'opera per riuscire a raccontarne la trama.

Come è vero, Edith, che solo i più grandi realisti possono usare l'immaginazione con tanta precisione da scrivere storie d'amore così belle e vere come quella di Beren e Lúthien. Il più bel mito d'amore del Ventesimo secolo è tutt'altro che un fantasy, appartiene al genere che gli è più proprio: il poema epico. Non una fuga dalla realtà ma la realtà stessa, quella che tutti desideriamo nella terra dei rinati.

Giulietta

Federico Fellini amò Giulietta Masina sino alla morte, perché lei era il suo personaggio più riuscito. Il loro finale è il migliore mai scritto dal regista: ce lo racconta uno degli infermieri dell'ospedale in cui lei era ricoverata quando decise di interpretarlo.

Ti guardavo, cara Giulietta, se mi permetti ancora il tu, in quel letto d'ospedale, e rannicchiata nel letto mi sembravi un essere da fiaba, i cui vaneggiamenti non erano altro che la vista su un mondo puro a cui i comuni mortali non hanno accesso. Mi ricordavi Gelsomina nel mio film preferito, *La strada*, quando, raggomitolata per il freddo tra il sogno e la veglia, chiede legna per scaldarsi e Zampanò la abbandona in una mattina luminosa e fredda, con la neve che macchia il paesaggio. Il tuo sorriso sullo schermo e fuori restò quello di Gelsomina, una fata di passaggio sulla terra in cui uomini come tuo marito cercavano la porta di accesso al mondo da cui viene il senso di tutte le cose, come dice il Matto, il violinista e funambolo, in quello stesso film: "Tutto ha senso, anche questo sassetto... E se io sapessi quale senso sarei il Padre Eterno. Ma se questo sassetto è inutile, allora tutto è inutile. Anche le stelle". Ma i matti come lui e come te fanno una brutta fine, non c'è spazio per loro dove bisogna guadagnarsi da vivere e non perdere tempo con la poesia.

«Mio marito ama il circo perché è come una porta» lo ripetevi sempre, con quel tuo sorriso ora rugoso ma ancora incantato. «Una porta su un mondo che abbiamo perduto e di cui abbiamo nostalgia, come quella canzone che cantavo nel film, quando facevo Gelsomina.»

Era un coro d'angeli quella canzone.

E del circo lui amava soprattutto i clown. Mi sono chiesto perché e allora ne ho interrogato uno dopo uno spettacolo. Gli ho domandato come mai facesse il pagliaccio. Mi ha risposto che nel circo è necessario che ci siano i clown: le persone, qualsiasi età abbiano, non aspettano altro che il momento dei clown, perché dopo tutti coloro che hanno abilità eccellenti – la perizia senza errori degli acrobati, le simmetrie aggraziate dei cavalieri, la prestanza coraggiosa dei domatori – arrivano loro, che provano a fare le stesse cose ma sbagliano continuamente, hanno un corpo sgraziato, non sono perfetti in nulla. E proprio questa è la loro grazia, di essere come il pubblico, e di ricordarci che la vita non è una prestazione impeccabile, ma una commedia in cui si cerca di fare del proprio meglio e tutto il dolore che le cadute causano è superato in una risata, se si è in buona compagnia. Mi ha fatto pensare a quanto siamo goffi nell'amare e a quanto dolore questo comporta: forse dovremmo solo accettare di essere tutti un po' ridicoli quando cerchiamo di essere all'altezza dell'amore che ci spetta.

Anche tuo marito Federico era ricoverato in ospedale. La vostra malattia correva parallela, come le vostre vite che anche a distanza correvano unite verso quel paese di fiabe che avevate cercato facendo cinema.

Eravate così diversi che sempre mi sono chiesto come nacque il vostro amore, così una mattina ho avuto il coraggio di chiedertelo. Tu mi hai detto che era il 1943 e Roma era una città a disposizione del neorealismo, un fondale pronto, una galleria infinita di personaggi che erano solo persone, e quando lui ti vide si illuminò. Forse perché eri l'incarnazione di tutti i suoi personaggi femminili. Non avrebbe potuto fare altro che sposarti e insieme a te, a soli trentaquattro anni, girare *La strada*, vincere l'Oscar, consegnarti all'America con il nome di Jasmine, come ti chiamavano oltreoceano, e superare d'un balzo il neorealismo girando un film neorealista con dentro il colpo di reni della fiaba.

L'Orfeo regista aveva trovato in te tutto ciò che gli serviva per completare quello che altrimenti sarebbe mancato al suo cinema, il motivo per continuare a sperare, anche quando il circo smonta e il sogno rivela tutta la sua ingannevole promessa, come un risveglio brusco di un giorno piovoso dopo un sogno caldo.

Più ti guardavo e più capivo la scena che mi ha fatto commuovere – e io non piango mai – più di tutte nei film di tuo marito: quella in cui Guido, un regista che dovrebbe girare un film ma non ci riesce perché la sua arte e la sua vita sono in crisi, cerca nel girotondo di figure con cui dialoga appigli per salvarsi l'anima e, in una notte che appartiene alle fiabe più che alla realtà, fugge in macchina con Claudia (Cardinale), l'attrice che dovrebbe recitare nel film da protagonista. Lei ha la purezza che a lui manca, e la sua bellezza genera in lui un senso del sacro che lo fa desistere dal renderla una sua amante, perché ha capito che così facendo perderebbe ogni possibilità di accedere a quella purezza che lei, con la sua sola presenza, indica. Lei è la nostalgia di purezza di Guido, e di tutti.

A un tratto lui, ragionando sul protagonista del film che vorrebbe girare, comincia in realtà a parlare di sé: "Tu saresti capace di essere fedele a una cosa, a una cosa sola e farne la ragione della tua vita? Una cosa che raccolga tutto, che diventi tutto, proprio perché è la tua fedeltà che la fa diventare infinita. Ne saresti capace?".

Lei ribatte: "E tu ne saresti capace?".

"No, questo tipo vuole prendere tutto, arraffare tutto, non sa rinunciare a niente, cambia strada ogni giorno perché ha paura di perdere quella giusta e sta morendo come dissanguato."

"Così finisce il film?" chiede lei.

"No, così comincia. Poi incontra la ragazza della fonte: è una di quelle ragazze che danno l'acqua per guarire. È bellissima: giovane e antica. Non c'è dubbio che sia lei la sua salvezza."

Lui aveva trovato in te, Giulietta-Gelsomina, la ragazza della fonte, ma conosceva anche le sue debolezze e i suoi tradimenti, intuiva la bellezza che promette salvezza, una bellezza infinita, che non si può rovinare, ma si rendeva conto che la via d'accesso gli era preclusa. Ci vorrebbe una fedeltà tale da rendere infinito quell'oggetto d'amore, ma lui sa di essere uno che arraffa pur di non morire.

Allora lei lo inchioda: "Un tipo così, che non vuol bene a nessuno, non fa mica tanta pena. In fondo è colpa sua. Che cosa pretende dagli altri? Incontra la ragazza che lo può far rinascere. Ma è lui che la rifiuta".

Guido cerca di difendersi con "una" verità, ma lei lo costringe a considerare "la" verità: "Perché non ci crede più...".

"Perché non sa voler bene."

"Perché non è vero che una donna possa cambiare un uomo..."

"Perché non sa voler bene."

"E perché soprattutto non mi va di raccontare un'altra storia bugiarda..."

"Perché non sa voler bene."

Tu, Giulietta, eri l'unica capace di dire questo a tuo marito. Lui accampava, come Guido, tutte quelle verità parziali, ma alla fine tutto dipendeva da lui, volendo aveva tra le mani la soluzione: fedeltà totale che rende infinito un amore, come quello di Orfeo ed Euridice nell'aldilà. Imparare a voler bene, cioè a volere il bene dell'altro, prima che il proprio.

Tu sapevi ridere sempre, piangevi solo quando ricordavi tuo figlio, di cui conoscesti appena una dozzina di giorni. Federichino nacque poco dopo il vostro matrimonio, ma il non-senso se lo portò via e non sembrava che la filosofia del sassetto potesse guarire quel dolore. Morì il Federico bambino. La fiaba, la danza, il canto, il sorriso, sembrava tutto finito, perché la festa è solo un'illusione circense. Anche tu sembravi aver perso la speranza dell'altro mondo, la porta si era richiusa.

Ma il bello doveva ancora venire ed era nel finale che avevate costruito con le vostre vite, perché si sa che i film si immaginano a partire dal finale. Un giorno trovai la tua camera vuota e il letto rifatto: dov'eri finita? Fuggiste dalle rispettive cure mediche in ospedale e celebraste i vostri cinquant'anni di matrimonio come due fidanzati, in un ristorante vicino a Porta Pia, nell'ultimo sole dell'ottobrata romana, come se il vostro amore fosse stato una festa mai interrotta, nonostante gli inciampi che una vita fragile e ripetitiva vuole farci credere più reali di quel mondo che balugina ogni tanto e ferma il tempo, e risponde come fonte alla sete più profonda e intensa del nostro cuore. E il cinema di Federico non faceva altro che ripetere che la porta per questo mondo c'era, anche se non era facile trovarla. E tu eri capace di indicargliela, Giulietta.

Infatti, il giorno dopo quella festa zoppicante e clandestina in cui ricapitolaste tutti gli anni vissuti insieme, lui poté morire tranquillo. Eravate d'accordo che, di là, avrebbe preparato tutto per il tuo arrivo: sceneggiatura e scenografie, e la tua parte definitiva di ininterrotta danza. Così lo seguisti cinque mesi dopo, durante i quali non facevi altro che ripetermi: «Che resto a fare qua io senza Federico?», e sorridevi. Io ti assecondavo come si fa con i vecchi malati, ma in fondo sapevo che dicevi la verità.

Cinque mesi era il tempo tecnico necessario a ri-incontrarvi come quella prima volta o come l'ennesima. Gli dèi della morte non avrebbero potuto nulla contro di voi. E quando arrivasti credo che ti riconobbe dal sorriso. Lo stesso sorriso che avevi alla fine di quel film, *Le notti di Cabiria*, in cui assomigli a Euridice quando incontra di nuovo Orfeo nei campi dei beati. Ti risvegli vicino a uno specchio d'acqua, come una sopravvissuta, la sera cala, così ti metti in cammino e attraversi un bosco buio e intricato. Figure strane danzano intorno, finché lo spazio si apre e ti ritrovi in una festa, ci cammini dentro e sorridi, e sorridi, e sorridi.

Seppi poi che lui, a chi gli chiedeva perché aveva sposato proprio te, così minuta e gracile, rispetto alle donne formose che attiravano le sue più basilari attenzioni, rispondeva: «Perché mi fa ridere».

Quella è la porta. Quello il segreto di tutti noi clown dell'amore, perché l'amore, che lo vogliamo o no, è sempre un palcoscenico per due nella grande commedia umana.

Carol

Julio Cortázar aveva le ore contate. Così la sua amata Carol Dunlop. Per questo inventarono un gioco per fermare il tempo. Un gioco che ha come unica regola l'amore. Chi racconta è un inserviente di un'area di servizio che voleva cacciarli dalla piazzola di sosta, ricordando loro che quello non era un parcheggio per campeggiatori. La risposta fu di luce.

Le aree di servizio delle autostrade sono una sospensione dello spazio e del tempo. Le persone vi si aggirano come in una parentesi da dimenticare presto: l'essenziale è rifornirsi, mangiare, bere, andare in bagno. Nessuno di noi ricorda nulla delle aree di servizio in cui è stato, perché nessuno ricorda le cose inessenziali. Per questo rammenterò per sempre chi nella mia area di servizio, a metà strada fra Parigi e Marsiglia, ha cercato l'essenziale: il modo di sconfiggere la morte.

La macchina era ferma e voi due ci dormivate dentro, quando ancora l'alba era un'ipotesi e i lampioni del parcheggio fantasmi di luce pallida. Ho bussato al finestrino per svegliarvi e quando vi ho spiegato che non potevate sostare lì come fosse un'area per camper, avete riso di gusto entrambi e tu, Carol, mi hai spiegato che era soltanto un gioco. Ho pensato mi prendeste in giro, ma visto che continuavate a ridere ho concluso che le possibilità erano due: o eravate pazzi o stavate dicendo la verità. E tu mi hai raccontato che era la pura e semplice verità.

Il gioco lo avete inventato in due, Carol, perché a rigore non esistono giochi con meno di due partecipanti, altrimenti diventano solitari e ci si stanca presto. La vita è un gioco con un'unica regola ferrea, l'amore, proprio per questo è così esaltante e faticosa. Lo scopo del gioco è vincere il tempo e quindi la morte. Gli uomini, da che mondo è mondo, inventano giochi con l'unico scopo di ingannare il tempo, trasformare il suo tremendo e inesorabile scorrere in una festa. Tuo marito con la letteratura aveva sempre giocato a questo scopo, tanto da farne la ragione del suo romanzo più famoso, *Il gioco del mondo*, in cui costringe il lettore a vincere con lui. Tu invece giocavi con la tua macchina fotografica a sorprendere il mondo nel suo battito d'ali proprio per fermare il continuo trascolorare della bellezza. Così, sapendo di essere entrambi gravemente malati, inventaste il vostro gioco amoroso e lo racchiudeste in un libro, *Gli autonauti della cosmostrada*: un viaggio (non c'è storia che non sia un viaggio) in autostrada fra Parigi e Marsiglia. Ma le città sono la parte meno importante, perché il bello di ogni gioco è uscire dallo spazio e dal tempo pur essendovi immersi, grazie ai ruoli ("io faccio la conta e voi vi nascondete"), alle maschere ("tu fai la parte del pirata"), ai rischi ("chi non si arrampica è un fifone"), alla pienezza degli istanti ("il tempo è volato"). Tu, Carol, ultima e suprema delle sue compagne, saresti stata "Osita", l'Orsetta, lui "Lobo", il Lupo, il vostro vecchio Volkswagen bicolore Fafner, il drago dei Nibelunghi di Wagner, nano avido trasformato in serpe gigantesca. Il tempo sarebbe stato quello che questi personaggi meritano: quello della fiaba, cioè tutto il tempo. A bordo viveri, macchine da scrivere e fotografiche, vino e whisky, coperte per dormire dentro la casa di latta e soprattutto occhi e cuore e mente aperti a ogni dettaglio che avrebbe colpito i vostri sensi, per cercare di coglierlo nella sua apparente inutilità e andare talmente a fondo da scoprirci il Graal dell'esistenza e con esso immortalità e felicità. Proprio il fatto di non avere un punto di partenza e di arrivo rendeva ogni tappa del viaggio fine a se stessa. Le soste, trasformate in meta, erano le aree di servizio, due al giorno, per mangiare e dormire, provando tutto quello che c'era da provare, incontrare, stenografare, come entomologi che cercano di tradurre in parole il barbaglio delle ali di una libellula, ma in questo caso l'animale alato di sfuggente bellezza era la vita stessa: "Ogni spedizione dà per scontato che in qualche modo Marco Polo, Colombo o Shackleton non abbiano perso del tutto il bambino che avevano dentro".

Sorprendono, sfogliando le pagine di quel gioco a quattro mani, quattro occhi, due corpi, la meraviglia di un fungo esploso dopo una notte di pioggia nell'aiuola accanto al parcheggio, o i colori di un bruco su una foglia, o le rose piantate da qualcuno davanti alla reception di un motel dell'area di sosta di Beaune: "Quante volte, sotto l'effetto della sorpresa, si perde la vera sorpresa che questa racchiude? [...] Ma chi ci dice che quel colore, che è una sorpresa di per sé, non esista unicamente allo scopo di allontanare lo spettatore, per la sorpresa stessa, da un'altra cosa, da una chiave nascosta all'interno dei petali, una bellezza ancora più grande?". Stupisce la vegetazione di alcuni giardini ritagliati in questi luoghi, piccole porzioni di foresta vergine, eden tascabili in cui abbandonarsi voluttuosamente, o i boschi pieni di sentieri silenziosi che si aprono dietro una protezione facile da scavalcare. Disarmano i vostri sorrisi e gli atteggiamenti clowneschi di lui, con in testa un paracarro come trasformato in una creatura di una favola di demoni. Incuriosisce la precisione con cui stenografavi il cibo mangiato a ogni pasto, l'orario di partenza e quello degli eventi occorsi nel tragitto, e l'incanto della sintassi incerta a cui ti abbandoni nella descrizione di una notte d'amore: "Come squali onda dopo onda solcata per lacerare quello che resta di una realtà in cerca di qualcosa oltre a questo ritmo. Dall'inizio del viaggio, di tutti i viaggi, misurando il tempo smisurato da una cresta all'altra". Commuovono le sue parole nel descrivere se stesso in un semiserio manuale dei lupi: "Contrariamente alla maggioranza degli animali della specie, il Lupo bianco presenta una breccia nelle sue difese immunitarie, attraverso la quale passa di tutto. Accettate di assumervi parte di questo peso, altrimenti la breccia potrebbe trasformarsi in una piaga maligna. (Se nella vostra anima esiste lo stesso tipo di fessura, non abbiate paura, questo non moltiplicherà le vostre preoccupazioni, anzi)". Esaltano quelle parole che mi hanno confermato ciò di cui ero già convinto ma che non sapevo come dire: "L'autostrada non è una linea retta ma una spirale, anche le nostre due vite sono spirali". Si imparano a memoria le tue parole, Carol, minacciata dal tumore ma consapevole che una vita che ha come centro l'amore non è una linea ma una spirale: "Per quanto grande sia l'oscurità, non c'è buio che mi faccia retrocedere. Tu, e ancora tu. A forza di nuotare nelle grandi acque nere, si impara a galleggiare nel buio. [...] Non lasceremo l'autostrada a Marsiglia, amore mio, né da nessun'altra parte. Non si torna indietro, se non a spirale".

Così quel diario di viaggio e di gioco divenne un libro di cui voi due, amanti giocolieri funamboli scrittori fotografi disegnatori, eravate i protagonisti totali, e ogni cosa, da ciò che mangiavate al gioco supremo delle anime e dei corpi nello spazio stretto del ventre del drago, era sufficiente a fermare il tempo e quindi la morte. Perché il dono da chiedere agli dèi, Carol, non è l'immortalità, ma l'eterna giovinezza, e solo chi sa fermare l'istante perché ci trova dentro tutto, ha scovato quel segreto. Per questo lui ricordava con dolore la tua esclamazione triste poco dopo la fine: "Oh, Julio, quant'è durato poco il viaggio...".

Siete riusciti a trasformare i trentatré giorni (giocavate anche con il tempo e le sue metafore numeriche) di quella traversata nel tempo perfetto, eterno e pieno, proprio perché non c'era nulla da attraversare se non le cose stesse. L'autostrada, luogo per eccellenza effimero e di passaggio, diventava fine e sfida di pienezza, e la chiamaste "cosmostrada", perché conteneva il cosmo, e voi eravate gli "autonauti", e non avevate nulla da invidiare né ai mitici Argonauti né ai conquistatori dello spazio. Vi trasformaste in mito e fiaba, in gioco fuori dal tempo. E perché, Carol, dovevate fermare il tempo? Per scoprire se vi bastavate a vicenda, per scoprire se la morte che incombeva su entrambi potesse essere ingannata e sconfitta. Tu eri malata di leucemia e i tuoi giorni erano contati, lui di gigantismo e chissà cos'altro, e anche i suoi non erano molti. Ma chi non ha i giorni contati, chi può aggiungerne solo uno ai propri? Soltanto chi ama, perché amare consente di aggiungere i giorni di un altro ai propri, e più ami più i giorni si moltiplicano. Tu moristi due mesi dopo la fine di quell'avventura, nel 1982, lui due anni dopo, forse di AIDS, forse di leucemia, ma entrambi convinti di aver trovato il Graal, di aver conosciuto la felicità assoluta in quei trentatré giorni: "Era un gioco per un'Orsetta e un Lupo, e lo fu per trentatré meravigliosi giorni. Di fronte a domande inquietanti, ci siamo detti molte volte che se avessimo tenuto presente quelle possibilità la spedizione sarebbe stata un'altra cosa, forse migliore, o peggiore, ma non ci sarebbe stato questo crescendo di felicità e di amore da cui siamo usciti così colmi che niente, dopo, nemmeno in viaggi incredibili e in ore di perfetta armonia, ha potuto superare questo mese fuori dal tempo, questo mese interiore in cui per la prima e ultima volta abbiamo saputo cosa fosse la felicità assoluta".

Siete stati capaci di trasformare l'inessenziale in essenziale, perché eravate voi a riempire di senso ogni cosa, cercando di fermare tutti i tesori che il quotidiano riserva a chi sa guardarlo con la macchina fotografica e con la penna: "Abbiamo capito senza parole che forse avevamo fatto questo viaggio obbedendo senza saperlo a una ricerca interiore che avrebbe assunto diversi nomi sulle labbra dei nostri amici. [...] E che tutto era stato fatto proprio perché non l'avevamo pensato né cercato né proposto, perché l'amore e l'allegria ci riempivano troppo per lasciare spazio a un'ansia di ricerca. Avevamo trovato noi stessi e questo era il nostro Graal sulla terra".

Quando l'amore è l'unica regola, il rischio nel gioco della vita diventa un'avventura gioiosa, e la paura non attanaglia il cuore e le mani perché assomiglia alla vertigine di quando si impara una cosa che prima si temeva, come andare in bicicletta, come nuotare, come morire. Sì, perché questo era lo scopo del gioco: imparare a morire, non farsi trovare addormentati, ma svegli e all'erta.

Grazie a voi ho capito quanto tempo perdiamo a cercare la felicità che già abbiamo. Se solo prestassimo un'attenzione assoluta alle cose che ci capitano, ai volti che incontriamo, alle piccolissime gioie quotidiane, e soprattutto se imparassimo a fare ogni cosa come fosse l'ultima, allora anche un'area di servizio potrebbe diventare un eden. Non è forse questo il segreto della felicità? Trovare l'assoluto nell'istante, la bellezza incastrata nel quotidiano? Quel giorno, Carol, quando tornai a casa e baciai mia moglie sulla tempia e poi sulle labbra, lei capì che il cuore mi si era allargato e mi chiese perché. Le raccontai tutto. Così anche noi provammo a trasformare le aree di servizio della vita nel più grande e difficile gioco affidato agli uomini e alle donne. L'amore è l'artista che si serve della carne degli uomini per dare loro il compimento di bellezza, insieme, quando l'uno è carne dell'altro.

Venne poi il tempo del tuo "solitario", Carol, come scrisse lui in una pagina che tu non hai letto perché la leucemia ti aveva già strappato al mondo, ma che lui deve a te, anzi, in un certo senso l'hai scritta insieme a lui: "L'ho vista intraprendere il suo viaggio solitario, in cui io non potevo più accompagnarla, e il 2 novembre mi è scivolata via dalle mani come un filo d'acqua, senza accettare che i demoni dicessero l'ultima parola, lei che li aveva tanto sfidati e combattuti in queste pagine. Devo a lei, così come le devo il meglio dei miei ultimi anni, di terminare da solo questo racconto. So bene, Orsetta, che avresti fatto lo stesso se fosse toccato a me precederti nella partenza, e che la tua mano scrive, insieme alla mia, queste ultime parole in cui il dolore non è, non sarà mai più forte della vita che mi hai insegnato a vivere come forse siamo riusciti a dimostrare in quest'avventura che si conclude qui ma continua, continua nel nostro drago, continua per sempre nella nostra autostrada".

Il tempo è vinto sotto i colpi di un *per sempre* reale.

Ogni storia d'amore è una vittoria sulla morte.

(Vi ringrazio, Carol e Julio, perché alla fine dei ringraziamenti avete aggiunto anche me: "Gli sconosciuti delle aree di sosta che, con un sorriso o un gesto amichevole, resero più luminoso lo scenario di ogni giorno". Avete dato il giusto lustro a noi figure evanescenti e tristi, presto dimenticate da tutti. Deve essere uno degli effetti dell'amore vero rendere luminosa ogni cosa che cade sotto il suo cono di luce.)

Epilogo

Vi ho evocate una a una, come colui che alla frontiera del mondo, sull'ultima spiaggia, tra mare e terra, cielo e abisso, interrogò l'indovino sul suo futuro, e poi sua madre sul suo passato. Perché non c'è destino senza grembo, destinazione senza origine. Ascoltandovi ho capito che non eravate solo voi a dover rispondere, ma anche io. Ognuna, con la sua storia, diceva: è di te che si tratta. Del tuo nome, non dei nostri, perché è la donna che spinge l'uomo a uscire dalla sua solitudine, prima dandogli la luce, poi invitandolo a dare alla luce insieme a lei. Sempre dalla donna deve passare l'uomo che vuole salvarsi dalla morte, perché l'amore lo deve imparare da chi può dare la vita. Si abbandona prima all'angoscia e poi alla violenza il mondo in cui la fragilità non ha la sua dimora.

Rileggo i vostri nomi uno a uno e la storia che ognuno racconta: Nadežda è imparare a memoria, Elizabeth è avvelenarsi, Tess è curare, Jeanne è smarrirsi, Constance è illudere, Sylvia è illudersi, Edith è pazientare, Veza è servire, Antonietta è impazzire, Regine è essere abbandonati, Zelda è bruciare, Camille è distruggere, Anna è perdonare, Olga è avere coraggio, Giulietta è sorridere, Fanny è sognare, Fanni è cercare, Carol è giocare...

Cerco di intrecciare i fili di tutte le storie, perché emerga il disegno intero della tela, come un tempo facevano le dee della vita e della morte annodando l'ordito alla trama, finché il tessuto dell'esistenza si compiva, alla fine del tempo. Per ogni vita il disegno che emerge alla fine è l'unico vero, e il futuro anteriore è il tempo che usano gli uomini per credere a una vita dopo la morte. Che senso avrebbe poter dire "quando sarò morto", "quando avrò vissuto", "quando avrò amato", se la nostra carne non confidasse in uno spazio e un tempo in cui questa frase è vera, cioè un futuro in cui il nostro passato è fatto salvo, in cui le azioni che abbiamo compiuto rimangono. Siamo uomini perché possiamo coniugare i verbi al futuro, e divini perché possiamo coniugare i verbi al futuro anteriore.

L'amore è il nostro futuro anteriore. Origine e destinazione, sorgente e delta, contemporaneamente.

Siamo esseri erotici e per questo eroici, non viceversa. La letteratura occidentale non comincia con una guerra, ma con il rapimento di una donna per cui si scatena una guerra. Achille non sarebbe, senza Elena. La letteratura occidentale continua con un viaggio di ritorno da quella guerra, perché un'altra donna attende da vent'anni il suo uomo. Ulisse non sarebbe, senza Penelope e il suo intrecciare ogni giorno la tela e disfarla la notte pur di non andare in sposa a un altro. Tesse e ritesse la storia e la prolunga all'infinito, perché l'amore con il marito è l'unica trama che vuole.

Guerra e viaggio, sono questi i due movimenti della letteratura di tutti i tempi. Eppure a suscitare entrambi sono nomi di donne: Elena e Penelope. Le storie sono come barche. Non c'è storia di lotta o ricerca che non porti il nome di una donna inciso sullo scafo. La donna è il viaggio e la meta.

E quale amore riesce a farsi storia? Solo quello che non smette mai di avanzare, qualunque sia la tempesta che incontra.

Nessuno di noi ha il potere di "guadagnare tempo", anche se questa espressione è oggi diffusa. In verità, l'unico modo di guadagnare tempo è perderlo, paradosso di ogni storia d'amore che venga raccontata: noi guadagniamo tempo solo quando cresciamo, cioè quando non rinneghiamo di avere un tempo finito, e cresciamo solo quando amiamo, cioè quando mettiamo il nostro tempo a disposizione di chi abbiamo scelto, per moltiplicarne e ampliarne la vita. Solo allora un destino erotico si trasforma in una destinazione eroica e c'è una storia da raccontare. Nella lingua degli antichi la parola eroe voleva dire semplicemente uomo, ma poiché a essere uomini ci vuole un gran coraggio, la definizione di eroe si saldò a questa qualità. E quanto coraggio ci vuole per amare... La ragione vorrebbe escludere il cuore, sede appunto del corag-

gio, perché sa bene che coinvolgerlo significa gioia, ma anche dolore. E prova allora a dirigerne i moti in desiderio di controllo: il disamore. Ma la verità dell'amore si coglie solo accettando di rischiare la vita, come ogni protagonista che non rinunci al suo desiderio più vero. Proprio quell'apertura a tutto il dolore possibile è l'amore che ci fa nascere nuovi.

Questo leggiamo nella storia di Orfeo ed Euridice. Il disamore sacrifica, l'amore si sacrifica.

L'amore spoglia l'uomo del suo disamore e lo conduce in una terra straniera e promessa, dopo il deserto di chi cerca l'altro solo per confermare se stesso. L'amore non diventa storia quando non è trasgressivo, cioè quando non è capace di valicare la soglia della morte di se stessi. Non c'è terra straniera senza uscita dalla propria, senza trasgressione. Se si ricerca soltanto ciò che è comodo, la conferma dell'uguale, tutto si riduce a una forma di consumo priva di rischio, pericolo, esplorazione, festa. E la passione, parola che contiene sia il trasporto erotico sia l'esperienza del dolore e della morte, cede il passo a emozioni prive di conseguenze per evanescenti comparse.

Si espone alla morte solo chi sa amare. Chi sa amare acquista una capacità impossibile: quella di morire.

Solo così si diventa protagonisti del viaggio che porta, guerra dopo guerra, scontro dopo scontro, crisi dopo crisi, dall'infatuazione all'innamoramento, rendendo quest'ultimo non solo il germoglio ma il frutto maturo e sempre nuovo delle tre tappe che vanno dall'intuarsi all'insemprarsi, passando per l'infuturarsi.

Una vecchia fiaba della mia terra raccoglie le reliquie del grande mito di Orfeo ed Euridice. Una ragazza viene scelta dal re in sposa, per la sua bellezza e intelligenza. Ma la sera delle nozze il re le impone di chiedergli scusa per un'umiliazione che ha subito da lei in passato. Lei si rifiuta e viene rinchiusa sotto una botola dal marito, che se ne parte in cerca di altre avventure. Ma la donna riesce a fuggire e a precedere il re nelle città che va a visitare e immancabilmente lui se ne innamora, senza rendersi conto che si tratta di lei, perché pensa di averla imprigionata. Questo accade per tre volte, perché tre è la misura richiesta all'amore per definirsi, fino a che il re, convinto che la moglie sia ancora prigioniera poiché lei si faceva sempre trovare sotto la botola quan-

do lui tornava a casa, viene messo spalle al muro: lei gli mostra i tre figli che hanno concepito insieme nei luoghi dove ha viaggiato in quegli anni. È sempre di lei che si è innamorato, illudendosi si trattasse di altre. Ho sempre amato questa fiaba perché racconta senza mezzi termini l'amore che sacrifica (il disamore), quello del re, e l'amore che si sacrifica, quello di lei. Siamo chiamati a innamorarci sempre della stessa persona, in un crescendo che fa nascere un nuovo io e un nuovo tu, attraverso il faticoso noi quotidiano, che si nutre proprio del tempo che passa. Il resto è solo un'illusione regressiva.

O l'amore è trasgressivo, in orizzontale e in verticale, viaggio che scardina il labirinto dei giorni e la scatola del mondo, o è regressivo, concentrazione sui propri mutevoli sentimenti, conferma di se stessi, del labirinto dei giorni, della scatola del mondo, e muore, con noi.

Il segreto dell'amore che ho visto farsi storia è portare almeno una luce, un barlume, anche solo una scintilla dentro il buio ordinario. Quando si ama così, poco importa della morte, perché troppo ci impegna la vita: siamo esseri fatti per nascere e non per morire, per far nascere e non per far morire.

Ma affinché tutto questo accada occorre tener conto del segreto corale che voi donne mi avete confidato, ciascuna con il suo nome e la sua storia, intreccio di gioia e dolore, di sangue donato e sangue sprecato, di amore e disamore. Il segreto rivelato da Orfeo ed Euridice, e custodito nei versi di un altro poeta: "Sii sempre morto in Euridice, e innalzati / [...] Sii, e la condizione del Non-Essere al tempo stesso sàppila" (Rainer Maria Rilke, Sonetti a Orfeo*).*

Non è forse tutto qui il paradosso dell'amore: imparare a essere, ricevendo, e al tempo stesso a non essere, donando? E così innalzarsi sopra se stessi, vincendo la propria condizione mortale?

Ho chiesto a una madre come imparare a vivere questo segreto e mi ha risposto che in ebraico l'amore di Dio si dice con la parola "grembo di donna", perché, come Dio crea le cose e le rigenera sempre, il grembo di una donna partorisce la relazione col marito, con i figli, con il mondo, il suo corpo deve tenere insieme tante forze che la dividono, ma così rinnova tutta la vita. L'amore è un grembo che tutto porta e sopporta, anche quando è una ferita ciò che deve gestare affinché ne nasca un frutto più bello, e lo fa in ogni istante e in ogni centimetro del mondo. Salvarci dalla morte dobbiamo, e c'è solo un antidoto: riceverci dagli occhi e dal cuore di un altro che ci ama in tutte le manifestazioni della nostra mortalità: solitudine e silenzi, egoismo e fragilità, stanchezza e paura... e le ama perché sa che non sono che una piccola parte della verità su di noi. Solo così, almeno nel tempo, la morte è vinta, solo quando è amata in me da un altro. Solo così l'amore salva e si fa storia da raccontare. Ogni donna sa che essere è tessere, far rinascere ciò che sembra morire.

E poi? Tra amore e morte sapremo mai chi ha l'ultima parola? Ho visto lottare così tanto per amore da credere che oltre il tempo non possa che esserci l'amore, e se così è, allora ogni storia è una storia d'amore, che nelle stagioni di una vita ha soltanto il suo inizio: ogni donna ne è testimone.

Che l'amore possa salvare dunque non è più un mistero, il mistero è perché respingiamo la salvezza, gettandoci nelle spire del disamore, nel tentativo di procurarci da soli la vita succhiando quella degli altri. E se il mistero rimane, allora non resta che fargli spazio nella carne, come un bambino si fa strada nel grembo della madre, in un dialogo continuo non tessuto di parole ma di amore silenzioso, perché quando si accoglie il mistero le parole non servono più. Anche le mie ormai scemano, e quella finale non è di inchiostro, ma di carne.

E porta il tuo nome.

Ringraziamenti

Il nostro è un tempo in cerca di meraviglia, perché solo nell'incontro con ciò che la suscita la nostra vita diventa viva, sia che si tratti di un volto umano, che di un cielo stellato o di un vestito che esalta la bellezza di una donna... Della meraviglia la letteratura vorrebbe e dovrebbe essere non solo la causa ma anche la casa, purtroppo però il rovinoso divorzio tra il senso della vita e il senso per la bellezza ha ridotto la meraviglia ai suoi sterili surrogati: lo shock, ora come provocazione ora come culto del brutto, e la seduzione, funzionale al consumo e all'utile. Privati della meraviglia, il nostro cuore e il nostro pensiero perdono la capacità di amare. Eppure la meraviglia torna sempre, rannicchiata in angoli del mondo dove meno ce l'aspettiamo, incastrata nel quotidiano dove non l'attendevamo, rinnova la nostra esistenza, come una scintilla che balza fuori da un fuoco perenne. L'esistenza della poesia, in prosa o in versi, si giustifica solo con questo improvviso lampeggiare della bellezza, la stessa scintilla che Baudelaire cerca di afferrare in una poesia dei *Fiori del male* in cui racconta l'improvvisa apparizione della bellezza in una donna incrociata per strada: "Un lampo... e poi il buio! – Bellezza fuggitiva / che con un solo sguardo mi hai chiamato da morte, / non ti vedrò più dunque che al di là della vita, / che altrove, là, lontano – e tardi e forse mai? / Tu ignori dove vado, io dove sei sparita; / so che t'avrei amata, e so che tu lo sai!" (*A una passante*).

La meraviglia è un sentimento coagulante, perché unifica l'uomo in tutta la sua estensione carnale e spirituale, è infatti costituita da un moto di sorpresa e da una sosta contemplativa. Percepiamo qualcosa di assolutamente nuovo che si impone all'improvviso e non è possibile sottrarsi al suo richiamo, tanto più forte quanto più è inatteso, ma allo stesso tempo sentiamo l'invito a interrompere ogni altra attività perché l'attenzione richiesta deve essere assoluta. La meraviglia unifica il corpo e lo spirito, perché l'inaspettato che ha sedotto i nostri sensi spiazza l'intelligenza, che si vede costretta a un'attenzione accorata, intelletto d'amore, necessario a soddisfare il desiderio di conoscenza.

Socrate in uno dei dialoghi platonici parla con un giovane matematico che dà il nome al dialogo, Teeteto, e definisce meraviglia il senso di vertigine che coglie il giovane aperto alla conoscenza: "Si addice particolarmente al filosofo questa tua sensazione: il meravigliarsi" gli dice.

A partire dalle parole del suo maestro Platone, Aristotele, rinvenendo nella meraviglia la fonte di tutta la scienza e la poesia, inaugurava così la sua *Metafisica*: "Gli uomini hanno cominciato a filosofare, ora come in origine, a causa della meraviglia: mentre da principio restavano meravigliati di fronte alle difficoltà più semplici, in seguito, progredendo a poco a poco, giunsero a porsi problemi sempre maggiori: per esempio i problemi riguardanti i fenomeni della luna e quelli del sole e degli astri, o i problemi riguardanti la generazione dell'intero universo. Ora, chi prova un senso di dubbio e di meraviglia riconosce di non sapere; ed è per questo che anche colui che ama il mito è, in un certo qual modo, filosofo: il mito, infatti, è costituito da un insieme di cose che destano meraviglia".

Il desiderio di conoscere, naturale nell'uomo, è attivato dalla meraviglia, che ne indirizza l'interesse e la ricerca. Aristotele associa la meraviglia suscitata dalla bellezza della natura a quella incastonata nel mito. Natura e racconto sono case e cause della meraviglia e quindi della conoscenza. A questo proposito egli conia il termine "filomito", colui che è amante del mito, come il filosofo è amante della sapienza (che per il greco è la ricerca del senso di tutte le cose). Il filosofo e il filomito in modo diverso indagano l'origine, e ciò che attiva la loro ricerca è il sorprendente apparire della realtà, che chiamiamo meraviglia. Filomito è il narratore che cerca di dipanare il gomitolo della meraviglia e intrecciare il filo narrativo che ne scaturisce.

In questo libro, dalla forma così strana, tanto che io stesso me ne sono stupito a lavoro terminato, il percorso narrativo è quello del filomito: la meraviglia suscitata dalle storie d'amore e quella scaturita dal mito di Orfeo ed Euridice sono un'unica chiamata. Ho cercato di seguire le tracce storiche e mitiche della misteriosa forza di gravità di tutte le nostre azioni: l'amore. Per questo le soste dedicate al mito intervallano le triadi di racconti di donne in carne e ossa, i trentasei che ho scelto di narrare sono dettati da altrettanti personali momenti di meraviglia. Il filo che corre lungo le soste e quello che si srotola nei racconti sono simili, come simile è in greco antico il suono della parola che indica il "filo" (*mitos*) associato dalle dee del destino alla vita di ciascun uomo, e quello della parola che indica semplicemente il racconto (*mythos*).

Il filo della vita è il filo del racconto e viceversa. La trama di una vita è l'intreccio dei legami d'amore. Anche per questo motivo i ringraziamenti, nei miei libri, sono sempre parte del racconto, perché unico è il filo che intreccia persone e personaggi.

Scrivo queste righe nelle prime ore del giorno in un luogo incantato della mia infanzia, nel cuore della Sicilia. Sono ore che abitualmente impegno per incontrare il Dio della mattina, il nome che ha per me il Creatore, le ore in cui le cose vengono a poco a poco rinnovate dalla luce e si scoprono una a una nella loro costanza e bellezza, e risvegliano il silenzioso desiderio dell'uomo di venire alla luce dopo il buio della notte. Così è la scrittura, una luce mattutina che lentamente penetra il mondo e cerca di generare e rigenerare ciò che accoglie. Al Dio della mattina va il mio primo grazie, per la pura gioia che è per me raccontare.

Proprio qui, qualche giorno prima di trovare queste parole, ho ammirato il quadro di un pittore fiammingo, van der

Weyden, al centro del quale c'è una Madonna vestita di rosso con in braccio il Bambino che stropiccia le pagine del libro che lei tiene sulle ginocchia. Forse fu proprio questo geniale pittore a inventare l'iconografia in cui il Bambino-Dio, Parola in carne e ossa, stropiccia le altre parole, quelle dei libri, divenute provvisorie e insufficienti, per quanto necessarie all'attesa della sua venuta. Ma ciò viene rappresentato con il gesto normalissimo di un bambino piccolo in braccio alla madre. Mentre lei cerca di leggere, il piccolo vuole l'attenzione tutta per sé o semplicemente gioca con ciò che è più vicino. Questa immagine mi ha ricordato e aiutato a comprendere meglio che le persone sono sempre più importanti delle parole: per questo sento il bisogno di ringraziare le persone che hanno contribuito alle parole di questo libro e chiedere scusa a quelle che a causa di queste parole non ho curato come avrei dovuto e voluto.

Grazie ai miei genitori, incarnazione viva di una relazione d'amore che si è fatta storia giorno dopo giorno superando il mezzo secolo con tante fatiche e altrettante e più gioie.

Grazie a mia sorella Marta la cui gravidanza ha accompagnato la stesura di questo libro per il quale, come per i precedenti, lei ha scattato la perfetta immagine di copertina e il mio ritratto, affiancando la mia ricerca narrativa con la sua ricerca iconica.

Grazie anche alle altre due sorelle, Elisabetta e Paola, perché grazie a loro ho imparato da subito in cosa consista il genio femminile. Grazie poi al fratello filosofo, Marco, e al fratello storico, Fabrizio, che in modi diversi intrecciano il filo del discorso narrativo.

Grazie ad Alessandro Rivali per le chiacchierate e gli spunti che hanno contribuito ad accendere la scintilla di questo libro.

Grazie a Carlo Carabba e Marilena Rossi, che come avventurieri temerari assecondano le mie follie narrative. Loro insieme a Linda Fava mi hanno aiutato a dipanare il filo spesso assai intricato della meraviglia. A Carlo devo anche la traduzione della poesia di Elizabeth Siddal contenuta nei racconti e in esergo.

Grazie alla squadra mondadoriana senza la quale le mie

scorribande sarebbero impossibili e con la quale stiamo progettando la nuova avventura teatrale ispirata a questo libro: Nadia Focile, Rossana Frigeni, Cecilia Palazzi, Jacopo Milesi. E grazie al mio ufficio stampa per la pazienza e attenzione: Mara Vitali e Algisa Gargano.

Grazie ad amici e amiche che a diverso titolo sono parte della trama della mia vita e che qui non ho lo spazio per nominare tutti, ma voglio almeno ricordare Gabriele Vacis e Roberto Tarasco per avermi aiutato a portare Giacomo Leopardi nei teatri italiani.

Grazie a tutti i miei colleghi, ai miei studenti e ai loro genitori, continua messa a punto delle domande che contano per una scuola che sia dimora della meraviglia.

Grazie a tutti coloro che mi manifestano la loro gratitudine dopo la lettura dei libri, dopo aver assistito ai racconti teatrali o dopo gli incontri nelle scuole. Non riesco a essere all'altezza delle vostre lettere e richieste, non posso dare a tutti l'attenzione che meritereste. Ve ne chiedo scusa, ma credo faccia parte dei limiti di un uomo.

Grazie a te, lettore, che hai voluto tenere un capo del filo del racconto e ti sei lasciato guidare fino a qui arrotolando il gomitolo che io mi sono lasciato alle spalle. Il filo che unisce uno scrittore e un lettore è un legame forte: dove lo scrittore finisce la sua ricerca comincia quella del lettore, quello che per chi scrive è un punto di arrivo, per chi legge è un punto di partenza. La meraviglia è l'inizio e la fine di un libro, in vite diverse. Spero di averti concesso qualche ora di pura gioia, di tempo verticale, di incanto dei sensi, di rinnovata ricerca del senso.

Siamo nella trama della vita, insieme, per questo motivo.

Polizzi Generosa, agosto 2017

Postilla per lettori curiosi

Se desiderate leggere per intero la vicenda di Orfeo ed Euridice e il poema di inesauribile meraviglia di Ovidio vi segnalo la bella traduzione di cui mi sono servito nelle soste e nel racconto di Galatea, proprio quella su cui preparai il mio esame di letteratura latina all'Università La Sapienza di Roma nel lontano 1996 e alla quale sono particolarmente affezionato: Publio Ovidio Nasone, *Metamorfosi*, a cura di Piero Bernardini Marzolla, Einaudi, 1994. Inseparabile fonte di ispirazione è per me l'edizione della Fondazione Lorenzo Valla in sei volumi, con analisi e commento al poema, a cura di Alessandro Barchiesi, che ho avuto la fortuna di ascoltare nelle lezioni del mio dottorato di ricerca in Antropologia del mondo antico a Siena, insieme a quelle di Maurizio Bettini a cui devo molta della mia passione per i miti.

Per chi desidera continuare a frequentare gli autori, i libri e le storie che ho raccontato segnalo di seguito l'elenco delle opere da cui ho tratto le citazioni. Se la fonte non viene riportata è perché il testo è inedito in italiano o perché ho preferito tradurlo personalmente dall'originale, tranne nel caso dei versi di *L'amore morto* di Elizabeth Siddal, per i quali ho chiesto la traduzione a un poeta, Carlo Carabba.

L'esplorazione continua ed è affidata a voi lettori indomiti.

PARTENZA

Rainer Maria Rilke, *Poesie*, traduzione di Giacomo Cacciapaglia, Anna Lucia Giavotto Künkler, Andreina Lavagetto, Cesare Lievi, Einaudi, 2000.

TESS

Raymond Carver, *Il mestiere di scrivere*, a cura di William L. Stull e Riccardo Duranti, traduzione di Riccardo Duranti, Einaudi, 2015.

Raymond Carver, *Orientarsi con le stelle. Tutte le poesie*, a cura di William L. Stull, traduzione di Riccardo Duranti e Francesco Durante, minimum fax, 2016.

FANNY

Julio Cortázar, *A passeggio con John Keats*, traduzione di Elisabetta Vaccaro e Barbara Turitto, traduzione delle poesie di Elido Fazi, Fazi editore, 2014.

SYLVIA

Sylvia Plath, *Opere*, a cura di Anna Ravano, I Meridiani, Mondadori, 2006.

Ted Hughes, *Poesie*, a cura di Nicola Gardini e Anna Ravano, I Meridiani, Mondadori, 2008.

ZELDA

Caro Scott, carissima Zelda. Le lettere d'amore di F. Scott e Zelda Fitzgerald, traduzione di Marina Premoli, La Tartaruga edizioni, 2003.

ANNA MAGDALENA

Esther Meynell, *Piccola cronaca di Anna Magdalena Bach*, traduzione di Bice Magliano Pareto, Passigli Editori, 2000.

JOY

C.S. Lewis, *Diario di un dolore*, traduzione di Anna Ravano, Adelphi, 2016.

ELIZABETH

Dante Gabriel Rossetti, *La casa della vita*, traduzione di Angiolo Bandinelli, Stampa alternativa, 2004.

FANNI

Miklós Radnóti, *Mi capirebbero le scimmie*, traduzione di Edith Bruck, Donzelli, 2009.

MILENA

Franz Kafka, *Lettere a Milena*, a cura di Ferruccio Masini, traduzione di Ervino Pocar ed Enrico Ganni, Mondadori, 2017.

Florian Illies, *1913. L'anno prima della tempesta*, Marsilio, 2013.

AMALIA

Guido Gozzano e Amalia Guglielminetti, *Lettere d'amore*, a cura di Spartaco Asciamprener, Garzanti, 1951.

VEZA

Elias Canetti, *Il frutto del fuoco. Storia di una vita (1921-1931)*, traduzione di Andrea Casalegno e Renata Colorni, Adelphi, 1994.

Veza Canetti, *Le tartarughe*, traduzione di Alessandra Luise, Marsilio, 2000.

QUINTA SOSTA: LA VITTORIA

Romain Rolland, *Beethoven*, traduzione di Fernando Biagi, Castelvecchi, 2015.

OLGA

Anne Conover, *Olga Rudge & Ezra Pound*, Yale University Press, 2001.

Ezra Pound, *I Cantos*, a cura di Mary de Rachewiltz, I Meridiani, Mondadori, 1985.

Ezra Pound, *Prove e frammenti dei canti CX-CXVII*, a cura di Carlo Alberto Corsi, Guanda, 1975.

OFELIA

Fernando Pessoa, *Lettere alla fidanzata*, a cura di Antonio Tabucchi, Adelphi, 2012.

Fernando Pessoa, *Il mondo che non vedo. Poesie ortonime*, traduzione di Piero Ceccucci e Orietta Abbati, Rizzoli, 2009.

Fernando Pessoa, *Una sola moltitudine*, volume I, a cura di Antonio Tabucchi, Adelphi, 2012.

Fernando Pessoa, *Il libro dell'inquietudine di Bernardo Soares*, a cura di Maria José de Lancastre, Feltrinelli, 2012.

Ángel Crespo, *La vita plurale di Fernando Pessoa*, a cura di Brunello De Cusatis, Bietti, 2014.

KAREN

David Foster Wallace, *Il re pallido*, traduzione di Giovanna Granato, Einaudi, 2011.

David Foster Wallace, *Infinite Jest*, traduzione di Edoardo Nesi con la collaborazione di Annalisa Villoresi e Grazia Giua, Einaudi, 2016.

SUSETTE

Diotima e Hölderlin. Lettere e poesie, a cura di Enzo Mandruzzato, Adelphi, 1979.

Friedrich Hölderlin, *Tutte le liriche*, a cura di Luigi Reitani, I Meridiani, Mondadori, 2004.

CONSTANCE

Cesare Pavese, *Dialoghi con Leucò*, Einaudi, 2014.

Cesare Pavese, *La luna e i falò*, Einaudi, 2014.

Cesare Pavese, *Il mestiere di vivere. Diario 1935-1950*, a cura di Marziano Guglielminetti e Laura Nay, Einaudi, 2014.

Cesare Pavese, *Vita attraverso le lettere*, a cura di Lorenzo Mondo, Einaudi, 2008.

Cesare Pavese, *Lavorare stanca*, Einaudi, 1998.

INGEBORG

Ingeborg Bachmann e Paul Celan, *Troviamo le parole. Lettere 1948-1973*, edizione italiana a cura di Francesco Maione, Nottetempo, 2011.

CAMILLE

Camille Claudel, *Corrispondenza*, a cura di Anne Rivière e Bruno Gaudichon, traduzione di Monica Martignoni, Abscondita, 2005.

Platone, *Simposio*, traduzione e note di Franco Ferrari, Rizzoli, 1997.

FRIDERIKE

Stefan Zweig, *Il mondo di ieri. Ricordi di un europeo*, traduzione di Lavinia Mazzucchetti, Mondadori, 1994.

Stefan Zweig, *Mendel dei libri*, traduzione di Ada Vigliani, Adelphi, 2011.

Stefan Zweig, *Novella degli scacchi*, traduzione di Enrico Ganni, Einaudi, 2013.

Stefan Zweig, *Momenti fatali. Quattordici miniature storiche*, traduzione di Donata Berra, Adelphi, 2012.

Stefan Zweig, *Lettera di una sconosciuta*, traduzione di Ada Vigliani, Adelphi, 2011.

GEORGIE

William Butler Yeats, *L'opera poetica*, traduzione di Ariodante Marianni, I Meridiani, Mondadori, 2006.

KATHERINE

Pedro Salinas, *La voce a te dovuta*, a cura di Emma Scoles, Einaudi, 1997.

CAITLIN

Dylan Thomas, *Lettere d'amore*, a cura di Massimo Bacigalupo, Guanda, 2004.

Dylan Thomas, *Poesie*, a cura di Renzo Stefano Crivelli, traduzione di Ariodante Marianni, Einaudi, 2002.

SIEN

Vincent Van Gogh, *Scrivere la vita*, a cura di Leo Jansen, Hans Luijten e Nienke Bakker, traduzione di Marianna Matullo e Laura Pignatti, Donzelli, 2013.

NADEŽDA

Osip Mandel'štam, *Ottanta poesie*, a cura di Remo Faccani, Einaudi, 2009.

Elisabetta Rasy, *La scienza degli addii*, Rizzoli, 2005.

ANTONIETTA

Luigi Pirandello, *Maschere nude*, a cura di Alessandro d'Amico, volume II, I Meridiani, Mondadori, 1993.

Luigi Pirandello, *Quaderni di Serafino Gubbio operatore*, Mondadori, 2001.

Luigi Pirandello, *Lettere della formazione, 1891-1898*, Bulzoni, 1996.

Matteo Collura, *Il gioco delle parti. Vita straordinaria di Luigi Pirandello*, Longanesi, 2010.

Luigi Pirandello, *Lettere a Marta Abba*, a cura di Benito Ortolani, I Meridiani, Mondadori, 1995.

REGINE

Søren Kierkegaard, *Le grandi opere filosofiche e teologiche*, traduzione di Cornelio Fabro, Bompiani, 2013.

Søren Kierkegaard, *Diario*, a cura di Cornelio Fabro, Rizzoli, 2000.

PILAR

Antonio Machado, *Tutte le poesie e prose scelte*, a cura di Giovanni Caravaggi, traduzione di Oreste Macrì, I Meridiani, Mondadori, 2010.

FANNY

Giacomo Leopardi, *Lettere*, a cura di Rolando Damiani, I Meridiani, Mondadori, 2015.

Giacomo Leopardi, *Poesie e prose*, volume I, a cura di Mario Andrea Rigoni, I Meridiani, Mondadori, 1998.

EDITH

John R.R. Tolkien, *Il Silmarillion*, traduzione di Francesco Saba Sardi, Rusconi 1978.

John R.R. Tolkien, *La realtà in trasparenza. Lettere*, traduzione di Cristina De Grandis, Bompiani, 2001.

CAROL

Julio Cortázar e Carol Dunlop, *Gli autonauti della cosmostrada*, traduzione di Paola Tomasinelli, Einaudi, 2012.

EPILOGO

Rainer Maria Rilke, *Poesie*, traduzione di Giacomo Cacciapaglia, Anna Lucia Giavotto Künkler, Andreina Lavagetto, Cesare Lievi, Einaudi, 2000.

RINGRAZIAMENTI

Charles Baudelaire, *Opere*, a cura di Giovanni Raboni e Giuseppe Montesano, I Meridiani, Mondadori, 1996.

Platone, *Teeteto*, traduzione di Manara Valgimigli, Laterza, 2010.

Aristotele, *Metafisica*, traduzione di Giovanni Reale, volume II, Vita e Pensiero, 1993.

Indice

«Ogni storia è una storia d'amore»
di Alessandro D'Avenia
Oscar
Mondadori Libri

Questo volume è stato stampato
presso ELCOGRAF S.p.A.
Stabilimento - Cles (TN)
Stampato in Italia. Printed in Italy